NIXONS VERSPRECHEN

RILEY EDWARDS

(DIE GEMINI-GRUPPE, BUCH EINS)

von

Riley Edwards

Für meine Familie, mein Team, meinen Stamm.
Dies ist für euch.

Für die örtliche Strafverfolgungsbehörde in Kent County, Maryland. Bitte vergeben Sie mir, dass ich den Sheriff als Bösewicht dargestellt habe. Nichts könnte weniger der Wahrheit entsprechen, die Polizeibehörde von Kent County ist erstklassig. Besonders ein Mann sticht hervor, ein Kriegsheld, der während seiner Dienstzeit in der US-Armee verletzt wurde. Er erhielt das Verwundetenabzeichen und ist ganz allgemein ein toller Mensch. Korporal G. T. Manning.

Ich habe in diesem Buch ebenfalls örtliche Restaurants erwähnt. Eines, das ich besonders hervorheben möchte, ist die Pizzeria Procolinos. Sollten Sie jemals nach Kent County kommen, kehren Sie hier ein und essen Sie ein Stück Pizza. Es ist bei Weitem die beste Pizza der Welt.

INHALT

(Die Gemini-Gruppe, Buch Eins) ... 1
Kapitel Eins ... 7
Kapitel Zwei ... 13
Kapitel Drei ... 23
Kapitel Vier ... 33
Kapitel Fünf ... 45
Kapitel Sechs ... 57
Kapitel Sieben ... 65
Kapitel Acht ... 75
Kapitel Neun ... 87
Kapitel Zehn ... 97
Kapitel Elf ... 113
Kapitel Zwölf ... 123
Kapitel Dreizehn ... 137
Kapitel Vierzehn ... 149
Kapitel Fünfzehn ... 161
Kapitel Sechzehn ... 173
Kapitel Siebzehn ... 183
Kapitel Achtzehn ... 193
Kapitel Neunzehn ... 203
Kapitel Zwanzig ... 215
Kapitel Einundzwanzig ... 229
Kapitel Zweiundzwanzig ... 239
Kapitel Dreiundzwanzig ... 257
Kapitel Vierundzwanzig ... 267
Kapitel Fünfundzwanzig ... 279
Kapitel Sechsundzwanzig ... 293
Kapitel Siebenundzwanzig ... 303

Kapitel Achtundzwanzig 321

Kapitel Neunundzwanzig 333

Kapitel Dreißig 345

Kapitel Einunddreißig 353

Kapitel Zweiunddreißig 367

Kapitel Dreiunddreißig 375

Kapitel Vierunddreißig 387

Kapitel Fünfunddreißig 397

Kapitel Sechsunddreißig 407

Kapitel Siebenunddreißig 421

Kapitel Achtunddreißig 435

Kapitel Neununddreißig 445

Kapitel Vierzig 451

Kapitel Einundvierzig 461

Kapitel Zweiundvierzig 467

Bücher von Riley Edwards 483

Danksagung 485

Biografie 487

KAPITEL EINS

»Brauchen Sie Hilfe?«

Ich balancierte gerade einen fünfundzwanzig Kilo schweren Hundefuttersack auf der Heckklappe meines Pick-ups und musste zusehen, wie das Futter an der Seite bereits herauskullerte. Es schmerzte mich sehr, die Frage mit ja zu beantworten, aber der größer werdende Berg Futter auf dem Asphalt zwang mich dazu.

»Wenn es Ihnen nichts ausmacht. Ich habe den Sack am Einkaufswagen aufgerissen.«

Der Mann trat in mein Sichtfeld, und wenn ich den Sack nicht mit der Hüfte gestützt hätte, um ihn am Wegrutschen zu hindern, so wäre ich zurückgetaumelt.

Gütiger Gott.

Er hob den Sack an, drehte ihn auf die Seite, um das Heraussickern des Futters zu stoppen, und hob ihn dann ganz auf die Ladefläche. Ich wäre beeindruckt gewesen, wenn meine Aufmerksamkeit nicht vollkommen von der Größe seiner Oberarmmuskeln gefesselt worden wäre. Ich konzentrierte mich so sehr darauf zu überlegen, ob ich meine beiden Hände darumlegen könnte und meine Finger sich berühren würden, dass ich nicht bemerkt hatte, dass er zurückgetreten war.

»Danke. Wenn Sie nicht vorbeigekommen wären, hätte ich die ganzen fünfundzwanzig Kilo von der Straße schaufeln müssen.«

Mein Gott, konnte ich noch idiotischer klingen?

»Dann bin ich froh, dass ich gerade in der Nähe war. Ich heiße Nixon.«

»Ich weiß, wer Sie sind«, erwiderte ich.

Er legte den Kopf schräg, verengte seine stechenden, braunen Augen zu Schlitzen und verzog die Lippen unglücklich zu zwei schmalen Linien. Ich hätte ein wenig mit den Wimpern geklimpert, wenn ich nicht so fasziniert von seinen Armen gewesen wäre. Denn immer noch galt meine ganze Aufmerksamkeit seinen Oberarmmuskeln, die er nun fest vor der Brust verschränkt hatte.

Sie widersprachen allen Naturgesetzen. Es war einfach unnatürlich, dass ein Mann so riesige Muskeln hatte.

»Kleine Stadt«, murmelte ich, als die Stille langsam unbehaglich wurde.

Das Gerücht von Nixon Swaggers Heimkehr hatte in Cliff City wie eine Bombe eingeschlagen. Jeder sprach über die Heimkehr des lokalen Kriegshelden, als handelte es sich um die zweite Menschwerdung Christi. Während der letzten zwei Wochen hatten die Gerüchte nicht aufgehört.

Ich arbeitete nicht einmal in der Stadt und fuhr nur hinein, wenn ich Lebensmittel brauchte, denn ich zog es vor, draußen auf meiner Farm zu bleiben, weit weg von neugierigen Blicken. Und doch hatte ich alles über Nixon mitbekommen. Die Geschichten ließen sich schwerlich ignorieren. Nicht etwa, weil ich der neugierige Typ gewesen wäre, sondern weil ich Ohren besaß und der englischen Sprache mächtig war und daher das Gerede nicht überhören konnte.

Es kursierten alle möglichen Gerüchte, angefangen bei *Nixon litte unter einer posttraumatischen Belastungsstörung und müsse um jeden Preis gemieden werden* bis hin zu *er sei nach Hause zurückgekehrt, nachdem seine Zeit als Soldat abgelaufen war, und er bräuchte nun Ruhe, um seine aufgewühlte Seele zu beruhigen*. Obwohl ich nicht hier aufgewachsen war, lebte ich nun schon lange genug hier, um zu wissen, dass es hier so viel Gerede im Überfluss gab wie gedünstete Krabben aus der Chesapeake Bay und dass es eben nichts weiter als Gerede war.

»So ist es.«

»Jedenfalls nochmals vielen Dank.«

»Wie heißen Sie?«, wollte er wissen.

»Micky.«

»Micky?« Er neigte den Kopf, sodass ich nun auf seine abgewetzte blaue Mütze starrte, auf die vorn mit goldenen Buchstaben NAVY aufgestickt war, ebenso zerschlissen, wie ich hinzufügen möchte.

»Mein Name ist McKenna, aber alle nennen mich Micky«, erklärte ich.

»Nun, McKenna, werden Sie den Sack aus dem Pick-up holen können, ohne noch den Rest Futter zu verlieren?«

»Bieten Sie mir etwa an, mir nach Hause zu folgen und das Futter abzuladen?«

Mein Gott, warum habe ich das gefragt?

Jetzt musste der arme Mann denken, ich würde ihn anmachen. Was nicht der Fall war.

Nixon ließ den Blick von mir zur Ladefläche meines Pick-ups mit Namen *Old Blue* wandern und lächelte. »Wie viele Tiere haben Sie?«

»Die Säcke mit Mais und Korn sind für die Enten und Goat«, begann ich. »Die Kastanien sind für mein Chincoteague Pony, das ich gerettet habe. Und das Hundefutter ist natürlich für den Hund.«

»Sie haben ein Chincoteague Pony?«

»Ich habe es mir nicht ausgesucht. Sie ist ein streitsüchtiges Biest. Aber ihr Besitzer ist nach Florida gezogen und ich konnte nicht Nein sagen. Und mit Sally kam Goat. Sie sind stets zusammen und streifen herum. Sie macht also keine Probleme, außer wenn ich sie überzeugen muss, in die Scheune zu gehen.«

Er betrachtete mich wie ein Rätsel, das gelöst werden musste. Vielleicht dachte er aber auch, ich wäre eine Verrückte, die sich ein wildes Pony hielt, und jetzt bereute er, angehalten und mir geholfen zu haben. So wie er mit einem großen Schritt von mir zurückgetreten war, als er das Hundefutter eingeladen hatte, vermutete ich eher Letzteres.

»Sie werden also Hilfe brauchen?« Er kam auf seine ursprüngliche Frage zurück – offensichtlich hatte er genug davon, in der Hitze auf dem Parkplatz der Southern States Futtermittelhandlung herumzustehen.

»Nein danke. Zack wird mir helfen.«

»Richtig.« Sein Lächeln verblasste und er neigte den Kopf wie ein Gentleman Cowboy.

Was er nicht war. An der Ostküste hatten wir keine Cowboys, sondern Farmersjungen. Und genau so sah er aus. Angefangen bei seiner schmutzigen Jeans über das schlichte schwarze T-Shirt und die Baseballkappe bis hin zu den schweren Stiefeln, die man zur Arbeit trug und nicht aus modischen Gründen. Obwohl sie super aussahen und sein Outfit ihm äußerst gut stand.

»McKenna, es war mir ein Vergnügen. Man sieht sich.«

»Ja, man sieht sich. Und nochmals danke.«

Er hob kurz sein Kinn in meine Richtung und fort war er.

Ich war zum ersten Mal Nixon Swaggers ansichtig geworden und hatte es überlebt.

Ich fragte mich, ob ich den Vorfall den Leuten hier berichten und mich als heil und gesund vorstellen sollte. Hatte ich nicht mit dem Leben gespielt, wie manche Leute meinten, nur weil ich mit ihm geredet hatte? Das bestätigte mir wieder einmal meine Meinung bezüglich Gerüchten.

Absoluter Schwachsinn.

Er war doch überaus höflich mit mir umgegangen. Ganz zu schweigen davon, dass er der zweitheißeste Mann war, den ich je gesehen hatte. Nur Tom Cruise in Top Gun übertraf ihn. Auch wenn einem Toms gelecktes Aussehen nicht gefällt, so sah er doch in Fliegeranzug und -brille verdammt gut aus.

Nixon Swagger sah besser aus.

Viel besser.

Er füllte sein T-Shirt bis zum Maximum aus. Es war ein Wunder, dass die Nähte bei dem Versuch, sich seinem Bizeps anzupassen, nicht geplatzt waren. Ganz zu schweigen davon, dass ich hatte feststellen können – nach gründlicher Inspektion seines Hinterteils –, dass er seine Levis mehr als gut ausfüllte.

Ja, in der Tat, ich hatte mein erstes großes Zusammentreffen mit Nixon Swagger überlebt.

KAPITEL ZWEI

Nixon Swagger glaubte, nach Hause zu kommen wäre das, was er brauchte.

Zwölf Jahre Dienst für sein Land war eine lange Zeit. Es war nicht die Anzahl der Tage, die ihren Tribut von ihm gefordert hatte. Es war das, was er gesehen und getan hatte, das schwer wog. Und das, was er verloren hatte, wog schwerer.

Das Gewicht, das ihn beinahe bis zum Zusammenbruch niedergedrückt hatte, hatte sich gehoben, sobald er die Bay Bridge passiert hatte. Und als er dann ostwärts die Kent-Narrows Bridge erreicht hatte, konnte er atmen. Und dann, als er die Chester River Bridge hinter sich gelassen hatte, hatte er sich frei gefühlt.

Er war zu Hause.

Aber genau das war jetzt das Problem: Er war *zu Hause.*

Cliff City war eine Kleinstadt. Fünftausend Einwohner. Vier Grundschulen, zwei Schulen der Mittelstufe und eine County Highschool. Seine Abschlussklasse hatte aus zweihundert Schülern bestanden und mit den meisten war er seit dem Kindergarten in die Schule gegangen.

Er kannte jeden und jeder kannte ihn. Und die Leute, die ihn nicht kannten, kannten ihn trotzdem – vom Hörensagen, Märchen oder einfach dummem Gerede. Er hatte vergessen, wie schnell sich Neuigkeiten verbreiteten. Und das meiste davon waren Schwachsinn und Lügen.

Und die Leute versuchten nicht einmal, es zu verbergen. Er hörte sie. Acme, Tractor Supply, Southern States – Nixon konnte sich nirgendwo blicken lassen, ohne dass ihm einer einen Seitenblick zugeworfen oder versucht hätte, ihn auszuhorchen. Die Männer machten meist einen weiten Bogen um ihn, die Frauen dachten, einen Versuch wäre es wert. Sie wissen schon, sie glaubten, vielleicht diejenige zu sein, die seine vom Krieg geschundene Seele zähmen könnte.

Doch das war nicht so einfach. Es brauchte mehr als eine weiche Hand und ein Wälzen im Bett, um seine Erinnerungen und seine Schuldgefühle reinzuwaschen.

Das neue Problem war also, er war zu Hause und hatte vergessen, dass die Leute sich nicht um ihren eigenen Mist kümmerten. Als Kind war er daran gewöhnt gewesen. Als der Mann jedoch, der er geworden war, der trainierte Killer, der sich daran gewöhnt hatte, unter dem

Siegel der Verschwiegenheit in der Dunkelheit zu leben, hasste er es.

Nix war aus den verschiedensten Gründen heimgekehrt. Einer davon war der, dass er sein Leben planen musste. Er konnte sich keinen besseren Platz vorstellen, sich seinen nächsten Schritt ins Zivilleben zu überlegen, als die Farm, auf der er aufgewachsen war. Lange Tage harter körperlicher Arbeit taten dem Körper gut. Dem Geist übrigens auch. Er konnte sich nicht zurücklehnen und darüber grübeln, wie er seinen letzten Auftrag vermasselt hatte, wenn er nach Feierabend zu müde war, um irgendetwas anderes zu tun, als ins Bett zu fallen. Seit seiner Rückkehr hatte er den Whisky gegen harte Arbeit eingetauscht. Seine Leber dankte es ihm, obwohl sein Körper um Gnade bettelte.

Der andere Grund war sein Vater, der gestorben war, als Nixon noch bei der Navy gewesen war. Nixons Frau – die nicht zur Ehefrau eines Navy-Angehörigen taugte – hatte sich bereits von ihm scheiden lassen und er hatte jeglichen Kontakt nach Hause verloren. Das war keine Absicht gewesen, aber die Zeit und die Umstände hatten irgendwie alle Bindungen gekappt. Sogar diejenigen, die er für dauerhaft gehalten hatte. Daher hatte Nix niemanden in Kent County, auf den er zählen konnte, doch er hatte sich, so gut er konnte, um die Hinterlassenschaft seines Vaters gekümmert. Das Land, die Ausrüstung und das Farmhaus.

Die rund einhundertzwanzig Hektar Land waren zur Bewirtschaftung an einen Farmer verpachtet, die letzten Milchkühe seines Vaters waren verkauft worden und er hatte jemanden eingestellt, um im Sommer das Gras zu mähen. Aber ansonsten hatte die Farm jahrelang brachgelegen. Daher verfiel sie langsam.

Nicht dass sie vor Wayne Swaggers Tod in einem ausgezeichneten Zustand gewesen wäre. Aber auch er hatte getan, was er konnte. Bei den niedrigen Preisen für Mais und Bohnen und weil die Milch literweise verkauft wurde bei ständigem Preisverfall im letzten Jahrzehnt, war Landwirtschaft ein aussterbendes Gewerbe. Zumindest die kleinen Farmen gingen kaputt – die großen Betriebe florierten.

Der Frühling würde bald in den Sommer übergehen und wenn Nix den Rest der alten Weiden verpachten wollte, musste er sich beeilen, die Zaunpfosten zu entfernen. Allerdings war es nicht so schwierig, sie herauszureißen, da der größte Teil des Zauns von alten Juteseilen zusammengehalten wurde. Eine weitere Sache, die Nixons Dad über die Jahre vernachlässigt hatte. Ohne Hilfe hatte der Mann getan, was er konnte, und das so billig wie möglich. Orangefarbenes Juteseil gab es im Überfluss, es verrottete nicht und war stark genug, um Pfosten zusammenzubinden. Es war keine harte Arbeit, aber Nixon würde Wochen brauchen, da er allein war.

Der Stapel an Pfosten, die er verbrennen musste,

wuchs ständig, aber es war Mittagessenszeit und Nix machte sich bereit, zum Haus zurückzukehren, als etwas im nahen Wald seine Aufmerksamkeit erregte. Sei es, weil er auf einer Farm aufgewachsen war, wo sein Vater entweder eine Pistole an der Hüfte getragen oder einen zweiundzwanziger Revolver im Pick-up liegen hatte, oder wegen seiner Jahre als Navy SEAL, jedenfalls trug Nixon ständig eine Waffe. Mit einer einzigen geschmeidigen Bewegung hatte er seine Sig P226 aus dem Holster und schussbereit. Nicht dass es viele wilde Tiere in Cliff City gegeben hätte, aber er war stets vorbereitet, etwas, das sein Vater ihm bereits als kleiner Junge beigebracht hatte.

Das Tier brauchte nicht lange, um durch den dichten Bewuchs auf seine Weide zu brechen. Ein Pferd. Oder nach genauerem Hinsehen ein Pony. Ein silberbraunes Chincoteague Pony, wenn er sich nicht irrte. Und eine Ziege. Sie grasten träge, ohne sich um Nix zu scheren. Eine Sache hatte sich während der Jahre, in denen er fort gewesen war, verändert. Das Grundstück, das hinter seinem Wald lag, war in Parzellen aufgeteilt und verkauft worden. Nun gab es dort anstelle einer einzigen großen Farm, mit der er sich seinen Wald geteilt hatte, drei kleinere Farmen, die nicht wirklich von Landwirtschaft lebten. Es war eher so, als hätten drei verschiedene Leute Häuser auf sehr großen Grundstücken gebaut.

Nixon konnte gut verstehen, dass jemand Platz und eine Privatsphäre brauchte, also hatte er nicht weiter darüber nachgedacht. Aber jetzt, da das Pony eines Nachbarn hier herumstreunte, fragte er sich: Wie groß war die Chance, dass McKenna seine Nachbarin war? Er kannte eine Menge Leute, die Pferde besaßen, aber nur eine einzige Person, die ein Chincoteague Pony hielt.

»Hey, mein Mädchen«, rief Nix.

Langsam, mit ausgestreckter Hand, näherte er sich dem Tier. McKenna hatte ihm gesagt, ihre Stute sei launisch, daher war Nix vorsichtig.

»Braves Tier.« Er sprach weiter mit dem Pony, während er eilig aus einem Stück Juteseil einen Führstrick knotete. Er streifte ihr die behelfsmäßige Schlinge über den Kopf und zog sie fest.

Er zog sanft an dem Strick und führte sie zurück in den Wald, wobei er sich vergewisserte, dass die Ziege ihnen folgte. Man musste kein Experte sein – obwohl er seine Kindheit in diesem Wald verbracht hatte und jeden Zentimeter kannte –, um den Pfad zu erkennen, den das Pony genommen hatte.

Dieser Abschnitt des Waldes war weniger als zehn Meter tief und da es noch Frühling war, war er noch weitgehend frei von Süßgräsern, Disteln, Geißblatt und Weinrebenranken, die bald die Herrschaft übernehmen und den Pfad unpassierbar machen würden. Doch bis dahin konnte man hier mühelos entlanggehen.

Als sich der Bewuchs lichtete, sah er einen beschichteten Maschendrahtzaun. Schnell inspizierte Nix ihn, aber er konnte keine offensichtlichen Lücken oder umgestürzte Pfosten entdecken, und er bezweifelte, dass das kleine Pony darüber springen konnte. Und er wusste, selbst wenn das Pony es gekonnt hätte, so hätte die Ziege es auf keinen Fall geschafft.

»Komm weiter, Mädchen.« Nix zog sanft an der Stute und führte sie zum Ende des Zauns und um die Ecke herum. Jetzt kam eine wohlbekannte gelbe Scheune in Sicht. Wer auch immer diese Parzelle erworben haben mochte, hatte auch Mr. Todds Nebengebäude geerbt. Keine hundert Meter hinter der Scheune stand das alte Farmhaus aus Ziegelstein.

Als Kind hatte Nix mehr als einen Abend in diesem Haus verbracht. Mr. und Mrs. Todd hatten Mitleid mit ihm und seinem Vater gehabt und sie hatten an den Feiertagen das Abendessen an deren Familientisch eingenommen. Die Todds hatten keine Kinder, und obwohl Wayne einen Sohn hatte, war er ohne Ehefrau. Die Todds waren gute Menschen gewesen, gute Nachbarn. Sie waren wie das Salz der Erde und hätten – oder besser hatten – ihren letzten Penny den weniger Glücklichen gegeben.

Mrs. Todd war gestorben, während Nix sein letztes Jahr auf der Highschool verbracht hatte. Ihr Begräbnis war ein Ereignis im County. Nix hatte noch nie so viele Leute in das Stadion der Highschool eingepfercht gesehen. Nicht einmal ein Footballspiel am Freitagabend konnte die

Zahl der Leute überbieten, die sich auf den Bänken gedrängt hatten.

Als Mr. Todd ohne Erbe starb, wurde nach seinem letzten Willen alles verkauft und an die örtlichen Kirchen gespendet. Sogar die katholische Kirche bekam ihren Anteil, obwohl die Todds Baptisten waren. Alle waren überrascht.

Nix jedoch nicht.

Gene Todds Großzügigkeit hatte keine Grenzen gekannt. Und als Nix nun nach Mr. Todds Tod und der Teilung des Grundstücks das Haus zum ersten Mal wiedersah, fühlte er sich, als hätte man ihm einen Schlag gegen die Brust versetzt. Während der Jahre seiner Abwesenheit hatte er viel verpasst. Das meiste interessierte ihn nicht, einiges jedoch sehr wohl. Und Mr. Todds Land von einem Pferdezaun umgeben zu sehen, Land, das früher ein Bohnenfeld gewesen war, gehörte zu Letzterem.

Während er noch darüber nachdachte, blieb er plötzlich wie angewurzelt stehen. Sein Blick fiel auf einen Jeans-bekleideten Hintern. Viel mehr konnte er nicht sehen, denn der Rest der Frau beugte sich über den Kotflügel eines verrosteten babyblauen Fords. Sie stand auf einer geschlossenen Werkzeugkiste und trotzdem noch auf Zehenspitzen, um zusätzliche Höhe zu gewinnen.

Verdammt.

Dieser Hintern.

Diese Jeans.

Noch nie hatte Nix einen heißeren Anblick genossen.

Verspätet begann ein Hund zu bellen und raste von der Scheune schnurgerade auf Nix und das Pony zu. Und er wirkte nicht so, als hätte er die Absicht anzuhalten.

»Mist.« Nix hörte Metall scheppern, bevor McKenna den Kopf wandte und über ihre Schulter blickte.

»Mist«, wiederholte sie und schwankte, weil sie den Halt auf der Werkzeugkiste verlor. Mit einem schnellen Griff fing sie sich, bevor sie zu Boden gehen konnte.

»Duke! Sitz!«, brüllte sie.

Der Hund bremste ab und machte Sitz.

Beeindruckend.

»Nixon«, schrie sie über Dukes Gebell hinweg. »Duke. Mach Platz.«

Wieder gehorchte der Hund seinem Frauchen, ließ die Zunge heraushängen und wedelte mit dem Schwanz den Staub hinter sich auf.

»Ich glaube, die beiden hier gehören Ihnen.« Nix fand kaum seine Stimme wieder.

McKennas langes, dichtes braunes Haar war zurückgebunden und unter einer verschlissenen Baseballkappe verborgen, das graue ärmellose Oberteil, das ihre perfekten Brüste zur Schau stellte, war fettverschmiert, ebenso die Vorderseite ihrer extrem zerschlissenen Jeans.

Ja, es war ein Wunder, dass Nixon nicht seine Zunge verschluckt hatte. Sie erweckte seine feuchten Träume zum Leben.

»Verdammt, ich werde Zack umbringen, weil er wieder das Tor offen gelassen hat.«

Zack.

Da war er wieder, dieser Name. Sie hatte einen Mann, natürlich. Eine Frau wie McKenna hatte die Wahl. Er war sich sicher, dass die alleinstehenden Männer in ihrem Hof Schlange gestanden hatten, sobald sie die Stadtgrenze erreicht hatte.

»Wo soll sie hin?«

»Es tut mir so leid, Nixon.« Sie wischte sich die Hände an ihren Oberschenkeln ab und er versuchte, der Bewegung nicht mit Blicken zu folgen.

Er scheiterte.

»Zack!«, brüllte sie.

Das riss ihn brüsk aus seiner Fantasie, wie ihre Beine nackt aussehen mochten. Es gibt nichts Schlimmeres, um einen Tagtraum zu zerstören, als den Namen eines anderen Mannes von den Lippen der Frau zu hören, die man sich gerade nackt vorgestellt hat.

Wer auch immer dieser Kerl sein mochte, er war ein glücklicher Hurensohn.

Nicht dass Nixon eine Frau gewollt hätte. Aber wenn doch, so wäre McKenna genau sein Typ.

KAPITEL DREI

Ich hätte meinen Bruder umbringen können.

Nixon sah sauer aus. Ich konnte es ihm nicht übel nehmen. Sally und Goat waren auf sein Grundstück übergewandert. Erstens war es geradezu unverschämt, seinen Tieren zu erlauben herumzustreifen, und zweitens war Sally eine wahre Nervensäge.

»Ja?« Zack kam aus dem Haus geschlendert auf eben die Art, die typisch für ihn war – ein träger Teenager war die beste Beschreibung. Teenager-Punk traf es besser.

»Du hast das Tor offen gelassen. Schon wieder. Sally und Goat sind abgehauen und Mr. Swagger musste –«

»Nixon.«

»Was?« Ich wandte mich von Zack ab und Nixon zu.

»Einfach Nixon oder Nix.«

»Nixon musste sie nach Hause zurückbringen.«

»Wie haben Sie sie eingefangen?«, wollte Zack wissen.

»Ich brauche dazu ungefähr eine Stunde.« Er wirkte eher beeindruckt als reumütig.

Er hatte die Wahrheit gesagt, aber darum ging es nicht.

»Zeig mir, wo ich sie hinbringen soll.« Nixon ignorierte Zacks Frage, zog an dem provisorischen Halfter, das er um Sallys Hals geschlungen hatte, und ging auf die Scheune zu. Er blieb nur kurz stehen, um Duke am Kopf zu kraulen und auf Zack zu warten, dann setzte er sich wieder in Bewegung.

Ich beobachtete, wie Nixon Zack zur Scheune folgte. Als sie außer Sichtweite waren, wandte ich mich wieder meinem Pick-up zu.

Es war gut zu wissen, dass ich mir nicht vorgestellt hatte, wie gut Nix Jeans und abgetragene Cowboystiefel standen. Und meine Erinnerung hatte mich nicht getäuscht. Er sah wirklich gut aus. Ich hatte nicht übertrieben. Kein bisschen. Der Mann war eine tödliche Gefahr. Und wenn man den Gerüchten Glauben schenkte, war auch das keine Übertreibung.

Die beiden waren lange genug in der Scheune, damit ich mich wieder Ellbogen-tief in den Ford versenken konnte, als Nixon wieder in Sicht kam. Ganz nahe neben mir legte er seine Unterarme auf den Motorraumrand und blickte hinein.

»Der Keilriemen«, erklärte ich.

Er betrachtete den unbeschädigten Ventilator und bemerkte: »Glück gehabt.«

Er hatte recht. Wenn der Keilriemen riss, traf er normalerweise den Ventilator und schlug ein Loch hinein.

»Ja, wirklich«, stimmte ich zu.

»Bauen Sie das selbst auseinander?«

»Ja.« Ich hörte auf, die Schraube anzuziehen, an der ich gerade arbeitete, und schenkte Nixon meine Aufmerksamkeit. »Es sind nur der Riemen und die Spannrolle. Kein Grund, ihn in eine Werkstatt zu bringen. Dort würde mir fünfmal so viel berechnet werden, wie das Ersatzteil kostet.«

»Stimmt. Ich bin lediglich beeindruckt. Ich kenne nicht viele Frauen, die dieses Wissen haben.«

Von einem Mann wie Nixon war das ein großes Kompliment.

»Danke.«

»Brauchen Sie vielleicht Hilfe?«

»Nein. Ich muss lediglich den Riemen einsetzen. Und ich bin sicher, Zack schafft es, ein Brecheisen zu halten, sodass ich den Riemen um die Spannrolle legen kann.«

»Das wird er sicher können, aber es macht mir nichts aus zu helfen.«

»Ich möchte wirklich nicht noch mehr Zeit von Ihrem Tag in Anspruch nehmen. Nochmals, das mit Sally und Goat tut mir wirklich leid. Ich werde Zack ermahnen, umsichtiger zu sein. Als sie das letzte Mal ausgebrochen ist, hat er sie beinahe zwei Stunden herumgejagt, bis er sie endlich eingefangen hatte.«

»Das war der erste Fehler.«

»Was? Das Tor offen zu lassen, nachdem ich ihm ungefähr fünfhundert Mal gesagt habe, darauf zu achten? Was ungefähr auf siebzig Mal am Tag hinausläuft, wenn man bedenkt, dass wir das Pony erst seit einer Woche haben.«

Nixons Lippen verzogen sich zu einem Lächeln. Diese kleine Veränderung seiner Mimik veränderte von Grund auf sein Auftreten. Von einem Augenblick zum nächsten verwandelte es sich von unnahbar zu locker und lässig.

»Nein. Sie zu jagen. So wie bei Frauen auch muss man Selbstbeherrschung üben. Langsame, wohlüberlegte Bewegungen. Eine sanfte Hand und eine feste Stimme. Und vor allem – wenn man sie dann schließlich an der Leine hat, muss man sie mit Sorgfalt und Fürsorge behandeln.«

Ich zitterte am ganzen Körper und meine Brustwarzen versteiften sich.

Die Gerüchte waren wahr – Nixon war tödlich. Sowohl mit Worten als auch mit Taten. Wenn ich der Typ Frau gewesen wäre, auf den ein Mann wie er steht, hätte diese eine Aussage mein Höschen in Flammen gesetzt und ich hätte mich flach auf den Rücken gelegt.

Aber ich war nicht der Typ Frau. Im besten Fall war ich Durchschnitt. Und so wie ich jetzt aussah, über und über mit Fett beschmiert, konnte ich meine Mittelmäßigkeit nicht unter einem eleganten Outfit, Make-up und einer netten Frisur verbergen.

Irgendwann Mitte zwanzig hatte ich erkannt, wer ich

war – ein Wildfang. Und ich begann zu mögen, wer ich war – und daher bemühte ich mich nicht allzu sehr vorzutäuschen, ich wäre eine andere. Und mit *nicht allzu sehr* meinte ich *überhaupt nicht.*

Also nein, ich würde niemals die Frau sein, die es wert wäre, an Nixon Swaggers Arm zu sein. Und das tat weh, aber so war es nun einmal.

»Mein kleiner Bruder sollte das besser schnellstens lernen. Ich habe das Gefühl, es ist einfacher, ihm diese Lektion beizubringen, als ihn zu lehren, sich daran zu erinnern, das Tor zu schließen. Obwohl, ich bin mir nicht sicher, ob ich möchte, dass er mit fünfzehn mehr über Mädchen lernt, als er ohnehin schon weiß. Er hat es sich scheinbar zur Aufgabe gemacht, jeden einzelnen Vater in Kent County zu verärgern.«

Nixon lachte leise vor sich hin, was ein bisschen rostig klang.

Schnell riss er sich zusammen und fragte: »Leben Ihre Eltern hier in der Nähe?«

Verdammt. Wie ich diesen Teil hasste. Ich hatte geglaubt, es würde einfacher werden, je mehr Monate vergingen und je perfekter ich darin wurde, meine Erklärungen auf ein Minimum zu reduzieren. Aber so war es nicht.

»Nein. Mein Vater und meine Stiefmutter sind tot. Sie leben jetzt bei mir.«

»Sie?«

»Ja. Mein Bruder, was offensichtlich ist. Und auch meine Schwester. Sie ist fast siebzehn. Sie versucht allerdings nicht, die Eltern anderer Kinder zu erzürnen, weil sie zu sehr damit beschäftigt ist, mir zu beweisen, dass sie nicht nur den Ort hier hasst, sondern mich noch viel mehr, weil ich sie zwinge, hier zu leben.«

»Verdammt, McKenna, das tut mir leid. Mein Vater ist vor fast fünf Jahren gestorben. Darüber kommt man nicht hinweg.«

»Nein, wohl nicht.«

Wir arbeiteten in behaglichem Schweigen. Er hatte das Stemmeisen zur Hand genommen und hielt die Spannrolle, sodass ich den Keilriemen einfädeln konnte. Was, nur um es zu erwähnen, schwierig war. Nicht weil mir etwa das Stück Gummi Schwierigkeiten gemacht hätte – nein, die Herausforderung kam eher von seinen Muskeln, die sich bei der Anstrengung dehnten.

Und unglücklicherweise hatte ich einen äußerst guten Blick auf ihn, da er so nahe bei mir stand. Seine Nähe brachte auch das Problem mit sich, dass ich ihn riechen konnte. Kein Kölnisch Wasser für Nixon Swagger. Er roch ein wenig nach Heu, Schweiß und Tabak. Mit anderen Worten, er roch nach Mann. Nach einem ganzen Mann. Nach einem Mann, der an der frischen Luft arbeitete und kein Parfüm brauchte, um eine Frau in Ohnmacht fallen zu lassen.

»Starten Sie die Lady«, meinte er, als der Keilriemen

an Ort und Stelle saß. Schnurrend kam Leben in den Wagen und ich sprang heraus und gesellte mich zu Nixon an die Motorhaube, um zu sehen, wie der neue Riemen sich drehte.

»Sieht alles gut aus.« Er ging zu der offenen Tür, griff hinein und stellte den Motor ab.

»Danke für Ihre Hilfe. Es tut mir leid, dass ich Sie von Ihrer Arbeit abgehalten habe.«

»Hören Sie auf, sich zu entschuldigen, McKenna.«

»Entschuldigen –« Ich schloss den Mund und er lächelte. »Nennen Sie mich Micky. Alle anderen nennen mich so.«

Er schüttelte den Kopf. »Für mich sehen Sie nicht wie eine Micky aus.«

»Nein?«

Jetzt lachte *ich*. Alle hatten mich stets bei meinem Spitznamen genannt und ich hatte nie einen Gedanken daran verschwendet.

»Definitiv nicht. McKenna passt gut zu Ihnen. Ein wunderschöner Name für eine wunderschöne Frau.«

Was zum Teufel?

Du meine Güte. Nix hatte alle Tricks drauf. Ich musste wirklich darauf achten, dass das Tor geschlossen war. Ich musste nicht unbedingt mehr Zeit in Nix' Nähe verbringen und Zack musste ihm wirklich aus dem Weg gehen. Ich wollte nicht, dass Nix' Wesen auf meinen Bruder abfärbte.

»Hey, Micky!«, rief Zack von der hinteren Treppe. »Ich gehe mit Caden ins Kino.«

»Hast du deine Pflichten erledigt?«

»Alles außer die Wäsche wegzuräumen.«

»Dann tu das. Danach lasse ich mit mir reden.«

»Komm schon, Sharleen ist –«

»Dann beeil dich und räum sie weg«, erklärte ich ihm. Dann fragte ich: »Wann beginnt der Film?«

»In fünfzehn Minuten.«

Das Filmtheater war in der Stadt. Die Fahrt dauerte nur fünf Minuten, aber ich war schmutzig. Es wäre zwar nicht das erste Mal gewesen, dass ich in der Stadt in einem Aufzug aufkreuzte, als wäre ich ein Landarbeiter, aber ich versuchte, es auf ein Minimum zu beschränken.

»Ich kann ihn hinbringen«, bot Nixon an.

Ich sah, wie die Augen meines Bruders sich weiteten, und bevor ich ihn aufhalten konnte, sagte er: »Danke. Ich werde in drei Minuten unten sein.«

Drei Minuten bedeuteten, dass er den Wäschekorb entweder in seinen Schrank stopfen und glauben würde, ich würde ihn niemals dort finden, oder er würde die saubere Kleidung in seine Schubladen stopfen und sie mit Gewalt zuschieben, sodass überall aus den Ritzen der Holzkommode Stoff hervorquellen würde.

»Danke für das Angebot. Aber Sie haben heute schon genug für uns getan. Ich habe –«

»Ich wollte gerade in die Stadt fahren, bevor ich Sally

zurückgebracht habe. Es ist absolut kein Problem und Sie könnten sicher eine Dusche gebrauchen, so wie Sie mit Fett beschmiert sind.«

Ich wurde flammend rot im Gesicht. Ganz gewiss brauchte ich eine Dusche. Ich hatte mich bei der Arbeit am Pick-up zu Tode geschwitzt. Und im Gegensatz zu ihm war mein Körpergeruch nicht attraktiv.

»Wenn Sie sich sicher sind.« Ich trat einen riesigen Schritt von ihm weg und presste die Arme an meine Seiten, während ich verzweifelt hoffte, ein Deodorant aufgetragen zu haben, bevor ich nach draußen gegangen war.

»Fertig!«, hörte ich Zack brüllen, bevor der Holzrahmen der Fliegengittertür an die Hauswand krachte.

Dukes Kopf schoss in die Höhe und er bellte kurz, bevor er sein Haupt wieder auf seine ausgestreckten Vorderpfoten bettete und die Augen schloss.

Was ist er doch für ein guter Wachhund!

»Bis später, Micky.«

»Hast du Geld?«

»Ja.«

Das war eine Überraschung. Ich gab ihm Geld, wenn er mir im Haus und auf dem Grundstück half, aber das war normalerweise am nächsten Tag bereits weg.

»Ruf mich an, wenn du abgeholt werden willst.«

»Okay.«

Zack blieb neben Nixon stehen und blickte erwartungsvoll zu ihm auf. »Fertig?«

»Ja.«

Nixon trat von meinem Bruder zu mir. »Nett, Sie zu sehen, McKenna.«

»Ganz meinerseits. Und danke noch mal für all Ihre Hilfe.«

»Keine Ursache.«

Mit einem Lächeln und einem knappen Nicken wandte er sich ab und ging auf den Wald zu.

Auch diesmal beobachtete ich ihn beim Weggehen. Und wieder dachte ich, wie gut Nixon Swagger seine Levis ausfüllte.

Ich hatte ein zweites Zusammentreffen mit diesem Mann überlebt. Aber diesmal nur knapp.

KAPITEL VIER

Nixon stand draußen vor der alten Melkanlage und fragte sich gerade, was er mit der alten Leitung anfangen sollte, als er Steine knirschen hörte. Als er sich herumdrehte, sah er, wie Zack sich über den alten Kuhpferch näherte. Er hatte McKenna und ihren Bruder nicht mehr gesehen, seitdem er Sally und Goat zurückgebracht und sich selbst eingeladen hatte zu bleiben, um McKenna bei der Arbeit an ihrem alten Ford beobachten zu können. Das Ding war die reinste Katastrophe.

Das war vor einer Woche gewesen. Nixon hatte gehofft, McKenna in der Stadt über den Weg zu laufen. Tatsächlich hatte er die Augen offen gehalten, ob er nicht einen Blick auf sie erhaschen konnte, aber er hatte sie nicht gesehen.

»Hi«, rief Nix.

Das Gesicht des Jungen hellte sich auf und er grüßte

auf die gleiche Weise, wenn auch ein bisschen weniger cool als Nix.

»Hi.«

»Ist Sally wieder ausgebrochen?«, erkundigte sich Nix.

»Nein. Ich bin, äh ... nur ein bisschen durch den Wald gestreift.«

»Ach ja? Machst du das oft?«

»Wenn ich mich langweile.«

»Ich habe das in deinem Alter auch getan. Bist du schon bis zum östlichen Ende gegangen?«

»Nein. Micky mag es nicht, wenn ich mich auf dem Grundstück anderer Leute herumtreibe.«

Das konnte Nix sich gut vorstellen.

»Nun, der Wald gehört mir. Du darfst jederzeit darin herumlaufen. Hinter dem Teich«, Nixon deutete in die Richtung, »habe ich eine Hütte gebaut, als ich in deinem Alter war. Ich weiß allerdings nicht, ob sie noch steht.«

Nix lächelte bei der Erinnerung. Er hatte fast den ganzen Sommer gebraucht, den kleinen Schuppen zu bauen. Während er das Korn hatte hereinbringen, das Heu zu Ballen pressen, es dann zur Scheune bringen und darin lagern und all seinen anderen Pflichten hatte nachkommen müssen, war ihm nicht viel freie Zeit geblieben. Aber er hatte jeden Tag daran gearbeitet. Mit dem Traktor hatte er alles Abfallholz und alles Blech, was er hatte finden können, an den Rand des Waldes gefahren, um es dann mit der Hand hineinzutragen. Nix hatte auch einen alten Tisch und ein paar Stühle auf dem Heuboden gefunden und die Hütte damit eingerichtet.

Sie war Nixons persönliche Zuflucht gewesen. Gleich zu Beginn hatte er ein paar der alten Playboy-Hefte seines Vater dorthin gebracht. Die Hütte hatte ihm die Privatsphäre geschenkt, die er gebraucht hatte, um die Hefte in Ruhe zu genießen. Als er älter wurde, hatte er den Schuppen aufgeräumt und ein paar Schlafsäcke dort untergebracht, um andere Dinge zu genießen. Fortan trug die Hütte den treffenden Namen *Liebeshütte*. Und damals zu Highschool-Zeiten hatten Nix und seine Freunde dafür gesorgt, dass sie einen Gutteil Liebe zu sehen bekam.

Vielleicht war es doch keine so gute Idee gewesen, Zack von der Hütte zu erzählen. Hatte McKenna nicht gesagt, ihr Bruder sei recht umtriebig in dieser Richtung? Die Hütte würde ihm also die gleiche Privatsphäre zur Verfügung stellen wie damals Nix.

»Wenn Sie nichts dagegen haben, dann schaue ich mich mal dort um.«

»Nicht im Geringsten. Aber du musst dich an ein paar Regeln halten. Es stört mich nicht, wenn du dich dort herumtreibst, aber Rauchen im Wald ist strikt untersagt. Im Sommer ist es dort schweinetrocken. Die Bäume fangen rasend schnell Feuer.«

»Ich rauche nicht«, erklärte Zack.

»Das ist gut. Du kannst sie benutzen und dort abhängen, aber du bist für sie und deine Freunde verantwortlich. Das ist die Regel – wenn du dort bist, bist du der Boss.«

Zack starrte Nixon an, als verstände er ihn nicht. Nix wusste nicht, was McKenna ihrem Bruder erlaubte und worüber sie mit ihm geredet hatte. Auch ging es ihn nichts an. Aber der Junge war fünfzehn und Nix wusste verdammt gut, was er selbst mit fünfzehn getrieben hatte.

Genau in Zacks Alter war Nix dem Playboy und seiner eigenen Hand entwachsen und war zu der echten Sache übergegangen – obwohl er meist immer noch seine Hand benutzt hatte. Also auch wenn Nixon glaubte, es ginge ihn nichts an, war es seine Verantwortung, dafür zu sorgen, dass Zack ihn verstand.

»Im Klartext, Kumpel, ich will dort keine Berge von Bier- und Schnapsflaschen herumliegen sehen. Und keine benutzten Kondome oder deren Verpackungen.« In Zacks Gesicht dämmerte Verstehen auf und Nix war überrascht, keinerlei Verschämtheit zu sehen. Das sagte ihm, dass er das Richtige getan hatte. Zack war dem Playboy entwachsen und zu der wirklichen Sache übergegangen. »Ich muss noch hinzufügen, dass ich nicht hören will, dass die Hütte als Ficknest benutzt wird.«

Nix erntete einen harten Blick. »Das würde ich niemals tun.«

»Gut. Dann darfst du sie benutzen.«

Zack wechselte das Thema. »Was haben Sie heute vor?

Ich sehe, dass Sie damit fertig sind, den Zaun zu beseitigen.«

»Ja. Warst du schon einmal hier?«

»Ja«, erwiderte Zack verlegen.

»Schon in Ordnung. Macht mir nichts aus. Hier lag ja alles lange Zeit brach.«

»Ich hatte Geschichten über das Land der Swaggers gehört.« Zack zuckte mit den Schultern.

»Da bin ich mir sicher. Weißt du, du darfst nur die Hälfte von dem glauben, was man sich in der Stadt erzählt.«

»Ich weiß.«

Das war Nix klar. Neuankömmlinge brauchten ungefähr zweikommafünf Sekunden, um herauszufinden, dass Tratschen und Klatschen in Cliff City eine Art Volkssport war.

»Ich überlege gerade, was ich mit dem alten Milchtank und den Leitungen anfangen soll. Auf dem Schrottplatz bekomme ich wahrscheinlich einen guten Preis dafür. Er ist aus Edelstahl«, erklärte Nix.

»Warum bauen Sie ihn dann nicht ab?«

»Weil es eine Schweinearbeit ist, den ganzen Mist allein auseinanderzubauen und wegzuschaffen.«

»Ich werde Ihnen helfen.«

Nix musterte den Jungen. Mein Gott, er musste sich wirklich langweilen, wenn er sich anbot, beim Herausreißen der alten Milchleitungen zu helfen.

»Und was ist mit deinen Pflichten zu Hause?«

»Geschenkt. Zweimal in der Woche Spülmaschine, meine Wäsche und jeden Morgen muss ich Sally und Goat nach draußen bringen. Alles in fünf Minuten erledigt. Oh, und die Enten füttern.«

Als Nixon über die Pflichten des Jungen nachdachte, hätte er am liebsten laut gelacht. Das konnte man wohl kaum *Pflichten* nennen, es waren schlichte Dinge ums Haus herum, die selbstverständlich waren. Er hätte wetten mögen, McKenna bezahlte dem Jungen sogar etwas dafür.

Nix selbst hatte erst mit sechzehn Geld für seine Arbeit auf der Farm bekommen, und das auch nur, weil sein Vater ihm hatte beibringen wollen, seine eigenen Rechnungen zu bezahlen. Und als er ein Auto hatte fahren wollen, musste er sich selbst eins kaufen und Versicherung und Benzin bezahlen. Ganz zu schweigen davon, dass er auch Mädchen hatte ausführen wollen. Auf der Swagger-Farm gab es so etwas wie Taschengeld nicht. Wenn Nix etwas hatte haben wollen, so hatte er dafür arbeiten müssen. Und das hatte viele Stunden harter Arbeit bedeutet.

»Falls deine Schwester nichts dagegen hat, so lasse ich mir gern von dir helfen. Wir werden sehen, wie viel ich dir zahle.«

Zack ließ den Blick über den Hof schweifen, dann blickte er auf seine Füße. »Ich schlage ein Tauschgeschäft vor.«

»Tauschgeschäft? Ich habe nichts dagegen, dich ab und zu ins Kino zu fahren, aber ich habe weder Zeit noch Lust, regelmäßig den Chauffeur für dich zu spielen. Tut mir leid, Kumpel.«

»Nein, nichts dergleichen. Sie haben ein … äh …«

»Spucks schon aus«, ermunterte Nix ihn.

»Ein altes Geländemotorrad hinter dem alten Metallschuppen. Ich werde Ihnen helfen, wenn Sie mir dafür die Maschine geben.«

Nix brauchte einen Augenblick, um zu überlegen, von welchem Motorrad Zack redete, dann lächelte er bei der Erinnerung. »Die alte weiße YZ125?«

»Ich weiß nicht, ob sie weiß ist, der größte Teil der Farbe ist verblichen.«

Nix konnte sich an den Tag erinnern, an dem er die Yamaha bekommen hatte. Es war sein erstes Geländemotorrad gewesen und hätte bereits nach einem Jahr verschrottet werden sollen, nachdem er es im Alter von zehn bekommen hatte, aber er hatte nicht das Herz gehabt, es wegzuwerfen. Sein Vater offensichtlich ebenso wenig.

»Mann, die Maschine war bereits Schrott, als ich sie bekommen habe. Sie ist niemals gut gelaufen. Ich habe noch eine bessere. Komm mit.«

Zack folgte Nix über den Hof zu dem großen Metallschuppen. Noch ein Gebäude, das repariert und dann gestrichen werden musste. Er öffnete das Vorhängeschloss und schob eine der großen Scheunentüren auf. Sie knirschte mit jedem Zentimeter, den sie sich öffnete, und als Nix zu den Balken nach oben schaute, erkannte er, dass er eine weitere Aufgabe auf seine Liste setzen musste. Der Türrahmen musste ersetzt werden.

Irgendwann musste er sich eingestehen, dass einige Gebäude einfach abgerissen werden mussten. Es wäre im Endeffekt billiger, sie wiederaufzubauen, als auf Teufel komm raus zu knausern.

»Da.« Nix wies auf die Honda CRF150 in einer Ecke der Scheune.

»Mann. Das kann ich nicht annehmen.«

»Sie läuft nicht. Der Vergaser muss erneuert werden. Der Sitz ist zerrissen und der vordere Stoßdämpfer ist gebrochen. Du wirst etwas Arbeit hineinstecken müssen.«

»Nein, das nehme ich nicht an. Die ist zu schön.«

Schön?

Nix hätte am liebsten laut aufgelacht. »Ich schlage dir einen Handel vor. Du hilfst mir, die Milchleitung rauszureißen, sie auf den Anhänger zu laden und zum Schrottplatz zu schaffen, und ich helfe dir, den Vergaser zu reparieren.«

»Ich ... äh ... ich weiß nicht, wie man einen Vergaser repariert.«

Das war überraschend, wenn man bedachte, dass seine Schwester wusste, wie man einen Keilriemen und ein Spannrad an ihrem alten Ford auswechselte. Allein die

Tatsache, dass der alte Karren noch fuhr, sagte Nix, dass sie sich mit Motoren auskannte.

»Dann bringe ich es dir eben bei«, erwiderte Nix. Doch dann fiel ihm etwas ein. »Außer du hast nach einem Projekt gesucht, an dem du mit McKenna zusammenarbeiten kannst.«

»Warum nennen Sie Micky McKenna? Niemand nennt sie so. Nicht einmal Dad. Er nannte sie auch Micky.«

»Micky ist ein Jungenname. An deiner Schwester gibt es nichts, was nicht ganz Frau wäre.«

Zacks Miene erstarrte zu Stein. Nix war sich nicht sicher, ob ihm nicht gefiel, dass Nix betont hatte, dass seine Schwester eine gut aussehende Frau war – obwohl er diesen Ausdruck nicht benutzt hatte –, oder ob Zack gerade klar geworden war, dass sie eine Frau war und von Männern wahrgenommen wurde.

»Also gut.« Der Junge schüttelte den Kopf und der steinerne Gesichtsausdruck verschwand. »Sie ist zu beschäftigt, um noch ein Projekt zu beginnen. Wenn es Ihnen nichts ausmacht, es mir beizubringen, dann würde ich es gern lernen. Ich habe übrigens noch nie ein Geländemotorrad gefahren. Könnten Sie … äh … mir auch das beibringen?«

»Na klar. Rede mit deiner Schwester, es hängt alles von ihr ab. Wenn sie unserem Tauschgeschäft zustimmt, werden wir am Wochenende beginnen.«

»Wir können jetzt gleich anfangen.«

»Es wird gleich dunkel. Es macht keinen Sinn, jetzt noch anzufangen. Außerdem musst du zuerst mit McKenna sprechen.«

Zack nickte und fügte hinzu: »Ja, okay.«

Nix hörte ein Handy summen. Zack langte in seine Gesäßtasche und zog seins heraus. »Da ist sie.« Dann meldete er sich: »Hi … ich bin bei Nix.« Es entstand eine kurze Pause. »Nein, ich belästige ihn nicht. Mein Gott. Hör mal, ist es okay, wenn er heute zum Abendessen rüberkommt?« Noch eine Pause. Dann: »Cool. Ich werde ihn fragen. Bis gleich.«

Zack drehte sich mit einem breiten Lächeln zu Nix herum. »Haben Sie schon Pläne fürs Abendessen?«

Die hatte er allerdings.

Er hatte vorgehabt, mit der riesigen Peperoni und Pilz Pizza, die er früher am Tag in der Stadt geholt hatte, auf seiner Couch zu sitzen, ein Bier zu trinken und sich ein Spiel im Fernsehen anzusehen.

»Nein. Aber es ist nicht cool, deiner Schwester so kurzfristig noch einen Gast aufzuhalsen.«

Zack zog die Brauen zusammen und auf seiner Stirn bildeten sich Falten, als dächte er darüber nach, ob es unhöflich war, jemanden zur Abendessenzeit zum Abendessen einzuladen. »Sie meinte, es wäre cool. Außerdem macht sie immer zu viel und wir haben ständig Reste.

Wenn Sie mitkommen, müssen wir morgen nicht wieder das Gleiche essen.«

»Kommst du mit mir ins Haus, damit ich mich umziehen kann? Und dann fahren wir mit dem Traktor rüber. Oder will sie, dass du auf der Stelle nach Hause zurückkehrst?«

»Sie haben einen Traktor?«

»Aber sicher. Hast du schon mal einen gefahren?«

»Nein.«

»Willst du es lernen?«

»Zum Teufel, ja!«

»Dann komm, Kumpel.« Nix klopfte dem Jungen auf die Schulter, als sie den Metallschuppen verließen.

Nixon hatte seinen Vater oft vermisst. Er dachte an seine Jugend und all die Lektionen, die sein Dad ihn gelehrt hatte. Die Zeit, die sie zusammen verbracht hatten. Obwohl er ohne Mutter aufgewachsen war, hatte er den Verlust nie als solchen empfunden. Sie war einfach eine Frau, von der man nicht erwarten konnte, sesshaft zu werden. Genau wie Alison, Nix' Ex-Frau, war sie nicht für ein Dasein als Ehefrau geschaffen. Nicht dass Wayne jemals ein schlechtes Wort hätte fallen lassen über die Frau, die Nix das Leben geschenkt hatte, aber er hatte die Geschichten gehört.

Es gab Gerüchte, die keine waren – sie waren einfach die Wahrheit. Und die Wahrheit war, Suzy Swagger war eigensüchtig. Sie hatte aus Cliff City herausgewollt und als

Wayne die Farm von seinem Vater geerbt und sich dort sein Leben so hatte einrichten wollen, wie es ihm vorschwebte, hatte Suzy die Nase voll. Es hatte sie nicht gekümmert, dass sie einen kleinen Sohn hatte. Sie wollte, was sie wollte, wann sie es wollte, und ging davon, um es zu finden.

Nixon spürte den Verlust seines Vaters. Und als er so neben Zack einherging, spürte er diesen Verlust im Herzen.

KAPITEL FÜNF

Was zum Teufel hatte ich mir dabei gedacht?

Nixon Swagger in meinem Haus, zum Abendessen?

Glücklicherweise war heute Sonntag. An jedem anderen Wochentag wäre es reine Glückssache gewesen, dass das Haus aufgeräumt genug gewesen wäre, um Besuch zu empfangen. Ich hatte schnell gelernt, dass meine wöchentliche Grundreinigung des Hauses nicht mehr reichte, wenn zwei Teenager bei mir lebten.

Ich musste eine weitere Reinigungsaktion in der Wochenmitte hinzufügen, also einen weiteren Aufräumtag am Mittwoch in meinen Zeitplan einbauen. Die einzigen beiden Räume, die noch gereinigt werden mussten, waren Mandys Zimmer und das Badezimmer in der oberen Etage, das sie sich mit Zack teilte.

Mandy war nämlich in dieser Woche an der Reihe, das Badezimmer zu putzen, und heute Morgen war sie aus dem Haus entwischt, bevor ich sie hatte aufhalten können. Ich hatte es nicht übers Herz gebracht, Zack zu bitten, für seine Schwester einzuspringen, weil er doch bereits doppelte Arbeit geleistet hatte, indem er mir half, Sallys Stall auszumisten und das Entenhaus zu reinigen.

Das Huhn lag in der Marinade, die Beilagen waren fertig und der Eistee stand bereit. Und ich saß auf der hinteren Veranda, als mein Altima vorfuhr. Mandy sprang heraus, ihr langes braunes Haar flatterte wie eine Fahne hinter ihr her. Sie war mit dem dichten, welligen braunen Haar unseres Vaters gesegnet, dazu hatte sie die grünen Augen und die Schönheit ihrer Mutter geerbt. Nicht ohne Grund klopften die Jungs reihenweise an meine Tür und ihre SMS pro Monat näherten sich der Millionengrenze. Mandy war eine Teenager-Schönheitskönigin.

So sehr sie Kent County auch hasste, was sie nur allzu gern betonte, hatte sie gemerkt, dass sie nur lächeln und den Finger krümmen musste, und schon kamen die Bauernjungs herbeigelaufen. Alle, außer ihr Bruder. Die beiden stritten sich wie Katz und Hund.

Da ich keine Geschwister in meinem Alter besaß, wusste ich nicht, ob dies normal war oder die Folge davon, dass sie beide Eltern verloren und quer durchs Land verfrachtet worden waren, um bei einer Schwester zu leben, mit der sie während der vorherigen zwölf Jahre nicht viel Zeit verbracht hatten. Sie waren erst drei und knapp fünf Jahre alt gewesen, als ich ausgezogen war, um das College zu besuchen. Und danach war ich nur zweimal im Jahr für einen Besuch zu Hause nach Los Angeles zurückgekehrt. Und so hatten sie außer ihrer Mom und ihrem Dad auch noch ihr Zuhause, ihre Freunde und all das verloren, mit dem sie aufgewachsen waren. Und nun lebten sie bei mir, einer nahezu Fremden.

Zack lebte sich ein. Mandy nicht. Sie hatte klargemacht, dass sie sich nicht einleben würde – sie plante ihre Flucht. Im nächsten Jahr würde sie in der Abschlussklasse sein und danach nach Kalifornien zurückkehren. Und dann würde sie mich niemals wiedersehen oder mit mir reden müssen.

Ich war dreißig Jahre alt, hatte keine Kinder und noch niemals in einer stabilen Beziehung gelebt. Warum mein Dad und Carla dachten, ich wäre die geeignetste Person, um ihre Kinder aufzuziehen, war mir unbegreiflich. Aber auch wenn es mir an elterlicher Weisheit fehlte, versuchte ich es. Ich hatte schließlich drei große Vorbilder für diese Rolle. Zuerst meine Mom und meinen Dad und nach dem Tod meiner Mutter Carla.

Sie war mir eine wunderbare Stiefmutter und Mandy und Zack eine großartige Mutter gewesen. Sie hatte so hohe Maßstäbe gesetzt, dass ich ihr nie gerecht werden würde. Das bedeutete jedoch nicht, dass ich nicht mein Bestes gab. Trotzdem hasste Mandy mich und Zack tolerierte mich lediglich.

Einer der Gründe, warum ich nicht gezögert hatte, als

Zack mich gefragt hatte, ob Nixon zum Abendessen zu uns kommen könne, war, dass er so glücklich geklungen hatte. Er hatte seinen Teenager-Punk-Tonfall aufgegeben und höflich gefragt. Er klang ein wenig wie damals, wenn ich auf Besuch zu Hause gewesen war. Während dieser Besuche hatten meine beiden Geschwister mich gemocht. Wir hatten Vergnügungsparks besucht, Kinos, den Strand, nur wir drei. Damals hatten sie gelächelt. Sie hatten mich in den Arm genommen und mir versichert, was für eine coole Schwester ich doch sei.

Und jetzt bekam ich nur Trotz und böse Worte.

Ich versagte und Zack und Mandy würden für meine Unzulänglichkeiten bezahlen.

»Hattest du Spaß?«, fragte ich Mandy, als sie näher kam, an beiden Armen beladen mit Einkaufstaschen.

»Das Einkaufszentrum war ein Reinfall. Aber wir haben im Outlet in Queenstown vorbeigeschaut. Ich habe jede Menge Sommerkleidung ergattert.«

Ich wollte gar nicht daran denken, wie ihre Vorstellung von Sommerkleidung aussah. Es war immer noch Frühling und daher konnten die Temperaturen immer noch bis auf etwas über Null Grad absinken. Aber Mandy hatte bereits das, was sie *kurze Hosen* nannte, aus ihren Schubladen hervorgeholt. Ich nannte sie *zu kurz, um sie in der Öffentlichkeit zu tragen.* Eine weitere Quelle des Zwistes zwischen uns. Sie nannte mich wiederholt prüde. Ich jedoch wusste verdammt gut, dass weder mein Vater noch Carla ihr erlaubt hätten, mit aus den Shorts heraushängenden Pobacken das Haus zu verlassen.

»Super. Hör mal, bevor du heute Abend schlafen gehst, musst du das Badezimmer putzen und dein Zimmer aufräumen.«

»Mein Gott, ich bin gerade erst heimgekommen und schon hast du wieder was zu meckern. Kann ich nicht zumindest erst reingehen, bevor du anfängst –«

Ihr trotziges Geschimpfe wurde abrupt unterbrochen, als ein orangefarbener Traktor aus dem Wald brach und auf meinen Altima zuraste. Kurz davor bremste er scharf und verschonte meine vordere Stoßstange – knapp.

»Was zum Teufel sollte das?«, fragte Mandy, womit sie aussprach, was ich dachte. Zack saß am Steuer, Nixon auf dem Beifahrersitz. In aller Ruhe erklärte er meinem Bruder irgendetwas. Ich sah, wie seine Lippen sich bewegten und dass er auf etwas in der Nähe des Lenkrads wies, aber ich konnte nichts hören. »Wer ist das?«

Na super.

Mandys Stimme klang plötzlich atemlos und sie stand gerader. Ihr voll entwickelter Teenager-Körper war in höchster Alarmbereitschaft.

»Das ist Nixon Swagger. Und, Mandy, zeig dich von deiner besten Seite.«

»Oh, das werde ich.«

»Das meinte ich nicht, und das weißt du. Er ist ein

erwachsener Mann und du bist ein Teenager. Denk gar nicht erst daran.«

Der Gedanke, Mandy könnte sich Nixon an den Hals werfen, ließ mich rotsehen. Ich glaubte zwar keine Sekunde, Nixon könnte auch nur auf einen von Mandys Annäherungsversuchen eingehen, aber ich kannte den Mann kaum und meine Schwester war ausgesprochen hübsch.

»Gott, du bist immer so –«

»Hi.« Zacks Begrüßung schnitt Mandys Genörgel ab. »Ist Nix' Traktor nicht cool?«

»Ja, sicher. Es wäre nett, wenn er auch cool bleiben würde – und mein Wagen auch. Du hast beinahe meine Stoßstange abgerissen.«

»Ich weiß. Tut mir leid. Nixon bringt mir gerade bei, das Fahrzeug zu fahren.«

»Hi, Nixon. Ich hoffe, Zack hat Ihnen drüben keinen Ärger gemacht.«

Zack verdrehte die Augen. Nixon lächelte. Gütiger Himmel, dieses Lächeln.

»Nein, ganz und gar nicht. Ich habe ihm gesagt, er sei jederzeit willkommen.«

Zack begann umgehend, mir von seinen Plänen zu erzählen, Nix zu helfen, die alte Melkanlage abzureißen. Als er so weit war zu berichten, seine Bezahlung sei ein altes Geländemotorrad, hüpfte er praktisch auf Zehenspitzen. So hatte ich Zack nicht mehr gesehen, seitdem er zehn gewesen war und ich ihm versprochen hatte, mit ihm Knotts Berry Farm, den berühmtesten Vergnügungspark Kaliforniens, aufzusuchen, und wir Vorzugstickets hatten.

»Und was ist mit all dem Mist, der hier zu tun ist?«, fragte Mandy schnodderig.

Die Begeisterung auf Zacks Gesicht war augenblicklich wie weggewischt und er warf seiner Schwester einen tödlichen Blick zu.

Verdammte Zicke.

»Was soll damit sein?«

»Glaub ja nicht, ich übernehme deine Pflichten, damit du drüben bei ihm arbeiten kannst.« Mandy wies mit dem Finger in Nixons Richtung.

»Bin ich etwa derjenige, der sich drückt, wenn es etwas zu tun gibt? Du kümmerst dich nicht einmal um das Pferd, das McKenna für dich anschaffen sollte. Und wer hat heute Morgen den Entenstall gesäubert und das Wasser im Planschbecken ausgetauscht? Ich. Aber das waren deine Aufgaben. Du hast sie hergeholt. Und jetzt müssen McKenna und ich uns darum kümmern, weil du damit beschäftigt bist, dich herumzutreiben. Und du bist diese Woche dran, das Badezimmer zu putzen. Und das hast du auch nicht getan. Mit all dem Mist für deine Haare und deinem Make-up sieht es dort aus, als hätte eine Bombe eingeschlagen. Und ich werde es nicht putzen, weil ich bereits die Ställe all deiner Tiere gesäubert habe, die du unbedingt haben musstes. Also kümmere dich um deine eigenen Angelegenheiten und hör auf, dich in meine einzumischen.«

McKenna? Zack hat mich noch niemals anders als Micky genannt – niemals.

Da steckte ich nun wieder einmal in einer dieser Erziehungs-Zwickmühlen, in denen ich nicht wusste, was zu tun war. Zack hatte recht. Mandy vernachlässigte ihre Pflichten und Zack kümmerte sich tatsächlich um die Tiere, die Mandy unbedingt hatte haben müssen. Er mochte mir zwar oft widersprechen und trieb sich mit etwa fünfzig Highschool-Anfängerinnen herum, denen er das Herz brach – was die Väter dieser Mädchen zu Mordgedanken trieb –, aber er half mir. Auch wenn er vergaß, das Tor zu schließen, und Sally immer wieder entwischte, so übernahm er doch die Verantwortung für ein Pony, das nicht ihm gehörte. Und das er zudem noch hasste. Und er fluchte, etwas, von dem ich nicht wusste, ob er das mit fünfzehn tun sollte, aber mal ehrlich? Ich musste mir gut überlegen, um was es sich zu streiten lohnte.

»Na und? Alle sagen immer –«

»Genug jetzt!« Ich warf Mandy einen Blick zu, der besagte: *Noch ein Wort und du bist tot,* und sie war tatsächlich so klug, den Mund zu halten. »Mandy, dies ist Nixon Swagger, unser Nachbar. Nixon, meine Schwester Mandy.«

»Hi«, knurrte Mandy.

»Schön, dich kennenzulernen.«

War das nicht einfach großartig? Nixon hier bei uns, um Zeuge einer der Zankereien, wenn auch einer der milderen, von Zack und Mandy zu werden? Ich wäre am liebsten für das nächste Jahrtausend unter einem Fels verschwunden – oder zumindest so lange, bis Nixon herausgefunden hatte, dass wir alle verrückt waren, um sich wie der Blitz auf seine Seite des Waldes zurückzuziehen und nur knapp unserem Irrenhaus zu entgehen.

Mandy stürmte davon. Ihr Haar flog hinter ihr her und die Tüten raschelten, als sie die Treppe hochlief und durch die Fliegentür verschwand. Sie krachte hinter ihr zu und Zack verdrehte wieder die Augen.

»Nehmen Sie es ihr nicht übel. Sie ist immer so zickig.«

»Ich halte es nicht für cool, deine Schwester zickig zu nennen, Kumpel.«

Nun, da hatten wir es. Offensichtlich stolperte ich heftiger über diesen Erziehungskram, als ich gedacht hatte. Ich stimmte Zacks Meinung nämlich zu und hatte nicht daran gedacht, ihn zu korrigieren. Mandy benahm sich oft zickig. Meine süße kleine Schwester war verschwunden und an ihre Stelle war eine fast siebzehnjährige Teufelin getreten.

»Versuchen Sie erst mal, mit ihr zusammenzuleben, und dann sagen Sie mir noch einmal, dass ich sie nicht so nennen darf.«

Nix verzog die Lippen zu einem Lächeln. »Okay.«

»Also, hast du nichts dagegen? Darf ich Nix helfen?«

Etwas von Zacks glücklichem Ausdruck kehrte zurück und ich hatte keine Chance, Nein zu sagen, wenn mein kleiner Bruder so hoffnungsvoll aussah. Ich versagte vollkommen bei der Erziehung.

»Unter einer Bedingung. Du vernachlässigst deine Noten nicht. Du hast noch anderthalb Monate Schule und ich will, dass du dein Bestes gibst.«

»Ich verspreche es. Und ich werde meinen Aufgaben hier nachkommen.«

»Na dann, ja, dann habe ich nichts dagegen.«

»Cool, danke, Schwesterherz. Ich werde jetzt Sally und Goat reinbringen.«

»Ich werde Sally holen. Du gehst dich waschen und dann wirfts du den Grill an«, erwiderte ich.

»Okay.«

Zack eilte davon und ließ Nixon und mich allein auf dem Schotterplatz zwischen meinem Haus und der Scheune stehen.

»Wenn Sie möchten, hole ich Ihnen ein Bier, und Sie warten auf meiner Veranda auf uns.«

»Kommt das oft vor?«, wollte er wissen.

»Was?«

»Dass die beiden aufeinander losgehen?«

Gott, das war peinlich.

Becky, meine beste Freundin, oder eigentlich meine einzige Freundin, hatte zwei Söhne, fünf und sieben Jahre alt. Sie stritten sich nicht wie Zack und Mandy. Ich nahm an, das lag daran, dass Becky der netteste, aufrichtigste Mensch war, den ich je getroffen hatte. Sie sprach mit sanfter Stimme und besaß ein großes Herz. Rob, ihr Mann, hatte immer ein Lächeln übrig. Nie hatte ich jemanden gekannt, der so schnell lachte und einem so bereitwillig zur Hand ging.

Ich nahm an, so wie die beiden drauf waren, hatten sie mit ihren Kindern das große Los gezogen und ihr sonniges Gemüt an ihre Sprösslinge weitergegeben. Jetzt jedoch, nach Nixons Frage, glaubte ich, Beckys Jungs wären einfach normal und Geschwister gingen sich nicht so an die Gurgel, wie meine es taten.

»Ich glaube nicht, dass sie das getan haben, als sie noch jünger waren. Aber jetzt? Ja. Leider verhalten sie sich so.«

Plötzlich überkam mich wieder der heftige Schmerz, der sich von meinem Herzen im ganzen Körper breitmachte, wie immer, wenn ich daran dachte, wie glücklich Zack und Mandy als Kinder gewesen waren, als sie noch Carla und Dad gehabt hatten. Wieder spürte ich das Schuldgefühl, so weit weggezogen zu sein in dem Glauben, ich hätte noch mehr Zeit mit ihnen vor mir. Ich hatte zwischen meinen Besuchen keine Eile gehabt, nach Hause zu fahren und sie wiederzusehen. Ich hatte mein eigenes Ding gemacht und sie besucht, wenn ich konnte.

In Wahrheit konnte ich mich nicht einmal daran erinnern, wann ich meinem Dad das letzte Mal gesagt hatte, dass ich ihn liebte. Er war ein guter Mann und Vater gewesen. Wir hatten ihn alle drei angebetet, und Zack und Mandy hatten ihre Mutter heiß und innig geliebt.

Nixons Gesicht wurde nachdenklich und ich fragte mich, ob er es sich noch einmal überlegte, ob er Zacks Einladung annehmen sollte. Was mich seltsamerweise enttäuschte, auch wenn ich es ihm nicht verübeln konnte, dass er sich drücken wollte.

KAPITEL SECHS

Je mehr Nixon über McKenna erfuhr, desto beeindruckter war er. Er konnte sich nicht vorstellen, dass es leicht war, zwei Waisen aufzuziehen, während man selber eine war. Und es wäre schon unter den besten Umständen schwierig genug, zwei Teenager zu betreuen, die beide in einem Alter waren, in dem sie nicht nur nach einer festen, führenden Hand verlangten, sondern auch Fürsorge und Aufmerksamkeit brauchten. Aber wenn dazu noch kam, dass sie alle einen übergroßen Verlust erlitten hatten, dann war die Situation extrem schwer.

Glücklicherweise hatte Nix keine Geschwister. So wie seine Mom seinem Dad mitgespielt hatte, hätte der alte Mann nicht mehr ertragen können. Wäre dazu noch ein Teenager-Mädchen gekommen, hätte das Wayne früh ins Grab befördert, falls Mandys Verhalten typisch war für diese weibliche Altersklasse.

»Kommen Sie, wir holen Sally.«

»Sie können auf der Veranda warten. Es wird nur eine Minute dauern«, erwiderte McKenna.

Seine Schritte fraßen sich durch den Kies. Nix blieb nicht stehen, sondern ergriff ihre Hand und ging weiter auf den Stall zu. Er geriet allerdings etwas ins Stocken, als er ihre schmale Hand in seiner spürte. Er hätte es nicht einen Funken nennen mögen, denn das wäre lächerlich gewesen, aber er empfand definitiv einen Ruck der Erregung. Was ihn unvorbereitet traf, denn sein Schwanz erwachte zum Leben, als er sich vorstellte, wie ihre warme, schwielige Hand sich um seinen Schaft herum anfühlen würde. Sie würde ihn nicht sanft und zärtlich streicheln, was Nix gerade recht war. Er bevorzugte es wild und grob.

Er schalt sich selbst für die Richtung, die seine Gedanken genommen hatten, und blieb stehen, als McKenna aufhörte, sich zu bewegen.

»Wirklich, Nixon. Ich komme mit Sally klar. Es gibt keinen Grund, mir zu helfen.«

Er konnte sich gerade noch beherrschen, sie in die Arme zu ziehen, denn er wollte sie nicht verschrecken, aber er ließ es sich nicht nehmen, ihr ein paar Wahrheiten über sich mitzuteilen. »Ich zweifle nicht daran, dass Sie allein mit Sally zurechtkommen. Aber wenn ich in der Nähe bin, brauchen Sie das nicht.«

»Und warum nicht?«

Er hätte nicht sagen können, ob sie gekränkt oder

neugierig war. Falls Ersteres zutraf, war nicht abzusehen, wie wütend sie werden würde, wenn er ihr den Grund verriete.

»Weil es auf keinen Fall infrage kommt, dass ich mit einem Bier auf der Veranda sitze, während eine Frau arbeitet.«

McKennas honigfarbene Augen verengten sich, aber sie hatte noch nicht versucht, ihre Hand aus seiner zu ziehen.

»Und warum nicht?«, fauchte sie.

»Das wäre nicht nur vollkommen unhöflich, sondern der Typ Mann bin ich eben nicht. Sie können mich gern mit dem neuesten Namen beschimpfen, den sich die Kämpfer für die Gleichberechtigung ausgedacht haben, und ich würde mich nicht darum scheren. Kurz gesagt, ob meine Freundin, meine Frau oder eine vollkommen Fremde, eine Frau schuftet sich in meiner Gegenwart nicht zu Tode, während ich mich ausruhe. Wenn ich überzeugt wäre, damit durchzukommen, dann säßen Sie mit Ihrem Hintern und einem Bier in Ihrer Hand auf der Veranda und ich würde Sally einfangen und in den Stall bringen. Aber etwas sagt mir, Sie würden einen Anfall bekommen. Und nicht nur das, denn so wie Zack Mandy gerade zusammengefaltet hat, nehme ich an, dass Sie eine Atempause gebrauchen können, bevor Sie ins Haus zurückgehen.«

»Sie glauben, ich bekäme einen Anfall.«

Bei allem, was Nix gerade zu McKenna gesagt hatte, hätte er nie im Leben erwartet, dass sie ausgerechnet darauf herumreiten würde.

»Ja.«

»Und warum?«

»Nun, würden Sie sich auf die Veranda setzen, wenn ich Sie darum bäte?«

»Zum Teufel, nein.«

»Genau.« Nixon merkte, dass er lächelte, ein fremdes Gefühl. Obwohl, je länger er mit McKenna und Zack zusammen war, desto vertrauter wurden seine Wangenmuskeln mit dieser Bewegung. »Und warum nicht?«

»Weil es mein Pony ist und Sie ein Gast sind.«

»Genau.«

»Und was soll das wieder heißen?«

»Das heißt, eines Tages, wenn Sie mich nicht länger als Gast betrachten, wird Ihr entzückender Hintern auf der Veranda sitzen, Sie werden die Füße hochlegen, mit einem Bier neben Ihnen, und Sie werden mir dabei zusehen, wie ich Ihr Pony in den Stall bringe.«

McKenna schüttelte nur den Kopf, als wäre er verrückt, hatte aber nichts mehr einzuwenden und hatte auch noch keinen Versuch gemacht, ihre Hand zurückzuziehen.

»Meinen Sie nicht, wir können jetzt endlich Sally holen, damit wir uns beide ein Bier holen und entspannen können? Oder wollen Sie hier stehen bleiben und den ganzen Abend darüber streiten?«, fragte er.

»Wir streiten nicht.«

»Okay, ich werde mich korrigieren – hier stehen bleiben und mir widersprechen, oder wollen Sie das Pony holen?«

Verdammt, wie sexy sie war! Sogar leicht verärgert war sie noch heiß. Nixon konnte sich nicht daran erinnern, es jemals genossen zu haben, sich mit einer Frau ein Wortgefecht zu liefern. Seine Ex-Frau hatte zuckersüß begonnen, konnte aber alles in einen Kampf verwandeln, was sie oft getan hatte. Als sie dann ging, diskutierte sie nicht mehr, sondern keifte nur noch.

Sie gingen auf die Pferdekoppel. Innerhalb von Minuten hatte Nix das Pony am Nylonhalfter gepackt und führte es in die Scheune.

»Ich weiß nicht, wie Sie es angestellt haben, sie so schnell einzufangen«, bemerkte McKenna, als sie die Stalltür schloss.

»Ich habe es Ihnen doch erklärt. Genau wie jede andere Frau braucht sie eine sanfte Hand.«

»Ich weiß, was Sie gesagt haben, ich habe Ihnen nur nicht geglaubt.«

Nixon dachte an all die Arten, auf die er ihr gern seine Theorie bewiesen hätte. Seiner umfangreichen Erfahrung nach bevorzugten Frauen einen Mann, der selbstsicher wusste, was sie wollten, aber sanft in der Ausführung war.

Bis man ins Bett stieg – dann gab es ein ganz neues Paket an Regeln. *Seine.* Selbstsicherheit spielte immer noch eine Rolle, zusammen mit einem gesunden Maß an Selbstbeherrschung, was immer zu einer Explosion führte und mit leichter Besorgnis endete. Das gleiche Prinzip, aber eine andere Reihenfolge in der Vorgehensweise.

Er war McKenna nahe genug, um ihr mit seiner großen Gestalt den Weg zu versperren, als sie sich herumdrehte. Mit einem klackenden Geräusch trat Nix noch näher. Ihr frischer Duft überfiel seine Sinne. Er war lächerlich erfreut, als sie auf seinen Mund hinabblickte, bevor sie ihm in die Augen sah. »Sie haben also an meinen Fähigkeiten gezweifelt?«

»Ja, als Reiter ist das möglich.« Oh ja, sie war verdammt entzückend, wenn sie versuchte abzuschätzen, wie weit sie seine Anspielungen provozieren konnte. Sie lotete die Grenzen aus und Nixon schätzte, er könnte noch einen Schritt weiter gehen.

»Das werden wir richtigstellen müssen.«

»Das haben wir gerade getan. Ich habe gesehen, wie schnell Sie sie eingefangen haben.«

»Ich habe nicht über das Pony geredet, Babe.«

Ihre Wangen färbten sich rosa und der Schritt seiner Hose wurde ein wenig enger.

»Oh ... äh ...«

Nix dachte gerade, wie sehr ihm die schüchterne Stotterei McKennas gefiel, als die Seitentür aufgestoßen wurde.

»Das ging schnell.« Zack kam in die Scheune gelaufen. »Ich habe den Grill angeworfen.«

Mein Schwanz wird von einem Fünfzehnjährigen blockiert.

»Großartig. Wir sollten zusehen, dass das Huhn darauf liegt, bevor es dunkel wird.«

McKenna stürzte praktisch aus der Scheune. Nix und Zack blieben allein zurück und beobachteten ihren über- eilten Rückzug.

»Gott, sie muss Hunger haben«, meinte Zack.

»Ja, Kumpel, so muss es sein.«

Die beiden traten aus der Scheune und gingen über den Hof zum Haus. Nix dachte währenddessen, dass er es kaum erwarten konnte, McKenna allein zu erwischen und herauszufinden, ob ihr Hunger mit seinem übereinstimmte.

KAPITEL SIEBEN

Es waren ein paar Tage vergangen, seit ich Nixon gesehen hatte. Obwohl ich jeden Abend etwas über ihn hörte, wenn Zack von Nix' Haus zurückkehrte. Und gestern Abend hatte ich die Scheinwerfer seines Traktors gesehen, als er auf den Hof gefahren war, um Zack abzusetzen.

Er war nicht hereingekommen.

Ich hatte versucht, nicht enttäuscht zu sein. Aber das misslang mir. Gründlich. An dem Abend, an dem er zum Essen herübergekommen war, hatte ich seine Gesellschaft ehrlich genossen. Er war nett zu Mandy gewesen, obwohl sie auch weiterhin den schnodderigen Teenager hatte heraushängen lassen. Und er schien an allem interessiert zu sein, was Zack ihm unbedingt hatte erzählen müssen. Und überraschenderweise hatte Zack viel geredet. Mehr als bei irgendeinem anderen Abendessen während der letzten neun Monate, in denen er bei mir lebte.

Die Erkenntnis, dass mein Bruder sich nach männlicher Interaktion sehnte, ließ mein Herz bluten. Obwohl ich Zack erlaubt hatte, mit Nixon zu arbeiten, so hatte ich doch noch meine Vorbehalte. Ich wollte nicht, dass Zack unseren Nachbarn belästigte, aber während des Abendessens hatte ich gemerkt, wie sehr Zack die Arbeit mit Nixon brauchte. Es war nicht nur gut für ihn, einen ganzen Tag lang hart zu arbeiten – was seinen SMS-Austausch auf ein Minimum beschränkte und ihm Schwierigkeiten ersparte –, sondern wahrscheinlich tat es ihm gut, auch mal von mir und meiner Schwester weg zu sein.

Es war Samstag und die Mittagszeit rückte heran. Zack hatte sich allein geweckt und war bereits um acht Uhr verschwunden. Vorher jedoch hatte er Sally rausgelassen und sie und die Ziege mit Futter versorgt. Ich hatte ihn sogar dabei beobachtet, wie er zweimal am Tor gerüttelt hatte, um sich zu vergewissern, dass es wirklich verschlossen war. Dann hatte er sich davongemacht und war im Wald untergetaucht.

Ich war ruhelos in der Küche auf und ab gegangen und hatte die Sandwiches angestarrt, die ich während der letzten zwanzig Minuten zubereitet hatte. Ich überlegte krampfhaft, ob ich sie zur Swagger-Farm hinüberbringen und die Jungs überraschen sollte oder nicht. Einerseits war ich sicher, dass sie sich über den Imbiss freuen würden, andererseits wollte ich sie nicht stören.

Wem mache ich etwas vor?

Ich wollte Nixon unbedingt sehen, befürchtete jedoch, dass er mich nicht sehen wollte. Ich konnte ihn einfach nicht einschätzen. Manchmal, wie zum Beispiel, als wir allein in der Scheune gewesen waren, sah er mich an und ich konnte seinen Blick wie eine körperliche Berührung spüren. Er hatte beinahe geflirtet, falls ich es richtig interpretierte, aber dann hatte er umgeschaltet und war liebenswürdig, wenn nicht sogar ein wenig distanziert.

Mandy schlief immer noch und würde es den ganzen Tag lang tun, wenn ich nicht an ihre Tür hämmern würde. Sie hatte ihre mitternächtliche Ausgangssperre bis Punkt zwölf Uhr ausgenutzt und war noch zwei Stunden wach geblieben, um unten fernzusehen. Das wusste ich, weil ich die Treppenstufen hatte knarren hören, denn sie hatte sich kein bisschen in Acht genommen, als sie hinaufgestiegen war.

»Scheiß drauf«, murmelte ich in den leeren Raum. »Was könnte im schlimmsten Fall geschehen?«

Er könnte sauer sein, dass du ihn unterbrichst.

Großartig. Super.

Ich stellte mir nicht nur laut Fragen, sondern beantwortete sie auch selbst.

Bevor ich meine Meinung ändern konnte, packte ich die Sandwiches ein, schnappte mir noch eine Tüte Chips und ein paar Flaschen Wasser und marschierte zur Tür hinaus. Ich war noch nie zuvor durch den Wald gegangen, aber da Sally und Goat einen Weg hindurch gefunden hatten, würde mir das auch gelingen.

Zum Glück war der Pfad ausgetreten. Ich nahm an, wenn der Sommer kam und sich der Efeu überall breitmachte, würde er kaum noch nutzbar sein, aber im Augenblick konnte man ihn noch als Abkürzung benutzen und ich kam ein paar hundert Meter von einem großen Metallschuppen entfernt an. Als ich näher kam, konnte ich eine große grüne Scheune sehen und daran angeschlossen ein kleines weißes Blockhaus. Es gab noch ein paar kleinere Schuppen, die sich daran anlehnten und unter denen alte Traktoren abgestellt waren. Des Weiteren gab es ein weißes Gebäude, das man kaum noch weiß nennen konnte, weil der Großteil der Farbe bis aufs nackte Holz abgeblättert war.

Der Zustand des Gebäudes schockierte mich ein wenig. Nixon schien mir nicht der Mann zu sein, der sein Eigentum verfallen ließ. Andererseits war er erst seit Kurzem wieder zu Hause und wenn man den Gerüchten Glauben schenken konnte, war die Swagger-Farm lange Zeit verlassen gewesen.

Als ich um die grüne Scheune herumbog, blieb ich buchstäblich wie angewurzelt stehen. Nixon kam aus dem weißen Gebäude heraus. Er trug eine lange Metallleitung über der Schulter – mit nacktem Oberkörper. Er trug wahrhaftig kein Hemd.

Nichts.

Sein Oberkörper war vollkommen nackt.

Es war Ende April. Es war absolut kein heißer Tag – wirklich nicht –, und doch glänzte seine Brust vor Schweiß. Ich konnte seine Brustmuskeln aus solcher Nähe inspizieren, dass ich die Schweißperlen hätte zählen können. Noch nie war ich so froh darüber gewesen, dass ich mehr als hundert Prozent Sehkraft besaß. Sie erlaubte es mir, die harten Linien seines Bauches zu studieren. Obwohl man eigentlich keine überdurchschnittliche Sehkraft brauchte, um seinen Waschbrettbauch zu erkennen. Sogar jemand, der fast blind war, wäre in der Lage gewesen, die acht höllisch heißen Gipfel und Täler zu zählen. Ja, acht. *Wie war das möglich?* Ich dachte immer, es wären sechs. Wer weiß? Gab es auch ein Achter-Pack? So etwas hatte ich noch nie gesehen, obwohl ich doch Liebesgeschichten mit heißen, sexy Männern auf dem Umschlag las. Keiner von denen besaß einen Brustkorb oder solche Bauchmuskeln wie Nixon.

Gütiger Himmel, er war heiß.

»McKenna?«

»Ja?«

Ich starrte immer noch auf ein Rinnsal Schweiß, das sich seinen Weg über die starken Muskeln seines Brustkorbes nach unten suchte, wo es dann über seinen Bauch rann. Gerade wollte es unter dem Taillenbund seiner schmutzigen Jeans verschwinden, als er leise lachte.

»Babe?«

»Ja?«

»Alles in Ordnung?«

Mist. Verdammter Mist.

Ich taumelte zurück und blickte ihn an.

»Ja, ich bin hergekommen, um zu sehen, ob ihr hungrig seid.« Ich hielt die Kühlbox vom Typ Weichplastik mit dem Imbiss in die Höhe.

»Hey, McKenna. Was machst du hier?«

Das hatte noch nicht wieder aufgehört. Mein Bruder nannte mich immer noch beim vollen Namen. Ein paarmal war ihm *Schwesterherz* herausgerutscht, was mir jedes Mal das Herz wärmte, aber meist blieb es bei McKenna. Ich wusste nicht genau, was zu diesem Wandel geführt hatte, aber ich nahm an, er beharrte darauf, weil Mandy jedes Mal die Augen verdrehte, wenn Zack mich McKenna nannte. Und da Zack ständig nach neuen Wegen suchte, seine Schwester zu ärgern, kam ihm das gerade recht.

»Ich habe euch ein Mittagessen gebracht«, erklärte ich meinem Bruder, während ich immer noch wie eine Idiotin die Kühlbox hochhielt.

»Cool. Ich verhungere.«

»Du hast doch immer Hunger.«

»Wie recht du hast, mein großes Schwesterlein.« Ich

zuckte vor Überraschung zusammen. Ich ließ den Blick zu Nixon schweifen, bevor ich mich wieder meinem Bruder zuwandte.

Er hat gute Laune.

Er ist glücklich.

Ich hatte ihn seit ... nun, seit Langem nicht so gesehen. Ich wäre am liebsten an Nixon hochgesprungen, um ihn mit Küssen zu übersäen, weil er Zack zum Lächeln brachte. Ich hätte auch gern die Schweißperlen aufgeleckt, aber aus reinem Eigennutz, nicht weil er Zack von einem Punker-Teenager in einen scherzenden Teenager verwandelt hatte.

»Hast du mir zwei gemacht?«

»Natürlich. Und Chips habe ich auch mitgebracht.« Ich zeigte ihm meinen besten genervten Gesichtsausdruck und sah zu, wie beide Jungs die Leitungen fallen ließen, die sie aus dem Gebäude getragen hatten und auf den Anhänger legen wollten, der danebenstand.

»Haben Sie sich auch eins mitgebracht?«, erkundigte sich Nixon, während er sich die Hände an den Oberschenkeln abwischte.

»Nein. Ich habe schon gegessen.«

»Bleiben Sie eine Minute oder haben Sie zu tun?«

»Ich habe eine Minute.«

Zack kam zu mir und nahm mir die Kühlbox aus der Hand. Er stellte sie auf den Anhänger, öffnete sie und holte ein Sandwich heraus, das er Nixon reichte. Dann griff er noch einmal hinein und nahm eins für sich selbst heraus. Ohne auf Nix zu warten, biss Zack herzhaft hinein. So verhielt er sich immer, wenn man etwas zu essen vor ihn hinstellte – ohne ein Wort zu sagen und mit Genuss.

»Danke.« Nix hielt das Sandwich in die Höhe und biss mit viel weniger Begeisterung hinein.

Nix war nicht etwa weniger erfreut. Er hatte nur zu gegebener Zeit Manieren erlernt, etwas, an dem es meinem Bruder mangelte.

»Nicht der Rede wert.«

Ich warf einen Blick auf den Anhänger, dann auf das Gebäude, aus dem sie herausgekommen waren. »Wow. Ihr habt viel geschafft.«

»Gehen Sie ruhig hinein«, bot Nixon an.

Ich musste zugeben, ich war ein wenig neugierig. Ich lebte jetzt bereits seit fünf Jahren in dieser kleinen Farmergemeinde und hatte noch nie gesehen, wie Kühe gemolken werden. Ich stieg die eine Zementstufe hinauf, aber als ich den Kopf hineinsteckte und mich in dem mit Spinnweben überzogenen Raum umschaute, änderte ich meine Meinung schnell.

»Sie können ganz hineingehen.« Ich spürte Nixons Hand an meinem Kreuz und alle Gedanken an hässliche, herumkrabbelnde Spinnen verflogen.

»Nein. Ich stehe hier ganz gut.« Ich konnte alles sehen,

was nötig war, ohne die Scheune zu betreten. »Warum ist dort auf der anderen Seite dieser große Graben?«

»Man nennt es eine Abflussrinne.«

Er fuhr fort zu erklären, wie die Kühe am anderen Ende der Scheune hereinkamen und ihre Köpfe in dafür vorgesehene Stahlkonstruktionen steckten – von denen es zwanzig gab, wie ich zählte –, die sich über den Hälsen schlossen. Zuvor gab man Futter in Tröge vor ihren Köpfen. Nixon erklärte, die Einrichtung wäre veraltet und sein Vater hätte sie nie modernisiert, da sie nur eine kleine Molkerei gewesen waren, die fünfzig Kühe bewältigte, obwohl sie zu manchen Zeiten bis zu fünfundsiebzig besessen hatten.

Zack hatte sich zu uns gesellt und zeigte mir, wo sie die Leitung abgebaut hatten, die die Milch von diesem Raum in das anschließende Gebäude transportierte. Dort lief sie durch eine Reihe Filter, bevor sie in einem Tank gelagert wurde, bis der Milchwagen kam, um sie abzuholen.

Ich war beeindruckt, wie viel mein Bruder über diesen Prozess wusste – offensichtlich war er Nix' Lektion darüber, wie man Kühe melkt, mit Aufmerksamkeit gefolgt. Die Abflussrinne diente übrigens zur Aufnahme des Dungs. Als ich vor Ekel die Nase kräuselte, lachte Zack und erinnerte mich humorvoll daran, dass alle kacken müssen. Das war kein erfreulicher Gedanke und nichts, worüber ich mit einem hemdlosen Nixon reden wollte –

und auch nicht mit einem bekleideten Nixon. Tatsächlich wollte ich überhaupt nicht über solche Themen reden.

Nachdem meine Führung beendet war und die beiden Männer ihre Sandwiches verspeist hatten, war es Zeit für mich zu gehen.

»Nun, ich überlasse euch wieder eurer Arbeit.«

»Haben Sie eine bestimmte Arbeit, zu der Sie zurückkehren müssen?«, fragte Nixon.

»Nein.«

»Bleiben Sie.«

»Okay. Aber nur, wenn Sie mir etwas zu tun geben.«

Nix' Lippen formten sich zu einem Lächeln und kopfschüttelnd begann er zu lachen.

Tief, grollend und sooo sexy.

»Sie müssen lernen, wie man sich hinsetzt und entspannt«, belehrte er mich.

»Da haben Sie wahrscheinlich recht, aber heute wird das nicht geschehen.«

Mit einem Tausend-Watt-Lächeln auf dem Gesicht kam er zu mir, beugte sich dicht an mein Ohr und knurrte: »Aber eines Tages wird es geschehen.«

Dann wandte er sich wieder seiner Arbeit zu.

Sechs schlichte Worte voller Andeutung und Versprechen.

KAPITEL ACHT

Während der letzten fünf Stunden, in denen Nix mit Zack gearbeitet hatte, hatte er viel über den Jungen und auch über McKenna erfahren. Zack fand nichts als Lob für seine älteste Schwester und Entschuldigungen für seine andere. Der Junge hatte Nix erzählt, seine Eltern wären vor knapp einem Jahr bei einem Flugzeugunglück gestorben und er und Mandy wären von Los Angeles nach Maryland gezogen, um bei McKenna zu leben.

Nix kannte sich mit Verlusten gut aus. Er hatte während der letzten zwölf Jahre genug Blutvergießen gesehen – sowohl im Zusammenhang mit seinen Feinden als auch mit seinen Brüdern. Aber nichts von den Schrecken des Krieges hatte ihn so sehr gezeichnet wie der Verlust seines Vaters. Nixons Vater war gestorben, als er fünfundzwanzig gewesen war. Wenn er ihn als Teenager verloren hätte, wäre es mit Sicherheit noch schlimmer gewesen. Besonders zu einer Zeit im Leben eines jungen Mannes, in der er Anleitung und Führung brauchte, wie man ein Mann wurde.

Je weiter der Tag fortschritt, desto mehr mochte er Zack. Er hatte sich im Stillen geschworen, für den Jungen da zu sein, solange er in der Gegend bleiben würde. Nixon hielt sich zwar nicht für das beste Vorbild, aber er konnte ihm ein paar Dinge über harte Arbeit und Respekt beibringen. Er würde jedoch mit McKenna darüber sprechen müssen, wie viel Zeit des Jungen er in Anspruch nehmen durfte. Es gab eine Menge Arbeit und je eher Nix damit fertig wurde, desto eher konnte er in seinem Leben weiterkommen und sich seinen nächsten Schritt überlegen.

Er hatte die Farm verlassen, sobald er alt genug gewesen war, sich beim Militär zu melden. Stets hatte er jedoch leichte Reue verspürt, seinen Vater mit der Arbeit auf dem Land allein gelassen zu haben, aber sein Vater selbst hatte ihn gedrängt, loszuziehen und die Welt zu sehen.

Wayne Swagger hatte ihm stets erklärt, ihm wäre Besseres bestimmt. Aber all die Orte, an denen er gewesen war, all die Dinge, die er gesehen hatte, nichts davon hatte sich damit vergleichen lassen, an der Seite seines Vaters zu arbeiten. Nixon hatte bei der Arbeit auf dieser Farm alles gelernt, was er brauchte.

»Hast du schon das Schweinefleisch aufgesetzt?«,

hörte Nixon Zack fragen.

»Ja. Es ist bereits im Kochtopf.«

»Fantastisch. Hey, Nix, willst du rüberkommen, um McKennas berühmte Sandwiches mit gegartem Schweinefleisch zu probieren? Sie sind der Himmel auf Erden. Und dazu gibt es selbstgemachten Krautsalat.« Und ja, inzwischen waren sie sogar alle per Du.

Als Nixon sich herumdrehte, sah er, wie McKenna sich auf die Unterlippe biss. Die Bewegung rief Bilder in ihm wach, wie sie genau das tat, um nicht aufzuschreien, während er sich in ihr bewegte. Immer öfter während der letzten Woche waren Fantasien über seine sexy Nachbarin in ihm aufgestiegen.

Das war rein schwanzgesteuert und nicht angebracht, aber die Gedanken an sie brachten ihm todsicher einen Ständer ein. Und er war ein noch größeres Arschloch, weil er sich selbst befriedigt hatte, während er sich daran erinnerte, wie heiß sie ausgesehen hatte, als sie sich über ihren alten Pick-up beugte. Nur dass vor seinem geistigen Auge ihre Jeans unten auf den Knöcheln hing, ihre vollen Brüste in seinen Handflächen lagen und er sie von hinten nahm.

Keine andere Frau war jemals so in seine Gedanken eingedrungen wie McKenna. Und schon gar keine, die er nicht einmal berührt hatte.

Bevor er Zack auf die Einladung antworten konnte, knirschten Reifen auf dem Kies und Nixon wandte den Blick dem Geländewagen zu, der in seinen Hof einfuhr.

Der schwarze Expedition hielt an und Nix sah als Erstes den goldfarbenen Sheriffstern auf der Beifahrertür. Der Mann stieg aus, ging um die Motorhaube herum und blieb dann in respektabler Entfernung stehen. Sheriff Richard Dillinger sah man die zwölf Jahre an, die vergangen waren, seit Nix ihn zum letzten Mal gesehen hatte. Er sah nicht nur sehr alt aus, sondern auch, als hätte er in den vorhergehenden Jahren kein Käsesteak ausgelassen.

Der Mann war niemals gut in Form gewesen, aber jetzt konnte er unter seinem hervorstehenden Bauch wahrscheinlich noch nicht einmal mehr seinen eigenen Schwanz sehen. Sheriff Dillinger war ein Arschloch, als Nixon ein Kind gewesen war, und gemessen an seinem blasierten Gesichtsausdruck war er jetzt ein noch größeres.

»Ich hörte, der große Nixon Swagger ist in unsere Stadt zurückgekehrt.«

Jup. Immer noch ein Arschloch.

»Sheriff«, grüßte er. »Kann ich Ihnen mit irgendetwas behilflich sein?«

Dillingers Augen verengten sich. Er hatte Nixons bissigen Tonfall nicht überhört. »Ich weiß nicht, Nixon, können Sie das?«

»Ich habe keine Zeit für Ihre Spielchen, Dillinger. Sie sind doch den ganzen Weg hierhergefahren, um etwas zu sagen. Also, spucken Sie es aus, und dann befördern Sie freundlicherweise Ihren Hintern zurück in Ihren Geländewagen und verlassen mein Grundstück.«

»Werde ich noch mehr Probleme mit Ihnen haben?«

Nixon wollte vor Zack und McKenna keine Auseinandersetzung mit dem Sheriff, aber dieser hatte ihn herausgefordert. Das hier war kein freundliches Willkommen – Richard Dillinger wollte etwas klarstellen und Nix auch.

»Probleme? So wie ich es sehe, hatten wir nur ein Problem. Wie steht es augenblicklich um Dick? Hat er gelernt, dass nein *nein* heißt, oder hat er immer noch ein Problem damit, seine Hände bei sich zu behalten?«

Richard Dillinger junior war Sheriff Dillingers Sohn. Ein widerlicher Hurensohn, der in der Highschool als Frauenheld galt. Das Problem bestand jedoch darin, dass nicht alle Mädchen, mit denen er anbändelte, willens waren.

Und das gefiel Nix ganz und gar nicht. Nachdem er also von seiner Freundin Marcy gehört hatte, dass sie Nein gesagt und Dick Dillinger weiterhin mit den Händen über ihre Hose gestrichen hatte, hatte Nixon es sich während seiner Highschool-Jahre zur Lebensaufgabe gemacht, Dick zu verprügeln, wann immer er konnte. Und der Schwanzlutscher hatte ihm viele Gelegenheiten geliefert. Nixon hatte deswegen kein schlechtes Gewissen. So wie er es sah, hatte er der Gemeinde einen Dienst erwiesen. Ganz zu schweigen davon, dass Marcy und eine weitere Handvoll Mädchen, die Dick vergewaltigt hatte, ihre Vergeltung bekommen hatten.

»Es heißt Deputy Dillinger. Und Sie sollten Ihre

Lügen lieber für sich behalten.« Der Sheriff war jetzt nicht mehr nur wütend, er raste vor Zorn. Wahrscheinlich war er nicht allzu begierig darauf zu hören, was für ein Arschloch sein einziges Kind war.

»Nun, ich sollte verflucht sein. Gut zu wissen, dass das Büro des Sheriffs gewalttätige Sexualstraftäter beschäftigt.«

»Jetzt hören Sie mal gut zu, Nixon –«

»Nein. Sie hören mir zu, Richard. Sie sind auf mein Land gekommen, nicht in einer offiziellen Angelegenheit des Countys, sondern wegen einer persönlichen Fede. Also werde ich mich klar ausdrücken. Ihr Sohn ist ein Stück Dreck, der junge Mädchen vergewaltigt hat, und es wäre klug von ihm, sich von mir fernzuhalten. Wenn er mich also sehen sollte, sollte er die Straßenseite wechseln. Denn ich sage Ihnen, ich habe immer noch nicht vergessen, wie ich Marcy Billings schluchzend im Arm gehalten habe, nachdem Ihr Sohn seine Finger dort hatte, wo sie sie nicht haben wollte. So etwas vergisst ein Mann niemals.«

»Richard erzählt die Geschichte anders. Und jeder im County weiß, dass Marcy in der Highschool kein Engel war.«

»Jetzt beschuldigen wir das Opfer? Es ist mir vollkommen schnuppe, ob sie jeden Schüler in ihrer Abschlussklasse gefickt hat. Nein heißt nein. Sie hat Nein zu Richard gesagt. Ihn angefleht aufzuhören, und er hat es nicht getan. So wie ich es sehe, verdient er jeden Arschtritt, den er bekommen hat. Und nicht nur Marcy hat sich beschwert. Die Tochter des Methodistenpfarrers kam einem Engel gleich – bis sie Ihrem Sohn begegnet ist. Er hat sie beschmutzt, und Sie wissen das.«

»Sie müssen –«

»Ich muss gar nichts. Ich habe nichts getan, was Ihnen Anlass gibt, auf mein Grundstück zu kommen und mich zu bedrohen. Sie haben gesagt, was Sie wollten, sind hier herausgekommen, mit vorgestreckter Brust und aufgeblasener Autorität. Ich verstehe, Sie sind immer noch der Platzhirsch. Gut für Sie. Und jetzt verlassen Sie mein Land.«

Der Blick des Sheriffs glitt an Nixon vorbei und mit immer noch vor Zorn hochrotem Gesicht fuhr er fort, Nixon zu provozieren. »Sind die Waffen dort registriert?«

Nix drehte sich herum und betrachtete die beiden Schrotflinten und das Gewehr, die gegen die Scheunenwand lehnten. Nix hatte sie verschlossen in dem alten Futterschrank gefunden und sie herausgeholt, um sie zum Haus hochzubringen und im Tresor zu verstauen.

»Im Ernst?« Nixon lachte.

»Nun, sind sie es?«

»Natürlich«, erwiderte Nix, nicht hundertprozentig sicher, ob er die Wahrheit sagte. Die Gewehre gehörten seinem Großvater und waren damit älter als fünfzig Jahre. Nix bezweifelte, dass sie registriert waren, aber das würde er vor dem Schwachkopf Dillinger senior nicht zugeben.

»Seien Sie so klug und sehen Sie zu, dass Sie Ihre Sachen geregelt bekommen und verschwinden.«

Nun, jetzt würde Nixon ein wenig länger hier abhängen.

»Immer ein Vergnügen, Dick.«

Der Sheriff ging viel schneller um seinen Geländewagen herum, als er es bei seiner Ankunft getan hatte. Ohne McKenna oder Zack zur Kenntnis genommen zu haben, raste er vom Hof, wobei er Steine und Staub aufwirbelte.

»Das war großartig«, platzte Zack heraus.

»Nein, großartig war das nicht. Aber es war nötig.«

Zacks Miene fiel zusammen und Nix erklärte es ihm. »Ich respektiere das Gesetz, Zack. Ich respektiere auch die Männer und Frauen, die es vertreten. Was gerade mit dem Sheriff abging, ist bedauernswert. Er hat mir zehn Jahre alten Mist vor die Füße geworfen. Er tat es, weil er weiß, dass es falsch war, was sein Sohn in der Highschool getan hat, also versucht er, den Hintern seines Sohnes und seinen eigenen zu verteidigen. Ich habe Richard Dillinger seit unserem Highschool-Abschluss nicht mehr gesehen, aber ich wette, er ist noch immer das gleiche Arschloch wie damals. Außer dass er jetzt das Abzeichen eines Hilfssheriffs trägt.«

»Hat er wirklich diesen Mädchen so etwas angetan?«, wollte Zack wissen.

»Ja. Er hat nicht nur meine Freundin Marcy Schaden

zugefügt, sondern auch anderen Mädchen. Zuerst hat niemand darüber geredet, aber nachdem Marcy den Mund aufgemacht hatte, meldeten sich noch mehr Mädchen. Alle mit der gleichen Geschichte. Richs Story änderte sich auch nicht, er lachte nur und meinte, sie alle hätten es gewollt.«

Nixon hielt inne und ergriff die Chance, eine Lektion fürs Leben einzuflechten. »Wenn jemand dir vertraut, ist es wichtig, das Vertrauen zu pflegen. Wenn eine Frau dir Vertrauen schenkt, gibt es nichts Wertvolleres. Und wenn es zu mehr kommt, ist es immer der Job des Mannes, gut achtzugeben. Ein Nein kann auf vielerlei Art ausgedrückt werden, nicht nur mit Worten. Aber sobald das Wort ausgesprochen oder auf irgendeine Art zum Ausdruck gebracht wurde, muss es respektiert werden. Du musst sofort aufhören. Richard Dillinger hat die Bedeutung von Respekt nicht verstanden.«

»Aber du hast ihn die Bedeutung gelehrt?«

Nixon warf McKenna einen Blick zu. Sie beide hatten die Geschichte gehört, aber er wusste nicht, wie viel mehr sie ihren Bruder wissen lassen wollte.

»Ja, ich habe ihn die Bedeutung gelehrt.«

»Gut. Kein Mädchen sollte so etwas durchmachen müssen.«

»Da hast du recht, Kumpel. Bist du bereit, wieder an die Arbeit zu gehen?«

»Ja. Ich bin bereit.«

Zack stürmte in die Scheune zurück, voller Teenager-Energie, etwas, das Nix augenblicklich wirklich fehlte.

McKenna kam auf ihn zu. Er versteifte sich. Als sie vor ihm stehen blieb und ihre kleine Hand auf seine nackte Brust direkt über seinem Herz legte, hatte er das Gefühl, ihn hätte ein tausend Watt starker Stromschlag getroffen.

»Du bist ein guter Mann, Nixon Swagger.«

»Das ist übertrieben«, erwiderte er.

»All diese Mädchen in der Highschool hatten Glück, dass sie dich hatten.«

Angesichts ihres Gesprächsthemas verschluckte er hastig eine unangemessene Antwort. Doch das Lächeln, das sich auf seinen Lippen formte, konnte er nicht aufhalten. Und auch McKenna entging es nicht. Ein Grinsen erfasste ihre Lippen. Der Unterschied war, ihres war verdammt sexy. Es weckte in ihm den Drang, die Lücke zwischen ihnen zu schließen und ihren Mund für immer und ewig zu schmecken.

»Jetzt übertreibst du aber wirklich. Er war ein Arschloch, und ihm ein paar Manieren beizubringen war nicht gerade schwer.«

»Ich habe das Gefühl, du hast es als Lektion betrachtet, aber all diese Mädchen haben es so empfunden, als hättest du sie beschützt. Was dich zu einem guten Mann macht. Einem ehrenhaften Mann. Und ich bin stolz, ihn kennengelernt zu haben.«

Sie hatte immer noch nicht ihre Hand von seiner Brust

genommen. Ohne es zu wollen, beugte Nix sich vor. Er fühlte sich, als wäre er um Zentimeter gewachsen; ihre Worte befriedigten ihn mehr als irgendeine Anerkennung oder Medaille, die er in der Navy erhalten hatte. Der Drang, sie zu küssen, war überwältigend. Er suchte in ihren Augen nach irgendeinem Zeichen von Beklommenheit – aber er sah nichts als Lust und Erregung.

Mein Gott, nichts war sexyer.

Nicht ihr Hintern in ihrer Jeans.

Nicht einmal, dass sie mit dem Motor eines Pick-ups umzugehen wusste, was verdammt heiß war.

Nicht ihre sexy Beine, ihr dichtes, gewelltes Haar, ihr großartiges Lächeln. Nichts kam dem hungrigen Blick gleich, der in ihren honigfarbenen Augen schimmerte.

Nixon wollte all diese Leidenschaft nutzen, sie füttern und anspornen, bis sie wild und außer Kontrolle war.

»Kommt ihr?«, brüllte Zack.

Mist.

Verdammter Mist.

Schon wieder wird mein Schwanz abgewürgt.

»Ja«, rief McKenna zurück.

Ja, sie würde noch kommen. Sobald Nixon sie allein erwischen konnte, würde sie an seinem Gesicht, seinen Fingern und seinem Schwanz kommen.

Das garantierte er.

KAPITEL NEUN

»Du hast mir nie von diesem Dillinger erzählt«,
warf ich Becky vor.

Es war am nächsten Tag, Sonntag. Hausputztag. Zack
war drüben bei Nixon, um den Vergaser des Geländemo-
torrades zu reparieren, Mandy war mit ihren Freundinnen
im Kino und ich telefonierte mit Becky.

»Weißt du, du klingst, als hättest du gerade Sex.« Sie
lachte.

»Ich wünschte, es wäre so«, erwiderte ich. »Im
Moment schrubbe ich den Boden.«

»Und das bringt dich so außer Atem?«

»Ich schrubbe ... energisch. Wechsle nicht das Thema.
Richard. Highschool«, erinnerte ich sie.

»Die Geschichte, die Nixon dir erzählt hat, ist wahr.
Er hat eher untertrieben. Rich Dillinger ist ein absolutes
Schwein.«

»Hat er? Ich meine ... hast du jemals –«

»Nein. Rich und Nixon waren mir auf der Highschool ein Jahr voraus. Als ich auf die Highschool kam, hatte Nixon bereits damit begonnen, ihm seine wöchentlichen Arschtritte zu verpassen, und jeder wusste, dass man sich von Rich fernhalten musste.« Becky schwieg eine Sekunde, bevor sie fortfuhr: »Du musst Nixon gegenüber vorsichtig sein.«

»Was?«

»Ich weiß, wir sind jetzt alle erwachsen und er ist nicht mehr derselbe Mensch wie als Teenager, aber ...«

»Aber was?«

»Aber er ist in den Dreißigern, nicht verheiratet und ich habe ihn nach seiner Heimkehr gesehen. Gegenüber vom Lebensmittelladen. Ich bin glücklich verheiratet, aber trotzdem fällt mir auf, wenn ein Mann gut aussieht. Und lass es mich so ausdrücken: Nixon Swagger war als Schüler heiß, aber jetzt ist er noch heißer. Die Mädchen haben ihm aus der Hand gefressen. Der Mann ist erwachsen geworden und mit den Jahren sieht er immer besser aus. Ich schätze, die Frauen fressen ihm immer noch aus der Hand. Und ich bin mir sicher, so wie er aussieht betteln sie um jede Sekunde, denn wenn du nur einen Blick auf ihn wirfst, weißt du, dass er zu nutzen weiß, was Gott ihm geschenkt hat. Und ich wäre ernsthaft enttäuscht, wenn ich herausfinden würde, dass Gott einen so schönen Mann nicht mit einem dicken, gigantischen –«

»Schon verstanden«, schnitt ich ihr das Wort ab.

»Ich wollte es nur gesagt haben.«

»Ja, ich weiß, was du sagen willst. Ich weiß es zu schätzen, dass du dich um mich sorgst, aber wir sind lediglich Freunde. Er ist mein Nachbar und er hat eine Schwäche für Zack. Du solltest ihn sehen, Becky. Zack ist wieder mein glücklicher kleiner Bruder. Zu schade, dass Nix' Güte nicht auf Mandy abgefärbt hat.«

»Macht sie dir immer noch das Leben schwer?«

Gott, wie ich es hasste, über meine Schwester zu meckern. Ich liebte sie, wirklich. Ich wusste auch, dass sie litt, wie wir alle. Ich vermisste meinen Dad und Carla jeden Tag. Wie oft wünschte ich mir, ich könnte sie anrufen und einen von ihnen um Rat bitten. Ich wünschte, Carla wäre hier, um Mandys siebzehnten Geburtstag zu planen. Ich wünschte, mein Dad wäre derjenige, der Zack beibrachte, ein Geländemotorrad zu fahren. Nicht dass mein Dad gewusst hätte, wie man so ein Ding fährt, aber wenn einer von uns etwas Bestimmtes hatte tun wollen, so hatte mein Dad Erkundigungen eingezogen und uns dann beigebracht, was er gelernt hatte.

Zum Teufel, als ich ihm erklärt hatte, Softwareingenieurin werden zu wollen, hatte er sich, als ich dann meinen Abschluss von der Universität von Maryland hatte, so ziemlich alles auf diesem Gebiet beigebracht, was ich in meinen vier Jahren auf dem College gelernt hatte. Das hatte er nur getan, um zu wissen, worüber ich redete, wenn er mich nach meinem Job fragte. Ich versuchte, für Mandy das Gleiche zu tun, damit sie diese Unterstützung nicht vermisste, aber sie würgte mich jedes Mal ab, wenn ich es versuchte.

»Ja. Ich schwöre, sie hasst mich. Nächste Woche hat sie Geburtstag und sie sagt, sie möchte ihn nicht feiern. Ich weiß immer noch nicht, was ich ihr schenken soll.«

»Was wünscht sie sich denn?«

»Ein neues fünfhundert Dollar teures Handy und ein Auto.«

»Richtig, weil es ihr nicht gut genug ist, deinen Altima zu fahren, während du auf deinen *Old Blue* zurückgreifen musst.«

Mann, wie ich Becky liebte! Sie stärkte mir immer den Rücken.

Als ich draußen einen Motor heulen hörte, spähte ich aus dem Fenster.

»Hör zu, ich muss schnell nach draußen. Zack und Nix sind hier mit Zacks neuem Geländemotorrad.«

»Geländemotorrad?«

»Ja, Nix hat es ihm geschenkt. Ich werde es dir später erzählen.«

»Nix hat es ihm geschenkt?«, flüsterte sie.

Bevor ich antworten konnte, brüllte Zack meinen Namen. »McKenna?«

Becky flüsterte immer noch. Ich war noch nicht dazu

gekommen, ihr zu erzählen, dass Zack mich jetzt bei meinem vollen Vornamen nannte.

»Ich muss jetzt Schluss machen. Ich werde dich später noch mal anrufen.«

»Okay. Tschüss.«

Ich konnte nicht sehen, ob sie das Gespräch beendet hatte, denn ich war auf Händen und Knien und schrubbte mit einer Zahnbürste den Boden um die Sockellleiste meines Schrankes herum, während mein Handy auf einem Stuhl in der Nähe lag. Ich hasste es, wenn man sich umsah und der Fußboden glänzte, außer man ließ den Blick dorthin wandern, wo die Schränke standen, und dort sah man dann nur noch klebrigen Schmutz.

»Ich bin hier drin«, rief ich. »Lass Duke nicht herein.«

Ich hörte, wie sich die Fliegentür knarrend öffnete, wieder zugeworfen wurde und dann zwei Paar Schritte hinter mir.

»Wir haben es zum Laufen gebracht«, rief Zack.

»Ich habe es gehört. Gib mir eine Sekunde, dann komme ich raus, um es mir anzuschauen.«

»Cool. Nix sagt, der Vergaser muss noch eingestellt werden, aber ich habe es hierhergefahren. Es ist nicht so schwer, es zu fahren.«

»Super.« Ich putzte die Ecke fertig, an der ich arbeitete, und blickte über die Schulter. »Fertig. Und jetzt schauen wir uns dein neues Motorrad an.«

Ich richtete mich auf und lächelte Nix an. Er sah

verdammt gut aus in einer Jeans, diesmal einer anderen, und dem engen T-Shirt in Marineblau. Seine Oberarme drohten die Ärmel zu sprengen und ich fragte mich, ob Oberteile produziert wurden, die ihm besser passten. »Hi, Nix«, begrüßte ich ihn.

Er blickte finster drein, hob das Kinn in meine Richtung und marschierte zur Tür.

Zacks Überschwänglichkeit ließ nicht darauf schließen, dass zwischen ihm und Nix etwas nicht stimmte. Aber Zack mochte so aufgeregt wegen des Motorrades sein, dass ihm entgangen war, dass Nix über irgendetwas sauer war. Vielleicht war Nix es aber auch einfach leid, von einem Teenager belästigt zu werden.

Mist. Zack liebte es so sehr, mit Nix herumzuhängen.

Kaum waren wir auf der Veranda, fuhr Mandy auf den Hof und parkte den Altima.

»Hi, Micky, deine Öllampe leuchtet«, verkündete sie, als sie aus dem Wagen stieg.

Bevor ich sie rügen konnte wegen ihrer unhöflichen Nichtbegrüßung, kam Nixon mir zuvor.

»Hast du das Öl kontrolliert?«

»Das Öl kontrolliert?« Mandy rümpfte die Nase. »Äh. Nein.«

»Warum nicht?«

»Warum sollte ich? Ich bin ein Mädchen.«

Nun geschahen zwei höchst interessante Dinge, und das beinahe gleichzeitig. Nixon verschränkte die Arme vor der Brust und Zack verengte die Brauen und schüttelte den Kopf über seine Schwester.

»Was hat die Tatsache, dass du ein Mädchen bist, damit zu tun, das Öl zu kontrollieren?«, fuhr Nixon fort.

Das ist eine gute Frage.

»Weil das Männersache ist.«

»Du glaubst also, eine Frau sollte zu Hause bleiben und nur den Haushalt führen?«

»Nein!«

»Glaubst du, eine Frau sollte den ganzen Tag rumsitzen und auf ihren Mann warten, um ihn zu bedienen?«

»Nein!«

»Glaubst du, ein Mann sollte besser bezahlt werden als eine Frau, weil eine Frau einen Job nicht gut genug erledigen kann?«

»Nein. Eine Frau kann jeden Job tun, den ein Mann tun kann«, erwiderte Mandy schnodderig.

»Da bin ich ganz deiner Meinung. Also, öffne die Motorhaube und kontrolliere den Ölstand.«

Ich hätte am liebsten gelacht. Nix hatte sie meisterhaft dorthin geleitet, wo er sie haben wollte, und Mandy wirkte sauer.

»Ich weiß nicht, wie man das macht.«

»Dann ist jetzt genau der richtige Zeitpunkt, um es zu lernen.« Nix ging zur immer noch geöffneten Fahrertür und deutete auf den Boden, um Mandy zu zeigen, welchen Hebel sie ziehen musste. Dann führte er sie zur Motorhaube und erklärte ihr, dass es dort einen Riegel gab, den sie lösen musste, damit die Haube sich öffnete. Dann geleitete Nixon Mandy an die Seite des Wagens und zeigte ihr, wo der Messstab war.

Während all das geschah, beobachtete Zack das Paar, wobei er aussah, als wäre er verdammt wütend auf seine Schwester. Das war etwas, das ich ansprechen musste – Zack verlor schnell die Geduld mit ihr. Das machte alles sehr unangenehm. Mein Problem bestand darin, dass ich nicht wusste, wie ich die Situation für einen der beiden verbessern konnte.

Ich wusste, Mandy hatte mit der Veränderung in ihrem Leben zu kämpfen. Neue Schule, neue Freundinnen, weg von der Stadt, die sie liebte, und ich hatte sie – wie sie es nannte – in ein Kuhdorf befördert. Vielleicht war ich zu egoistisch und hätte mein Haus verkaufen und nach L. A. zurückziehen sollen.

»Wechselst du selbst das Öl?«, fragte Nixon mich.

»Ja.«

»Hast du einen neuen Filter und Öl hier?«

»Nein, ich fahre immer ins Autoteilecenter, wenn ich etwas brauche.«

»Jetzt brauchst du etwas. Zack und ich wollten ohnehin dorthin fahren und Öl und Benzin für sein Motorrad kaufen. Wir werden dir einen Filter und Öl mitbringen.«

»Du musst nicht –«

»Während wir unterwegs sind, zieh dir ein paar Klamotten an, die schmutzig werden können.« Das war an Mandy gerichtet. Dann an Zack: »Tut mir leid, Junge, ich setze mich nicht auf den Beifahrersitz – niemals. Du wirst also hinten auf dem Vierrad sitzen müssen. Wir werden deine Maschine hierlassen und später bei ihr und dem Altima gleichzeitig das Öl wechseln.«

Jetzt erst bemerkte ich das große grüne Quad, ein Artic Cat ATV, das neben dem Zaun der Pferdekoppel geparkt war. Goat hatte seinen Kopf durch den Drahtzaun geschoben und versuchte, am Lenker zu knabbern. Zack scheuchte die Ziege davon, sobald er um das Vierrad herumgegangen war, wo er auf Nix wartete.

»Wir sind gleich zurück.«

Nixon schwang sein Bein in die Höhe und über den Sitz. Sobald er sich gesetzt hatte, sprang Zack hinten auf, wobei er großen Abstand zwischen sich und Nix ließ, und hielt sich an den Metallgriffen hinter ihm fest.

Mandy und ich standen noch auf dem Hof und sahen zu, wie die beiden auf den Wald zuschossen. Sie wandte sich zu mir.

»Dein Liebhaber ist ein Arschloch.«

Meine Verärgerung wuchs. »Pass auf, was du sagst, Mandy. Erstens ist Nixon nicht mein Liebhaber. Und er war zu uns allen bisher immer nur nett.«

»Äh ... puh. Er küsst dir den Hintern und schenkt Zack ein Geländemotorrad.«

»Was ist dein Problem?«, erkundigte ich mich, ihren gehässigen Kommentar ignorierend.

»Ich habe kein Problem. Ich will nur meine Ruhe haben.«

»So funktioniert eine Familie nicht.«

»Ich habe keine Familie. Nicht mehr.«

Und damit stürmte sie ins Haus und ließ mich mit einem in tausend Stücke zersprungenen Herzen zurück.

KAPITEL ZEHN

Gerade kam Nixon die Treppe hinunter, als es an der Tür klopfte. Es war spät; er war erst nach Einbruch der Dunkelheit nach Hause zurückgekehrt. Der alte Adams war herübergekommen, weil er das zusätzliche Ackerland pachten wollte, das Nixon auf der Weidefläche hergerichtet hatte.

Adams wusste, er würde einen wirklich guten Handel abschließen und das Land unter Marktwert pachten können, und er hatte Nix beharrlich immer und immer wieder für seine Großzügigkeit gedankt. Der ältere Mann war ein guter Freund von Wayne gewesen und besaß ein Ehrgefühl. Er war von der alten Schule und glaubte, dass man das, was man sich borgte, in einem besseren Zustand zurückgab, als es vorher war. Das gefiel Nixon an dem Mann und seine Felder hatten nie besser ausgesehen.

Frisch geduscht, mit noch dampfendem Haar und nur

sportlichen Shorts bekleidet, öffnete er die Tür. Überraschenderweise, aber nicht unwillkommen, stand McKenna auf seiner Veranda. Er stieß die Fliegentür auf und McKenna hielt sie fest. Dann trat er zur Seite, um sie wortlos aufzufordern einzutreten.

»Entschuldige, dass ich störe.«

»Du störst nicht. Komm rein.«

Nix ging in Richtung seiner Küche, ohne abzuwarten, ob sie ihm folgte. Das alte Farmhaus war groß. Auch dieses Gebäude war weder renoviert noch modernisiert worden. Noch eine weitere Aufgabe auf seiner stets wachsenden Liste von Dingen, die er reparieren oder ersetzen musste.

Das Erdgeschoss war spartanisch eingerichtet. Er hatte nur ein paar Dinge angeschafft, seitdem er wieder zu Hause war. Einen neuen Fernseher, eine Couch, einen Kaffeetisch und ein Bett. Nach dem Tod seines Vaters war alles gestiftet worden. Nixon besaß noch nicht einmal einen Kleiderschrank und seine Mahlzeiten nahm er meist stehend an der Arbeitsplatte ein oder mit dem Hintern auf der Couch vor dem Fernseher. Nicht dass er viel fernsah, nur wenn ein Spiel gezeigt wurde oder in dem seltenen Fall, dass er Nachrichten sehen wollte. Denn er zog es vor zu lesen.

»Wow. Das ist ...«

»Nackt?«, half Nix.

»Ja, ich glaube, das kann man so sagen.«

»Ich war in der Navy, als mein Vater starb. Ich kam auf

Urlaub nach Hause, hatte aber nur dreißig Tage, um alles zu regeln. Es war mir wichtiger, dass das Land bestellt wurde, als was mit dem Haus geschah. Außerdem hatte mein Vater bestimmte Anweisungen hinterlassen, was mit seinen Sachen geschehen sollte.«

McKenna blickte sich in dem fast leeren Erdgeschoss um und er nahm an, sie dachte an ihre eigenen Eltern. Er wusste von ihrem Vater und ihrer Stiefmutter, aber Zack hatte ihm nicht erzählt, wo ihre leibliche Mutter war.

»Das muss die Sache etwas erleichtert haben. Nicht dass es jemals leicht wäre, ein Elternteil zu verlieren. Mein Dad und Carla haben nur Anweisungen in Bezug auf Mandy und Zack hinterlassen und was die Finanzen betraf. Aber da war noch ein Haus voller Sachen. Und nicht zu wissen, was wir nach ihrem Tod damit machen sollten, war, nun, hart. Übrigens, die Sache mit deinem Dad tut mir leid.«

Nixon fuhr fort, McKenna zu mustern. Sie trug eine locker sitzende Cordhose mit Kordelzug, an den Füßen Flipflops und ein enges weißes T-Shirt mit einem großen roten M und darunter einer Schildkröte, die einen Basketball hielt, auf der Vorderseite. Nix fand, sie sah heiß aus, gleichgültig, was sie trug.

»Fan von den Maryland Terrapins? Wie ich auf deinem T-Shirt an der Schildkröte erkenne?«

»Oh. Ja. Ich war auf der Uni in Maryland«, erklärte sie.

Auch das hatte Zack weggelassen. Nix hatte nicht gewusst, warum McKenna von Los Angeles nach Maryland gezogen war.

»Eine große Veränderung, Kalifornien für Maryland zu verlassen.«

»Es war ... Ich habe dir nicht erzählt, dass ich aus Kalifornien stamme.«

»Zack erzählte es mir. Und wie du weißt, hat er mir auch von seinen Eltern erzählt. Von dem Unfall deines Dads und deiner Stiefmutter. Er hat darüber geredet und ich glaubte nicht, dass es irgendjemandem schadet, dass er mir etwas von seinem Vater erzählt. Ich hoffe, du hattest nichts dagegen.«

»Nein, nein.« Sie wedelte mit der Hand. »Ich bin froh, dass er über sie geredet hat. Das tut er sonst nie. Keiner von beiden übrigens. Und wenn ich es versuche, bringen beide mich zum Schweigen. Es ist, als wollten sie so tun, als hätte es sie nie gegeben. Mandy hat sogar ein Foto abgenommen, das ich im Wohnzimmer hängen hatte. Es zeigte uns alle während meines letzten Besuches in L. A. Wir waren zum Abendessen ausgegangen. Es ist ein tolles Foto, weißt du, wir lächeln alle fünf. Ich hatte es aufgehängt, bevor sie verunglückt sind. Es war das Erste, das Mandy getan hat, als sie zum ersten Mal das Haus betreten hat. Sie ist geradewegs darauf zumarschiert und hat es von der Wand gerissen. Seitdem habe ich es nicht mehr gesehen.«

»Wirklich?«

Verdammt, er wünschte sich, er könnte all diesen Kummer von ihrem schönen Gesicht wischen. Während sie gesprochen hatte, waren ihre Schultern immer weiter nach vorn gefallen, bis es so aussah, als wollte sie sich in sich selbst zusammenrollen und sich vor dem Schmerz verstecken. Nix hasste es um ihretwillen.

»Mein Gott. Es tut mir leid. Ich bin nicht hergekommen, um über Tod und Teenagerdramen zu schwallen.«

»Warum bist du dann hergekommen?«

»Um mich bei dir zu bedanken und dir dies zu geben.« McKenna hielt ihm eine sehr große Tupper-Dose entgegen.

»Was ist das?«

Sie lächelte und schüttelte den Kopf. »Schokoladensplitterkekse und Blaubeerbrot.«

»Die Kekse sind meine Lieblingssorte.«

»Das mag Zack erwähnt haben.« Ihre Wangen nahmen eine rosige Farbe an und sie blickte auf ihre Schuhe hinunter.

So, Zack hatte ihr das also verraten.

Interessant.

»Was hat Zack dir noch erzählt?« Nix überdachte die Gespräche, die er mit dem Jungen geführt hatte, und versuchte, sich zu erinnern, ob er irgendetwas Persönliches ausgeplaudert hatte.

»Ich schätze, ich muss es gestehen. Zack hat mir noch

ein paar Dinge erzählt. Er sagte, du wärst ein Ex-Navy-SEAL –«

»Ehemaliger«, korrigierte Nix.

»Ehemaliger?«

»So etwas wie einen Ex-SEAL gibt es nicht. Einmal ein Teamkamerad, immer ein Teamkamerad. Ich bin ein ehemaliger SEAL.«

»Teamkamerad?«

»Im Gegensatz zu dem, was die Fernsehshows und Kinofilme wiedergeben, laufen wir nicht herum und sagen: ›Ja, ich bin ein großer, böser Navy SEAL.‹ Wir sagen vielleicht, wir gehörten zum Team, oder beziehen uns auf die Kameraden als Teamkollegen, aber ich habe mich niemals bei irgendjemandem als SEAL vorgestellt.«

»Groß und böse, hä?« McKenna lächelte und mit einem Augenzwinkern fügte sie hinzu: »Wenn ich ein Superarschloch wäre, würde ich es allen erzählen.«

»Nein, das würdest du nicht.« Nixon schüttelte den Kopf.

»Du hast recht. Ich denke, man muss den Leuten nicht unter die Nase reiben, dass man ein Superarschloch ist. Du betrittst einen Raum und die Leute wissen es sofort.«

Nix würde ihr nicht all die Gründe aufzählen, warum man, wenn man einen Job machte wie er früher, einfach nicht darüber reden wollte. Die Bürde des Jobs lastete so schwer auf der Seele, dass man als Allerletztes daran dachte, ob die Leute einen als Superarschloch betrachteten. Auch wollte er nicht erklären, dass sich andere Männer in dem Augenblick, in dem sie erfuhren, dass man ein SEAL war, sofort erhoben und einen herausfordern wollten.

Wenn nicht körperlich, dann bezüglich der Moral seiner Mission – und den Luxus, sich hohe moralische Ansprüche leisten zu können, hatte er nicht gehabt. Nixon hatte sein Leben immer schon in einer moralischen Grauzone verbracht. Er hatte seine eigenen Vorstellungen über Gerechtigkeit. Er bereute vieles, aber Strafen ausgeteilt zu haben wegen Verbrechen gegen die Menschlichkeit bereute er nicht. Jedes einzelne Leben, das Nixon genommen hatte, war gerechtfertigt, und das genügte ihm, um nachts schlafen zu können.

»Findest du alles in Ordnung, was während der letzten Woche vorgefallen ist?« Als McKenna nicht sofort antwortete, erinnerte er sie: »Der Auftritt des Sheriffs und dass Zack gehört hat, was ich in der Highschool getan habe. Dass er mich auf gegrilltes Schweinefleisch eingeladen hat. Wobei Zack, falls ich es dir noch nicht gesagt habe, Babe, vollkommen recht hatte. Der Himmel auf Erden. Die beste Mahlzeit, die ich je genossen habe. Und zu guter Letzt, dass ich Mandy wegen des Öls zurechtgestutzt habe.«

»Oh, ja, sicher.«

»Nein, nicht *sicher*. Wir lernen gerade, Freunde zu sein, und ich möchte keine Grenze überschreiten, wenn du etwas nicht willst. Mit Zack ist es etwas anderes als mit

Mandy. Er ist ein Teenager-Junge und ich glaube, er sucht nach ein wenig Zeit unter Männern. Was ich ihm gern gebe, wenn du mir vertraust, dass ich ihn gut anleite. Aber Mandy ist ein sechzehnjähriges Mädchen.«

McKenna stand schweigend da. Er mochte das an ihr; sie sagte nicht einfach irgendeinen Schwachsinn, nur um etwas zu sagen. Je länger sie jedoch schwieg, desto mehr schweiften seine Gedanken umher, bis sie schließlich wollüstig wurden. Ihm wurde bewusst, dass sie allein in seinem Haus waren und zum ersten Mal eine gewisse Privatsphäre hatten. Und da erinnerte er sich daran, dass er sie an jenem Tag beinahe geküsst hätte. Wie gut sich ihre Hand auf seiner nackten Haut angefühlt hatte. Wie er nach Hause gegangen war, um zu duschen, bevor er zu ihr zum Abendessen ging. Und wie er in der Dusche seinen Schwanz in die Hand genommen und sich selbst gestreichelt hatte, bis er gekommen war, während er sich vorgestellt hatte, wie sich ihre Lippen anfühlen würden, wenn sie sich um seinen Schaft schließen.

»Ich habe meist das Gefühl, an beide nicht heranzukommen. Ich habe Zack seit dem Unglück noch nie so glücklich gesehen. Und ich edweiß, das kommt nur daher, dass er Zeit mit dir verbringt. Und Mandy und ich streiten uns. Ich vermisse meine Familie ebenso wie sie, aber anstatt dass wir zusammenhalten, zieht sie sich zurück. Nächste Woche wird sie siebzehn. Sie will nicht feiern.

Ich befürchte, wenn sie älter ist und in die Vergangenheit blickt, wird sie mich noch mehr hassen.«

McKennas verzweifelter Tonfall brachte ihn dazu, sich wie ein Arschloch zu fühlen. Ihr ging so vieles im Kopf herum, und er dachte nur daran, sie zu ficken.

»Ich war niemals ein sechzehnjähriges Mädchen. Aber ich denke, was sie durchmacht, hat mehr mit all den Veränderungen zu tun, als dass du etwas nicht richtig machen würdest. Du wirst es nehmen müssen, wie es kommt. Sie hat ihre Eltern verloren, ihr Zuhause, ihre Freundinnen. Das ist eine Menge und sie lässt es an dem Menschen aus, der ihr am nächsten ist. Bei dir findet sie einen sicheren Ort, an dem sie ihre Frustration und ihren Schmerz ablassen kann. Außerdem ist sie im dritten Jahr auf der Highschool, auf einer neuen Schule, und anders als in der Stadt sind hier die meisten Kinder seit der Vorschule zusammen zur Schule gegangen. Sie haben eine gemeinsame Vergangenheit und sich aneinander gebunden.«

»Mandy hat Freundinnen, viele sogar. Sie geht jedes Wochenende aus. Und wenn sie nicht mit ihnen zusammen ist, schreibt sie ihnen ständig.«

Nix wusste nicht, wie er es ihr schonend erklären konnte, also kam er direkt damit heraus: »Babe, ganz sicher tut sie das. Aber da ich hier aufgewachsen bin, kann ich dir versichern, dass sie trotzdem eine Außenseiterin ist. Und ich wette, sie spürt es.«

»Oh. Das klingt logisch.« Nix hasste es, wie traurig sie

aussah. Er konnte sich nicht vorstellen, sich nach dem Tod seines Vaters um Geschwister kümmern zu müssen. Er war ein Wrack gewesen, emotional so ausgelaugt, dass er es nicht fertiggebracht hätte, irgendjemanden zu trösten, geschweige denn zwei Teenager. Er bewunderte McKenna – er wusste, auch sie trauerte, doch sie stellte die Bedürfnisse ihrer Familie über ihre eigenen.

»Du erträgst dieses Gezicke jetzt seit neun Monaten. Ich denke, es ist an der Zeit, sie höflich daran zu erinnern, dass ihr Leben nicht zu Ende ist, deins und Zacks auch nicht, und dass es Zeit wird zu heilen. Du solltest sie auch daran erinnern, dass es ein Leben nach der Highschool gibt. Sag ihr, dass sie sich in fünf Jahren glücklich schätzen kann, wenn sie noch mit einem oder zwei ihrer jetzigen Freundinnen Kontakt hat. Und in zehn Jahren ist die Highschool nur noch eine ferne Erinnerung voller peinlicher Momente, die sie am liebsten auslöschen würde.«

McKennas Lippen zuckten, bevor sie breit lächelte. Gott, dieses Lächeln könnte ihn zum Kommen bringen, ohne dass sie ihn berührte. Sie war eine sexy Frau, aber wenn sie lächelte, war sie einfach umwerfend.

»Du bist ein kluger Mann, Nixon. Und du hast recht, und zwar mit allem.«

Warum fühlt sich ihr Lob so gut an?

Sie hielt immer noch die Dose mit den Keksen in der Hand, obwohl sie sie jetzt an ihren Bauch presste und sich an ihr festklammerte, als ginge es um ihr Leben.

Da er die Stimmung etwas auflockern wollte, nahm Nix ihr die Süßigkeiten aus der Hand, deren Knöchel von ihrem tödlichen Griff schon weiß angelaufen waren, und stellte sie auf die Arbeitsplatte. Dann tat er etwas, von dem er sofort wusste, dass er es nicht hätte tun sollen. Er umfasste ihre Hüften und hob sie auf die alte Formica-Platte.

»Was tust du da?«, keuchte sie und legte ihre Hände auf seine Schultern, um sich im Gleichgewicht zu halten.

Als würde er sie fallen lassen. Sie war nicht gerade ein Leichtgewicht, aber im Vergleich zu Nixon zierlich.

»Ich kann dir keinen Hocker anbieten«, erwiderte er und öffnete die Tupper-Dose.

Vor seinen Augen stapelten sich mindestens ein Dutzend, wenn nicht mehr seiner Lieblingskekse und daneben sah er Scheiben des köstlichen Blaubeerbrotes.

Nixon steckte sich einen Keks in den Mund und genoss den Geschmack. Er konnte sich nicht daran erinnern, wann er zum letzten Mal ein hausgemachtes Dessert bekommen hatte. Da er keine Mutter hatte, gab es im Haus niemals Backwaren, denn sein Dad brachte kaum eine essbare Mahlzeit zusammen. Keiner seiner Teamkameraden war verheiratet gewesen und die Kochkünste seiner Ex-Frau bestanden darin, eine Bestellung von auswärts zu ordern. Und das Essen in der Kantine konnte man nicht hausgemacht nennen, also hatte Nix ewig auf so etwas verzichten müssen.

Er kaute, schluckte und lächelte. »Verdammt, die sind gut.« Er schob sich einen zweiten Keks in den Mund und entfernte sich mit seinem Schatz in der Hand von McKenna.

Nix öffnete seinen Kühlschrank und – etwas Hoffnung blieb immer, obwohl er wusste, die Chancen waren gering – suchte darin nach Milch. Da er nichts anderes sah als Reste und Bier, seufzte er und holte die Pizzaschachtel des vergangenen Abend hervor.

»Möchtest du ein Stück?«, bot er an.

»Nein danke. Ich habe schon gegessen.«

Da ihm McKennas hübscher Hintern auf seiner Arbeitsplatte gefiel, hoffte er, sie würde nicht herunterhüpfen, während er die Pizza aufwärmte.

»Was tust du so, McKenna?«

»Was meinst du damit?«

Er warf einen Blick über die Schulter und – ja, es gefiel ihm ausnehmend gut, wie sie da saß und ihm zusah.

»Arbeitstechnisch.«

»Oh. Ich bin Softwareingenieurin. Ich habe früher für eine Firma in Washington, D. C. gearbeitet. Nachdem ich ein paar Jahre in Silversprings gelebt hatte und es mir absolut nicht gefiel, beschloss ich, zu kündigen und mich selbständig zu machen. Also arbeite ich jetzt von zu Hause. Manchmal muss ich mich trotzdem noch persönlich mit einem Kunden treffen, aber meist kann ich über Videoanruf kommunizieren.«

»Welche Art von Software?«

»Ich glaube, ich habe schon alles gemacht. Webbasierte Apps, eingebettete Software, Entwicklung, Fehlerbeseitigung.« Sie zuckte mit den Schultern, als wäre ihr Job nicht beeindruckend. »Ich habe Software für Architekturbüros entworfen, Verkaufsstellen, Schulen, große und kleine Firmen, die spezielle Applikationen brauchten. Im Augenblick arbeite ich an einem neuen Sicherheitsprotokoll. Oder ich sollte besser sagen, ich versuche, ein Programm zu schreiben, dass das Sicherheitsprotokoll kontrolliert.«

»Das ist –«

»Langweilig, ich weiß.«

»Zum Teufel, nein. Ich wollte sagen, das ist beeindruckend. Ich besitze ein Basiswissen über Computer, aber wir hatten stets jemanden, der für uns unser Computersystem gepflegt hat, daher musste ich meine Fähigkeiten nie ausbauen.«

»Mir macht es Spaß. Du magst es vielleicht schon erraten haben, ich bin eine wahre Einsiedlerin. Ich lebe jetzt bereits fünf Jahre hier und habe nur eine einzige Freundin. Und nur aus dem einzigen Grund, weil Becky furchtbar nett ist und, wie ich vermute, Mitleid mit mir hatte und kein Nein akzeptiert hat, als sie mich zum Mittagessen einlud.«

»Rebecca Lake?«

»Ja, aber jetzt heißt sie Keane«, erklärte McKenna.

Nix hatte das gewusst. Er war mit Rob Keane zur

Schule gegangen und Becky war ein oder zwei Jahre unter ihm gewesen.

»Ja, richtig.«

»Becky sagt, sie kennt dich. Oder sie hat dich gekannt, als ihr in der Schule wart.«

Er wusste nicht, was er davon halten sollte, dass sie mit ihrer Freundin über ihn geredet hatte.

»Wir haben aber nicht getratscht«, stieß sie eilig hervor. »Okay, ich schon irgendwie. Aber es ging nicht um dich. Ich habe sie aufgezogen, weil sie mir nichts von Deputy Arschloch Dillinger erzählt hat. Dein Name fiel, das ist alles. Ich will nicht –«

Nixon trat vor McKenna, glücklich, als sie die Beine öffnete. Er ließ die Gelegenheit nicht ungenutzt, stellte sich zwischen ihre Schenkel und legte seine Hände auf die Arbeitsplatte.

»Ich habe nicht angenommen, dass du über mich tratschst«, erklärte er.

Angesichts seiner Nähe weiteten sich ihre Augen und er konnte keine Minute länger warten. Eine Hand fuhr wie von selbst in die Höhe und er streifte eine Haarsträhne, die nach vorn gefallen war. Er strich sie ihr über die Schulter zurück, wobei er ihren Nacken entblößte. Nixons Blick saugte sich quasi an der weichen Haut fest, die geradezu nach ihm schrie. Bevor er noch wusste, was er tat, berührten seine Lippe die Kuhle an ihrer Kehle, seine Zunge kam hervor und er schmeckte sie zum ersten Mal.

»Verdammt«, murmelte er mit dem Mund an ihrer Haut.

Seine Lippen setzten die Reise über ihre seidige Haut fort, bis zu ihrem Ohr. Als sie den Kopf zurücklegte und ihn dann zur Seite drehte, übernahm sein Verlangen die Kontrolle. Das Verlangen, sie zu berühren, sie zu nehmen und sie zu ficken, bis sie beide ausgelaugt und erschöpft wären. Nixon leckte an ihrem Ohrläppchen und das weiche zustimmende Schnurren war alles, was er brauchte, um die Beherrschung zu verlieren.

Er wollte mehr.

KAPITEL ELF

Ich hatte mich so in Nixons brennendem Blick verloren, dass ich sie verpasst hatte.

Die Veränderung.

Der Ausdruck seiner Augen wechselte von achtsam zu lustvoll, kurz bevor er seinen Mund auf meinen Hals hinabsenkte. Als er mit den Lippen an meinem Ohrläppchen zog, schmolz ich dahin.

Nichts machte mich mehr an, als wenn man an meinem Hals, meiner Kehle oder hinter meinen Ohren saugte oder diese Stellen küsste. Die Intimität und Nähe hatten etwas an sich, das meine Hormone verrücktspielen ließ. Und Nixon hatte all die richtigen Stellen getroffen.

Er leckte mit seiner Zunge von meinem Hals bis zu meiner Kieferpartie. Die lange Reise ließ mich erzittern und mein Höschen wurde feucht. Er musste es gespürt haben, denn er hob den Kopf und wir blickten einander in die Augen.

Er starrte mich an und ich wusste nicht, worauf er wartete. Dann erinnerte ich mich daran, was er Zack erklärt hatte. Es war Aufgabe des Mannes, aufmerksam zu beobachten. Er suchte nach meiner Zustimmung. Ich nickte und sofort waren seine Lippen auf meinen.

Es gab keinen anderen Weg, es zu beschreiben. Wir stießen aufeinander. Unsere Zungen tanzten und mit übereinstimmender Leidenschaft zerrten wir an den Kleidern des anderen, während unsere Lippen sich nur so lange voneinander trennten, wie Nixon brauchte, um mir das T-Shirt über den Kopf zu ziehen. Er umfasste mein Gesicht und drehte es so, wie er es wollte, dann ließ er seine Hände fallen. Mit einer wanderte er auf meinen Rücken, löste mit einer einzigen sanften geschickten Bewegung den Verschluss meines BHs und zog ihn mir über die Arme.

Es frustrierte mich, dass meine Arme zu kurz waren, um seinen festen Hintern zu fassen. Glücklicherweise hatte er Mitleid mit mir und zog meinen Hintern näher an die Kante, sodass er sich enger an mich pressen konnte.

»Oh Gott«, stöhnte ich, als er den Kopf senkte und an einer meiner Brustwarzen leckte. Er knabberte kurz an ihr, dann wechselte er zur anderen. Ich spürte, wie seine Knöchel über meinen Bauch strichen, als er an dem Taillenzug meiner Cordhose herumfummelte. Meine Hände waren ebenso betriebsam, als ich versuchte, ihm die Shorts über die Hüften nach unten zu ziehen. Endlich konnte ich sie ihm bis auf die Oberschenkel schieben. Ich warf die Flipflops von mir und schob ihm dann mit nackten Füßen die Hose bis auf die Knöchel.

Bevor ich ihm die Beine um die Taille schlingen konnte, legte er einen Arm um mich und hob mich so weit in die Höhe, dass er mir die Hose über den Hintern schieben konnte. Als mein nackter Po die kalte Laminatplatte berührte, stieg meine Erregung.

Nixon trat so weit zurück, dass er meine Beine schließen und mir die Hose nach unten über die Füße streifen konnte, um sie dann zur Seite zu werfen. Ich sah mich inzwischen an seinem Schwanz satt. Wenn ich gedacht hatte, Nixon Swagger hätte es drauf, wenn er vollbekleidet war oder wenn er kein Hemd trug und sein Achterpack zur Schau stellte ... Gütiger Himmel ... ich hatte mich geirrt.

»Mein Gott, du bist heiß«, platzte ich heraus, ohne mich darum zu scheren, wie dumm ich klingen musste.

Er legte mir seine großen Hände auf die Knie und spreizte meine Beine weit auseinander. Als er den Blick zu meiner Muschi wandern ließ, krampfte mein Inneres sich zusammen. Verdammt, das war heiß. Er trat näher und ich legte ein Bein um seine Hüften. Er ließ meinen Oberschenkel nicht los, als er fragte: »Nimmst du ein Verhütungsmittel?«

»Ja.«

Nun fuhr er mit der anderen Hand zwischen uns, zwei Finger glitten in meinen feuchten Spalt und sein Daumen spielte mit meiner Klitoris. Mein Kopf flog zurück und ich starrte mit irrem Blick an die Decke.

»Verdammt«, stieß er hervor. »Du bist so eng, dass meine Finger kaum in dich hineinpassen.«

Als er seine Hand zurückzog, wollte ich schon protestierend aufschreien, bis ich die Spitze seines Schwanzes an meinem Eingang spürte. Ich richtete den Kopf auf und blickte an mir hinunter, denn ich wollte den erotischen Anblick nicht verpassen. Die Spitze seines Schaftes verschwand in mir und ich blickte ihm schnell in die Augen. Er beobachtete mich. Seine braunen Augen waren jetzt beinahe schwarz.

Er schob mich weiter an die Kante und mit einem einzigen, groben Stoß war er ganz in mir. Wir waren jetzt auf alle erdenkliche Art miteinander verbunden. Unsere Blicke tauchten ineinander, unsere Lippen waren nur ein paar Zentimeter voneinander entfernt, meine Brüste pressten sich an seine harten Brustmuskeln und sein Schwanz pulsierte tief in mir.

Gütiger Himmel.

Dies war die intensivste sexuelle Erfahrung meines Lebens und Nixon hatte sich noch nicht einmal bewegt. Ich ließ meine Hände über seinen Rücken wandern. Seine festen Muskeln, alles an ihm hatte einen Hauch von Autorität und Macht. Er hielt sich zurück, eine Dschungelkatze, die jederzeit sprungbereit war. Seine zurückgehaltene Energie hätte mir eine Pause gewähren sollen, aber ich war nur noch stärker erregt. Dieser starke Mann vibrierte unter meinen Fingerspitzen.

Diese Wirkung hatte *ich* auf ihn.

Ich veranlasste ihn, vor Lust zu beben.

»Nixon«, flüsterte ich und versuchte, mit den Hüften zu wackeln.

»Beweg dich nicht.« Seine Stimme war rau, und auch das war heiß.

»Bitte«, bettelte ich.

»Ich brauche eine Minute.«

Ich kratzte mit den Fingernägeln über seinen Rücken und bohrte meine Hacken in sein Kreuz.

»Ich will dir nicht wehtun.« Er blickte mir immer noch ununterbrochen in die Augen und jedes Mal, wenn er etwas sagte, spürte ich seinen Atem auf meinem Gesicht.

»Bitte, Nixon, fick –«

Mein Flehen wurde unterbrochen, als er mit der Hand in mein Haar tauchte und meinen Mund zu seinem zog. Die andere Hand ließ er zu meinen Brüsten wandern und drückte und massierte sie nicht gerade sanft, bevor er meine Nippel bearbeitete, sie zwickte und zwischen seinen Fingern rollte.

Die gegensätzlichen Empfindungen machten mich wahnsinnig. Seine Hände waren rau, während sein Kuss sanft war. Er liebkoste mich zärtlich mit der Zunge, bevor er diesen verteufelt sexy Einfall hatte und meine Unterlippe in seinen Mund sog und mit der Zunge darüberfuhr, um dann den Kuss abzubrechen.

»Du musst mir sagen, wenn ich zu grob bin.« Endlich zog er sich aus mir zurück und stieß sanft in mich hinein. »Ich will dir nicht wehtun.« Jetzt wieder ein schneller, harter Stoß. »Aber ich möchte dich so hart und wild ficken, dass du mich noch morgen den ganzen Tag spüren wirst.« Nixon zog sich wieder zurück und ließ nur die Spitze seines Schwanzes in mir. Dann hielt er ganz still. »Bist du bei mir, McKenna?«

»Ich bin ganz bei dir, Nixon.«

»Lehn dich zurück und leg dich mit dem Rücken auf die Arbeitsplatte.« Er wartete, bis ich seiner Anweisung gefolgt war. »Halt dich an der Kante fest.« Ich klammerte mich an den Rand der Platte. »Lass nicht los.«

Ich nickte und er bannte mich mit einem Blick, der mir Schauer über den Körper jagte.

»Du bist so wunderschön.« Nixon legte eine Hand auf meine Kehle, sein Daumen ruhte auf meinem Puls. Er schloss die Augen. Als er sie wieder öffnete, bewegte er die Hand und ließ nur eine einzige Fingerspitze auf meiner Haut liegen. »So verdammt eng und feucht.« Jetzt wanderte er mit der Fingerspitze zwischen meine Brüste, weiter nach unten über meinen Bauch und hielt kurz vor meinen Locken inne. »Ich werde dich ficken, als würdest du mir gehören.«

Mit diesen Worten schob Nixon seinen Schwanz tief in mich hinein, aber diesmal zögerte er nicht, und ich hatte keine andere Wahl, als zu nehmen, was er mir gab. Er hielt meine Hüften an ihrem Platz und spielte auf meinem Körper, als gehörte er tatsächlich ihm.

Nichts, was Nixon auf der Arbeitsplatte in seiner Küche mit mir tat, fühlte sich an wie gewöhnlicher Sex. Es war mehr. Etwas Größeres. Mehr als nur fleischlich. Er zwickte und zog. Leckte und saugte. Und küsste mich an allen Stellen, die er erreichen konnte. Ich musste mich nur festhalten. Er leistete die ganze Arbeit. Niemals hatte ich einen so intensiven Orgasmus und Nixon hatte während der ganzen Zeit, in der ich mich schüttelte und herumschrie, kein einziges Mal den Blick von meinen Augen abgewendet.

Schließlich fand ich wieder zu mir zurück und ich wusste, er war nahe dran. Seine Bewegungen wurden ruckartig. Ich schrie auf, als er mich in eine sitzende Position zog. Unsere Gesichter waren sich so nahe, dass unser Atem sich vermengte.

»So verdammt gut, Süße«, stöhnte er und drang so tief in mich ein, wie er konnte. »Verflucht!«, knurrte er und vergrub sein Gesicht an meinem Hals, als er sich in mir erlöste. Das Zucken und Pulsieren seines Schwanzes, als er sein Sperma in mich ergoss, war etwas, das ich noch nie zuvor gespürt hatte. Ich hatte nicht gewusst, dass ein Mann einen so heftigen Orgasmus haben konnte.

Nixon hielt mich so fest, so eng an sich gedrückt, dass ich unsere Herzen zusammen schlagen hören konnte. Erst nach ein paar Minuten hob er den Kopf. Und als er das tat, hielt ich den Atem an und mir blieb das Herz stehen.

Reue.

Ganz eindeutig.

Ich hoffte vergeblich, die Enttäuschung, die ich sah, entspränge der Tatsache, dass unser Zwischenspiel vorbei war. Er strich mir das Haar aus dem Gesicht und umfasste meine Wange.

»McKenna«, flüsterte er. Seine gequälte Stimme war zu viel.

Ich schüttelte den Kopf, denn ich hatte Angst, wie meine Stimme klingen würde. Er stöhnte, als er sich aus mir zurückzog. Er trat einen Schritt zurück, dann hob er mich von der Arbeitsplatte und trug mich auf seinen Armen durchs Wohnzimmer und die Treppe hinauf, wie ein Bräutigam seine Braut getragen hätte.

Wir kamen in ein Schlafzimmer, wo er mich vorsichtig aufs Bett legte. Dann ging er in das angrenzende Badezimmer. Ein paar Augenblicke später kehrte er zurück, spreizte meine Beine und legte mir einen warmen Waschlappen auf die Muschi. Er tat dies schweigend. Es war eine zärtliche und intime Geste. Etwas, das ein Liebhaber tat. Wir waren zwar keine Liebenden, aber ich ließ es zu, um nur eine Minute vorzutäuschen, wir wären es.

Aber ich wusste Bescheid.

Ich war nicht dumm.

Sobald sich die Hitze des Augenblicks abgekühlt hatte, hatte Nixon es bereut.

Ich jedoch nicht.

»Wir sollten darüber reden.« Ich hasste die Beklommenheit in seiner Stimme.

»Schon okay. Ich verstehe.« Ich wollte aufstehen, aber er presste seine große Hand gegen meine Brust. Plötzlich wurde mir bewusst, dass ich immer noch nackt war. »Wirklich, Nixon. Ist okay. Alles gut. Ich sollte gehen. Ich habe den anderen beiden gesagt, ich wäre gleich zurück.«

Er nahm seine Hand weg und ich rollte mich von ihm weg, während ich mich fragte, wie ich zu meinen Kleidern im Erdgeschoss gelangen sollte.

Nixon stand dort, er schien sich in seinem derzeitigen unbekleideten Zustand vollkommen behaglich zu fühlen. Natürlich, er sah besser aus als ein griechischer Gott. Er ging zu einer Tasche, die am Boden lag, und zog ein Hemd heraus, das er mir dann reichte.

Ich zog es über den Kopf und versuchte, seinen verärgerten Gesichtsausdruck zu ignorieren, den er an den Tag legte. Ohne Zeit zu verlieren, stürmte ich die Treppe hinunter. Hastig zog ich mir meine Hose an, stopfte mir mein Höschen in die Tasche und knüllte mein T-Shirt und meinen BH zusammen. Ich hoffte, meine beiden Geschwister wären immer noch in ihren Zimmern, wenn ich nach Hause zurückkehrte. Ich wollte auf keinen Fall, dass sie mich in Nixons Hemd sahen. Ich schlüpfte in meine Flipflops und eilte zur Tür.

Nixon stand bereits dort. Er hatte sich eine Jogginghose angezogen, aber sein Oberkörper war nackt. Er hatte seine muskulösen Arme vor der Brust verschränkt und zeigte mir ein finsteres Gesicht.

»Wir müssen reden, McKenna.« Sein Ton klang bestimmt, ließ keinen Raum für Widerspruch.

Ich hatte Angst, etwas Peinliches zu tun, wie etwa zu weinen, wenn wir uns unterhielten. Er musste etwas in meinem Gesicht gesehen haben, denn er zog mich in seine Arme, seufzte und gab mir einen Kuss auf den Scheitel. Dann zog er sich zurück.

Er ließ mich ohne weiteren Protest gehen.

Glücklicherweise schaffte ich es bis zu meinem Wagen, bevor die erste Träne über meine Wange rollte.

Ich war mir nicht sicher, warum ich weinte, und plötzlich war ich müde bis ins Mark. Alle Erregung und alles Adrenalin hatten meinen Körper verlassen, und das ließ mich als Spielball meiner Emotionen zurück.

Ich war so dumm. Natürlich bereute ein Mann wie Nixon Swagger es, sich mit einer Frau wie mir eingelassen zu haben.

KAPITEL ZWÖLF

Nixon war sauer. Nun ging er bereits seit dreißig Minuten ruhelos in seinem Haus auf und ab und versuchte, einen Plan zu schmieden. McKenna ging ihm aus dem Weg. Die ersten paar Tage hatte er noch gedacht, sie wäre beschäftigt. Aber die Tage waren zu einer Woche geworden, eine Woche zu zwei und mittlerweile gab es keinen Zweifel mehr, dass sie ihn mied. Und er wollte wissen warum. Wenn sie nicht das Gleiche empfunden hatte wie er, dann wollte er das aus ihrem Munde hören. Das hatte er doch wohl verdient.

Er hätte wissen müssen, dass die Verbindung, die er zu ihr gespürt hatte, als sie bekleidet war, zu der Reaktion hatte führen müssen, die er an den Tag gelegt hatte, als er endlich in sie hineingeglitten war. Nixon war zwei Jahre verheiratet gewesen, hatte Alison davor ein Jahr lang regelmäßig getroffen, und während dieser gemeinsamen Jahre hatte er niemals ohne Kondom mit ihr geschlafen.

Er brauchte keinen Psychologen, der ihm erklärte, warum er so beharrlich darauf bestanden hatte, eins zu benutzen, wenn er mit ihr schlief. Er hatte ihr nicht vertraut, nicht voll und ganz. Was auch bedeutete, dass Nixon gewusst hatte, dass die Ehe nicht ewig halten würde. Und er hatte kein Unfall-Baby gewollt, das sie aneinander gebunden hätte.

Und doch hatte er McKenna, ohne zu zögern, ohne ein Kondom genommen. Nach seinem Orgasmus hatte ihn diese Erkenntnis wie ein Schlag getroffen. Und er hatte sich furchtbare Sorgen um McKennas Reaktion gemacht, als er den Kopf gehoben und die Panik in ihren honigfarbenen Augen gesehen hatte. Da hatte er gewusst, er hatte es vermasselt.

Er hatte mit ihr reden wollen, ihr erklären wollen, dass es ihm viel bedeutete, was sie getan hatten, und er niemals etwas tun würde, was ihr schadete. Als er die Navy verlassen hatte, hatte er sich einer obligatorischen körperlichen Untersuchung unterzogen und seitdem hatte er mit keiner Frau geschlafen. Aber sie war geflüchtet, als wäre eine Meute Höllenhunde hinter ihr her gewesen. Sie hatte ihm nicht einmal in die Augen blicken können.

Und jetzt ging sie ihm absichtlich aus dem Weg. War er nicht Experte im Verfolgen einer Person? Eine hübsche Frau zu finden konnte doch nicht so schwierig sein. Er hätte einfach eines Abends bei ihr auftauchen können, aber er wollte vor Zack und Mandy keine Szene provozieren, also war er zu einer Zeit rübergegangen, von der er wusste, sie mussten in der Schule sein. Sie hatte nicht geöffnet, als er an ihre Tür geklopft hatte. Er war sogar so weit gegangen, durch ihre Fenster zu spähen. Allerdings waren weder der alte blaue Pick-up noch der Altima im Hof geparkt, ein sicheres Zeichen, dass sie nicht zu Hause war. Trotzdem hatte er es versucht.

»Scheiß drauf«, rief er in den leeren Raum.

Er schnappte sich den Schlüssel für seinen Pick-up und ging zur Tür.

Es war Sonntag, Hausputztag bei McKenna. Zack hatte ihm gesagt, seine Schwester verließe das Haus sonntags nicht – stattdessen würde sie das Haus von unten bis oben schrubben. Bei Mandy wusste man nichts Genaues, vielleicht war sie da, vielleicht nicht. Er wusste, Zack war zu Hause, denn er hatte häusliche Pflichten zu erledigen, bevor er später zu Nix herüberkommen würde, um bei der Reparatur der Tür des Metallschuppens zu helfen.

Nix hatte zwar McKenna während der letzten Wochen nicht gesehen, Zack jedoch schon. Fast jeden Nachmittag kam er mit dem Geländemotorrad zur Farm herüber. Manchmal half er Nix und manchmal kam er einfach nur so. Er hatte Nix alles über das Fiasko bezüglich Mandys siebzehntem Geburtstags berichtet, wie verletzt McKenna gewesen war, als Mandy sich geweigert

hatte, die Kerzen auszublasen und etwas von der Geburts-
tagstorte zu essen, die McKenna gebacken hatte.

Nixon hasste es, dass sie mit ihrer Schwester im Streit
lag. Zack jedoch schien sich einzugewöhnen. Er hatte ein
Mädchen kennengelernt, das er ausführen wollte, und
hatte Nix lange und sehr persönliche Fragen über
Mädchen und Sex gestellt. Er hatte dem Fünfzehnjährigen
so gut er konnte geantwortet. Er hatte sein Bestes versucht,
dem Jungen klarzumachen, dem Mädchen, mit dem er
zusammen war, stets mit Respekt zu begegnen.

Was Nix natürlich an McKenna denken ließ und dass
er sie auf seiner Küchenarbeitsplatte gefickt hatte, ohne zu
fragen, ob sie wollte, dass er ein Kondom trug. Nichts war
Schlimmer, als selbst nicht zu befolgen, was man predigte.

Als Nixon in die Auffahrt von McKenna einfuhr, sah
er sie und Zack draußen im Hof. Zack sah wütend aus und
McKenna hatte sich vorgebeugt und starrte auf den Kies.
Beide hatten die Hände auf den Oberschenkeln. Sie hob
den Kopf, als sie seinen Pick-up hörte, und ihre Augen
weiteten sich. Sie sagte etwas zu ihrem Bruder, aber der
schüttelte den Kopf.

»Was ist los?«, fragte Nix sofort.

»Mandy ist sauer geworden, bekam einen Wutanfall
und raste in McKennas Wagen davon.«

»Worüber habt ihr euch gestritten?« Er blickte
McKenna an. Ihre Augen waren rotgerändert und sie
errötete.

Mist.

Zack wartete einen Augenblick und als klar war, dass McKenna nicht antworten konnte oder wollte, ergriff er das Wort.

»Ich habe angefangen. Freitag in der Schule habe ich herausgefunden, dass Mandy einen festen Freund hat. Ich hörte, wie ihre Freundinnen darüber redeten. Sie meinten, es wäre cool, dass sie jemanden hätte, der ihnen Bier kaufen könnte. Dann sagte eine von Mandys Freundinnen, es wäre abartig, weil der Kerl um die Dreißig wäre.«

»Dreißig?«, knurrte Nix. McKenna sah ihn alarmiert an. »Haben sie einen Namen genannt?«, fragte er Zack.

»Nein. Sie entdeckten mich und sagten nichts mehr. Ich wollte abwarten und sehen, ob das Gerücht wahr wäre. Aber dann tat Mandy noch geheimnisvoller als früher, und gestern Abend kam sie zu spät nach Hause. Also stellte ich sie zur Rede. Sie sagte mir, ich solle mich um meine eigenen Angelegenheiten kümmern. Aber sie ist meine Schwester, also geht es mich etwas an. McKenna kam nach oben und bekam mit, weshalb wir uns anschrien. Da habe ich ihr alles erzählt. Mandy nannte mich dann einen Verräter und schrie McKenna an, auch sie ginge es nichts an. Dann bekam Mandy einen Tobsuchtsanfall und schleuderte McKenna ins Gesicht, sie wäre nicht unsere Mutter und sie hasse sie. Als ich versuchte, mich einzumischen und sie zum Schweigen zu bringen, drängte sie sich an mir vorbei, lief nach unten, sprang in McKennas Wagen und fuhr davon. Das war, kurz bevor du eingetroffen bist.«

Der Junge hatte während seines Berichtes kaum Atem geholt.

»Irgendeine Ahnung, wo sie hingefahren ist?«, wollte Nix wissen.

»Nein.«

»Du?«, wandte er sich an McKenna.

»Nein«, flüsterte sie. Sie wirkte bis ins Mark erschüttert.

Nix trat zu ihr, umfasste ihr Gesicht und blickte ihr in die Augen. »Babe, du musst dich zusammenreißen und überlegen, wo sie vielleicht hinfahren könnte. Dann musst du in deinen Pick-up steigen, ich in meinen, und dann werden wir sie suchen. Glaubst du, du schaffst das, ohne einen Unfall zu bauen?«

»Ja, Nixon.«

»Gut. Ich werde Zack bei mir mitnehmen. Ruf ihn an, wenn du sie gefunden hast. Du solltest auch Becky und Rob anrufen, sie sollten sich an der Suche beteiligen.«

»Ich kann sie nicht belästigen, sie haben zwei kleine Kinder«, protestierte McKenna.

»Ich habe sie seit mehr als zehn Jahren nicht gesehen. Aber ich nehme an, die beiden haben sich nicht viel verändert. Becky hat ein großes Herz. Ich kenne niemanden, der ein größeres hat. Es wird ihr nichts ausmachen, die Kinder in den Wagen zu setzen und herumzufahren.« Nixon machte eine Pause. Er fragte sich, wie gut sie Rob kannte und was er ihr über ihn erzählen sollte. »Und wie ich Rob kenne, wird er sauer sein, wenn du ihn nicht um Hilfe bittest.«

Damals hatte auch Rob Dick Dillinger heftig verprügelt. Er hatte es nicht gerade freundlich aufgenommen, was Dick getan hatte. Rob hatte zwei jüngere Schwestern, beide sehr hübsch. Er besaß ausgeprägte Beschützerinstinkte und da er Football, Basketball und Baseball spielte, außerdem dem Kampfsport zugetan war, hatte er die entsprechenden Muskeln dafür. Rob hatte sich Dick also ein paarmal geschnappt und sein Missvergnügen daran ausgedrückt, dass Dick so schlechte Ohren besaß.

»Du hast recht. Sie wären beide sauer, wenn ich sie nicht um Hilfe bitten würde.«

»Ruf deine Freundin an und dann mach, dass du in deinen Pick-up kommst. Wir werden sie finden«, drängte Nix sie sanft.

McKenna nickte und, ohne nachzudenken, beugte Nix sich vor und streifte mit den Lippen über ihre. Es war kein richtiger Kuss, aber dennoch waren seine Absichten eindeutig. Da er jetzt keine Diskussion über den Stand ihrer Beziehung heraufbeschwören wollte und losmusste, um Mandy zu suchen, drehte er sich herum. Da merkte er, dass Zack sie beobachtete. Er war sich nicht sicher, wie der Junge reagieren würde. Mit seinen fünfzehn Jahren hatte er zwar noch nicht viel zu sagen, aber er würde ihn trotzdem zu Wort kommen lassen, falls er ein Problem damit hatte, dass Nixon seine Schwester umwarb.

Er schwang sich in seinen Pick-up und wartete auf Zack. Sobald dieser eingestiegen war, fuhr Nix los.

»Bist du mit McKenna zusammen?« Zack verlor keine Zeit.

»Ja.«

»Weiß *sie* das auch?«

»Noch nicht«, erwiderte Nix ehrlich.

»Was soll das heißen?«

Er ließ den Blick nicht von der Straße und hielt nach McKennas Altima Ausschau, während er überlegte, wie er Zack seine Absichten erklären konnte. Nix' Problem bestand darin, dass er nicht wusste, was er tun würde oder wie alles funktionieren könnte – hatte er doch nicht einmal vor, lange in der Gegend zu bleiben. Aber er folgte seinem Instinkt und der schrie ihm zu, McKenna sei etwas Besonderes.

»Es bedeutet, ich mag deine Schwester und ich werde sie besser kennenlernen.«

»Und weiß sie *das*?«

»Sie wird es wissen, wenn sie aufhört, vor mir davonzulaufen.«

»Viel Glück dabei«, lachte Zack.

Nixon hätte gern gefragt, was das heißen sollte, aber es fühlte sich nicht richtig an, dem Jungen Informationen zu entlocken. Das würde er sich für einen anderen Tag aufsparen, falls er verzweifeln würde, alle Möglichkeiten ausgeschöpft wären und ihm nur noch übrig bliebe, Zack anzuzapfen. Bis dahin wollte er McKennas Bruder aus der Sache heraushalten.

Sie verfielen in angenehmes Schweigen, während sie in der Stadt herumkurvten und beide nach McKennas Wagen Ausschau hielten.

Eine Stunde später hatten sie weder Mandy noch den Wagen entdeckt und Nixon bereitete sich darauf vor, die kleineren Straßen im Hinterland zu durchforsten. Es gab da eine alte Zugangsstraße, ausgehend von Coleman's Corner, die zu einem abgelegenen Gebiet hinter ein paar alten Scheunen führte. Genau dort hatte Nixon seine Jungfräulichkeit verloren. Er konnte sich daran erinnern, als wäre es erst gestern gewesen. Der Geruch der moschusartigen, feuchten Sommerluft, die Stiche der Moskitos, die ihm in den Hintern bissen. Es war nicht gerade die großartigste Erfahrung gewesen – nicht für ihn und gewiss nicht für das Mädchen. Nix wusste jedoch nicht, ob die Teenager heutzutage immer noch dort herumhangen.

»Kannst du dir noch irgendeinen anderen Ort vorstellen?«, erkundigte sich Nix.

»Die Baustelle hinter dem Kino. Ich habe gehört, wie Leute erzählten, sie würden sich dort treffen.«

Nixon wusste genau, von welcher Baustelle Zack sprach. Eine der größten Firmen im County hatte expandiert, Land aufgekauft, auf dem zuvor Landwirtschaft betrieben worden war, und ein großes Filmtheater gebaut. Er konnte sich gut vorstellen, dass die Jugendlichen sich hinter das Gebäude verzogen, um dort abzuhängen und zu trinken.

Es war abseits der Hauptstraße und das Gebäude war so groß, dass sie alle dahinter parken konnten, ohne gesehen zu werden. Nix nahm die Abkürzung über den Parkplatz des Einkaufszentrums, dann die Allee hinter dem Lebensmittelladen und schließlich die Schotterstraße. Das Bauwerk war noch so neu, dass die Straße noch nicht asphaltiert worden war.

Er wurde langsamer und fuhr um das Gebäude herum.

Der Anblick, der sich ihm bot, ließ ihn rotsehen. Neben McKennas Altima parkte ein höhergelegter Dodge Ram. Aber nicht das machte ihn so sauer, sondern dass er ein Mädchen sah, mit dem Rücken gegen den Dodge gepresst, und einen Kerl, der seine Hände rechts und links von ihr auf den Wagen legte. Mandy blickte über die Schulter des Mannes und er war nahe genug, um zu sehen, wie sich ihre Augen weiteten. Nix war bereits aus dem Wagen gesprungen und stapfte auf die beiden zu, als der Mann sich herumdrehte.

»Du Hurensohn!«, brüllte Nix.

Und plötzlich fand Dick Dillinger sich in der Luft und weit weg von Mandy wieder.

»Hau ab, Swagger. Dies hat nichts mit dir zu tun.«

War er verrückt?

»Das hat nichts mit mir zu tun? Du presst die siebzehnjährige Schwester meiner Frau gegen deinen Pick-up, ich denke, das hat genug mit mir zu tun.«

»Deine Frau?« Dick wurde blass.

»Das ist alles, was du mitbekommen hast? Du hast verpasst, dass ich sagte, sie sei siebzehn?«

»Das Alter, in dem man nicht mehr die Einwilligung der Eltern braucht, ist sechzehn, Swagger.«

Dick verschränkte die Arme vor der Brust und grinste, als hätte er eine Medaille gewonnen, nur weil er ein Gesetz kannte.

»Ich nehme an, da du das Gesetz vertrittst, weißt du auch, dass das für dich kein Freibrief ist, denn du bist eine Autoritätsperson.« Jetzt wandte Nixon die Aufmerksamkeit Mandy zu, aber er sprach zu Zack. »Bring deine Schwester in den Altima, ruf McKenna an und fahr nach Hause.«

»Ich gehe nirgendwohin«, erklärte Mandy. »Richie hat recht. Das hier geht dich nichts an. Ich muss dir nicht gehorchen.«

Nixon spürte, wie ihm die Geduld ausging, und bemühte sich, sein Temperament zu zügeln. Mandy war ein Teenager-Mädchen, kein Terrorist aus dem Mittleren Osten, obwohl es Nixon augenblicklich schwerfiel, den Unterschied zu erkennen.

»Du weißt, wie alt dieser Mann ist?«, fragte Nix. Mandy verschränkte trotzig die Arme vor der Brust und schwieg. »Er ist in meinem Alter. Vierzehn Jahre älter als du. Das ist krank, Mandy. Was zum Teufel glaubst du, will ein Mann in seinem Alter von dir?«

»Wir –«

»Da gibt es kein *Wir*. Da ist ein Teenager und ein Perverser. Willst du wissen, wie oft ich diesen Clown in der Highschool verprügelt habe? Mindestens einmal pro Monat. Weil er damals auch ein Sexualtäter war. Nur dass damals die Mädchen in seinem Alter waren. Weißt du, er hat dafür gesorgt, dass er mit ihnen allein war, doch wenn sie Nein zu ihm sagten, hörte er nicht auf. Ich nehme an, die Frauen in seinem Alter, die sich mit ihm einlassen würden, sind rar, wenn man bedenkt, dass sich alle an ihn erinnern. Du musst dich doch fragen, Mandy, was zum Teufel mit diesem erwachsenen, etwas über dreißig Jahre alten Mann los ist, der mit einem Teenager zusammen sein will.«

»Halt verflucht noch mal die Klappe, Swagger!«, schrie Dillinger. »Mandy und ich gehen dich nichts an.«

Nixon verlor langsam die Beherrschung und wenn es so weit war, mussten Zack und Mandy vom Schauplatz verschwunden sein.

»Zack, verfrachte deine Schwester in den Wagen.«

»Ich bin nicht –«

»Verfrachte deinen Hintern in den Wagen, Mandy«, brüllte Nixon.

Das Mädchen zuckte zusammen, als hätte er sie geschlagen.

»Ich werde nicht –«

»Halt jetzt die Klappe.« Das kam von Zack, was Nixon total überraschte. Er hatte den Jungen noch niemals böse erlebt. »Du machst mich krank. Ich bin es so leid. Du bist nichts als eine ungezogene, verwöhnte Zicke. Mom und Dad würden sich deiner schämen. Ich bin froh, dass sie tot sind und dies nicht mit ansehen müssen. Ich kann es kaum erwarten, bis du achtzehn bist und verschwindest. Ich hasse dich. Und jetzt steig in den verdammten Wagen und halt einfach die Klappe.«

Mist.

Nixon würde sowohl mit McKenna als auch mit Zack reden müssen, wenn sie wieder bei McKenna wären. Mandy verdiente zwar Zacks Zorn, aber das Mädchen war in keinem guten Zustand und bevor es schlimmer wurde, musste Nix ihm beibringen, dass er sein Temperament zügelte. Was irgendwie komödienhaft war, wenn man bedachte, dass Nixon, sobald die Rücklichter des Altima außer Sicht wären, Dick Dillinger eine Lektion erteilen würde, die er hoffentlich sein ganzes Leben lang nicht vergessen würde.

Klugerweise folgte Mandy ihrem Bruder zum Wagen und stieg ein. Sobald Mandy den Wagen in Bewegung setzte, spurtete Dick, so schnell er konnte, zu seinem Pickup. Nixon holte ihn jedoch schnell ein. Ohne zu wissen, ob Deputy Arschloch im Dienst war oder nicht, und ohne sich überhaupt dafür zu interessieren, presste Nix ihn gegen den Dodge.

»Du und ich haben ein Problem«, erklärte er Dick.

Dick Dillinger gab keine Antwort. Hauptsächlich weil er sich zusammenkrümmte und sich seine gebrochene Nase hielt, aus der das Blut über sein Kinn lief.

Es war lange her, dass Nixon es genossen hatte, Prügel zu verteilen. Die drei Minuten, die es gedauert hatte, bis Dick sich wie ein Embryo zusammenrollte und Nix anflehte aufzuhören, waren die besten drei Minuten seit Jahren. Sex mit McKenna zählte natürlich nicht. Und außerdem waren das keine drei Minuten gewesen, sondern es hatte sehr viel länger gedauert.

Und wenn Nixon ehrlich zu sich selbst war, dann waren jene Minuten mit McKenna die besten seines Lebens gewesen.

KAPITEL DREIZEHN

Als ich zu Hause ankam, hatte Mandy sich bereits in ihrem Zimmer eingeschlossen. Zack sah aus, als wäre ihm eine Laus über die Leber gelaufen, und er war furchtbar wütend. Ich hatte meinen kleinen Bruder noch niemals so sauer gesehen. Ich hatte ihn wiederholt gefragt, was geschehen war, und jedes Mal erwiderte er, wir sollten auf Nix warten.

Ich wollte aber nicht auf Nixon warten, ich wollte wissen, was geschehen war und warum Zack so wütend war. Und als ich ihn das letzte Mal fragte, knurrte er seine Antwort. Ja, der Fünfzehnjährige knurrte mich an. Ich fand es in diesem Moment wichtig, sein Bedürfnis zu respektieren, sich zu sammeln.

Auf dem Nachhauseweg hatte ich Becky angerufen und ihr mitgeteilt, die Suche sei beendet, Nix habe Mandy gefunden. Alles, was sie sagte, war: »Mädchen, sei vorsichtig mit diesem Mann.« Die Warnung brauchte ich nicht. Ich hatte meine Lektion gelernt. Allerdings hatte ich Becky nicht verraten, was er mich gelehrt hatte. Ich schämte mich zu sehr, dass ich mir erlaubt hatte, es so weit kommen zu lassen. Ich hätte es besser wissen müssen und hätte nicht glauben dürfen, ein Mann wie Nixon bliebe lange bei der Stange. Er war heiß wie die Hölle und ich war, nun, ich war eben ich. Und dann war da noch das ganze Drama, das mein Leben ausfüllte. Ich glaubte nicht, dass ein Mann wie er, der sein Leben im Griff zu haben schien, auf das Gepäck Wert legte, das ich mit mir herumschleppte.

Glücklicherweise musste ich nicht lange warten, bis Nixons Pick-up vorfuhr. Ich lief zur Hintertür, um ihn zu begrüßen. Duke folgte mir bellend nach draußen. Er stieg aus seinem Pick-up. Vorn auf seinem grauen T-Shirt war Blut. Ohne daran zu denken, dass ich Distanz halten wollte, eilte ich zu ihm.

»Ist alles in Ordnung?« Ich musterte ihn, konnte aber keine Verletzungen finden.

»Es ist nicht mein Blut.« Er zog das T-Shirt aus und warf es auf die Ladefläche, öffnete die hintere Tür, rumorte im Wagen herum und dann warf er die Tür wieder zu, während er sich ein sauberes T-Shirt überzog.

Duke kreiste immer noch um ihn herum, wedelte mit dem Schwanz und wartete auf ein wenig Zuneigungsbekundungen. »Leg dich hin«, befahl ich ihm.

Nixon tätschelte Duke. Ich ergriff keuchend seine Hand. »Was ist geschehen?«, fragte ich und betrachtete seine blutigen Knöchel.

»Wo sind Zack und Mandy?«, wollte er wissen, zog aber seine Hand nicht weg.

»Mandy ist in ihrem Zimmer und will nicht herauskommen und Zack ist im Haus, absolut wütend.«

Er blickte auf mich hinunter und ließ mich nicht warten. »Wir fanden Mandy zusammen mit Deputy Schweinehund Dillinger.«

Ich riss geschockt die Augen auf. Gütiger Himmel, der Mann war älter als ich. »Hat er –«

»Er hatte sie gegen seinen Pick-up gedrückt. Keine Ahnung, was sie getan haben, bevor wir aufgetaucht sind. Doch selbst wenn sie nur geredet hätten – ein Mann in seinem Alter hat so nahe bei einem Teenager-Mädchen nichts zu suchen. Er bestätigte mir quasi, dass da etwas lief, als er mich darauf hinwies, dass in Maryland ein junges Mädchen mit sechzehn nicht als sexuell minderjährig gilt. Sie wollte sich auch verteidigen, was immer da auch laufen mochte, aber ich ließ sie nicht zu Wort kommen. Ich sagte ihr, sie solle nach Hause fahren. Das gefiel ihr nicht, daher sprang Zack in die Bresche. Es gibt eine Menge darüber zu bereden, aber, Babe, zuallererst musst du mit Zack reden.«

Jetzt verstand ich, warum Zack so sauer war, denn ich war es auch.

»Dieser Schweinehund hat meine kleine Schwester begrapscht.«

»Ja«, bestätigte Nix.

»Haben Mandy und Zack gesehen ...« Ich war mir nicht sicher, wie ich dazu stand, wenn meine Geschwister Nixon in einer Schlägerei sahen.

»Nein, ich habe gewartet, bis sie weg waren.«

»Danke«, flüsterte ich.

Ich bekam einfach keine Atempause. Jedes Mal wenn ich glaubte, es würde einfacher, wurde es nur noch schlimmer. Zack schien sich endlich einzugewöhnen und jetzt lief Mandy aus dem Ruder.

»Du musst dich nicht bei mir bedanken, Babe.« Wir hielten immer noch Händchen, aber jetzt rieb Nixon zusätzlich noch mit dem Daumen über meinen Handrücken. Ich wollte die Hand zurückziehen, aber er ließ sie nicht los. »Wir beiden haben auch noch etwas zu bereden.«

»Nein, wir –«

»McKenna, gerade hatte deine süße Muschi mich noch in ihrer Umarmung und in der nächsten Sekunde hast du dich vollkommen vor mir verschlossen und bist abgehauen. Und dann hast du es geschafft, mir zwei Wochen lang aus dem Weg zu gehen. Also, ja, wir müssen reden. Es gefällt mir nicht, wenn du vor mir davonläufst. Aber was noch wichtiger ist, ich muss sicher sein, dass ich dir nicht wehgetan habe.«

Mir klappte der Unterkiefer herunter, hauptsächlich weil noch nie jemand so krass mit mir geredet hatte. Der andere Grund war der, dass er gesagt hatte, *ich* hätte mich vor ihm verschlossen. Ich. Dass ich diejenige war, die eine seltsame Stimmung verursacht hatte. War er verrückt?

»Ich habe mich nicht distanziert. Du hast so ausgesehen, als wäre dir schlecht, als du mich danach angesehen hast. Ich weiß, dass ich mich nicht annähernd mit den Frauen vergleichen kann, an die du gewöhnt bist, aber so abscheulich kann ich auch nicht sein, dass du es schon bereust, Sex mit mir gehabt zu haben, bevor du dich überhaupt aus mir zurückgezogen hast.«

»Wie bitte?«

Ich schüttelte den Kopf und wandte den Blick zu Boden. Es war schwer genug gewesen, das zuzugeben. Auf keinen Fall hätte ich es wiederholt.

»Lass uns mal bei der *als wäre dir schlecht* Bemerkung anfangen. Babe, ich war besorgt, weil ich dich ohne Kondom gefickt hatte. Und ich hatte dich nicht wirklich gefragt, ob das okay für dich war.«

»Doch, das hast du. Du hast mich gefragt, ob ich ein Verhütungsmittel nehme. Du hast auch gewartet, dass ich dir mein Okay gab, bevor du ... du weißt schon.«

»Dich zu fragen, ob du verhütest, ist nicht das Gleiche, wie zu fragen, ob es okay für dich ist, wenn ich kein Kondom überziehe. Aber ich bin froh, dass es in Ordnung für dich war. Ich war auch ziemlich grob mit dir.« Nixon machte eine Pause und wirkte nachdenklich. Ich jedoch sah ihn nicht an. Ich blickte über seine Schulter hinweg und flippte aus. Vielleicht hatte ich mich geirrt. »Du hast mich dazu gebracht, die Beherrschung zu verlieren, was normalerweise nicht geschieht. Während ich mir also Sorgen machte, versuchte ich wahrscheinlich in meinem Kopf herauszufinden, was gerade geschehen war, was mich so aus der Fassung gebracht hatte. Und zu guter Letzt, was meinst du mit *die Frauen, an die ich gewöhnt bin?*«

Ich litt immer noch unter einem klitzekleinen Nervenzusammenbruch und wollte bei strahlendem Sonnenschein, bei dem ich mich nirgendwo vor ihm verstecken konnte, nicht darüber reden.

»McKenna?«

Keine halben Sachen.

»Ich weiß, ich bin nicht –«

»Hör sofort auf damit«, knurrte er. »Du wolltest etwas sagen, das mich wütend machen wird. Es ist ohnehin ein beschissener Tag. Und wenn du mir sagen willst, du wüsstest nicht, wie wunderschön du bist, dann werde ich noch wütender, als ich es bereits bin.«

»Warum sollte dich das wütend machen?«, fragte ich dümmlich.

»Weil eine Frau, die so aussieht wie du, sich so verhält wie du, so klug und lustig ist wie du, tief in ihrer Seele wissen sollte, dass sie absolut umwerfend ist. Und wenn du das nicht weißt, bedeutet das, dass dich irgendwann in deinem Leben jemand verletzt hat. Und das ist es, was mich wütend macht.«

Bevor ich noch verarbeiten konnte, was Nixon gesagt hatte und wie das auf eine höchst merkwürdige Weise das schönste Kompliment war, das ich je erhalten hatte, schlug die Verandatür zu und ich warf einen Blick hinter mich.

»Hat er dir erzählt, was geschehen ist?«, wollte Zack wissen.

Ich beobachtete meinen kleinen Bruder, wie er auf uns zuschritt. Und zum ersten Mal bemerkte ich, dass er sich in einen jungen Mann verwandelte. Er war schon immer groß gewesen, aber nun legte er zu. Auch bewegte er sich anders als letztes Jahr. Ich sah die ersten Anzeichen von Selbstvertrauen.

»Ja, das hat er«, erwiderte ich. »Bist du okay, nachdem du Mandy mit diesem Mann gesehen hast?«

Zacks Augen flackerten. »Hast du dich um ihn gekümmert?«

Ich hielt den Atem an und wartete. Dies war eine dieser Situationen, in denen ich die richtige Antwort nicht kannte. Ich wollte nicht, dass Zack glaubte, Gewalt und Kampf wären die Antwort. Aber in diesem Fall waren sie das vielleicht.

»Das habe ich«, erklärte Nixon nach kurzem Zögern.

»Dann bin ich okay.«

Zack bemerkte, dass Nix und ich uns an der Hand hielten. Ich wusste nicht, was schlimmer war – dass er

Nix' blutige Knöchel sah oder dass ich mit einem Mann Händchen hielt.

»Möchtest du darüber reden?«, fragte ich.

»Ja, aber nicht jetzt. Ich werde eine Runde mit dem Geländemotorrad drehen.«

»Okay.«

Zack ging bereits in Richtung Scheune, da drehte er sich noch einmal um. »Hey, Nixon?«

»Ja, Kumpel?«

»Danke für heute.«

»Keine Ursache.«

Sie tauschten das uralte männliche Ritual, hoben das Kinn und nickten, dann ging Zack seines Weges und Duke folgte ihm.

»Bleibst du zum Abendessen?«

»Ja.«

»Ich muss zuerst mit Mandy reden, dann werde ich den Grill anwerfen.«

»Nein, das musst du nicht. Zuerst musst du dich mit einem Bier auf die Veranda setzen und dich entspannen. Dann kannst du zu Mandy gehen und mit ihr reden, während ich den Grill anwerfe.«

So. Verdammt. Herrisch.

»Kannst du kochen?«

»Nein.«

»Dann darfst du meinen Grill nicht anrühren.«

»Babe, es gibt einen Unterschied zwischen kochen und grillen.«

Ich verdrehte die Augen und ging zum Haus. Es gab keinen Unterschied, zumindest nicht meiner Meinung nach, aber ich war zu müde, um zu widersprechen. Nix hatte recht, auf der Veranda zu sitzen und ein Bier zu trinken klang großartig.

***

WIR SAßEN auf meinen tollen Verandamöbeln mit einem Bier in der Hand und beobachteten, wie Duke auf der Pferdekoppel herumschnüffelte. Ich drückte mich an Nix' Seite und sein Arm lag um meine Schulter. Sobald ich mich gesetzt hatte, hatte er Besitzansprüche angemeldet. Mein Magen fühlte sich seltsam an und ich fragte mich, ob ich neulich Abend überreagiert hatte.

Vielleicht hatte ich den Blick, den er mir zugeworfen hatte, falsch interpretiert. Vielleicht war ich von meinen Gefühlen so überwältigt gewesen, dass ich einen Grund gesucht hatte zu flüchten. In letzter Zeit hatte das Leben nicht viel Gutes für mich bereitgehalten und ich hatte niemals Glück mit Männergeschichten. Daher konnte es gut sein, dass ich vor etwas davonlief, das sich gut anfühlte. Und ich hatte ihn wirklich gemieden. Ich war sogar so weit gegangen, in der Bibliothek zu arbeiten, um nicht zu Hause zu sein.

Sally und Goat grasten und ich erinnerte mich daran, warum ich dieses Grundstück gekauft hatte. Dies war das, was ich für meine Familie wollte. Als ich eingezogen war, war ich Single gewesen und hatte nichts in Aussicht, aber ich hatte gewusst, hier wollte ich meine Kinder aufziehen, falls ich jemals welche haben sollte. Ich wollte ihnen weite, offene Räume bieten. Die Freiheit herumzustrolchen. Und Stille, um zu lernen und zu wachsen. Den Frieden, den dieses Land bot, um ihren Geist zu entwickeln.

»Es tut mir leid, dass ich nicht geblieben bin und dir zugehört habe.« Nix drückte meine Schulter und ermunterte mich so fortzufahren. »Ich hatte Angst, dich sagen zu hören, du würdest es bereuen, mit mir zusammen zu sein. Denn ich konnte an nichts anderes denken als daran, dass ich bis zu diesem Augenblick mit dir niemals wirklich mit jemandem intim war. Niemals habe ich solch eine Intensität erlebt wie mit dir. Und ich hatte Angst, du könntest sagen, du würdest nicht das Gleiche empfinden. Ich weiß, es war nur Sex, und ich erwarte keine Versprechungen, aber jener Abend bedeutete mir etwas und ich wollte die Erinnerung daran nicht zerstören. Daher bin ich gegangen.«

Es fiel mir leichter, darüber zu reden, wenn ich sein Gesicht nicht sehen konnte. Ich wusste nicht, warum ich ihm all das gestanden hatte, nur, dass es richtig zu sein schien. Er verdiente es, die Wahrheit zu kennen.

»Danke.« Seine Stimme klang jetzt tief und heiser. »Auch mir bedeutete er etwas.«

Seine Worte fühlten sich an wie Seide, die über meine Haut glitt.

Wir verfielen wieder in Schweigen und ich hoffte, ich wusste, was ich tat. Nicht nur in Bezug auf Nixon, an dessen warmen Körper ich mich gerade kuschelte, sondern auch, wenn es um Mandy und Zack ging.

KAPITEL VIERZEHN

Nun war es fast eine Woche her, dass Nix sich entspannt auf McKennas Veranda wiedergefunden und ihrem Geständnis gelauscht hatte, dass ihr Stelldichein in seiner Küche ihr etwas bedeutet hatte. Er war verdammt froh, dass sie nicht gegangen war, weil er etwas falsch gemacht hatte. Er war glücklich, dass sie genau wie er eine spezielle Verbindung zwischen ihnen spürte. Obwohl dieses Wissen ihn zufrieden stimmte, war er dennoch frustriert.

Da sie beide mit Arbeit überlastet waren, hatte er keine Zeit gefunden, mit ihr allein zu sein. Sie hatte einen herannahenden Abgabetermin und er hatte Mr. Adams mit seinem liegen gebliebenen Traktor geholfen. Die Felder waren gepflügt und bereit, mit Mais eingesät zu werden, als die Lenkung des alten John Deere ausfiel.

Eine weitere Sache, die Nixon an Mr. Adams respektierte – er reparierte lieber, was er besaß, als dass er Schulden machte. Der John Deere näherte sich jedoch dem Ende seiner Nutzbarkeit. Der alte Traktor war zu klein für das Land, das Adams bestellte, aber wenn er es schaffen würde, ihn davon zu überzeugen, verdammte einhunderttausend Dollar rauszurücken, um einen neuen zu kaufen, wäre das ein Wunder.

Heute war Samstag und so sehr er die Zeit auch genossen hatte, die sie bei ihr verbracht hatten, so waren doch stets Mandy und Zack in der Nähe. McKenna ließ Mandy nicht mehr aus den Augen und Zack trieb sich ständig in ihrer Nähe herum. Er musste den Jungen immer noch beiseitenehmen und mit ihm darüber reden, was er zu seiner Schwester gesagt hatte. Aber nicht heute.

Obwohl Nixon kein Telefon-Mensch war, hatte er gemerkt, dass er es genoss, mit McKenna SMS auszutauschen oder bis weit über die normale Schlafenszeit hinaus mit ihr zu telefonieren. Er hatte herausgefunden, dass sie sich besser öffnen konnte, wenn sie ihm nicht von Angesicht zu Angesicht gegenüberstand.

Sie hatten ihre Highschool-Erfahrungen ausgetauscht, sie hatte ihm vom College erzählt, und er hatte ihr sogar von einigen seiner Einsätze berichtet. Dabei war er moralisch so korrekt wie möglich geblieben und natürlich gab es vieles, worüber er nicht reden konnte, aber er erzählte ihr

von seinen Teamkollegen und wie sehr er die Kamerad-
schaft vermisste.

Nixon hatte erledigt, was er ums Haus herum hatte
tun müssen, und sprang in seinen Traktor, um zu
McKenna hinüberzufahren. Da er die Reihen neu
gepflanzten Mais nicht beschädigen wollte, nahm er den
Umweg und kam an der alten Hütte vorbei, die er damals
im Wald gebaut hatte. Verdammt, was hatte er in dem
alten Schuppen für fröhliche Tage und Nächte erlebt!
Und er war froh zu sehen, dass Zack die Umgebung sauber
gehalten hatte, falls er dort abgehangen hatte. Er brauchte
weniger als fünf Minuten, bis er McKennas Einfahrt
erreicht hatte. Zack und Duke waren im Hof, aber die
Frau, die ihn in seinen Gedanken so plagte, sah er nicht.

»'lo, Nix!«

Er versuchte, ein Lächeln zu verbergen, angesichts der
Begrüßung des Jungen.

»'lo«, erwiderte er. »Wo sind deine Schwestern?«

McKenna lugte mit dem Kopf aus der Scheune heraus.
»Hey.«

Verflucht, wie sexy sie war! Sogar in ihrer zerschlissenen Jeans, den Stiefeln und schweißbedeckt. Sie trug
auch ein paar Arbeitshandschuhe. Nixon spürte, wie Zorn
in ihm aufkochte. Er warf einen Blick auf Zack, und auch
dieser trug Handschuhe und hielt eine Mistgabel in der
Hand.

»Wo ist Mandy?«

»Im Haus.« Zacks bissiger Tonfall war alles, was er hören musste.

Seine Grenzen überschreitend, obwohl er wusste, dass es ihn nichts anging – aber er würde es dennoch tun –, stürmte er zum Haus, über die Veranda, durch die Küche, in den Flur und blieb am Fuß der Treppe stehen.

»Hey! Mandy!«

Es dauerte ein paar Sekunden, doch dann öffnete sich ihre Tür und sie erschien am oberen Treppenabsatz. Müde und noch im Schlafanzug, erwiderte sie: »Ja?«

»Zieh dich an und komm runter.« Und schon flammte ihr Teenager-Trotz auf. Er hielt eine Hand in die Höhe, um sie gar nicht erst zu Wort kommen zu lassen, und fuhr fort: »Ich weiß, es war nicht so toll für dich zu hören, was dein Bruder neulich zu dir gesagt hat. Ich weiß auch, dass er die ganze Woche auf dir rumgehackt hat. Wenn du willst, dass das aufhört, schlage ich vor, du ziehst dich an, kommst herunter und fängst an, deinen Teil zur Arbeit beizutragen.«

Mandy stand immer noch dort und starrte auf ihn hinab, als hätte er ein Geweih auf der Stirn und würde pupsen wie ein Einhorn. Nixon war es scheißegal, was sie über ihn dachte. Es war ihm jedoch nicht egal, dass McKenna sich wieder einmal in der Scheune zu Tode schuftete und Zack sich bemühte, seiner Schwester zu helfen, während Prinzessin Mandy in aller Ruhe ausschlief.

»Und während du dich anziehst, kannst du vielleicht darüber nachdenken, warum du glaubst, das Recht zu haben, den Tag zu verschlafen, während alle anderen in diesem Haus arbeiten.«

Er wartete ihre Antwort nicht ab. Er drehte sich herum, tat zwei Schritte, ging um die Ecke in die Küche und stieß geradewegs mit McKenna zusammen. Er ließ beide Hände vorschnellen und fand sein Gleichgewicht.

»Mist, McKenna. Bist du okay?«

Er hätte sie beinahe umgeworfen.

»Ja«, flüsterte sie und blickte nach unten.

Verdammt, er war zu weit gegangen. »Es tut mir leid, ich —«

Er hatte keine Chance, den Satz zu beenden, denn sie stellte sich auf die Zehenspitzen und küsste ihn. Es war keine zaghafte Berührung mit ihren Lippen. Sie ging aufs Ganze, benutzte die Zunge und Nix konnte nicht verhindern, dass sein Schwanz hart wurde. Genauso abrupt, wie sie begonnen hatte, zog sie sich zurück und legte ihren Mund an sein Ohr. »Du hast keine Ahnung, wie sehr ich mir wünsche, wir wären allein.«

Ihr Eingeständnis trug nicht gerade dazu bei, seinen Ständer schrumpfen zu lassen. Er hatte keine Ahnung, was er getan hatte, um einen solchen Kuss zu verdienen, oder ihre Wertschätzung, aber er wünschte sich, er verdiente es und könnte es wiederholen.

Sie gingen wieder nach draußen. Inzwischen war so viel Zeit vergangen, dass er nicht mehr glaubte, Mandy würde sich ihnen anschließen. Da trat sie in Erscheinung.

»Hier bin ich«, kündigte sie an.

»Sollten wir uns verneigen und dir den Hintern küssen, dass du dich endlich zur Mittagszeit aus dem Bett gewälzt und dich entschlossen hast, uns zu beehren mit deiner –«

»Zack«, schalt McKenna.

Ja, es war Zeit, dass Nixon mit dem Jungen redete. Er hatte jedes Recht, auf seine Schwester wütend zu sein, aber sie schnippisch anzugreifen half nicht weiter. McKenna hatte genügend Sorgen, da mussten die beiden sich nicht auch noch an die Kehle gehen.

»Wonach riecht es hier?« Mandy rümpfte die Nase.

»Hühnermist«, erklärte Nix.

»Hühnermist? Es riecht wie ...«

Mandy brach ab, denn man konnte den faulen Gestank wirklich nicht beschreiben. Es roch einfach nach Hühnermist.

»Man benutzt ihn als Dünger«, sagte Zack und verdrehte die Augen.

Es war Zeit loszulegen.

»Zack, nimm den Traktor, lade den Mist auf und wirf ihn am Wald ab.«

»Ich kann die Schubkarre nehmen.«

»Das könntest du, aber wenn du den Traktor nimmst, dauert es nicht so lange.«

»Aber es ist Pferdemist.«

»Ich besitze einen Hochdruckreiniger«, informierte Nix ihn, dann wandte er sich an McKenna und bat sie um Handschuhe. Sobald sie sie ihm gereicht hatte, gab er sie an Mandy weiter. »Folge mir.«

Mandy und Nix machten sich auf den Weg in die Scheune und direkt zu Sallys Box. Sie war bereits halb ausgemistet. »Fang hiermit an.«

»Hiermit? Was soll das heißen, *hiermit?*«, fragte Mandy immer noch voller Wut und Trotz.

Nixon stellte sich an die Seite, verschränkte die Arme vor der Brust und betrachtete das Mädchen. Er musterte sie gründlich. Sie war schön, genau wie ihre Schwester, und wenn sie erst einmal erwachsen wäre, würde sie ebenso umwerfend wie ihre Schwester sein, daran zweifelte er nicht. Aber im Inneren war sie vollkommen leer. Er wusste nicht, ob es daran lag, dass sie ihre Eltern verloren, keine Richtung für ihr Leben hatte, voller verrücktspielender Teenager-Hormone war – und deshalb zickig, was sich aber auswachsen würde – oder ob sie schlichtweg faul war. Nix nahm an, es war eine Kombination von allem.

»Wie lange hast du Sally und Goat schon?«, erkundigte er sich.

»Ein paar Monate.«

»Und willst du sie behalten?«

»Ja.«

»Und wie oft hast du den Stall ausgemistet?«

»Ausgemistet?«

»Gesäubert.« Er seufzte.

»Ich habe keine Zeit. Micky macht das.«

»Arbeitest du?« Sie schüttelte den Kopf. »Machst du Sport? Nimmst du an Wohltätigkeitsveranstaltungen teil? Spielst du in einer Band? Suchst du nach einer Heilmethode für Krebs? Versuchst du, den Hunger auf der Welt zu stoppen? Gibst du den Obdachlosen Nahrung? Irgendetwas?«

Mandy gab keine Antwort. Sie starrte nur vor sich hin.

»Nun gut. Also, du wolltest ein Tier haben, das eine Menge Zeit und Aufmerksamkeit erfordert. Das ist harte Arbeit und du tust nichts, um für das Tier zu sorgen. Du erwartest einfach, dass deine Schwester das für dich übernimmt. Behandelst du deine Freundinnen auf die gleiche Weise?«

»Nein«, fauchte sie.

»Aber deine Schwester behandelst du so. Der einzige Mensch außer deinem Bruder, der dir immer den Rücken decken wird. Dein Team. Du behandelst sie wie Dreck. Ebenso wie deine Tiere.«

»Warum hacken alle auf mir herum?«, schrie sie.

»Weil du alles kaputt machst. Mal ehrlich, Mandy, du

bist fast erwachsen. Du hast nicht mehr viel Zeit, dein Leben in den Griff zu bekommen.« Er machte eine Pause und vergewisserte sich, dass sie ihm ihre Aufmerksamkeit schenkte. »Du hast einen Schlag erlitten, indem du deine Mom und deinen Dad verloren hast. Ich weiß, wie sich das anfühlt. Ich glaube nicht, dass dieser Schmerz jemals vergeht. Aber das gibt dir nicht das Recht, dich gegenüber allen in deiner Umgebung wie ein Arschloch zu verhalten. Besonders nicht gegenüber Zack und McKenna. Und noch eins, du solltest dankbar sein, dass du einen Dad *und* eine Mom gehabt hast, die dich liebten, auch wenn sie dir zu früh genommen wurden. Einige von uns werden nie wissen, wie sich die Umarmung oder die Liebe einer Mutter anfühlt.«

Damit ließ Nixon das Thema fallen und verbrachte die nächste halbe Stunde damit, Mandy zu zeigen, wie man einen Stall ausmistet.

Sie beklagte sich kein einziges Mal. Und als er zurückkehrte, nachdem er die zweite Ladung entsorgt hatte, begann Mandy zu reden.

»Du hast keine Mom?«, fragte sie. Von ihrer Zickigkeit war nichts mehr zu merken.

»Nein. Sie starb, als ich noch klein war. Es gab immer nur mich und meinen Dad.«

Mandy schaufelte weiter und fragte: »Und dein Dad ist auch tot?«

»Ja, er ist vor rund fünf Jahren gestorben.« Nixon

widerstand dem Drang, sich die Brust zu reiben, wo sich in seinem Inneren ein Knoten gebildet hatte.

»Hast du ihn je besucht?«

»Besucht?«

»Ja, du weißt schon, auf dem Friedhof?«

Seine nächsten Worte wählte Nixon mit Bedacht. »Nein, Amanda, das habe ich nicht.«

Er hörte, wie sie lange die staubige Luft in ihre Lunge sog. »So hat mein Dad mich immer genannt. Alle anderen nennen mich Mandy. Aber er sagte immer, er hätte seinem hübschen Mädchen einen hübschen Namen gegeben, und daher hat er mich immer Amanda genannt.«

»Stört es dich, wenn ich dich Amanda nenne?«

»Nein, es gefiel mir immer, den Namen von ihm zu hören.« Sie verfiel in Schweigen, bis er sich umdrehte, um noch einen Karren Mist aufzuladen. »Warum besuchst du deinen Vater nicht?«

»Weil er verbrannt wurde. Ich habe die Asche auf die Farm gebracht und sie auf seinem Land verstreut. Aber auch wenn er begraben worden wäre, hätte ich sein Grab nicht besucht.«

»Warum nicht?«

»Ich brauche es nicht. Er ist hier.« Nix legte eine Hand auf sein Herz, dann tippte er sich an die Schläfe. »Und hier. Ich denke jeden Tag an ihn. Ich erinnere mich daran, was er zu mir gesagt hat, was er mich gelehrt hat, wie sehr er mich geliebt hat und wie stolz er war. Ich brauche keinen Ort, den ich besuchen kann, um mit ihm zu reden. Als ich in Libyen war und uns die Scheiße aus dem Leib geschossen wurde, habe ich mit ihm geredet. Als ich im Libanon war und über verschneite Bergspitzen Ausschau hielt, redete ich mit ihm. Wo auch immer in der Welt ich mich aufgehalten habe, wusste ich, er war bei mir. Du brauchst nicht vor einem Grabstein zu sitzen, um mit deinen Eltern zu reden. Du kannst das überall tun.«

Nixon wartete, bis Mandy verstanden hatte und nickte. Als er gerade die Schubkarre ergreifen wollte, hielt sie ihn erneut auf.

»Er kauft mir keinen Alkohol. Das ist nur dummes Gerede.«

»Wer?«, fragte er, sofort in höchster Alarmbereitschaft.

»Richie.«

Richie? Es machte ihn wahnsinnig zu hören, wie sie Deputy Schweinehund bei einem Spitznamen nannte.

»Er ist nett zu mir«, fuhr Mandy fort, wobei sie jünger klang als ihre siebzehn Jahre. »Und er hat niemals etwas ... du weißt schon ... Sexuelles versucht.«

Nixon war unsäglich erleichtert, hatte aber auch kein schlechtes Gewissen, weil er den Kerl verprügelt hatte. Kein Mann sollte je einem Teenager zu nahe kommen. Und er kannte Dick Dillinger. Er war ein Raubtier. Er mochte bis jetzt noch nicht in Aktion getreten sein, aber er umwarb sie. Die Frage war nicht *ob*, sondern *wann*. Und solange Nixon ein Wörtchen mitzureden hatte, würde das *Wann* niemals kommen.

»Amanda, auch wenn du nichts von dem, was ich dir je gesagt habe, angenommen hast, so hör mir jetzt zu. Dillinger ist kein guter Mann. Kein Mann, ich meine wirklich kein Mann, presst ein Teenager-Mädchen gegen seinen Pick-up. Du magst dich vielleicht als Frau fühlen, aber das bist du nicht. Du bist siebzehn. Sei siebzehn.«

KAPITEL FÜNFZEHN

Ich hatte nicht vorgehabt zu lauschen, aber ich tat es doch.

Ich kam in die Scheune, um Mandy und Nixon zu sagen, das Mittagessen sei fertig, als ich wie angewurzelt stehen blieb, denn ich hörte sie miteinander reden. Es wäre höflich gewesen, ihnen ihre Privatsphäre zu lassen. Aber als ich hörte, wie Mandy Nixon fragte, ob er seinen Vater besuchte, erstarrte ich.

Dies war ein persönliches Gespräch und ich hatte kein Recht, es anzuhören. Ich spürte einen Stich der Schuldgefühle, aber als meine Schwester meinen Dad erwähnte, wurde mir das Herz schwer. Mit mir redete sie nie über ihn. Ich wusste, er hatte sie immer Amanda genannt, aber ich hatte nicht gewusst, wie viel ihr das bedeutete. Ich wäre auch nie darauf gekommen, dass sie die letzte Ruhestätte ihrer Eltern gern besucht hätte.

Mein Vater dachte so ähnlich wie Nixon. Nach der Beerdigung meiner Mom kehrten wir nie wieder auf den Friedhof zurück. Er erklärte mir, meine Mutter sei immer bei mir und ich müsse nirgendwohin gehen, um ihre Liebe zu spüren. Er sagte mir auch, er wolle nicht, dass ich mich an einen Ort band. Er erklärte mir sanft, dass meine Mutter es nicht wollen würde, dass ich mein ganzes Leben in Kalifornien bliebe, nur um Blumen auf ihren Grabstein zu legen.

»McKenna?« Ich war so in Gedanken versunken gewesen, dass ich ihn nicht hatte aus der Scheune kommen hören. Ich hob den Kopf und blickte ihm in die Augen und etwas veränderte sich. Sein Gesichtsausdruck wurde hart, er streifte sich die Arbeitshandschuhe ab, stopfte sie in die Gesäßtasche und ging um mich herum. Ich taumelte zurück, bis mein Rücken gegen die Holzplanken stieß. Er hob seine Hände an mein Gesicht. »Babe, was ist los?«

Ich schüttelte den Kopf.

»Warum weinst du? Tut dir etwas weh?«

Wieder schüttelte ich den Kopf.

»Zack?«

»Ich habe alles gehört«, stieß ich hervor. »Ich weiß, es gehört sich nicht, aber als Mandy zu sprechen begann, konnte ich nicht anders.«

Nixons Gesichtsausdruck wurde weich. Die Verwandlung raubte mir den Atem. Er sah ohne Zweifel gut aus, aber wenn seine Augen wässrig und sein Kiefer locker wurden, war er geradezu hinreißend.

»Bist du einverstanden mit dem, was ich zu ihr gesagt habe?«

»Ja«, beteuerte ich schnell. »Danke, dass du mit ihr geredet hast. Mit mir spricht sie nicht darüber. Ich dachte nicht ...«, ich senkte die Stimme, »dass sie sie besuchen möchte. Das ist mir niemals in den Sinn gekommen.«

Er rieb mit den Daumen über meine Wangen. Die Geste war so zärtlich, dass ich spürte, wie mir die Tränen in die Augen traten.

»Alles in Ordnung?«, fragte Mandy, die aus der Scheune kam.

Nixon trat nicht von mir zurück. Er blickte über die Schulter zu meiner Schwester.

»Ja, ich bin hergekommen, um euch zu sagen, dass das Mittagessen fertig ist, falls ihr eine Pause einlegen wollt.«

»Ich bin mit dem Stall fertig, Nix. Was soll ich jetzt machen?«, fragte Mandy. Und wieder kamen mir die Tränen. Der Tonfall des zickigen Teenagers war verschwunden.

»Geh mit McKenna, und Zack und ich werden in einer Minute nachkommen.«

Nixon drehte sich wieder zu mir herum, küsste mich auf die Stirn und ging davon.

»Bist du hungrig?«, fragte ich meine Schwester und wartete auf eine trotzige Antwort.

Die nicht kam.

»Ja, ein wenig.« Sie zog die Handschuhe aus, blickte auf ihre Hände hinunter und runzelte die Stirn. »Wirst du mir nach dem Mittagessen zeigen, was ich als Nächstes tun soll?«

»Als Nächstes?«

»Im Stall. Müssen wir Heu oder sonst etwas auslegen?«

»Heu ist das Futter von Sally und Goat«, erklärte ich ihr freundlich. »Wir benutzen Sägespäne für ihre Schlafplätze.«

»Oh, das wusste ich nicht.«

»Schon okay. Ich werde es dir zeigen.«

Mandy nickte, sagte jedoch nichts.

»Möchtest du über irgendetwas mit mir reden?«

Sofort verschloss sie sich wieder. Verdammt. Mist. Verflucht. Ich versagte immer wieder. Ich hätte es einfach auf sich beruhen lassen und sie nicht drängen sollen.

»Nein.«

Sie ging an mir vorbei zum Haus und ich hätte mir in den Hintern treten können. Nichts, was man sagte oder tat, funktionierte bei ihr. Ihr Raum zu lassen erlaubte ihr, sich weiter zu entfernen. Wenn man böse wurde und mit ihr diskutierte, zog sie sich zurück.

Mein Dad und Carla wären enttäuscht von mir. Was hatten sie sich dabei gedacht, mir die Aufsicht zu übertragen? Carla hatte eine ältere Schwester, die in Kalifornien lebte. Sie hatte zwei erwachsene Kinder in ungefähr meinem Alter, beide sehr erfolgreich. Tante Luise wäre die bessere Wahl gewesen, denn sie hatte bewiesen, dass sie eine gute Mutter war. Ich hatte absolut keine Ahnung, wie man Teenager aufzog. Nixon jedoch schien zu wissen, was zu tun war, was ärgerlich war und nur bewies, dass ich vollkommen versagte.

Ich folgte Mandy ins Haus und sah überrascht, dass sie in der Küche an dem Eistee arbeitete, den ich begonnen hatte zuzubereiten.

»Mache ich es richtig?«, fragte sie, während sie kaltes Wasser in den Krug goss.

»Ja.«

Ich ging um sie herum. Ich wollte kein Aufhebens darum machen, dass sie in der Küche half. Etwas, das sie normalerweise nicht tat.

Die Jungs kamen herein, wuschen sich die Hände und bedienten sich an den Schinken- und Käsesandwiches, die ich gemacht hatte. Das ging schnell und leicht und war Zacks Lieblingsspeise. Das Mittagessen verlief in einer unbehaglichen, angespannten Stimmung. Mein Bruder warf Mandy immer wieder scharfe Bemerkungen an den Kopf und Mandy schwieg die meiste Zeit. Bis sie den Tisch abräumte und Zack eine bissige Bemerkung darüber machte, dass es auch wirklich an der Zeit gewesen sei, dass sie ihren Hintern bewegte und mithalf.

Daraufhin warf Mandy das Geschirr ins Spülbecken

und verschwand über die hintere Veranda, wobei sie die Tür hinter sich zuknallen ließ.

Ich wandte mich an Zack, aber Nixon kam mir zuvor.

»Das war nicht cool, Kumpel.«

»Was? Ein einziges Mal packt sie mit an und ich soll ihr den Arsch küssen?«

»Nein. Du sollst ruhig bleiben und beobachten. Du solltest bemerken, dass deine Schwester einiges durchmacht, etwas —«

»Das geht uns allen so.« Zack erhob sich. »Wir alle haben unsere Eltern verloren. Das mussten wir alle durchmachen. Wir alle müssen uns anpassen. Nicht nur Mandy und ich, sondern auch McKenna. Sie hätte uns nicht aufnehmen müssen, aber sie hat es getan. Und jetzt hat Mandy einmal zwei Stunden draußen geholfen. Na und? Macht das alles wieder gut?«

»Nein. Und vielleicht bleibt es bei diesem einen Mal. Ich nehme es dir nicht übel, dass du misstrauisch bist. Aber es sagt etwas über einen Mann aus, wenn er jemanden runtermacht, dem es ohnehin schlecht geht.« Nixon erhob sich von seinem Stuhl und ging zu meinem Bruder. Dann tat er etwas so Süßes, etwas so Wunderschönes, dass ich es mein Leben lang nicht vergessen werde. Er legte beide Hände um den Nacken meines Bruders und drückte ihn liebevoll. »Du hast recht. McKenna hätte das nicht tun müssen. Aber gleichzeitig hast du auch unrecht. Deine Schwester ist die Art Frau, die alles für diejenigen tun würde, die sie liebt. Daher musste sie es tun. Und als sie es tat, tat sie es, ohne zu zögern. Ich weiß, du bist erst fünfzehn, aber es ist jetzt dein Job, deinen Schwestern zu helfen. Und im Augenblick hilfst du McKenna, indem du geduldig bist. Geduldig mit ihr, während sie versucht, Mandy zu helfen. Geduldig mit ihr, während sie ihre neue Rolle erlernt, dich anzuleiten. Geduldig mit ihr, während sie lernt, wie sie dich dazu anleiten kann, der Mann zu werden, von dem sie weiß, dass du es werden kannst. Niemand kann es jetzt gebrauchen, dass du deine Schwester angreifst. Mandy weiß, dass sie Mist gebaut hat, sie weiß nur nicht, was sie jetzt tun soll. Und sie weiß nicht, wie sie es wieder geradebiegen soll. Sei der Bruder, den sie braucht, und zeig es ihr.«

Zack dachte einen Moment nach, dann nickte er.

»Willst du, dass ich die Sägespäne einstreue?«, wollte Zack wissen.

»Nein, du hast für heute genug getan. Danke«, erwiderte ich.

»Ist es okay, wenn ich jetzt eine Runde mit meinem Geländemotorrad fahre?«

»Sicher. Sei vorsichtig.«

Zack blickte zu Nix hinüber und machte eine dieser für Männer typischen Bewegungen mit dem Kinn, dann war er zur Tür hinaus. Nixon drehte sich zu mir herum und das Nächste, an das ich mich erinnere, ist, dass er mich gegen die Arbeitsplatte presste, seinen Oberkörper eng an meinem und seine Hände neben meinen Hüften auf der Ablage.

»Bist du okay?«

»Ich habe das Gefühl, als fragtest du mich das ständig.«

Sofort lächelte er. »Danke für das Mittagessen. Es war hervorragend.«

Ich verdrehte die Augen und lächelte. »Du stürzt dich ins Geschehen und wieder einmal rettest du den Tag. Und ich setze dir Schinken und Käse vor und du dankst mir? Ich sollte mich bei dir bedanken und dir zweiundfünfzigtausend Stapel von Schokoladensplitterkeksen backen.«

»Deine Kekse würde ich nicht verachten. Wenn du sie persönlich auslieferst, wäre es mir sogar noch lieber.«

In meinem Bauch flatterten Schmetterlinge herum und meine weiblichen Teile kribbelten. »Ich werde sehen, was ich tun kann.«

»Je eher, desto besser, McKenna.«

Wir standen da und starrten uns an. Das Kribbeln wurde zu einem Vibrieren.

»Ich werde heute Nachmittag welche backen.«

»Ich habe vor, noch ein bisschen hierzubleiben.«

Seine Stimme war heiser geworden und jetzt bebte ich am ganzen Körper. In Nixons Augenwinkeln bildeten sich Fältchen und dann erschien sein sexy Lächeln.

»Warum hilfst du mir immer wieder?«

Sobald ich die Worte ausgesprochen hatte, wünschte

ich mir, ich hätte sie wieder zurücknehmen können. Wie dumm war ich eigentlich? Ich hätte meine große Klappe halten sollen, aber ich wunderte mich immer wieder. Nixon war ... nun, er war eben Nixon. Und ich war eine lebende Katastrophe. Er schien seinen Frieden und seine Ruhe drüben auf seiner Farm zu genießen und mein Leben war alles andere als friedlich.

»Warum sollte ich dir nicht helfen?«

»Oh, ich weiß nicht. Du bist Nixon Swagger. Kriegsheld, ein heißer Kerl, der jede Frau haben kann, die er haben will.« Ich zuckte mit den Schultern, als machte mich dieser Gedanke nicht eifersüchtig.

»Heißer Kerl?« Sein Lächeln wurde breiter.

»Provozierst du Komplimente? Du weißt, dass du heiß bist. Daher kann ich nicht verstehen, warum du deine Zeit verschw-«

»Sag das nicht, McKenna«, warnte er mich. »Ich habe dir doch bereits gesagt, mit Zack Zeit zu verbringen ist nicht gerade ein Opfer. Und ich hasse es, wenn ich wie ein Arschloch klinge, aber, Babe, ich möchte dich besser kennenlernen, und ich möchte, dass du währenddessen so entspannt wie möglich bist. Wenn ich mich hier einbringe und du dich in meiner Gegenwart ganz auf mich konzentrieren kannst, dann habe ich kein Problem damit, dir zu helfen.«

Er redete Unsinn. Ich glaubte keine Sekunde, dass er mir aus diesem Grund half.

»Wann soll ich mit den Keksen zu dir rüberkommen?«

Ich schwöre bei Gott, Nixons Gesicht nahm plötzlich einen teuflischen, sexy Ausdruck an, und ich musste mich zusammenreißen, ihn nicht auf meinen Küchenboden zu stoßen und über ihn herzufallen.

»Habe ich dir schon mal gesagt, wie wunderschön du bist?« Ich schüttelte den Kopf, denn ich konnte nicht mehr denken, geschweige denn versuchen, mich zu erinnern, ob es so war oder nicht.

Er strich mir mit einer Hand mein Haar über die Schulter. Dann beugte er sich vor und küsste mich auf den Hals. Verdammt, seine Lippen fühlten sich so gut an.

»Hast du den Rest hier unter Kontrolle?«, fragte er. Ich nickte, obwohl ich nicht wusste, wovon er redete. »Gut, dann mache ich mich jetzt auf den Weg nach Hause. Lass mich nicht zu lange warten, McKenna. Ich sterbe vor Hunger auf dich. Ich habe es ernst gemeint, als ich dich bat, eine Weile zu bleiben. Heute Abend lassen wir es langsam angehen. Ich werde all die Stellen schmecken und berühren, die ich beim letzten Mal ausgelassen habe.«

Gütiger Himmel.

»Und, Babe, diesmal solltest du mir nicht davonlaufen. Wann immer du dich unsicher fühlst, sag es. Wenn du etwas wissen willst, reden wir. Aber nie wieder solltest du dich vor mir verstecken, denn ich verspreche dir, ich werde dich finden.«

Lieber Gott.

»Okay«, stimmte ich zu, denn was hätte ich sonst tun können? Es gefiel mir. Alles.

»Bis gleich.«

Noch ein Kuss, diesmal auf meine Kehle, dann stieß er sich von der Arbeitsplatte ab und war weg.

Ich brauchte eine Minute, um meine Gedanken zu ordnen, dann machte ich mich auf den Weg zur Scheune. Ich hoffte, dass Mandy immer noch wollte, dass ich ihr beibrachte, wie man die Sägespäne im Stall ausbrachte.

KAPITEL SECHZEHN

Nixon war noch keine fünf Minuten zu Hause, als Zack auftauchte und sein Geländemotorrad vor sich herschob. Bei diesem Anblick musste Nix unwillkürlich lächeln. Wie viele Male hatte er sein eigenes Motorrad zur Scheune zurückgeschoben, nachdem es schlappgemacht hatte? Es war eine Art Initiationsritual.

»Es ist stehen geblieben«, erklärte Zack.

»Hast du Benzin?«

»Ja.«

»Hast du den Ölstand kontrolliert?«

»Ja.«

»Also gut, dann lass uns mal nachsehen.« Nixon ging zu Zack und fragte: »Was sind die drei Dinge, die dein Motorrad braucht, um anzuspringen?«

»Luft, Benzin und die Zündung.«

»Richtig.«

Zehn Minuten später hatten sie die Zündkerze herausgeholt, gesäubert und wieder eingesetzt.

»Versuch es jetzt noch einmal«, forderte Nix den Jungen auf.

Zack betätigte den Kickstarter und die Maschine sprang sofort an.

»Hey, danke.«

»Keine Ursache.«

Im Nu war Zack auf und davon und Nixon kehrte lächelnd ins Haus zurück. Dabei war er sich des Lächelns nicht bewusst und weder dieses würde lange anhalten noch die glückliche, sorglose Stimmung, die ihn in McKennas Küche erfasst und noch zugenommen hatte, als er dem Jungen geholfen hatte.

Nixon warf gerade ein paar Burger auf den Grill, als er Reifen in seiner Einfahrt knirschen hörte. McKenna war früher dran, als er erwartet hatte. Nicht dass es ihm etwas ausgemacht hätte. Je mehr Zeit sie zusammen haben würden, desto besser. Er hatte nicht gelogen, als er ihr versprochen hatte, er würde sich heute Abend Zeit lassen. Das erste Mal mit ihr war großartig gewesen. Aber Nix wusste, wenn er mehr Zeit hätte, ihre Erregung aufzubauen, würde es aufsehenerregend werden.

Er schlenderte zur Vordertür, während er daran

dachte, was er alles mit der wunderschönen Frau anstellen würde. Aber als er die Tür öffnete, flogen alle Gedanken daran, McKenna in den Wahnsinn zu treiben, zum Fenster hinaus.

»Swagger. Lange her, was?«, begrüßte sein Freund und ehemaliger Teamkamerad ihn.

»Verdammt, Alec, schön, dich zu sehen.«

Die beiden Männer vollzogen das männliche Begrüßungsritual, indem sie sich mit einem Arm umarmten und sich herzhaft auf den Rücken klopften. Dann trennten sie sich voneinander.

»Was bringt dich den ganzen Weg hierher?«

Alec Hall hatte die Spezialeinheit ein paar Jahre vor Nixon verlassen und Gerüchten zufolge arbeitete er jetzt für das Ministerium für Innere Sicherheit.

»Ich hatte gehofft, du hättest Zeit, mir zu helfen.«

»Komm herein.«

Die beiden Männer traten ins Haus. Alec sah sich in dem fast leeren Wohnzimmer um.

»Versuchst du gerade, minimalistisch zu leben, oder was?«

Nix wusste, sein Freund versuchte, den Mangel an Möbeln scherzhaft zu kommentieren, ohne seine tatsächliche Besorgnis zu zeigen.

»Ich muss hier immer noch einiges regeln«, entgegnete er als Erklärung. »Willst du ein Bier?«

Alec nickte. Nixon bat ihn, sich zu setzen, und ging in

die Küche, um die Getränke zu holen. Er war sich nicht sicher, ob Alecs unangekündigter Besuch positiv war. Aber er würde seinen Freund anhören und ihm helfen, wenn er konnte.

Er reichte dem Mann ein Bier und zum ersten Mal wünschte er sich, er hätte mehr Sitzgelegenheiten in seinem Wohnzimmer.

»Was hast du auf dem Herzen?«, erkundigte sich Nix und nahm einen großen Schluck von dem kühlen Gebräu.

»Wie sehen deine Pläne aus, jetzt, da du ausgeschieden bist?«, fragte Alec seinerseits, anstatt zu antworten.

»Ich habe noch keine Pläne außer, hier alles zu regeln.«

»Schwachsinn. Ich kenne dich, du hast immer einen Plan. Und darüber hinaus hast du stets dafür gesorgt, dass wir alle zwei Reservepläne hatten. Also?«

Nix bemühte sich nicht, sein Grinsen zu unterdrücken. Er war für seine Fähigkeit bekannt gewesen, Operationen zu planen und auszuführen.

»Ich habe ein paar Dinge im Hinterkopf«, gab er zu. »Aber die Einzelheiten habe ich noch nicht ausgearbeitet.«

»Interesse am MIS?«

Das Ministerium für Innere Sicherheit? Negativ. Nix hatte kein Interesse daran, an einen festen Zeitplan gebunden zu sein.

»Zum Teufel, nein. Nichts für ungut, aber ich habe der

Regierung alles gegeben, wozu ich bereit war. Zu viel Bürokratie und Politik. Ich werde im privaten Sektor bleiben.«

»Ich hatte gehofft, dass du das sagst.«

Nix lehnte sich in die Ecke seiner Couch zurück und musterte Alec. Er hatte das Gefühl, sein Freund spielte mit ihm und hatte ihn nun genau da, wo er ihn haben wollte.

»Gott. Spucks einfach aus.«

»Es wird einen neuen Vertrag geben. Ich wurde damit beauftragt, ein handverlesenes Team aufzustellen. Ich hätte dich gern für die Logistik und Leitung dieser Operation.«

»Um was gehts dabei?«

Jetzt war Alec an der Reihe, Nix zu mustern. Nach ein paar Sekunden fuhr er fort: »Wir haben Infos über ein Ziel in Philadelphia.«

»Einheimische?«

»Ja. Sie nennen sich selbst *Wir, das Volk*. Nicht sehr originell, aber ...« Er brach ab.

»Aber was? Und warum gibt dir das MIS einen Freifahrtschein?«, wollte Nix wissen.

»Das *Aber* ist, dass sie nicht ignoriert werden können. Und die Antwort auf das *Warum* ist, das Ministerium weiß, dass ich das beste Team aufstellen kann.«

»Warum machen die Mitarbeiter das nicht intern?«

»Bürokratie und Politik.« Alec wusste, Nixon war

nicht überzeugt. »Wir brauchen ein Fünf-Mann-Team. Es wird deine Aufgabe sein, die Jungs zusammenzustellen. Wen auch immer du haben willst, ich stehe hinter dir. Der Vertrag bringt einen Haufen Geld und wenn alles glatt läuft, gibts mehr. Unsere Informationen bestätigen, dass das Ziel die Innenstadt ist. Wir versuchen immer noch, den Zeitpunkt und den genauen Ort festzulegen. Wir haben allerdings eine grundlegende Vorstellung.«

»Wie lauten die Parameter?«

»Fragst du nach den Verhaltensregeln?«

Mein Gott, war Alec immer schon so ausweichend gewesen?

»Ja, Arschloch, danach frage ich. Wir sind auf amerikanischem Boden. Das ist ein wenig anders, als im Sandkasten zu spielen, und ich möchte am Ende nicht allein im Regen stehen. Besonders da du mich bittest, ein Team aufzustellen. Ich möchte ganz klar wissen, was das Ziel ist, außer zu stoppen, was auch immer in Planung ist.«

»Die Mitglieder dieser Organisation verkörpern alles, was du für eine Rechtfertigung brauchst.«

»Nicht gut genug. Für mich klingt das nach Knast.«

»Ich verarsche dich nicht, Nixon. Die Schweine mögen sich einen idiotischen Namen ausgesucht haben, aber sie kennen keinen Spaß. Sie müssen aufgehalten werden und das MIS ist bereit, dir eine Menge Spielraum zu lassen, um den Job zu erledigen. Es wird alles in deinem

Vertrag stehen. Ich würde dich nicht fragen, wenn ich dies nicht für eine gute Gelegenheit für dich halten würde.«

»Wie viel Zeit habe ich, um darüber nachzudenken?«

»Vierundzwanzig Stunden.«

»Du machst ja wohl Witze.«

»Nach unseren Informationen ist WDV bereit loszuschlagen. In einer Woche findet ein Marathon statt. Wenn die Kerle wollen, dass das Massaker von den Medien aufgenommen wird, wäre das der perfekte Zeitpunkt für sie.«

Nixon stieß eine Reihe blumiger Flüche aus, aber er plante bereits. Er brauchte keine vierundzwanzig Stunden – er kannte seine Antwort, aber er würde Alec warten lassen. Er musste jedoch ein paar Telefonanrufe machen, bevor er seine Zustimmung gab.

Ein Wagen fuhr vor und Nix sah, dass Alec sich anspannte. Seine Hand fuhr automatisch an die Hüfte.

»Ich erwarte Gesellschaft«, erklärte er seinem Freund.

Der Mann nahm die Hand vom Holster, blieb jedoch auf der Hut. Die Geste brachte Nixon dazu, sich zu fragen, ob dieses Gefühl jemals verschwinden würde. Alec hatte die Spezialeinheit zwei ganze Jahre vor ihm selbst verlassen, und doch war er immer noch kribbelig und auf der Hut. Nixon war dankbar, dass ihn keine Albträume plagten wie einige andere Kameraden, aber er war immer noch ängstlich und auf dem Sprung, wenn jemand ihn überrumpelte. Angesichts Alecs Reaktion konnte er davon ausgehen, dass dies auch Jahre später nicht nachließ.

Er trank einen Schluck Bier und stellte es neben Alecs unberührtes, dann erhob er sich, um die Tür zu öffnen.

McKenna war bereits aus ihrem Fahrzeug gestiegen und beäugte den schwarzen Geländewagen in seiner Einfahrt. Und wie verdammt sexy sie aussah mit ihrer langen, dichten, braunen Mähne, die ihr über die Schulter wehte. Eine Strähne rollte sich direkt unter ihren Brüsten zusammen, was seine Aufmerksamkeit darauf lenkte, wie prall sie waren.

Er sollte verflucht sein.

»Hey«, begrüßte Nixon sie.

»Ich kann später wiederkommen, falls du beschäftigt bist.«

Ihr Blick fiel über seine Schulter und Nix wusste, was sie sah. Alec sah gut aus. Er war rund fünf Zentimeter größer als Nix und ebenso breit gebaut. Es war klar, dass Alec weiter trainiert hatte, nachdem er aus der Navy ausgeschieden war.

Nixon ging die Treppe seiner Veranda hinunter und zu McKenna, die noch in der Einfahrt stand. Er nahm sie um die Taille und zog sie an sich.

Die Geste war besitzergreifend, aber es war ihm egal, was das über ihn aussagte. Er hatte gesehen, wie Alec nur mit einem Lächeln eine Frau herumbekommen hatte.

»McKenna, dies ist Alec.« Er wartete eine Sekunde. »Alec, McKenna.«

»Nett, Sie kennenzulernen.« Alec lächelte.

Hurensohn.

»Ganz meinerseits. Ich wollte nicht stören. Ich kann später wiederkommen«, wiederholte sie.

»Das müssen Sie nicht. Wir sind fertig«, erklärte Alec ihr.

Er kam von der Veranda herunter und blieb vor Nix und McKenna stehen. Nix ergriff Alecs ausgestreckte Hand und schüttelte sie fest.

»Rufst du mich morgen an?«

»Ja, sicher.«

»Nochmals, es war nett, Sie kennenzulernen, McKenna.«

Und dann wieder dieses Lächeln. Arschloch.

McKenna wartete, bis Alec in seinen Geländewagen gestiegen war, dann wandte sie sich an Nix. »Ist alles in Ordnung mit dir?«

»Ja.«

»Du siehst ein wenig ... verstört aus.«

Nixon war nicht überrascht, dass sie so gut in seinem Gesicht lesen konnte. Sie war aufmerksam, noch etwas, das ihm gefiel. Sie war gedankenvoll und nahm die Menschen um sie herum achtsam wahr.

»Er hat mir einen Job angeboten«, platzte er unbedacht heraus.

»Warum das Stirnrunzeln?«

Er hatte nicht bemerkt, dass er das tat. Und außerdem war er sich nicht sicher, warum er verraten hatte, dass Alecs Besuch geschäftlicher Natur gewesen war. Er durfte ihr nicht erzählen, was er tat. Der Gedanke war nicht angenehm. Das war eine von Alisons größten Klagen gewesen. Sie hatte andauernd darauf herumgehackt, dass er ihr niemals etwas über seine Aufträge erzählte. Sie hatte weder Sinn noch Verantwortungsgefühl für die Sicherheit von Missionen.

Diesen Job anzunehmen konnte das Ende für sie beide bedeuten, bevor es noch begonnen hatte. Nix hasste den Gedanken, sie zu verlieren.

KAPITEL SIEBZEHN

HINTER NIXONS BLICK SAH ICH, WIE ES IN IHM arbeitete, und das machte mich wahnsinnig.

Ich wusste nicht, ob ich ihn wirklich nicht gestört hatte oder ob er nur höflich war, obwohl ich mir nicht vorstellen konnte, dass Nix aus Höflichkeit etwas Falsches sagte. Vielleicht wollte er auch den Job nicht, der ihm angeboten worden war, fühlte sich aber dazu verpflichtet, da Alec ein Freund war. Oder vielleicht war er böse, weil ich so neugierig war und ihn gefragt hatte, warum er so sauer dreinblickte.

»Komm herein. Hast du schon gegessen?«

»Ja, mit Mandy und Zack.«

»Wie geht es Mandy?«

Er bedeutete mir, ihm die Treppe hinauf auf die Veranda vorauszugehen.

»Gut«, erwiderte ich und folgte ihm durchs Haus.

»Nachdem du weg warst, habe ich ihr gezeigt, wie sie im Stall weitermachen muss. Sie hat die Sägespäne ausgestreut und mir gesagt, es täte ihr leid, dass sie sich nicht um Sally und Goat gekümmert hätte. Was mich, wie ich sagen muss, umgehauen hat. Aber sonst hat sie nicht viel gesagt.«

»Das ist immerhin ein Anfang«, bemerkte er und holte ein paar Frikadellen aus dem Kühlschrank. »Nimm dir ein Bier und komm mit mir nach draußen.«

Ich tat, wie geheißen, und folgte ihm auf die Veranda hinter dem Haus. Überraschenderweise gab es Terrassenmöbel – einen Liegestuhl aus Korbgeflecht, zwei Stühle und einen Glastisch mit einem Aschenbecher. Der Liegestuhl hatte schon bessere Tage gesehen. Ich fragte mich, warum er von allen Möbeln im Haus ausgerechnet diese behalten hatte. Nebenbei gesagt hätte er das nicht tun sollen. Sie alle hatten bessere Tage gesehen, vor ungefähr dreißig Jahren.

Während er am Grill herumhantierte, blickte ich mich im Garten um. Ich hoffte, er besäße einen dieser Nullwendekreismäher, denn sonst würde er stundenlang Gras mähen. Ich ließ den Blick zu ihm schweifen, dann zurück auf die mehr als viertausend Quadratmeter große Rasenfläche hinter seinem Haus, und überlegte es mir anders. Ich konnte mir gut vorstellen, auf seiner hinteren Veranda zu sitzen, sogar auf dem heruntergekommenen Liegestuhl, mit einem Eistee in der Hand und ihn dabei zu beobachten, wie er mit nacktem Oberkörper einen Rasenmäher vor sich herschob.

»Woher kennst du Alec?«, erkundigte ich mich, während ich immer noch den Blick über seinen Garten schweifen ließ.

Man sah, dass hier niemals eine Frau gelebt hatte. Es gab weder Beete noch Blumenampeln noch Vogelhäuschen. Nur Gras und ein paar große Bäume. Es war todlangweilig.

»Alec und ich waren zusammen bei der Spezialeinheit. Er ist ein paar Jahre vor mir ausgestiegen.«

»Oh. Ein Teamkamerad.«

Nixon blickte mich an und lächelte. »Ja, Babe, ein Teamkamerad.«

»Ich nehme an, wenn ich dich nach dem Jobangebot frage, wirst du mir antworten, wenn du es mir erzählst, müsstest du mich töten.«

Sein Lächeln schwand und seine Miene wurde achtsam. Ich hatte das Gefühl, einen Fehler gemacht zu haben, indem ich über das Jobangebot scherzte.

»Stört dich das?« Nixons Haltung verriet höchste Alarmbereitschaft und sein Blick war abschätzend. Ich hatte das Gefühl, meine Worte vorsichtig wählen zu müssen.

Meine Antwort war ihm wichtig, obwohl ich nicht wusste warum.

»Nein. Ich verstehe es. Ich meine, es ist nicht das Gleiche, aber ich kann auch nicht über meinen Job reden. Ich unterzeichne alle möglichen Vertraulichkeitsvereinbarungen und Geheimhaltungsverpflichtungen.«

Er schloss den Deckel seines Grills und drehte sich ganz zu mir herum, um mir direkt in die Augen zu blicken.

»Es wird Zeiten geben, da ich weggehen muss und nicht in der Lage sein werde, dir zu verraten, wohin ich gehe und wie lange ich wegbleiben werde.«

»Okay. Willst du, dass Zack und ich rüberkommen und uns um deine Sachen hier kümmern? Wie deine Post oder so?«

Mit langen Schritten überwand er die Distanz zwischen uns, bis er vor mir stand.

»Nein, Babe, niemand muss sich hier um etwas kümmern, das ist unwichtig. Ich rede von dir und mir. Wäre es für dich in Ordnung, wenn ich nicht über meinen Job reden könnte?«

»Für mich? Nun ja. Es geht mich nichts an.«

»Und was wäre, wenn ich wollte, dass es dich etwas angeht? Wenn ich wollte, dass es dich kümmert, wo ich bin und wie lange ich weg bin? Was, wenn ich wollte, du würdest mich vermissen?«

Wow.

Gütiger Himmel.

»Ich habe nicht gesagt, ich würde dich nicht vermissen oder mich fragen, wo du bist. Aber ich habe verstanden.«

Mein Herz klopfte wie wild in meiner Brust, während

ich darauf wartete, dass er seine bizarre Reaktion erklärte. Ich wusste nicht viel über die Art von Job, die ihm angeboten worden war, ich wusste ja nicht einmal, *was* ihm angeboten worden war. Aber man musste kein Genie sein, um sich zu denken, dass sein Freund, der in einem überaus offiziell wirkenden schwarzen Geländewagen mit einem Kennzeichen aus Washington, D. C. angerollt war, für die Regierung arbeitete. Und da ich sicher nicht dumm war, wusste ich, dass er den Job nicht mit mir diskutieren durfte.

»Wird es gefährlich sein?« Ich hasste es, dass meine Stimme so dünn klang. Aber plötzlich gefiel mir die Idee ganz und gar nicht, Nixon könnte einer Gefahr ausgeliefert sein.

»Möglicherweise«, erwiderte er, dann verbesserte er sich: »Höchstwahrscheinlich.«

»Okay«, flüsterte ich.

»Ist das in Ordnung für dich?«

»Ich verstehe nicht, was du mich fragst, Nix. Ich habe da kein Wort mitzureden. Macht es mich wahnsinnig, wenn ich daran denke, du könntest wer weiß wie lange weg sein und ich wüsste nicht, ob du in Gefahr bist? Ja, irgendwie schon. Aber das bist eben du.«

Er musterte mich eine Weile und so wie er mich anblickte, hätte ich schwören können, ich hatte den Test nicht bestanden.

»Was meinst du damit, *das bist eben du?*«

»Du bist der Typ Mann, der seiner Nachbarin bei ihren Teenager-Dramen hilft. Du sahst einen Jungen, der dringend das Zusammensein mit einem Mann und männliche Führung brauchte, und hast ihn unter deine Fittiche genommen. Du sahst ein gebrochenes Teenagermädchen und hast nicht gezögert, dich einzumischen. Du bist ein Mann, der mitten ins Feuer läuft, während alle anderen flüchten.

Was auch immer für einen Job Alec dir angeboten haben mag, ich nehme an, es geht darum, Menschen zu beschützen. Dafür bist du geschaffen. Es ist nicht an mir, das infrage zu stellen. Wenn es nach mir ginge, wäre es meine Rolle, deine Wahl zu unterstützen und dich einfach zu vermissen und darauf zu warten, dass du nach Hause kommst.«

»Meine Ex-Frau hat mich wegen meines Jobs verlassen«, bemerkte er, als hätte er gerade nicht eine Bombe platzen lassen.

Seine Ex-Frau?

Nixon Swagger war verheiratet gewesen? Das warf mich um.

»Was?«

Ich musste mich verhört haben. Wenn er verheiratet gewesen wäre, hätte irgendjemand in der Stadt sicher davon gewusst. Für die kleine Wochenzeitung in Kent County wäre das eine Nachricht für die Titelseite gewesen. Die Reporter dort hätten sich doch nicht die Story des Jahrhunderts durch die Lappen gehen lassen.

»Von Anfang an hat sie einen Anfall bekommen, wenn ich ihr nicht sagen konnte, wohin ich ging. Ich dachte, sie würde mich lieben und wäre einfach nur besorgt. Im Laufe der Jahre verwandelten sich die Anfälle zu gnadenlosen Streitereien. Sie schrie mich an und warf mir vor, ihr nicht zu vertrauen, dass andere Frauen mehr wüssten als sie. Was der Wahrheit entsprach. Sie wussten mehr, und zwar deshalb, weil ihre Ehemänner wussten, dass ihre Frauen verstanden, dass es unbedingt nötig war, alles für die Sicherheit der Missionen zu tun. Nicht so Alison. Sie wollte alles wissen, um damit zu prahlen. Sie liebte es, die Karte *Mein Mann ist ein Navy SEAL* zu spielen. Das hat sie oft getan, was mich sauer machte. Als abschließende Entschuldigung, mich zu verlassen, gab sie an, sie könne die Geheimnisse zwischen uns nicht ertragen.«

Mein Unterkiefer musste bis auf den Boden hinabhängen. Ich wusste nicht, wie ich alles verarbeiten sollte, was er mir erzählt hatte. Das war eine Menge. Und nichts davon war etwas Gutes. Seine Ex schien eine Schlampe gewesen zu sein.

»Du warst verheiratet?«

»Zwei Jahre lang.«

Wow.

»Tut mir leid, aber das klingt nach einer wahren Zicke.«

»Das war sie.« Seine Lippen zuckten.

»Warum hast du sie dann geheiratet?«

»Ehrlich?«

Ich nickte.

»Ich habe sie nicht aus Liebe geheiratet. Ich habe sie geheiratet, weil sie loyal war und mir während einer Zeit zur Seite gestanden hat, in der ich nicht mehr wusste, ob ich je wieder das Gute im Menschen würde sehen können.

Aber die Frau, mit der ich ausgegangen war, und die, mit der ich verheiratet war, waren zwei unterschiedliche Personen. Als ich ihr meinen Ring auf den Finger schob, veränderte sie sich. Es war ein Unterschied wie Tag und Nacht.«

Ich war ein wenig traurig, dass Nixon eine Frau geheiratet hatte, die er seiner Aussage nach nicht geliebt hatte. Aber tief in mir, an einem geheimen Ort, war ein kleiner Teil von mir froh. Es war gemein von mir, so zu denken, aber ich konnte nicht mit dem Gespenst einer Frau konkurrieren, die Nixon einst geliebt hatte. Nicht dass ich mir vollkommen sicher gewesen wäre, wo es mit uns hinführte, aber dennoch, niemandem würde es gefallen zu denken, der Mann, auf den man stand, liebte eine andere Frau.

»Ich bin froh, dass du jemanden gehabt hast, der dir zur Seite gestanden hat. Aber nur um es einmal zu sagen, *sie* hat *dich* verlassen – das ist nicht gerade loyal.«

»Lass mich einfach sagen, ich war ein Arschloch und

habe ihr keine andere Möglichkeit gegeben, als mich zu verlassen.«

Damit drehte Nixon sich herum und wandte sich wieder seinen Burgern zu. Und ich durfte herumrätseln, was er damit gemeint hatte, er sei ein Arschloch gewesen. Es gab viele Wege, wie ein Mann einer Frau zeigen konnte, dass eine Beziehung vorüber war, ohne es ihr tatsächlich mit Worten zu sagen. Sicher war er nicht der Typ, eine Frau zu betrügen, obwohl das ein Weg war, ein absolutes Arschloch zu sein und das Ende einer Ehe heraufzubeschwören.

Er nahm sein Abendessen vom Grill, sagte mir, er sei gleich zurück, und trug die Platte ins Haus.

Ich verdrängte die Gedanken an zickige Ex-Frauen und all die Möglichkeiten, wie Nixon sich wie ein Arschloch verhalten könnte, um seine Ex-Frau dazu zu bringen, ihn zu verlassen. Stattdessen begann ich, darüber nachzudenken, wie ich mich fühlen würde, wenn Nixon morgen abberufen würde und ich weder wüsste, wo er wäre, noch wie lange er fort sein würde.

Niemand würde es mir mitteilen, wenn er verwundet wäre. Ich würde es erst wissen, wenn er nach Hause zurückkehrte und es mir selbst sagte. Das bedrückte mich ein wenig. Und Gott bewahre, wenn etwas Schlimmeres geschehen und er nicht nach Hause zurückkehren und ich auch das nicht erfahren würde. Jetzt wurde mir geradezu schlecht.

Ich war ihm zwei Wochen lang aus dem Weg gegangen. Und in diesen zwei Wochen hatte ich ein paar Dinge erkannt. Und was ich entdeckt hatte, ängstigte mich zu Tode. Ich hatte jeden Tag an ihn gedacht. Ich hatte mich gefragt, was er gerade tat. Ob er mit seinen Projekten vorwärtskam. Dachte er an mich? Aber vor allem hatte ich ihn vermisst.

Und das war der Teil, der mich verrückt machte. Wie war es möglich, dass ich ihn so sehr vermisste, obwohl ich ihn doch erst seit kurzer Zeit kannte?

Ich steckte schon tiefer drin, als ich hätte tun sollen. Ich hätte auf Becky hören sollen, aber ich hatte es nicht getan. Ich hatte nicht einmal versucht, vorsichtig zu sein. Ich hatte nicht versucht, mein Herz zu schützen. Ich hatte es geöffnet, ihn darin willkommen geheißen und gehofft, er würde eine Weile bleiben wollen.

Verdammt.

Dies könnte schmerzhaft werden.

KAPITEL ACHTZEHN

Nixon stand in seiner Küche und blickte aus dem Fenster. Er beobachtete, wie McKenna grübelte. Er fragte sich, warum er sie so mit der Frage bedrängt hatte, was sie bezüglich seines neuen Jobs empfand. Er hatte ihr auch erzählt, dass er verheiratet gewesen war. Etwas, über das er noch nie gern geredet hatte. Alison war eine ferne, schmerzhafte Erinnerung.

Er war ehrlich zu McKenna gewesen. Er hatte seine Frau nicht geliebt. Er hatte für sie gesorgt und sie war für ihn da gewesen, nachdem er eine große Operation vermasselt hatte, wobei einer seiner Teamkameraden getötet worden war. Er hatte gezögert, und diese eine Sekunde der Unentschlossenheit hatte Paul das Leben gekostet.

Als Nix von jener Mission nach Hause zurückgekehrt war, war es ihm nicht gut gegangen. Alison war für ihn da gewesen, hatte nie in ihrer Unterstützung nachgelassen und dann hatte sie etwas wirklich Liebevolles getan, nämlich ihm Halt gegeben, als er schließlich zusammengebrochen war. Sie versicherte ihm wiederholt, niemand hätte ihm einen Vorwurf gemacht. Und sie hatte ihn begleitet, als er Pauls hochschwangere Witwe Charleigh besucht hatte.

Aber am Ende hatte Nix gewusst, er musste sie freigeben. Es gab viele Gründe, ihre Streitsucht zuoberst auf der Liste, aber nur knapp dahinter die Tatsache, dass er wusste, er liebte sie nicht und würde sie auch niemals lieben. Und das mochte ein Teil von Alisons Problem gewesen sein – sie hatte einen Mann geheiratet, der sich um sie kümmerte, der ihr dankbar war für die Freundlichkeit, die sie ihm gezeigt hatte, der aber darüber hinaus niemals mehr für sie empfinden würde.

Er hatte einen großen Fehler begangen, sie zu heiraten.

Bei diesem Gedanken nahm er seinen Teller und ging zurück nach draußen. McKenna saß in einem der alten Korbstühle, die er gerettet hatte. Nix konnte sich noch daran erinnern, wie er im Sommer mit seinem Vater auf der Veranda gesessen hatte. Sie hatten einen langen Arbeitstag hinter sich gehabt und hatten sich dort hingesetzt und den Sonnenuntergang über den Weiden beobachtet. An manchen Tagen jedoch war die Sonne bereits untergegangen, wenn sie nach Hause zurückkehrten, dann hatten sie sich hingesetzt und einfach die Stille genossen.

Ihm fehlten diese Tage. Ihm fehlte sein Vater.

Nixon fragte sich, was sein Vater von McKenna gehalten hätte. Da musste er jedoch nicht lange nachdenken. Sein Dad wäre hingerissen. Jede Frau, die selbst Öl wechseln, an ihrem Pick-up arbeiten und sich um Tiere kümmern konnte, hätte den alten Mann überzeugt.

Wayne hätte auch seine Freude an Zack gehabt. Er war ein guter Junge, begierig zu lernen und schnell bei der Arbeit. Mandy? Nun, Nix' Dad hätte nicht gewusst, was er mit dem Teenager hätte anfangen sollen. Höchstwahrscheinlich hätte er ihr Beine gemacht, weil sie so faul war. Dann hätte er sich beruhigt und ihr mit leichter Hand beigebracht, was es hieß, Land und Vieh gut zu pflegen. Das war sein Dad, immer von dem Wunsch beseelt, anderen zu vermitteln, was er im Leben gelernt hatte. Stets hatte er einen Leckerbissen Weisheit parat.

»Ist alles in Ordnung?«, fragte Nix, als er es sich mit dem Teller auf dem Schoß bequem machte.

Als McKenna ein breites Lächeln aufblitzen ließ, blieb ihm beinahe das Herz stehen. Er konnte sich daran gewöhnen, dieses Lächeln zu sehen.

»Wirst du endlich aufhören, mir diese Frage zu stellen?«, scherzte sie.

»Tut mir leid. Du siehst so aus, als würdest du viel zu viel nachdenken. Ich war mir nicht sicher, ob ich nach Qualm Ausschau halten muss.«

»Klugscheißer.« Sie blickte auf ihren Schoß hinunter und fummelte an ihren Fingernägeln herum, doch schließlich hörte sie damit auf und blickte zu ihm hinüber. »Ich dachte gerade darüber nach, was es für uns bedeuten würde, wenn du gehen müsstest. Nicht dass es ein *Uns* gäbe, ich meine nur –«

»Oh, es gibt ein *Uns*«, versicherte er. »Was genau macht dir Kummer, wenn ich gehen würde?«

»Gibt es ein *Wir*?«

»Verdammt, ja. Babe, deine Schokoladensplitterkekse sind gut, deine süße, glitschige Muschi ist noch besser, aber ich wollte, dass du heute Abend herkommst, weil ich Zeit mit *dir* verbringen wollte.«

»Ja, du hast gesagt, du wolltest Zeit mit mir haben, um es langsam angehen zu lassen, und dass du all die Stellen schmecken wolltest, die du bisher ausgelassen hast.« McKennas Gesicht war jetzt scharlachrot, aber bei all ihrer Verlegenheit schaffte sie es noch, herausfordernd eine Augenbraue zu heben.

Sie war entzückend, wenn sie frech wurde. Er wusste nicht, ob er lieber den arroganten Ausdruck aus ihrem Gesicht küssen oder sie noch mehr provozieren wollte.

»Ich habe nicht gelogen. Wir werden uns einen guten Teil des Abends nehmen, um uns zu erkunden. Ich will jeden Zentimeter von dir sehen, berühren, schmecken und mir einprägen. Aber, Babe, das schließt dein ganzes Ich ein. Ich möchte mehr über deinen Job erfahren. Woran du Spaß hast. Wer dir beigebracht hat, Autos zu reparieren. Warum du mitten im Nirgendwo leben wolltest. Und was dich getrieben hat, die verdammten Enten zu kaufen. Ich möchte alles wissen, was du bereit bist, mit mir zu teilen.«

Und das war nichts als die reinste Wahrheit und jagte Nixon eine Heidenangst ein. Er hatte es versucht, wenn auch nicht mit voller Kraft, und sich bemüht, nicht mehr an McKenna zu denken. Doch während der zwei Wochen, die sie ihm aus dem Weg gegangen war, hatte er nicht aufhören können, an sie zu denken. Er fragte sich unentwegt, was sie an sich hatte, das ihn dazu brachte, den Verstand zu verlieren. Nix gefiel es, die Kontrolle zu haben. Er fühlte sich sicher, wenn er die Zügel in der Hand hatte. Und so gern er auch glauben mochte, er wäre derjenige, der an jenem ersten Abend in seiner Küche das Sagen gehabt hatte, so war es doch nicht so gewesen.

McKenna hatte die Kontrolle, und das war sowohl faszinierend als auch beängstigend.

»Was ist denn falsch daran, Enten zu haben?« Sie wirkte total gekränkt.

»Deine Enten schwimmen in einem Kinderplanschbecken aus Plastik.« Da erzählte er ihr etwas, was sie bereits wusste.

»Und?«

»Babe, ist dir nicht aufgefallen, dass du von Wasser umgeben bist? Abgesehen vom Fluss haben die Leute Teiche auf ihren Grundstücken. Enten sind keine Haustiere, sie sind Nahrung.«

»Nixon Swagger, wag es ja nicht, meine Enten zu essen.«

Er hatte es versucht, wirklich, aber er verlor die Schlacht, warf den Kopf zurück und lachte dröhnend. Er konnte sich nicht erinnern, wann er das letzte Mal so heftig gelacht hatte.

»Ich weiß nicht, was daran so lustig ist, aber ich schwöre bei Gott, ich kann richtig böse werden. Es sind meine Haustiere.«

Verdammt, wie entzückend sie war!

»Keine Sorge. Ich mag kein Entenfleisch. Es ist so fettig. Wenn du allerdings Schweine hättest –«

»Stopp. Schweine sind süß. Ich möchte nicht wissen, was du mit einem kleinen süßen Ferkelchen anfangen würdest.«

»Babe, ich würde ein Ferkel nicht anrühren. Du musst warten, bis sie schön fett sind –«

»Nixon«, fauchte sie.

Er zog sie doch nur auf. Er hatte noch nie ein Tier aufgezogen mit der Absicht, es zu verspeisen. Und auch nachdem er sein ganzes Leben auf einer Farm gelebt hatte, glaubte er nicht, es übers Herz zu bringen, so etwas zu tun. Er hatte es sogar gehasst, wenn die Kühe zu alt geworden waren, um Milch zu geben, und Wayne sie zum Schlachter gebracht hatte.

»Ich mache Scherze«, gestand er.

Für einen Augenblick saßen sie schweigend da und

Nixon aß einen Bissen von seinem Hamburger. Er würde ihr nicht erzählen, dass das Rinderhackfleisch von der jungen Kuh stammte, die er bei dem örtlichen Metzger erstanden hatte. Des Weiteren würde er nicht erwähnen, dass die Kuh, die er nun in Form des Burgers genoss, gleich hier um die Ecke aufgezogen worden war. Und das, wo sie höchstwahrscheinlich jedes Mal auf ihrem Weg in die Stadt an der Farm vorbeigefahren war, ohne zu wissen, dass die Hochlandrinder als Nahrung dienten.

»Als ich zum ersten Mal die Chester River Bridge überquerte und das Purpurhuhn auf dem Anleger habe sitzen sehen, habe ich mich verliebt«, sagte sie.

»Ach ja?«

»Ich war hier, um einen Auftrag für das Washington College auszuführen. Sobald ich damit fertig war, habe ich mir bei einem Immobilienmakler Angebote besorgt. Ich hatte Glück und mein Haus stand gerade zum Verkauf. Zwei Tage später kehrte ich zurück, um mir das Anwesen anzusehen, und machte ein Angebot.«

»Ich habe eine Menge guter Erinnerungen an das Haus«, erzählte Nixon. Sie sah verwirrt aus, also fuhr er fort: »Als Kind war ich oft mit meinem Dad an den Feiertagen bei Mr. und Mrs. Todd eingeladen.«

»Du warst also früher schon einmal in meinem Haus.« Das war keine Frage, sondern eher eine Feststellung.

»Allerdings. Mrs. Todd war eine gute Köchin. Eine großartige Frau. Und Mr. Todd schuftete sich zu Tode. Ich erinnere mich, dass Dad mir erzählte, die beiden hätten lange versucht, Kinder zu bekommen, aber es hätte nicht funktioniert. Das war schade, denn Mrs. Todd hatte so viel zu geben. Sie war Lehrerin und als sie in den Ruhestand ging, arbeitete sie überall ehrenamtlich. Im Krankenhaus, in ihrer Kirche, in Altersheimen, sie betreute Kinder. Was es nur gibt, sie hat es getan.«

Jetzt, da Nixon darüber nachdachte, war er froh, dass McKenna die Parzelle mit dem Haus der Todds erworben hatte. Es gab ihm ein gutes Gefühl zu wissen, dass sie sich gut um das kümmern würde, wofür die Todds so hart gearbeitet hatten.

»Und mein Job ist wirklich langweilig.« Sie fuhr fort und erzählte Nixon alles, was er wissen wollte. »Besonders dieser letzte Auftrag. Ich brauchte weniger als zehn Tage, um ein Programm zu schreiben, um das hochmoderne Sicherheitsprogramm des Unternehmens zu durchbrechen.« Sie machte mit den Fingern die entsprechende Geste, als sie das Wort *hochmodern* benutzte.

»Das sagt viel über deine Fähigkeiten.«

»Nein. Es zeigt nur ihren Mangel an Aufmerksamkeit fürs Detail. Aus irgendeinem Grund haben sie dieses Projekt übereilt. Es sollte noch nicht einmal aus der Testphase heraus sein. Ich sagte unter zehn Tage, aber es waren eher drei Tage. Ich habe nur sieben weitere Tage gebraucht, um zu verstehen, warum sie so viel übersehen haben.«

McKenna sprach in Rätseln, als würde sie immer noch versuchen wollen herauszufinden, warum sie das Sicherheitsprogramm so schnell hatte durchbrechen können.

»Darfst du mir etwas darüber erzählen? Über die Firma? Allgemeine Antivirussoftware oder Netzwerksicherheit?«

McKenna lächelte breit. »Ich könnte es dir erzählen, aber dann müsste ich dich an mein Bett fesseln, damit du es nicht weitererzählen kannst.«

Nixon brach erneut in ein krächzendes Lachen aus. »Ich würde gern sehen, wie du das versuchst.«

Er beendete sein Abendessen und stellte den leeren Teller auf den Tisch. Dann lehnte er sich zurück und streckte seine langen Beine vor sich aus. So gern Nix auch hineingegangen wäre, um den zweiten Teil des Abends zu beginnen, so sehr genoss er es auch, einfach nur auf seiner Veranda zu sitzen und McKennas Stimme zu lauschen.

»Ich darf dir den Namen der Firma nicht nennen, aber es ging um Netzwerksicherheit. Es gab so viele Schlupflöcher, dass es lächerlich war. Willst du wissen, wie es mir gelang einzudringen?«

In ihrer Stimme lag so viel Begeisterung, dass er nicht widerstehen konnte, Ja zu sagen.

»Wie hast du es geschafft?«

»Ich habe ein bisschen herumgestochert und ihre erste Sicherheitsschicht war ein Witz. Ich schwöre, ich konnte sie so leicht durchbrechen, dass ein Highschool-Schüler es hätte schaffen können. Wie dem auch sei. Man konnte sich mit dem Telefon ins Netzwerk einloggen. Ich war innerhalb von Sekunden im ganzen System.«

»Weil jemand an seinem Telefon war?«

»Jup. So einfach. Das Telefon war nicht geschützt, sobald also auf das Netzwerk zugegriffen wurde, konnte ich mich dranhängen, und schon war ich drin. Ich legte mir ein Super-Administrator-Konto an und damit hatte ich alles, was ich brauchte.«

»Verdammt, das ist beeindruckend.«

»Ach, es war nicht so schwer.«

McKenna war spektakulär. Klug, hübsch, kompetent und bescheiden.

Das ganze Paket.

Nixon wusste, er starrte sie an, was beinahe gruselig wirken musste, aber er konnte nicht wegsehen. Er musste eine Entscheidung treffen, bevor er sich noch tiefer verstrickte.

Es gab eine Menge, dessen er sich klar werden musste. Sein Haus, das Jobangebot, ob er in Kent County bleiben wollte. Aber all diese Entscheidungen drehten sich nur um eine Sache – oder genauer gesagt eine Person.

McKenna.

KAPITEL NEUNZEHN

Nixon starrte mich an, als hätte ich meine Computer-Freak-Seite zu sehr heraushängen lassen. Gott, warum musste ich mich immer so davontragen lassen, wenn ich darüber redete, wie ich ein System hackte? Ich klang wie ein Trottel.

»Alex arbeitet für das Innere«, sagte er unvermittelt.

»Soll heißen für das Ministerium für Innere Sicherheit?«

»Ja. Dort werden Aufträge vergeben.«

Ich schwieg, obwohl ich tausend Fragen hatte.

»Und du hast das Angebot angenommen?«

Okay, die Frage schien vorsichtig genug gestellt. Eigentlich wollte ich fragen, welche Art von Auftrag das Ministerium zu vergeben hatte und warum. Aber ich hielt den Mund, geschockt, dass er mir überhaupt etwas darüber erzählte.

»Ich habe ihm versprochen, ihn morgen anzurufen. Er möchte, dass ich ein Team zusammenstelle.«

Gütiger Himmel, er redete wirklich mit mir über das Jobangebot. Es mochte dumm sein, aber ich fühlte mich geschmeichelt, dass er mir genügend vertraute, um mir auch nur die kleinste Kleinigkeit zu verraten.

»Und? Hast du jemanden im Hinterkopf?«

»Ja.« Er schwieg einen Moment. »Jameson, Holden, Weston und Chasin. Sie sind alle zur selben Zeit ausgeschieden wie ich. Während unserer letzten Mission sprachen wir darüber, nach unserem Austritt aus der Navy gemeinsam etwas Neues zu beginnen. Die Regierung hat tonnenweise Aufträge zu vergeben. Aber ich denke, wir alle brauchten eine Pause, zumindest kann ich das von mir sagen.«

Für einen ehemaligen SEAL konnte Nixon verdammt schlecht seine Emotionen verbergen. Oder vielleicht versuchte er es bei mir erst gar nicht. Dieser Gedanke machte mich übertrieben glücklich.

»Wie lange bist du jetzt bereits aus der Navy ausgeschieden?«

Seine Lippen zuckten, bevor er antwortete: »Sechs Monate.«

»Nixon, sechs Monate sind keine Pause.«

Das Zucken verwandelte sich in ein Lächeln. Ich war glücklich, dass das, was auch immer seine Züge umwölkt hatte, nun verschwunden war.

»Babe. Für uns bedeutet eine Pause zwei ganze Tage ausruhen und erholen, ohne Bezahlung, nichts explodiert, kein Einsatz. Sechs Monate sind mehr als genug. Ich wäre eher nach Hause zurückgekehrt, aber ich musste eine Eigentumswohnung in Virginia Beach verkaufen.«

Explosionen? Oh nein!

»Nun, dann bist du wohl gut ausgeruht und bereit, wieder zu arbeiten.«

Er schüttelte den Kopf, dann lachte er leise.

Zum dritten Mal.

Ich hatte ihn heute Abend bereits dreimal zum Lachen gebracht.

Ja, ich zähle mit.

Sein Lachen war wirklich großartig und insgeheim schwor ich mir, ihn jedes Mal zum Lachen zu bringen, wenn wir zusammen wären. Nixon Swagger brauchte ein wenig Spaß in seinem Leben. Und es kümmerte mich nicht, wenn er mich auslachte, weil ich so eigenartig war, solange er nur lachte.

»Danke, dass du mir von dem Angebot erzählt hast.«

Sein Humor verflog, aber in seinen Augen ging etwas Wunderschönes vor sich. Sie wurden weich und glänzten wie geschmolzen.

Heilige Mutter Gottes im Himmel.

»Würdest du mir etwas über deine Mutter erzählen?« Nixons Stimme war so zärtlich wie sein Blick.

Ich hatte so lange nicht mehr über meine Mutter geredet, dass ich nicht wusste, was ich sagen sollte.

»Sie war wunderschön und nett. Mein Vater hat immer gesagt, sie hätte die Geduld einer Heiligen. Daran und an ihren teuflischen Humor erinnere ich mich. Sie hatte immer Zeit für mich – besuchte jede Schulveranstaltung, jeden Elternsprechtag und verpasste niemals eine Klassenfeier. Jeder liebte sie.«

»Wie alt warst du, als sie starb?«, erkundigte er sich.

»Zehn. Sie hatte eine Blinddarmentzündung und sollte an jenem Tag operiert werden, aber der Blinddarm platzte. Die Entzündung breitete sich sehr schnell aus und sie bekam eine Blutvergiftung. Vier Tage später war sie tot.«

»Verdammt, McKenna. Das tut mir leid.« Ich weiß, er meinte, was er sagte. Er wusste, wie es war, ein Elternteil zu verlieren. »Du weißt doch, dass ich dir zuhören werde, wann immer du über deinen Dad und Carla reden willst? Diese Wunde ist noch frisch und nicht geschlossen. Du musst –«

»Ich habe keine Zeit, um sie zu trauern«, schnitt ich ihm grob das Wort ab. »Ich muss Zack und Mandy so weit bringen, dass sie mit dem Verlust umgehen können. Nur sie sind jetzt wichtig.«

»Sie arbeiten daran, Babe. Du brauchst etwas Zeit für dich selbst.«

Ich nahm mir einen Augenblick Zeit, um über seine

Worte nachzudenken. Sie mochten vielleicht wirklich *daran arbeiten*, aber ich half ihnen nicht genug, die Wunde heilen zu lassen.

»Hat Zack dir erzählt, dass mein Vater der Pilot des Flugzeugs war, das abgestürzt ist?«

»Ja.«

»Als er mir erzählte, er würde den Pilotenschein machen, freute es mich sehr für ihn. Das war immer schon sein Wunsch gewesen. Ich ermunterte ihn. Und als er fertig war und alle Flugstunden absolviert hatte, war ich stolz auf seine Errungenschaft. Vielleicht, wenn ich –«

»Nein. Keine *Vielleichts*. Keine Selbstvorwürfe. Es gab nichts, und ich meine verdammt noch mal nichts, was du hättest sagen oder tun können, das diesen Unfall verhindert hätte. Es war ein Unglück. Es war tragisch. Aber auf keinen Fall deine Schuld.«

»Ich vermisse sie so sehr. Es tut so weh. Mein Dad war der Beste. Und Carla hat mir niemals das Gefühl gegeben, ich wäre nicht ihre leibliche Tochter. Sie hat mich in alles einbezogen. Zu Anfang, so merkwürdig es auch klingen mag, hat sie sich irgendwie mit uns beiden verabredet. Sie nahm mich ins Einkaufszentrum mit und zum Mittagessen, nur wir beide. Sie sagte gern, sie wäre die glücklichste Frau der Welt, den Mann ihrer Träume gefunden zu haben, und sogar noch glücklicher, weil er eine Tochter mitbrächte, die er anbetete. Nach Mandys Geburt, also direkt danach, Mandy war nur ein paar Tage alt, ließ sie

sie zu Hause bei meinem Dad und ging mit mir aus. Ich war dreizehn und wir gingen zur Pediküre. Sie versicherte mir, egal wie viel mehr Kinder unsere Familie noch bekommen würde, ich bliebe stets ihre erste Tochter. Ihre Nummer eins. Das war Carla. Rücksichtsvoll bis ins Mark.«

»Dein Dad war ein glücklicher Mann, McKenna. Erst mit deiner Mom, dann mit Carla. Manche Männer finden diese Art von Liebe ihr ganzes Leben nicht. Er hatte zweimal das große Los gezogen.«

»Danke, dass du das sagst.«

»Du brauchst mir nicht dafür zu danken, dass ich die Wahrheit sage.«

Ich schaute zur Seite, unfähig, die Intensität seines Blicks auszuhalten, und ließ den Blick stattdessen über den Rasen hinweg auf die ordentlichen Reihen des frisch gepflanzten Mais wandern. Bald schon würde er hoch aufschießen und die Reihe der Bäume verdecken, welche das Ende seines und den Anfang meines Besitzes markierten. Ich hatte mich so auf diesen Anblick konzentriert, dass mir entgangen war, dass Nixon seinen Arm bewegt hatte. Er legte ihn um meine Schulter und zog mich an sich.

Genau das hatte ich gebraucht. Nur über meine Eltern zu reden – über alle drei – führte schon dazu, dass ich mich ein bisschen besser fühlte. Ich wünschte, Mandy und Zack hätten mit mir über sie geredet. Ich wollte nicht, dass Dad und Carla vergessen wurden. Ich wollte, dass meine

Geschwister sich erinnerten, wie glücklich wir uns alle schätzen konnten, sie gehabt zu haben. Und einander noch zu haben.

Lange Zeit saßen wir schweigend da. Ich saugte die Wärme seines Körpers in mich auf und schmiegte mich enger an ihn. Er roch gut, sah gut aus und fühlte sich gut an. Ich fragte mich, womit ich es verdient hatte, diejenige zu sein, die neben Nixon sitzen durfte. Es war verrückt. Nicht in meinen wildesten Träumen hätte ich mir vorgestellt, mit Nixon Swagger Zeit zu verbringen. War er doch eine lokale Berühmtheit.

Plötzlich spürte ich, wie Nixon sich anspannte, dann hörte ich das Knirschen von Reifen.

Er wies mich an, mich nicht zu bewegen, und weg war er. Ich hatte kaum Zeit, seinen Hintern in der Levis zu bewundern, so schnell war er um die Hausecke verschwunden. Ich hörte, wie zwei Autotüren zuschlugen, dann Stimmen.

»'lo, Nix.« Das war Zack.

Beim Klang der Stimme meines Bruders sprang ich auf und folgte dem Weg, den Nix genommen hatte. Die ganze Zeit betete ich, es gäbe kein neues Trauma.

Viel mehr konnte ich nicht aushalten. Ich hatte die letzte Stunde damit verbracht, mich mit Nix zu entspannen, und war auf ein Drama nicht vorbereitet.

»Hey, Micky«, begrüßte Mandy mich mit einem Lächeln.

Ein Lächeln.

Was zum Teufel ging hier vor sich?

»Hey. Was macht ihr hier?«, fragte ich sie. »Ist alles in Ordnung?«

Ich machte mich auf zickige Worte und ihren üblichen Trotz gefasst.

»Ja. Wir sind auf dem Weg zum Freeze, um Milchshakes zu trinken. Wollt ihr mitkommen?«

Vor Überraschung mochte ich vielleicht zusammengezuckt sein. Vielleicht blinzelte ich auch ein paarmal, um mich davon zu überzeugen, dass meine Schwester Mandy vor mir stand und nicht sagen wir Mutter Teresa. Oder jemand ähnlich Freundliches. Ich hatte sie so lange nicht so freundlich mit mir reden hören, dass ich vergessen hatte, wie süß meine kleine Schwester sein konnte.

Verdammt, ich hatte sie vermisst.

Ich sah sie jeden Tag und vermisste sie mehr als damals, wenn Monate vergingen, ohne dass wir einander sahen. Das war die Mandy, die ich liebte. Glücklich, lächelnd und fürsorglich. Ich wünschte mir diese Mandy für immer zurück. Ich wollte, dass Nixon diese Seite von ihr kennenlernte. Sie war so verdammt lustig. Hinter all den Gemeinheiten, mit denen sie um sich geworfen hatte, hatte man ihren Witz trotzdem noch sehen können.

Plötzlich stand Nixon direkt neben mir. Er ließ seinen Arm um meine Taille gleiten und zog mich an sich. Ich beobachtete die Reaktion meiner Geschwister. Zack lächelte und Mandy wirkte nachdenklich. Ich musste unbedingt mit ihnen über Nix reden. Noch eine Sache auf meiner stets wachsenden Liste von notwendigen Unterhaltungen, die ich ansprechen musste.

»Aber ja doch. Parke McKennas Wagen und dann nehmen wir meinen Pick-up.«

Ich hörte buchstäblich auf zu atmen. Nix würde mit uns in die Stadt fahren, um Milchshakes zu trinken? Ich wusste nicht, ob das eine gute Idee war. Jeder – und ich meine *jeder* – würde morgen über diesen Ausflug reden. Die Leute waren neugierig, sie liebten den neuesten saftigen Klatsch, und Nixons Heimkehr war seit Monaten das Hauptgesprächsthema. Ich wusste das, weil Becky mich immer noch auf dem Laufenden hielt. Becky war keine Klatschtante – man konnte ihr alles erzählen und sie verlor niemals ein Wort darüber. Sie war wie ein Tresor. Und außerdem, mit den beiden Jungs und ihrem Ehemann vergaß sie bereits fünf Minuten später, was auch immer für ein Geheimnis man ihr verraten hatte. Wie dem auch sei, sie redete nicht, aber sie hörte zu.

Sie arbeitete außerdem bei dem Chemieunternehmen in der Stadt als IT-Managerin und die Frau, mit der sie zusammenarbeitete, schien gern zu reden.

»Ich kann fahren«, erklärte Mandy.

»Ich habe zwei Grundsätze. Ich fahre niemals hinten auf einem Motorrad oder Vierrad mit und ich setze mich nicht auf den Beifahrersitz.«

Mandy warf Nixon einen schneidenden Blick zu. »Das ist –«

»Du kannst es nennen, wie du willst, Amanda, aber das ändert nichts daran, dass ich fahre. Wir können also hier herumstehen und über mein männliches Ego philosophieren oder wir gehen Milchshakes trinken.«

»Nun, solange du einsiehst, dass deine Grundsätze egoistisch sind, sehe ich keinen Grund, darüber zu philosophieren«, sagte Mandy schnippisch. »Aber du musst wissen, dass ich eine wirklich gute Fahrerin bin.«

»Da möchte ich wetten, Liebes, aber heute Abend werden wir uns nicht von deinen Fähigkeiten hinter dem Lenkrad überzeugen.« Dann wandte er sich an Zack. »Ich habe meinen Pick-up hinter der Scheune gelassen. Glaubst du, du könntest ihn herfahren?«

»Na klar.«

»Der Schlüssel steckt.«

Zack strahlte, als er auf die Scheune zu sprintete.

»Du weißt aber schon, dass er nicht fahren kann, oder?«, fragte ich.

»Er wird das schaffen. Übrigens gibt es nichts, das er umfahren könnte.«

»Wirklich? Du hast zwei Scheunen, dieses komische weiße Ding und einen Metallschuppen.«

»Ein komisches weißes Ding?« Er lachte leise.

Nummer vier. Ich klatschte mich im Stillen gerade

selbst ab, als er sich vorbeugte und mich auf die Stirn küsste. Gott, wie ich es liebte, wenn er das tat.

»Nun, ich weiß nicht, wie ich das Ding nennen soll.«

»Es war früher ein Hühnerhaus«, belehrte er mich.

»Ein Hühnerhaus?«

»Ja, du weißt schon, ein Haus, in dem Hühner leben.«

»Aber du hast keine Hühner«, erwiderte ich ziemlich lahm.

»Mein Dad hatte welche.«

»Laufen die wirklich noch herum, nachdem ihnen der Kopf abgeschlagen wurde?«

Blitzschnell verwandelte sich mein innerer Jubel in den Wunsch, mich unter einem Stein zu verkriechen. Gott, ich klang wie ein dummes Stadtmädchen.

»Ja, das tun sie«, bestätigte er.

»Das würde ich gern sehen. Könntest du ...« Ich wusste nicht, wie ich die Frage stellen sollte. Zu fragen, ob er einem Huhn den Kopf abschlagen könnte, klang ein wenig krass.

»Wirst du es rupfen und essen?«, fragte er zurück.

Ich spürte, wie mir die Augen aus dem Kopf traten und ich eine Gänsehaut bekam, nur bei dem Gedanken daran, ein Huhn zu rupfen.

»Äh. Ich bin ein Mädchen«, versuchte ich es mit Mandys Worten.

»Und?«, fragte er und seine Lippen verzogen sich zu einem Lächeln.

»Und ich dachte, du wolltest, dass ich mit einem Bier in der Hand auf der Veranda sitze.«

»Eine Regel auf der Swagger-Farm lautet: Du tötest es, du nimmst es aus und zerlegst es.«

»Du hast mit Sicherheit eine Menge Regeln. Liegt irgendwo ein Swagger-Regelbuch herum? Vielleicht eine Kurzfassung?«

»Klugscheißer.« Er zog mich enger an sich, also wirklich eng – Hüfte an Brust eng. »Du kannst meine Regeln als eine Landkarte zum Erfolg betrachten.«

Diesmal war ich an der Reihe zu lachen.

»Mein Gott. Du bist wunderschön, wenn du lachst und dein Gesicht aufleuchtet. Du bist wirklich die attraktivste Frau, die mir je unter die Augen gekommen ist.«

Gütiger Himmel.

Ich hatte vollkommen recht. Nixon Swagger konnte einem das Höschen in Brand setzen. Und der Mann musste einen nicht einmal anfassen, um einen in Flammen aufgehen zu lassen.

KAPITEL ZWANZIG

Nixon hatte den ganzen Morgen damit verbracht, Telefonanrufe zu tätigen. Einer fehlte ihm noch, dann würde er zu McKenna hinübergehen. Gestern Abend waren sie unterbrochen worden. Und so enttäuscht er auch war, dass sie es nicht in sein Schlafzimmer geschafft hatten, so hätte er doch nicht behaupten können, keinen Spaß gehabt zu haben.

Zack war so wie immer gewesen, außer vielleicht einen Hauch achtsamer, aber Mandy hatte sich als ein vollkommen anderer Mensch gezeigt. Sie war freundlich gewesen und hatte sogar mit ihm und Zack herumgealbert. Zu Nixon hatte sie zwar eine gewisse Distanz aufrechterhalten, aber das war verständlich, wenn er bedachte, dass sie ihn kaum kannte.

Alle Blicke waren in ihre Richtung gewandert, als sie das Lokal betreten hatten. Das Freeze war klein; ein Baseballteam einschließlich der Trainer, aber ohne Eltern, konnte sich gerade noch in das zur Legende gewordene Restaurant quetschen. Es gab keine Sitzgelegenheiten. Man bestellte, wartete, nahm sein Essen entgegen und ging. Es war immer voll. Der Name hatte sich über die Jahre geändert, aber es war nicht weniger beliebt als zu Nix' Kindertagen.

Nixon war hocherfreut, als er sah, wie Mandy McKenna an die Schulter stieß und ihrer Schwester etwas zuflüsterte, woraufhin beide in Lachen ausbrachen. Er hatte das Gefühl, dass die beiden sich vor dem Tod ihrer Eltern so verhalten haben mussten.

An einem Sonntagabend hatte also eine Unmenge Kunden auf ihre Bestellung gewartet. Das bedeutete, niemand hatte die Albereien der Mädchen verpasst. Das bedeutete aber auch, dass jeder Mann im Raum McKenna angestarrt hatte.

Nix war von einem eigenartigen Gefühl überwältigt worden, das verdächtig den besitzergreifenden Gefühlen ähnelte, die ihn überkommen hatten, als Alec McKenna angelächelt hatte. Aber diesmal war es weit darüber hinausgegangen – bis zu einem gewissen Hass, dass andere Männer sie ansahen. Auch gefielen ihm die anerkennenden Blicke nicht, die Mandy auf sich gezogen hatte.

Nixon war nicht dumm. Er wusste, das Schneeballsystem war per Telefon aktiviert worden und bald würde jeder über ihren Auftritt reden. Und zum ersten Mal in seinem Leben war es ihm vollkommen egal, ob die Leute über ihn oder McKenna sprachen.

Er hoffte, die Neuigkeit würde sich schnell und weit verbreiten, dass McKenna ihm gehörte.

Als das Telefon in seiner Hand klingelte, riss es ihn aus seinen Gedanken über den gestrigen Abend.

»Swagger.«

»Hast du eine Antwort für mich?«, fragte Alec, ohne sich die Mühe einer Begrüßung zu machen.

»Ich wollte dich gerade anrufen. Wann können wir uns treffen?«

»Heute Nachmittag?«

Verdammt, nein. Nixon hatte Pläne mit einer sehr schönen, verdammt heißen braunhaarigen Frau. Die Arbeit würde warten müssen.

»Ich hab heute viel zu tun. Morgen.«

Alec seufzte, dann fuhr er fort: »Hast du ein Team beisammen?«

Ungeduldiger Mistkerl.

»Jup. Holden, Jameson, Chasin und Weston sollten bis heute Abend hier sein.«

»Verdammt gute Männer, die du zusammengestellt hast.«

Nixon machte keine Scherze. Es gab eine Handvoll Männer, denen er vertraute, und Holden, Jameson, Chasin und Weston standen ganz oben auf der Liste.

»Die besten«, erwiderte er. »Bring uns den Vertrag und

die Infos. Wenn du glaubst, es wird bald losgehen, dann sind wir bereits spät dran. Übereilte Arbeit ist schlechte Arbeit, also je eher wir einen Plan festlegen, desto besser.«

»Swagger und seine Pläne. Ich werde da sein, gegen acht Uhr.«

»Acht? Junge, das Zivilleben hat dich weichgekocht. Acht Uhr morgens ist ja schon fast Mittag.«

»Mistkerl, ich habe zwei Stunden zu fahren, bei starkem Verkehr vielleicht sogar drei. Mittag? Leck mich. Übrigens die süße Schnecke, die du da hast ... wenn ich du wäre, würde ich mich nicht vor acht aus dem Bett quälen.«

»Arschloch. Und nenn mein Mädchen nicht noch einmal süße Schnecke, außer du hättest gern meinen Fuß in deinem Hintern.«

»Verdammt empfindlich. Aber gut, ich kann das nachfühlen.« Alec lachte leise vor sich hin. Dann, ohne jeglichen Humor, begann er von Neuem. »Ich bin froh, dass du mit an Bord bist. Könnte mir niemand anderen für diese Operation vorstellen.«

»Als hättest du daran gezweifelt. Du wusstest, dass ich annehme.«

»Jup. Aber ich bin trotzdem froh.«

Das war ein hohes Lob, wenn es von einem Mann wie Alec kam.

»Okay. Wir sehen uns morgen.«

»Alles klar.«

Nixon drückte auf die Aus-Taste, schnappte sich den

Schlüssel für seinen Pick-up und sprintete aus der Vordertür.

Es war Mittagessenszeit und Nix hoffte, McKenna war bereit für eine ausgedehnte Pause.

Kaum war er aus seinem Schotterweg gebogen, als ein vertrauter Geländewagen mit einem Sheriffstern hinter ihm aufschloss. Sheriff Schweinehund Dillinger verfolgte ihn. Er hatte sich bereits gefragt, was der Mann wohl gedacht hatte, als sein Sohn mit gebrochener Nase und blauem Auge zur Arbeit erschienen war.

Da niemand an seine Tür geklopft hatte, um ihn in Handschellen abzuführen, nahm er an, Deputy Dillinger hatte das Maul gehalten. Und wenn er sich bei seinem Vater beschwert hatte, so hielt er diesen doch für klug genug, um zu wissen, dass sein Sohn der Gelackmeierte sein würde, sollte Nixon auf die Wache gebracht werden.

Egal was Dick ihm über das Alter der Volljährigkeit erzählt hatte, diese Regel hatte für ihn als Gesetzeshüter keine Gültigkeit. Das Gericht hatte die Angewohnheit, Menschen zu missbilligen, die ihre Machtposition ausnutzten. Besonders wenn ein siebzehnjähriges Mädchen involviert war.

Nixon setzte den Blinker und verlangsamte direkt vor McKennas Einfahrt das Tempo. Er rechnete bereits damit, gleich das Blaulicht aufblitzen zu sehen. Aber nichts dergleichen geschah. Er bog ein und der Sheriff fuhr weiter.

Verdammtes Arschloch.

Gott sei Dank war der Altima nicht da und *Old Blue* parkte neben der Scheune. Es blieben ihnen noch ein paar Stunden bis zum Schulschluss und Nixon hatte vor, diese Zeit weise zu nutzen.

Im selben Moment, in dem die Tür von Nixons Pick-up zuschlug, fing Duke zu bellen an. Nixon war zufrieden. Der Hund war übertrieben freundlich und er hatte befürchtet, er wäre kein guter Wachhund, aber sein lautes, wütendes Gebell würde jeden Eindringling veranlassen, es sich noch einmal zu überlegen. Ganz zu schweigen davon, dass es McKenna alarmieren würde, falls jemand versuchte, durch die Tür oder ein Fenster einzubrechen.

»Hey«, grüßte McKenna von der Veranda. »Was führt dich her?«

»Du.«

»Ich?« Sie klang überrascht. Obwohl sie es nicht hätte sein dürfen. Er hatte bereits gestern Abend, als sie nach Hause gegangen war, angekündigt, dass er vorbeikommen würde.

McKenna trug heute eine andere locker sitzende Hose mit Kordelzug und ein enges Trägerhemd. Ihr dichtes Haar türmte sich auf ihrem Kopf. Bei jeder anderen Frau hätte er es als schlampig empfunden, aber Nix konnte nur daran denken, welch leichten Zugang ihm diese Kleidung bot.

Er war fasziniert von der sexy Wölbung ihres Nackens.

Die weiche Haut dort lockte ihn. Er wusste, wie süß sie schmeckte, und konnte es kaum erwarten, sie erneut zu kosten.

Er stieg die Treppe hinauf und sie ging zur Seite, damit er durch die Fliegengittertür treten konnte. Kaum hatte er die Schwelle überschritten, als er sie auch schon um die Taille fasste und an sich zog.

Ihre geschockte Miene ignorierend presste er seinen Mund auf ihren und war begeistert, als sie sich ihm sofort öffnete. Als McKenna stöhnte, vertiefte er den Kuss. Ihre seidige Zunge strich über seine und Nixon verlor sich ganz darin, sie zu spüren. Er nahm und nahm, bis er den Kuss schließlich abbrechen musste, weil der Drang, sie auf den Boden der Veranda zu werfen, überwältigend wurde.

»Wow«, flüsterte sie.

Hinter dem Reißverschluss seiner Jeans begann sein Schwanz zu pochen. Als er in ihr hübsches Gesicht blickte und sah, wie ihr Blick verschwamm, versetzte es ihm einen Schlag an die Brust. Es mochte ihn vielleicht wie ein Arschloch erscheinen lassen, aber es gefiel ihm, dass er mit nur einem einzigen Kuss ihren Blick träge werden lassen und sie trunken machen konnte.

»Wie war dein Tag?«, erkundigte er sich.

»Gut. Und deiner?«

»Jetzt ist er besser.«

Seine Antwort brachte ihm ein atemberaubendes Lächeln ein. Er wunderte sich kurz, wie es möglich sein konnte, dass sie noch Single war, dann beschloss er, dass es nicht wichtig war und er einfach dankbar dafür sein sollte.

»Soll ich uns was zum Mittagessen machen?«

»Nein.«

Nixon umfasste ihren Hintern und hob sie hoch. McKenna keuchte auf und schlang ihm die Beine um die Taille. Er ging so mit ihr in die Küche, befahl Duke, ihnen zu folgen, und verriegelte die Tür hinter ihnen.

Er trug sie durch den Flur in Richtung Treppe und noch bevor sein Stiefel auf der ersten Stufe aufkam, presste McKenna ihren Mund auf seinen Hals. Sofort erstarrte er und genoss das Gefühl, das sie hervorrief. Sie ließ die Zunge durch ihre Lippen gleiten und zog eine feuchte Linie über seine Kehle, bis sie an seinem Ohr innehielt.

»Beeil dich, Nixon.«

Ihre Bitte setzte ihn wieder in Aktion. Sie gelangten oben an und Nixon blickte sich um. Vier verschlossene Türen, aber die fünfte stand auf und er konnte ein Bett sehen, über dem eine cremefarbene Decke mit winzigen gelben Blümchen ausgebreitet war. Gewiss keine Dekoration, die ein Teenager-Mädchen benutzen würde, und ganz sicher nicht Zack. Er ging auf das Bett zu und hielt nicht an, bis seine Oberschenkel die Matratze berührten.

Als sie nicht protestierte, legte er sie aufs Bett und sie rutschte ein Stück auf die andere Seite, zerrte sich das Trägerhemd über den Kopf und warf es achtlos beiseite.

Dann löste sie die Kordel der Hose und schob sie sich über die Hüften nach unten, zusammen mit ihrem Höschen.

Nix war begeistert; er konnte den Blick nicht von der sexy Frau vor ihm lassen. Ihre starken Oberschenkel, der Schwung ihrer Hüften und dann weiter oben die Schwellung ihrer Brüste. Absolute Perfektion.

Dies war allerdings nicht die gemächliche Verführung, die Nixon geplant hatte. Aber jetzt, da der Kurs festgelegt war, war es nicht sein Ding, die Sache zu verlangsamen. Schnell befreite er sich von seinen Stiefeln, den Socken, der Jeans und dem T-Shirt.

McKenna stützte sich auf ihre Ellbogen, mit den Füßen flach auf dem Bett und gebeugten Knien. Ihr wilder Blick und ihre hungrige Musterung ließen seine Haut heiß werden. Nixon war äußerst angetan davon, dass sie ihn offen anstarrte und keine ihrer Reaktionen vor ihm verbarg. Und als ihre Beine sich öffneten und sie ihre Muschi entblößte, musste er gegen einen Orgasmus ankämpfen.

Verdammt!

Unfähig, ihrer Einladung zu widerstehen, beugte Nixon sich vor und küsste die Innenseite zuerst des einen, dann ihres anderen Schenkels.

»Nixon«, wimmerte sie.

Er leckte und knabberte sich an ihren bebenden Beinen hoch und zog so ihre Vorfreude in die Länge.

McKenna wackelte vor Ungeduld hin und her. Mit den Lippen auf ihrer Haut musste er lächeln.

»Du riechst so verdammt gut.«

Dann senkte er den Mund wieder und leckte mit einem langen Zungenschlag ihren Honig auf. Dieser Geschmack nahm ihm den Rest seiner Beherrschung. Er hörte sie stöhnen, bevor sie sich mit den Händen an seine Haare klammerte und ihre Hüften zu zucken begannen. Seine Kopfhaut kribbelte und sein Schwanz pulsierte.

Mein Gott, so verdammt heiß.

Er fügte seiner Zunge zwei Finger hinzu und pumpte sie hart und schnell in sie hinein. Sie bog den Rücken durch und wand sich, wobei sie ihn enger an sich zog und sich an ihm rieb, um seine Finger tiefer in sich aufzunehmen.

»Oh mein Gott«, schrie sie auf, als Nix über ihre Klitoris leckte.

Er konnte keine Sekunde mehr warten, in sie einzudringen. Schon war er auf den Knien, mit seinem Schwanz in der Hand, und führte seine Männlichkeit dorthin, wo sie unbedingt sein musste, als er plötzlich innehielt. Er drückte seinen Schaft am Ansatz zusammen, hielt nur die äußerste Spitze an ihren glitschigen Eingang und wartete.

McKenna öffnete die Augen und starrte ihn mit verschwommenem Blick an. Er spürte, wie sein Schwanz in seiner Hand zuckte, während er auf ihre Zustimmung wartete.

Ein wollüstiges Lächeln umspielte ihre Lippen. Nixon stieß zu. McKennas Rücken hob sich vom Bett und ihr Kopf fiel in den Nacken.

Wirklich, das war das Heißeste, was Nix je gesehen hatte.

Er griff nach ihrem BH und zerrte beide Körbchen nach unten. Jetzt waren ihre prallen Brüste entblößt und ihm lief das Wasser im Mund zusammen. Ihre wunderschönen, pinkfarbenen, aufgerichteten Nippel bettelten um Aufmerksamkeit. Mit seinen Blicken verschlang er ihren flachen Bauch, bis er zwischen ihren Schenkeln landete. Er zog sie näher heran, bis ihr Hintern sich vom Bett hob und sein Schwanz so tief in ihr war, wie es nur ging. Der Anblick war spektakulär. Alles an ihr. Jeder einzelne Zentimeter von McKenna machte ihn an. Er hatte keine Chance. Nicht, wenn er sie fickte, und gewiss nicht, wenn sie ihm ihr schönstes Lächeln schenkte.

Er war verloren.

Verloren in ihr.

Verloren im Augenblick.

Zum Teufel, vielleicht sogar für immer verloren. Und Nixon gefiel diese Idee. Ein Leben lang mit der süßen McKenna außerhalb des Schlafzimmers und mit der wilden McKenna innerhalb wäre nicht gerade unangenehm.

»Nixon, wenn du dich jetzt nicht beeilst und mich

endlich fickst, übernehme ich keine Verantwortung für das, was dann passiert.«

Er hätte nur zu gern gewusst, was dann geschehen würde, hätte gern gesehen, ob sie ihre Drohung wahr machte. Aber er musste warten – ihr grober Befehl schoss durch ihn wie eine Kugel und er trat in Aktion.

Er zog sich zurück und stieß dann heftig in sie hinein. McKenna hatte ihn im Griff. Sie fuhr sich mit der Hand an ihre Brüste und kniff und zog an den Nippeln.

Gütiger Himmel.

Unfähig, sich länger zurückzuhalten, ließ Nix sich gehen und begann, sie hart zu nehmen. Noch niemals zuvor hatte er ein solch urtümliches Verlangen verspürt. McKenna vor ihm ausgebreitet zu sehen, wie sie seinen Schwanz in sich aufnahm, mit hin und her schlagendem Kopf und vor Lust trunkenen Augen. Es war unglaublich. Unvergleichbar.

Ihr Stöhnen erfüllte den Raum und vermischte sich mit seinem Knurren, bis sie begann, verzweifelt zu klingen. Ihre Muschi bebte und zog sich um seinen Schwanz herum zusammen. Und schließlich brüllte sie ihre Erlösung hinaus.

»Nixon!«

Schauer jagten über seine Wirbelsäule und wieder einmal blickte er auf sie hinab. Der Saft ihrer Erregung und Erlösung überzog seinen Schwanz, der in sie hineinpumpte. Seine Hoden spannten sich an und so gern er sie auch noch schneller, noch härter gefickt hätte, bis sie noch einmal gekommen wäre, er konnte sich nicht mehr zurückhalten.

Sie war zu viel.

Die erste Welle seiner Erlösung brach los und er hielt still. Einer nach dem anderen ergossen sich die Schwalle seines Orgasmus in McKennas warmen, willigen Körper. Und zum ersten Mal in seinem Leben wünschte er sich, ein Kind wäre eine Möglichkeit. Zweimal hatte er sie bereits ohne Kondom genommen. Zweimal war er in ihr gekommen. Er fragte sich, wie effektiv ihre Verhütungsmethode sein mochte.

McKenna stöhnte auf, als er sich aus ihr zurückzog und sie aufs Bett niederlegte. Er verzichtete darauf, sie beide zu säubern, und legte sich neben sie. Sie drehte sich zu ihm herum, um ihn anzublicken.

»Wow.«

Er merkte, wie er lächelte, und hätte sie am liebsten gefragt, ob er zu grob mit ihr gewesen sei.

Nixon strich ihr eine Haarlocke hinters Ohr und bemühte sich, die richtigen Worte zu finden. Schließlich gab er es auf und stimmte ihr einfach zu.

»Ja. Wow.«

Er wickelte seine Beine um ihre und konnte nicht aufhören, sie zu berühren. Er fuhr mit der Hand über ihren Arm und verschränkte ihre Finger miteinander. McKenna drückte seine Hand, aber er spürte es nicht dort, sondern es fuhr ihm direkt ins Herz. Genau wie beim ersten Mal, als er sie genommen hatte, war er geschockt über die Gefühle, die ihre Vereinigung ausgelöst hatte.

Während er so mit McKenna in deren Bett lag und in ihre Augen blickte, gab er sich selbst ein Versprechen. Er würde hierbleiben, solange ihre Geschichte andauern würde. Und mehr als alles andere hoffte er, es würde eine gute Weile sein.

KAPITEL EINUNDZWANZIG

Duke bellte irgendwo im Haus und ich warf einen Blick auf die große Uhr an der Küchenwand.

Wir aßen gerade die letzten Reste der Nachos, die ich uns zum Mittagessen gemacht hatte. Nixon hatte mich zuvor lange Zeit in meinem Bett in den Armen gehalten und mir von seinem Morgen erzählt. Er hatte seine Freunde angerufen und sie machten alle mit. Jameson, Chasin, Weston und Holden, sie alle würden an diesem Abend eintreffen. Jameson und Holden lebten immer noch in Virginia Beach, Weston lebte in West Virginia und Chasin fuhr von South Carolina her.

Egoistischerweise bekümmerte mich das. Während der letzten Wochen hatte ich wie in einer merkwürdigen Blase gelebt. Nixon war Teil meines Lebens geworden. Das Gleiche galt für Zack. Wir hatten einen großen Teil seiner Zeit beansprucht. Nun, da seine Freunde in der

Stadt sein und mit ihm arbeiten würden, fragte ich mich, wie viel Zeit wohl für mich übrig bliebe.

Ich weiß, es war nicht nett, so zu denken, aber ich wollte nicht verlieren, was wir begonnen hatten. Und ich hatte das Gefühl, von jetzt an würde es mir durch die Finger gleiten.

Wir waren nach unten gegangen und er hatte sich nach meinem Tag erkundigt. Während ich das Mittagessen zubereitete, hielt ich ihn auf dem Laufenden. Ich hatte endlich den Auftrag beendet, an dem ich gearbeitet hatte. Ich hatte die E-Mail mit der beigefügten Rechnung an meinen Kunden geschickt, kurz bevor Nixon aufgetaucht war. Das war auch etwas Gutes. Wenn ich weiterhin alle Tiere durchfüttern wollte, die wir angesammelt hatten, und natürlich meine Geschwister, musste ich bezahlt werden.

Das Erbe meiner Eltern lag für Zack und Mandy auf einem Konto. Auf keinen Fall hätte ich sie aus eigener Tasche aufs College schicken können, also würde das Geld für ihre Ausbildung eingesetzt werden. Außerdem musste es dafür sorgen, dass sie alles hatten, was sie brauchten, um sich auf ihr Studium konzentrieren zu können, ohne nebenbei arbeiten zu müssen.

Diese Tatsache machte Mandy natürlich sauer. Sie war der Ansicht, ich sollte das Geld benutzen, um ihr die neuesten Trend-Klamotten, teure Handys und ein neues Auto zu kaufen. Aber das erlaubte ich nicht.

Nixon hatte mir gerade erzählt, wie der Sheriff ihm zu meinem Haus gefolgt war. Ich hatte kein gutes Gefühl bei der Sache. Wir lebten in einer kleinen Stadt und wenn ein Polizist einen auf dem Kieker hatte, dann hatte man alle am Hals.

»Was für ein Arschloch«, sagte ich zu Nixon.

»Jup.«

Da öffnete sich die Hintertür und Mandy und Zack spazierten herein. Ich machte mich auf das tägliche Drama gefasst und Mandy enttäuschte mich nicht.

»Ich wurde angehalten«, platzte sie heraus.

»Was? Von wem?«, hakte ich nach.

»Ich fuhr gerade am Park vorbei, an der alten Bürgerhalle, wo die Recyclingcontainer stehen. Jeder weiß, dass man dort nicht rast. Man darf dort nur fünfzig fahren, also fährt man auch nur fünfzig. Immer ist dort ein Polizist, entweder in der Einfahrt zum alten Park an der Bürgerhalle oder im Park selbst. Ich fuhr fünfzig. Und wurde trotzdem angehalten. Es war so peinlich. Alle aus der Schule sind vorbeigefahren.«

Sie hatte die Hände in die Hüften gestemmt und sah aus, als würde sie gleich einen Teenager-Anfall bekommen.

Mein Blick schweifte zu Zack und auch er sah wütend aus, nicht beschämt.

»Sie ist tatsächlich fünfzig gefahren«, bestätigte er. »Es gab keinen Grund, sie anzuhalten.«

»Wer war es?«

Alle drei Augenpaare waren jetzt auf Nixon gerichtet. Oh Mann, er sah böser aus, als seine Stimme verriet.

»Was?«, fragte Mandy.

»Der Polizist. Stadtpolizei, Bundespolizei oder der County Sheriff?«

»Oh. Der County Sheriff. Auf seinem Namensschild stand Clifford.«

»Hat er dir einen Strafzettel ausgestellt?«

Mandy schüttelte den Kopf.

»Eine Warnung ausgesprochen?«

Wieder negativ.

»Er nahm ihren Führerschein, den Fahrzeugschein und den Versicherungsschein mit zu seinem Wagen. Ein paar Minuten später kehrte er zurück und sagte zu ihr, er spreche eine verbale Warnung aus. Er sagte ihr nicht, sie müsse langsamer fahren. Er sagte nicht einmal, warum er sie angehalten hatte. Er sagte, es sei die erste und einzige verbale Verwarnung. Dann ging er davon. Er wünschte ihr nicht einmal einen schönen Tag. Ein totales Arschloch.«

Ich muss bemerken, dass Nixon während Zacks Bericht nicht mehr nur böse war, sondern wütend wurde. So wütend, dass ich tatsächlich Angst bekam, was er tun würde.

»Nixon«, murmelte ich. Mit seinen zornigen Augen blickte er mich an und die Worte erstarben mir auf der Zunge.

Ich wusste nicht, was ich glaubte, zu ihm sagen zu können, um ihn zu beruhigen, aber ein Blick auf ihn verriet mir, dass kein Wort das wilde Tier in ihm zähmen könnte.

»Hast du Hausaufgaben zu erledigen?«, fragte er Zack.

»Nein.«

»Hast du heute Nachmittag Zeit, mir zu helfen, oder hast du hier Pflichten zu erfüllen?«, fuhr Nix fort.

Zack blickte mich an und fragte: »McKenna?«

»Wenn du mir hilfst, ein paar Ballen Heu vom Scheunenboden zu holen, kann ich den Rest erledigen.«

»Nix und ich werden dir die Ballen herunterholen«, kündigte Zack an.

Offensichtlich waren Zack die perfekten Worte eingefallen, um Nixons Zorn zu dämpfen. Mit einem zustimmenden Nicken in Richtung meines Bruders erhob Nix sich. Er ging um den Tisch herum, zog mich von meinem Stuhl hoch und drückte mich fest an seine Brust.

»Danke für das Mittagessen.« Mein Gesicht wurde flammend rot und ich betete, meine Geschwister würden die Doppeldeutigkeit nicht mitbekommen. »Hab noch was zu erledigen.« Nixon beugte sich vor und gab mir einen Kuss auf die Stirn.

»Wirst du zum Abendessen kommen?«, fragte Mandy.

Wir beide, Nix und ich, drehten uns herum, um meine Schwester anzublicken.

»Wäre das für dich in Ordnung?«

»Also, ja natürlich«, antwortete sie.

Ich musste lächeln und fragte mich, ob Nixon ihr den gleichen Vortrag halten würde wie mir, als ich auf die gleiche Art geantwortet hatte.

»Dann komme ich«, erwiderte er.

»Können wir Tacos machen, Micky?«

Tacos waren ihre Lieblingsspeise. Ich frittierte den Teig selbst und bereitete auch die Soße zu, und obwohl diese nicht so gut werden würde wie im Sommer, wenn ich Tomaten aus dem Garten benutzte, war sie trotzdem lecker.

»Sicher, aber dann muss ich einkaufen gehen.«

»Lass mich kurz meine Sachen in mein Zimmer bringen und dann werde ich dich begleiten.« Sie lief bereits den Flur entlang und warf einen Blick über ihre Schulter. »Bis gleich, Nix.«

Dann war sie verschwunden.

Ich stand wie angewurzelt da und fragte mich, was um Himmels willen gerade geschehen war. Nixon drückte mich.

»Ein Fortschritt«, flüsterte er.

Das war kein Fortschritt – das war ein Phänomen epischen Ausmaßes. Ich konnte mir gut vorstellen, dass Nixon denken mochte, dieser Schritt wäre so leicht gewesen, als überwinde man eine kleine Hürde, aber er konnte nicht wissen, wie schwierig es gewesen war, Mandys stillem Kampf zuzusehen. Ich hatte so lange nicht gehört, dass Mandy um etwas gebeten oder eine Bemerkung in einem nicht zickigen Tonfall von sich gegeben hätte, dass ich glaubte, weinen zu müssen.

»Ja.«

Mit einer leichten Berührung meiner Lippen trat er von mir zurück und ging in Richtung der Tür.

»Bis später, McKenna«, sagte Zack, bewegte sich aber nicht von der Stelle.

»Ja, bis später.«

Mein Bruder starrte mich noch immer an, doch schließlich schenkte er mir ein Grinsen, das mein Herz schmelzen ließ. In meiner Kehle bildete sich ein Kloß, das Stechen hinter meinen Augen verstärkte sich und meine Nase fühlte sich komisch an. *Ich werde nicht weinen.* Zack schüttelte den Kopf und mit einem kurzen Winken folgte er Nixon zur Tür hinaus.

Es kümmerte mich nicht, ob sie mich für verrückt hielten. Meine Familie heilte.

Und das war Nixons Verdienst.

»Fertig?«, fragte Mandy, die hüpfend in die Küche zurückkehrte.

Auch das hatte ich sehr lange nicht gesehen. Ihre Körpersprache war in letzter Zeit beinahe so scharf und kantig wie ihre Worte gewesen.

»Ja.«

»Weinst du?«

»Nein.« Ich drehte mich herum, um mich ihrem prüfenden Blick zu entziehen.

»Er mag dich«, stellte Mandy fest.

»Wer?«

»Nixon. Ich merke es.«

Ich schnappte mir meine Handtasche und wir gingen zur Tür hinaus. Eigentlich wollte ich sie nicht so gern fragen, woran sie es merkte, aber wenn Mandy willens war zu reden, auch wenn Nixon das Thema wäre, war es mir das wert.

»Weißt du, dass ein paar meiner Freundinnen über ihn reden?«

Meine Schritte wurden unsicher und beinahe wäre ich gestolpert. »Tun sie das?«

»Ja. Er ist heiß und Shaunas Mom hat mit ihm die Highschool besucht. Ich nehme an, sie hat versucht, Kontakt mit ihm aufzunehmen, als er heimkehrte, aber er hat sie abgewiesen. Hier in der Gegend ist er eine Legende. Jeder kennt ihn und weiß, was er während seiner Abwesenheit getan hat.«

Interessant. Ich hätte sie gern ausgefragt über Shaunas Mom und ob sie immer noch versuchte, *Kontakt mit ihm aufzunehmen*, was immer das bedeuten mochte. Nixon und ich hatten niemals definiert, was wir einander waren oder was wir taten. Der Gedanke, dass er mit anderen Frauen reden, oder schlimmer noch, Sex haben könnte, traf mich wie ein Schlag vor die Brust.

»Du musst dir keine Sorgen machen«, erklärte Mandy mir. »Er steht total auf dich.«

Ich war auf der Fahrt zum Supermarkt so in Gedanken verloren, dass ich meiner Umgebung keine große Aufmerksamkeit schenkte. Was ich hätte tun sollen. Denn wenn ich es getan hätte, hätte ich Nixon warnen können. Ich hatte etwas Wichtiges übersehen und später würde sich das als kolossaler Fehler erweisen.

KAPITEL ZWEIUNDZWANZIG

AUF DER FAHRT ZUR SWAGGER-FARM WAR ZACK schweigsam und Nix gewährte dem Jungen die Zeit, sich zu sammeln. Ihm schien eine Menge im Kopf herumzugehen, und das war einer der Gründe, warum Nix ihn gebeten hatte mitzukommen.

Als sie über den langen Feldweg auf Nixons Haus zufuhren, sahen sie, dass ein roter Pick-up davor parkte. Aus langer Gewohnheit griff er an seine Hüfte, erinnerte sich aber in letzter Sekunde daran, dass er keine Waffe trug.

»Wer ist das?«, fragte Zack.

»Keine Ahnung. Tu mir den Gefallen und bleib im Wagen sitzen, ja?«

»Ja«, stimmte Zack ohne Widerrede zu.

Nixon fuhr vor sein Haus, ließ den Motor laufen und schwang sich aus dem Wagen.

»Tut mir leid, dass ich unangemeldet hier hereinplatze«, sagte ein Mann, sobald Nix die Motorhaube umrundet hatte. Es dauerte einen Moment, bis in Nix ein Wiedererkennen aufdämmerte.

»Jonny Spencer. Verdammt, Mann. Ich habe dich lange nicht gesehen. Ist alles in Ordnung?«

Jonny blickte an Nixon vorbei und seine Augen weiteten sich, als er Zack auf dem Beifahrersitz bemerkte.

»Ich wollte den Gerüchten keinen Glauben schenken, aber sie scheinen wahr zu sein. Swagger hat sich an eine Frau gebunden.«

Nix versteifte sich angesichts dieser unangebrachten Bemerkung. »Du hast den langen Weg hierher gemacht, nur um auf mir herumzuhacken?«

»Nein.« Jonny wandte den Blick wieder Nixon zu und er lächelte breit. »Ich hörte, Amanda Wilson sei heute angehalten worden. Ich hörte auch, dass sie sich mit Dillinger eingelassen hat.«

»Wieso hast du davon gehört?«

»Du warst eine gute Weile fort, ich nehme an, du bist noch nicht auf dem Laufenden. Ich bin Deputy.«

»Sag das noch mal.«

Jonny Spencer ein Hilfssheriff? Früher war Jonny keinem Ärger aus dem Weg gegangen. Nix hätte wetten können, dass seine Mama auf die Knie gefallen war und Gott dafür gedankt hatte, als ihr Sohn sich dafür entschied, das Gesetz zu unterstützen, anstatt es zu missachten. Er war früher *der* Mann gewesen, an den man sich wandte, wenn man eine Flasche Schnaps, ein Paket Rauchwaren oder irgendetwas anderes haben wollte, was ein Teenager gern gehabt hätte.

»Die meisten von uns haben nur zweieinhalb Sekunden gebraucht, um eins und eins zusammenzuzählen, als Dillinger mit einer gebrochenen Nase, blauen Augen und einem zerschlagenen Mund hereinkam, und zu wissen, dass du Wind davon bekommen hattest, dass er mit Amanda Wilson herumgemacht hat«, begann Jonny. »Die Einzigen, die nicht durchblickten, waren diejenigen, die damals in der Highschool nicht dabei waren, als du ihn einmal pro Woche verprügelt hast.«

»Könntest du mir vielleicht erklären, warum du ihm nicht selbst in den Hintern getreten hast, wenn du wusstest, dass er mit einer Minderjährigen herummacht? Du hast doch eine kleine Schwester, und soweit ich mich erinnere, warst du früher nicht gerade begeistert, wenn jemand ihr auch nur einen Blick zugeworfen hat. Ich nehme doch an, dass ein gewisser Anstand allen weiblichen Wesen gegenüber einzuhalten ist.«

»Ich habe nur Gerüchte gehört. Und im Gegensatz zu dir muss ich mit ihm zusammenarbeiten, und sein Vater ist mein Boss. Ich brauche echte Beweise, bevor ich ihn zur Rechenschaft ziehen kann. Da du ihn bereits verprügelt hast, nehme ich an, du hast alle Beweise gefunden, die du brauchtest.«

»Was das anbelangt, gehe ich davon aus, dass jeder weiß, dass ich es getan habe. Warum hat er mich dann nicht festgenommen? Ich rechnete damit, in Handschellen abgeführt zu werden, aber außer dass Sheriff Schweinehund mir gefolgt ist, ist nichts weiter passiert.«

»Was soll Rich denn tun? Eine Beschwerde einreichen? Dann hätte er erklären müssen, warum du ein Motiv hattest, ihn anzugreifen. Sein Daddy kann ihn aus allem herausholen, was er sich einbrockt, aber eine Beschwerde würde an die Staatspolizei übergeben werden. Dort hat er keinen Einfluss. Die meisten Staatspolizisten hassen ihn.«

Nixon hatte sich bereits so etwas gedacht, aber es war nett, es bestätigt zu bekommen.

»Warum bist du hergekommen?«

»Ich wollte dich warnen.«

Nixon brauchte nur den Bruchteil einer Sekunde, um sprungbereit zu sein. Jeder Muskel spannte sich an und er war bereit zuzuschlagen.

»Wow, Nix.« Jonny riss beide Hände hoch, um sich zu schützen. Nicht dass Nix Hand an seinen alten Freund gelegt hätte, aber er hatte seine Haltung klarmachen wollen. »Verdammt, Bruder, nicht diese Art von Warnung.«

»Alles cool?«, rief Zack und stieg aus Nixons Pick-up.

»Welche Art Warnung dann?«, fragte Nix und ignorierte Zack.

»Der Sheriff hat dich auf dem Kieker. Er hat ein paar Deputys, die ihm den Hintern küssen und bereit sind, seine schmutzige Arbeit zu tun. Aber du musst wissen, nicht die ganze Abteilung ist schlecht.«

»Das ist nichts Neues. Er drangsaliert mich schon, seitdem ich seinen Sohn drangsaliere«, erinnerte Nix Jonny.

»Richtig. Aber damals in der Highschool musstest du dich um niemanden sorgen.«

Nixon musste sich zwingen, daran zu denken, dass Zack alles beobachtete. Und obwohl Jonny sein Freund gewesen sein mochte, so war er trotzdem ein Staatsbeamter, und Drohungen gegen seinen Boss zu äußern wäre nicht klug gewesen. Auch musste er bedenken, was das für seinen Freund Jonny bedeuten konnte.

»Wird es dir Minuspunkte einbringen, dass du hergekommen bist? Der Sheriff beobachtet mich. Er hat heute Nachmittag am Ende meines Feldwegs auf mich gewartet. Er folgte mir zum Haus meines Mädchens und raste davon, als ich in ihre Einfahrt bog.«

Jonny äugte zu Zack hinüber, bevor er sprach. »Es ist nichts dabei, wenn ich herkomme und einen alten Freund zu Hause willkommen heiße. Und wenn er mir Schwierigkeiten machen will ... wenn ich mich hier so umsehe,

scheint es mir, als könntest du einen zusätzlichen Landarbeiter gebrauchen.«

Bevor Nixon auf Jonnys Klugscheißer-Bemerkung
reagieren konnte, kam Zack ihm zuvor.

»Er hat bereits einen.« Zack schlenderte zu Nixon und
verschränkte die Arme vor der Brust.

»Zack, dies ist Jonny Spencer, ein Freund aus früheren
Zeiten. Er ist Deputy und wollte mir ein paar Informationen zukommen lassen.« Nix schlug dem Jungen auf die
Schulter, denn er wollte die angespannte Atmosphäre
etwas lockern. »Jonny, dies ist Zack Wilson, McKennas
und Amandas Bruder.«

»Nett, dich kennenzulernen, Zack.« Jonny reichte
Zack die Hand und nach kurzem Zögern ergriff Zack sie
und schüttelte sie.

»Können Sie mir erklären, warum meine Schwester
heute ohne Grund angehalten wurde?« Zack ignorierte
Jonnys Begrüßung und klang ärgerlich.

Nixon tat sein Freund leid. So sauer er auch war, dass
Amanda angehalten worden war und der Sheriff ihn
drangsalierte, es war nicht Jonnys Schuld. Nix war dankbar, dass Jonny ihn gewarnt hatte, aber er wollte nicht, dass
sein Freund deswegen in Schwierigkeiten geriet.

»Zack —«

»Nein, schon gut«, schnitt Jonny Nix das Wort ab.
»Du scheinst ein guter Junge zu sein, also muss ich dich

wahrscheinlich nicht daran erinnern, dass nicht alle von uns Arschlöcher sind. Leider gibt es aber ein paar Deputys in der Abteilung, die sich einschmeicheln und Sheriff Dillinger den Hintern küssen.« Zack schien nicht gerade begeistert zu sein, als Junge bezeichnet zu werden, aber er hielt seine Zunge im Zaum. »Was heute geschehen ist, war Schwachsinn.«

»Der Polizist namens Clifford, der uns angehalten hat, gehört er zu den Arschlöchern?«, wollte Zack wissen.

»Ja«, bestätigte Jonny.

»Okay. Und Rich Dillinger? Wird er sich von meiner Schwester fernhalten?«

»Das kann ich nicht beantworten. Ich nehme an, Nix hat ihm klargemacht, dass Amanda tabu ist, aber Dillinger ist nicht sehr gescheit. Manchmal braucht er mehr als eine Lektion, um etwas zu kapieren.«

Nixon hatte McKenna gefragt, ob Mandy Dillinger noch einmal erwähnt hatte. Unglücklicherweise sagte Mandy ihrer Schwester nicht offen und ehrlich die Wahrheit. Und obwohl Mandy McKenna versichert hatte, sie hätte nichts mehr von Dillinger gehört, seitdem Nix die beiden neben der Baustelle gefunden hatte, wusste er nicht, ob er das glauben sollte. Aber er vertraute Zack und er wusste, der Junge lauschte aufmerksam dem Gerede in der Schule. Wenn er etwas gehört hätte, dann hätte er es gesagt – wenn nicht zu McKenna, dann zu ihm.

»Was sollen wir also tun? Es hinnehmen und zulassen, dass sie uns bedrohen?« Zack klang nicht gerade glücklich mit dieser Option.

»Nein. Du erzählst es Nixon. Falls ihr noch einmal angehalten werdet, sag es Nixon. Wenn sich etwas nicht richtig anfühlt, sag es Nixon. Falls du irgendein Gerücht über Dillinger hörst, sag es Nixon. Ich weiß, das ist nicht das, was du hören willst, aber die Mühlen der Justiz mahlen langsam. Du kannst den langen Weg durch die Behörden einschlagen, aber Dillinger hat Beziehungen. Alle Beschwerden werden auf taube Ohren stoßen. Ich brauche also etwas Konkretes, mit dem ich arbeiten kann. Das wird Zeit brauchen. Aber ich habe Nixon im Rücken, was bedeutet, auch dich und deine Schwestern.«

Zack sah nicht überzeugt aus. Er wirkte auch keineswegs glücklich.

»Kumpel, wir werden daran arbeiten. Aber du musst mir versprechen, dass du nichts allein unternimmst, was auch geschehen mag.«

»Was meinen Sie damit?«

»Wenn du Dillinger siehst –«

»Wenn ich sehe, dass er meine Schwester noch einmal anfasst, werde ich ihm in den Hintern treten.«

Jonnys Lippen zuckten und Nix tat sein Bestes, das Gleiche zu unterdrücken. Zack mochte erst fünfzehn Jahre alt sein, aber er lernte, ein Mann zu sein. Und dazu gehörte, dass er seine Schwestern beschützen wollte. Nixon wollte diesen Instinkt nicht unterdrücken, aber er musste dem Jungen beibringen, klug zu handeln.

»Du sagst mir Bescheid. Ohne mich als Rückendeckung nimmst du dir Dillinger nicht vor. Punkt. Er mag noch so ein Arschloch sein, er ist ein Polizist und er kann und wird dich festnehmen. Aber schlimmer ist, dass deine Schwester dabei zu Schaden kommen könnte. Ich verspreche dir, ich werde das Problem lösen, aber wir werden das Spiel klug und geduldig angehen.«

Nixon wartete. In Zacks Kopf ging etwas vor sich. Sein Blick schweifte unruhig zwischen Jonny und Nix hin und her.

»Ich habe alles verstanden, Nix, aber wenn er sie anfasst –«

»Ich verspreche, ich kümmere mich darum«, unterbrach Nixon ihn.

»Gut«, sagte Zack knapp, offensichtlich nicht glücklich. Aber immerhin hatte er zugestimmt.

»Ich werde dann mal losfahren«, stellte Jonny fest. »Ruf mich an, falls du Hilfe brauchst. Und so sehr es mir auch missfällt, dass ich dir das sagen muss, sage ich dir – sei vorsichtig! Du warst lange fort, Bruder. Rich Dillinger hält sich für unantastbar. Und dass du ihn verprügelt hast, hat seinem aufgeblasenen Ego einen Schlag versetzt. Das gefällt ihm ganz und gar nicht.«

»Ich weiß es zu schätzen, dass du dir die Zeit genommen hast, zu mir herauszufahren, Jonny.«

»Ich muss wissen, dass du mich verstanden hast, Nix. Er wird ein schmutziges Spiel treiben. Es kümmert ihn nicht, wen oder was er dazu benutzen muss. Wir sind nicht mehr in der Highschool, wo er keine andere Wahl hatte, als den Schwanz einzuziehen.«

»Ich habe verstanden. Und du hast recht. Wir sind nicht mehr in der Highschool. In der jetzigen Situation hat Dillinger mehr zu verlieren als ich.«

»Da wäre ich mir nicht so sicher.«

Und mit dieser letzten Warnung stieg Jonny in seinen Pick-up und fuhr davon. Nixon blieb vibrierend vor Zorn zurück. Jonny hatte mit ein paar Dingen recht. Nix hatte etwas zu verlieren. Eine Frau, die ihm sehr wichtig war, und ihre zwei Geschwister. Er würde alles tun, was in seiner Macht stand, um sie zu beschützen. Nix wusste auch, beide Dillinger Drecksäcke würden ein schmutziges Spiel spielen. Jonny verstand allerdings nicht, dass Nixon nicht spielte. Der Sheriff und sein Deputy spielten nicht einmal in derselben Liga wie Nixon. Er hatte jahrelang mit den Besten der Besten trainiert und noch mehr Jahre damit zugebracht, Terroristen zu jagen und zu töten. Sheriff Dreckskerl und Deputy Schweinehund würden keine Chance haben, wenn einer von beiden versuchen würde, McKenna, Mandy oder Zack übel mitzuspielen.

»Heute Abend kommen ein paar Freunde zu mir«,

teilte Nixon Zack mit. »Sie werden eine Weile bleiben. Ich brauche etwas Hilfe im Haus. Hast du Lust?«

»Ja«, erwiderte Zack.

»Hast du irgendeine Frage bezüglich des Gesprächs mit Jonny?«

»Nein.«

»Gut. Diese Unterhaltung bleibt unter uns. Ich werde McKenna unter vier Augen davon erzählen. Ich möchte, dass nichts von dem, was du gehört hast, an irgendjemanden weitergegeben wird. Nicht einmal an Mandy.«

»Ich verstehe.«

»Gut. Dann lass uns an die Arbeit gehen.«

Nixon und Zack gingen ins Haus und begannen mit der Arbeit. Es gab nicht mehr zu tun, als einen der Räume aufzuräumen, in denen Nix die Sachen gelagert hatte, die er aus Virginia Beach mitgebracht hatte. Als sie dann Nixons Habseligkeiten in das Zimmer gebracht hatten, in dem er schlief, gab es im Obergeschoss drei leere Schlafzimmer. Er hatte seine Kameraden vorgewarnt, dass er keine Möbel hätte und sie alles selbst mitbringen mussten.

Als Nixon in seinem alten Kinderzimmer stand, bereute er, den Wünschen seines Vaters Folge geleistet zu haben. Wayne hatte ihm die Anweisung hinterlassen, das Haus sofort auszuräumen und die Sachen entweder wegzuwerfen oder zu spenden. Damals hatte Nix die klaren Anweisungen begrüßt. Jetzt, nachdem die Jahre vergangen waren und er Zeit zum Nachdenken gehabt hatte, hatte ihn der Anblick des leeren Hauses schwer getroffen.

Das Zuhause, das er mit seinem Vater geteilt hatte, fühlte sich leer an – verdammt, es *war* leer. Alle Wärme, die es einst gespendet hatte, schien mit den Möbeln verschwunden zu sein. Es war dumm, denn er wusste, nicht die Gegenstände hatten ihm das Gefühl gegeben, in Sicherheit zu sein und geliebt zu werden. Und doch vermisste er sie.

Es hatte nicht länger als ein paar Stunden gedauert, um die Spinnweben zu entfernen, die Hartholzböden zu reinigen und die Wände abzuwischen. Zack und Nixon hielten sich im Wohnzimmer auf, als eine Tür knallte. Nixon fühlte sich überrumpelt. Er griff nach Zack und zerrte ihn grob hinter sich, um den Jungen mit seinem eigenen Körper abzuschirmen.

»Nix?«

»Mist. Tut mir leid. Alte Angewohnheit«, erklärte Nix und schalt sich im Stillen, den Jungen so zu verängstigen.

»Hallo, Swagger!«, rief ein Mann von draußen.

Nix ging zur Tür und öffnete sie.

»Verdammt, Bruder, du hast mich gewarnt, du würdest mitten im Nirgendwo leben, aber verflucht ... dies ist das *Nirgendwo*.«

»Ich bin froh, dass du es gefunden hast. Komm herein«, bat Nixon ihn.

Holden Stanford trat ein und blickte sich um. Da fiel sein Blick auf Zack.

»Ich bin Holden«, stellte er sich vor.

»Zack«, sagte der Junge.

Holdens Blick kehrte wieder zu Nixon zurück. Er hob fragend eine Braue. Nix erklärte: »Der Bruder meines Mädchens.«

»Mädchen?« Holden konnte seine Überraschung nicht verbergen.

Nach seiner Scheidung hatte Nixon keinen Hehl daraus gemacht, dass er sich nie wieder an eine Frau binden wollte. Er war aber auch nicht abgeneigt gewesen, seinen Spaß mit ihnen zu haben.

Nix zuckte leicht mit den Schultern. Diese spezielle Unterhaltung wollte er nicht in Gegenwart von Zack führen.

»Du hast auch erwähnt, das Haus sei leer«, bemerkte Holden, der den Wink verstanden hatte und das Gespräch in Gange hielt. »Kumpel, es ist nicht leer – es ist nackt.«

»Ein paar Möbel habe ich, Arschloch«, schoss Nix zurück.

»Du hast eine Couch und ein Fernsehgerät.« Holden zeigte mit dem Finger auf das Offensichtliche. »Ich hoffe, du lädst dein Mädchen nicht in dieses Drecksloch ein.«

Nix lag bereits eine passende Bemerkung auf der Zunge, aber er verzichtete darauf, seinem Freund zu erklären, der Mangel an Möbeln bedeutete nur, dass er kreativer sein musste. Erinnerungen an McKenna auf seiner Küchenarbeitsplatte stiegen in ihm auf. Ihre langen, sexy Beine um seine Taille geschlungen.

Hoden räusperte sich und zeigte ein wissendes Grinsen.

Arschloch.

Zacks Handy klingelte und nachdem er es aus der Tasche gezogen hatte, umspielte ein breites Lächeln seine Lippen.

»Bin gleich zurück«, murmelte er, bevor er das Gespräch annahm. »Hey, Cassy.«

Holden lachte leise vor sich hin, als Zack sich mit dem Handy am Ohr davontrollte. »Ich sehe, du färbst auf den Jungen ab. Er hat beinahe den gleichen sanften Ausdruck angenommen wie du, wenn dich eins deiner Babes anruft.«

»Ich habe keine Babes und bitte, wiederhole den Mist nicht vor McKenna.«

»Ist sie eifersüchtig?« Holdens Augen wurden schmal, als er sich an all die Male erinnerte, bei denen Alison ausgeflippt war, wenn andere Frauen Nixon hinterhergeblickt hatten, oder gar, Gott bewahre, eine Kellnerin freundlich zu ihm gewesen war und sie einen hysterischen Anfall bekommen hatte.

»Nein. Aber wir sind noch am Anfang und ich will ihr keinen Anlass geben, sich unsicher zu fühlen oder einen Grund zu finden, sich zurückzuziehen.«

»Ist sie hässlich?«

»Verdammt nein. Sie ist heiß wie die Hölle. Auch klug. Und Mann, ich will dir gar nicht erst erzählen, wie ich sie unter der Motorhaube ihres Fords gefunden habe, während sie gerade den Keilriemen und die Spannschraube reparierte. Mein Gott. Ich war bereit, sie anzuflehen, mich zu heiraten, gleich an Ort und Stelle.«

Holdens Augen leuchteten auf und Nixon bereute es sofort, seinem Freund von McKenna erzählt zu haben. Holden war ein gut aussehender Mann. Einige andere Teamkameraden hatten damit geprahlt, für einen Hollywood-Auftritt wie geschaffen zu sein. Aber nicht nur Holden, Weston, Jameson, Chasin und Nixon wurden wegen ihres guten Aussehens aufgezogen, sondern auch einige andere wie insbesondere Rhode und Vaughn wurden als hübsche Jungs bezeichnet.

Nixon hasste diese Beschreibung. Er glaubte nicht, dass es irgendetwas Hübsches an einem von ihnen gäbe. Aber er war so klug gewesen, nicht gegen die Bezeichnung aufzubegehren. Im selben Augenblick, in dem jemand sein Missfallen über seinen Spitznamen äußerte, war er geprägt und man wurde ihn niemals wieder los. Also hatten Nixon und die anderen den Mund gehalten.

»Denk nicht einmal daran«, warnte Nixon ihn.

»Verdammt, Bruder.« Holden schüttelte den Kopf. »Ich habe doch gar nichts gesagt.«

»Das musst du auch nicht. Ich kenne dich.«

»Dann ist jetzt also der beste Zeitpunkt, um zu fragen, wann ich sie kennenlernen werde?«

»Leck mich.«

Holden war verdammt nahe dran, sich vor Lachen den Bauch zu verrenken, als Zack ins Zimmer zurückkehrte.

»McKenna hat angerufen und gesagt, das Abendessen sei fertig. Ich habe ihr erzählt, Holden sei hier. Sie meinte, es wäre genug da.«

Nixon schloss die Augen und betete um Geduld, als Holden wieder in Lachen ausbrach.

»Was ist so lustig?«, fragte Zack, während er Holden beobachtete.

»Nichts. Er ist einfach ein Arschloch«, erklärte Nixon Zack, dann wandte er sich an seinen Freund. »Kommst du mit oder was?«

»Zum Teufel, ja, ich komme mit. Ich bin am Verhungern.«

»Hüte deine Zunge in Gegenwart von Zack und Amanda.«

»Amanda?«, fragte Holden.

»Meine andere Schwester«, erwiderte Zack. Holden ließ den Blick zu Nixon schweifen, aber bevor der etwas sagen konnte, sprang Zack ein. »Sie ist erst siebzehn«, knurrte Zack.

»Okay.« Holdens Lippen zuckten angesichts des kaltschnäuzigen Jungen.

Nixon beruhigte sich und musterte Zack. Ja, der Junge

lernte, ein Mann zu sein. Und nach dem zu urteilen, was Nixon in den letzten Wochen beobachtet hatte, konnten sich beide Wilson-Frauen glücklich schätzen, dass er lernte, ein guter Mann zu sein. Zack mochte zwar der Jüngste von ihnen sein, aber er war aufmerksam und würde über sie wachen.

Und das gefiel Nix ausnehmend gut.

KAPITEL DREIUNDZWANZIG

»Micky?« Mandys Stimme bewahrte mich vor einem drohenden Panikanfall.

Zack hatte mir erzählt, dass Nixons Freund Holden bereits in Maryland eingetroffen war und sich in Nix' Haus aufhielt. Dummerweise hatte ich ihn zum Abendessen eingeladen. Und jetzt flippte ich aus, weil ich mich fragte, ob ich zuerst mit Nix darüber hätte reden müssen. Vielleicht wollte er nicht, dass ich seinen Freund kennenlernte. Meine Einladung war anmaßend und ich bereute es, sie ausgesprochen zu haben.

»Ja?«

»Wäre es in Ordnung, wenn ich morgen zu einem Lacrosse-Spiel ginge? Ich weiß, ich habe noch Hausarrest, aber da ist dieser Junge, Caleb, und er hat mich ins Kino eingeladen. Ich habe ihm gesagt, ich dürfte während der nächsten Wochen am Wochenende nicht mehr ausgehen. Also bot er mir an, eins seiner Spiele anzuschauen.«

Gütiger Himmel. Verdammt. Mandy redete mit mir.

»Caleb?«, fragte ich und versuchte, ruhig zu bleiben. »Ist er in deinem Jahrgang?«

»Nein, er ist in der Oberstufe. Caleb Heaton.«

Ich konnte ihr Lächeln quasi hören, als sie seinen Namen sagte, und so gern ich es auch gesehen hätte, weil ich das Lächeln meiner Schwester liebte, so wagte ich doch nicht, den Blick von den Tomaten zu lassen, die ich gerade klein schnitt.

»Ist er nett?«

»Ja«, hauchte sie. »Er ist so heiß. Seine Haare sehen so aus, als hätten sie schon vor zwei Monaten geschnitten werden müssen. Du weißt schon, eine coole, ziemlich lange, unordentliche Frisur. Und er ist wirklich groß. Und stell dir vor, er hat blaue Augen. Echte babyblaue Augen. Sie sind so schön. Nicht dass ich einem Mann erzählen würde, er hätte schöne Augen, denn er ist ein Mann und so, aber sie sind wirklich schön.«

»Warum würdest du ihm nicht sagen, dass du seine Augen schön findest?«, erkundigte ich mich und blickte sie schließlich doch an.

»Das kann man doch nicht machen«, erwiderte sie.

»Warum nicht?« Ich versuchte, ein Kichern zu unterdrücken, als ich die entsetzte Miene meiner Schwester sah.

»Weil er ein *Mann* ist. Im letzten Jahr auf der Highschool. Er hielte mich doch für total bescheuert, wenn ich ihm sagen würde, er hätte schöne Augen.«

»Ich wette, das würde er nicht tun«, widersprach ich. »Magst du es, wenn ein Mann dir Komplimente macht?«

»Aber natürlich.«

»Und denkst du nicht, er würde es gern hören, wenn du ihm ein Kompliment machst?«

Während Mandy das Für und Wider meines Vorschlags gegeneinander abwog, nahm ich mir die Zeit zu genießen, dass wir in der Küche standen und miteinander redeten, und das ohne auch nur das geringste Anzeichen von Trotz ihrerseits. Ich nahm mir sogar die Zeit, mir dieses gute Gefühl einzuprägen. Es war lange her, dass Mandy mir in irgendeiner Sache vertraut hatte. In der Teenager-Welt war das ein großes Ding. Sie erzählte mir etwas über einen Jungen, für den sie schwärmte, und tat es ganz offen.

Ich hätte am liebsten meine Faust in die Luft gestoßen und geschrien: »Ja, ja, ja, verdammt.« Gott sei Dank konnte ich mich beherrschen.

»Ich glaube, er würde sich freuen«, gab sie schließlich zu. »Aber glaubst du nicht, es würde zu mädchenhaft klingen?«

»Ich hasse es, dich auf das Offensichtliche hinzuweisen, aber du bist ein Mädchen«, erklärte ich.

»Nein, ich meine, ist das Kompliment an sich nicht zu mädchenhaft?«

»Ist er wirklich so heiß, wie du sagst?«

»Äh. Ja. Alle Mädchen in der Schule sagen das. Sie werfen sich ihm an den Hals.«

Mein Gott.

»Dann finde etwas anderes als sein Aussehen, über das du ihm ein Kompliment machen kannst.«

»Was denn?« Sie kräuselte die Nase und legte die Stirn in Falten.

»Du weißt bestimmt, wie hübsch du bist, und ich bin mir sicher, die Jungs erzählen dir ständig, wie heiß sie dich finden. Das ist aber sehr leicht zu erkennen und man kann dir leicht schmeicheln, indem man dir sagt, du seist hübsch. Aber was ist, wenn einer der Jungs über dein Aussehen hinaussieht und dir sagt, er würde deine Kunst lieben? Oder wenn er sich die Zeit nähme, eine deiner Kurzgeschichten zu lesen, und dir dann sagt, was für eine fantastische Autorin du bist? Würde dir das nicht mehr bedeuten, als wenn ein Junge sagt: *Hey, Babe, ich halte dich für heiß?*«

Mandy wandte den Blick von meinen Augen und ich betete zu Gott, dass Schweinehund Deputy Dillinger keine ihrer Skizzen gesehen oder eins ihrer Werke gelesen hatte. Er war ein Raubtier – er würde es verstehen, sie wegen der Dinge zu loben, die ihr etwas bedeuteten.

»Ich habe nichts mehr gezeichnet, seit Mom und Dad ...«

Ihr versagte die Stimme und mir traten Tränen in die

Augen. Ich versuchte, mich zu erinnern, wann sie zum Letzten Mal das Wort *Mom* ausgesprochen hatte, ohne es mir im Zorn entgegenzuschleudern.

»Du solltest wieder damit anfangen. Du hast Talent. Du willst doch nicht auf diesen Teil von dir verzichten, oder?«

»Es fühlt sich nicht richtig an. Mom war die Künstlerin. Sie hat mir beigebracht zu zeichnen. Und wenn sie nicht ...« Mandy zuckte mit den Schultern und wechselte das Thema. »Wie auch immer. Ist es okay, wenn ich nach der Schule dableibe und mir das Spiel anschaue?«

»Ja, aber ich möchte, dass du nach dem Spiel sofort nach Hause kommst.«

»Danke, Micky.«

Ich wandte mich wieder dem Schneiden der Tomaten zu, als Duke wie verrückt zu bellen begann. Jetzt oder nie. Ich holte tief Luft und fragte: »Mandy?«

»Ja?«

»Ich wünsche mir wirklich, du würdest darüber nachdenken, wieder zu zeichnen. Und da gibt es einen ... äh ... Sommer-Kunstkurs am Washington College, für den ich dich gern anmelden würde. Überleg es dir, okay?«

»Ja sicher.«

Ich konnte kaum noch atmen. Mandy hatte mir das Angebot weder um die Ohren geschlagen, noch hatte sie mir das Wort abgeschnitten. Sie hatte zwar nicht Ja gesagt, aber auch nicht, ich solle mich um meine eigenen Angelegenheiten kümmern. Das hatte ich nämlich befürchtet und es deshalb immer wieder hinausgeschoben, sie zu fragen.

Verspätet bemerkte ich, dass Duke aufgehört hatte, herumzutoben und zu bellen. Ich schaute von meinem Schneidbrett auf.

Meine Güte.

Ich blickte zu Mandy. Ihre Augen waren weit aufgerissen und sie sabberte beinahe. Ich hätte sie gescholten, weil sie so gaffte, wenn ich nicht das Gleiche getan hätte.

Nixon Swagger war der heißeste Mann, der mir je unter die Augen gekommen war. Aber sein Freund? Er kam gleich danach. Ganz knapp auf dem zweiten Platz. Hellbraunes Haar und ebenso gut gebaut wie Nix, nach dem sich eng um seine Brust spannenden T-Shirt zu urteilen.

Gibt es denn keine T-Shirts in der richtigen Größe für muskulöse Männer?

»McKenna«, knurrte Nix. Hastig wandte ich mich ihm zu.

»Ja?«

Er ging die wenigen Schritte bis zu mir, fasste mich um die Taille, wie er es getan hatte, als ich seinen Freund Alec kennengelernt hatte, und zog mich an sich.

Sein Freund brach in Gelächter aus.

»Mein Gott«, stieß sein Freund zwischen zwei Ausbrüchen hervor. »Es ist so verdammt offensichtlich.«

Ich wusste nicht, wovon er sprach, aber, verflucht, sein

Lachen verwandelte seine ganze Erscheinung. Falls er eine Freundin hatte, versuchte sie bestimmt oft, ihn zum Lachen zu bringen, darauf hätte ich wetten können.

»Pass auf, was du sagst!«, ermahnte Nix ihn böse.

Holden schüttelte den Kopf und blickte Mandy an. »Entschuldige meine Ausdrucksweise, Amanda.«

Meine Schwester wippte auf ihren Absätzen zurück und lächelte strahlend.

Sie achtete gar nicht auf seine Ausdrucksweise.

»Hi, Holden, nett Sie kennenzulernen«, grüßte ich ihn.

»Ganz meinerseits. Danke für die Einladung. Ich hoffe, ich dränge mich nicht auf.«

»Das tun Sie nicht«, erklärte Mandy. »Micky kocht immer viel zu viel. Es ist genug da.«

»Kann ich irgendwie behilflich sein?«, fragte Holden.

»Nein«, sagte ich hastig, denn ich wusste, wenn die Männer in der Küche bleiben, würde ich mit Mandy nicht mehr rechnen können, und ich brauchte sie, um die Avocados zu zerdrücken. »Wir sind beinahe fertig. Nix, hol für dich und Holden ein Bier und setzt euch auf die Veranda. Oder wenn ihr etwas Starkes wollt, ist vielleicht noch Tequila im Schrank über dem Kühlschrank.«

»Bier ist okay.« Er küsste mich auf die Stirn, bevor er sich zum Gehen wandte.

Gott sei Dank begann Nixon heute nicht, darüber zu streiten, dass er sich nicht setzen würde, solange ich noch arbeitete, denn die Männer mussten unbedingt aus der Küche verschwinden, bevor meine Schwester in Ohnmacht fiel.

»Wo ist Zack?«, fragte ich, als ich merkte, dass er nicht im Haus war.

»Er ist draußen und telefoniert.«

»Telefoniert? Er redet ins Telefon?«

»Ja«, bestätigte Nix, als wäre ich schwer von Begriff und verstände nicht, was telefonieren bedeutet. Aber Zack redete niemals, er schrieb nur SMS.

»Mit wem *redet* er?«, fragte Mandy, die ebenso geschockt war wie ich.

»Mit einem Mädchen namens Cassy«, erzählte Nix uns.

»Großartig.« Mandy strahlte. Als wir sie alle ansahen, fuhr sie fort: »Cassy Reynolds. Sie ist in der Mittelstufe, also in meinem Jahrgang, aber wir sind keine Freundinnen. Nun, das sind wir irgendwie, aber nicht so eng. Sie ist echt hübsch, aber schüchtern, und sie weiß nicht, wie hübsch sie ist. Wenn sie nur einmal den Blick heben würde, würde sie bemerken, dass alle Jungs sie anstarren. Ich hörte, sie hat eine Schwäche für Zack, aber der ist in der Unterstufe. Die Mädchen sind verrückt nach ihm, was total krass ist, aber ich glaube nicht, dass er es draufhat, eine aus der Mittelstufe aufzureißen. Auch nicht, wenn sie interessiert ist.«

Großartig.

Zack arbeitete sich jetzt also nicht nur durch die Unterstufe, um die Herzen der Mädchen zu brechen, nein, er war jetzt zur Mittelstufe übergegangen.

»Perfekt. Jetzt werde ich sowohl die Väter der Mädchen aus dem zehnten als auch aus dem elften Schuljahr mit Schrotflinten in der Hand vor der Tür stehen haben. Toll. Einfach großartig.«

»Babe, ich werde mit ihm reden.«

»Das wäre gut.« Dann senkte sie die Stimme zu einem Flüstern. »Vielleicht könntest du mit ihm über ... du weißt schon ... reden.«

»Ich denke, dieses Gespräch hättest du vor mindestens einem Jahr mit ihm führen müssen.«

»Du willst mir erzählen, dass du glaubst, mein Bruder —«

»Äh, ja«, bestätigte er.

Seit mindestens einem Jahr? Mir wurde schlecht. Mein kleiner Bruder hatte Sex. Jetzt schon. Ich ließ den Blick zu Mandy schweifen, aber bevor ich etwas so Dummes tun konnte, wie sie zu fragen, ob sie auch Sex hätte, was ihr furchtbar peinlich gewesen wäre, hielt Nixon mich auf.

»Still, McKenna.«

»Du hast recht«, murmelte ich. »Okay. Raus hier. Das Abendessen wird in zehn Minuten fertig sein.«

Nixon schenkte mir eins seiner verführerischen Lächeln und ich wünschte mir, wir wären allein und ich könnte ihn so küssen, wie es mir gefiel. Er ließ mich los, schnappte sich zwei Biere und führte Holden nach draußen auf die Veranda.

»Wow«, stieß Mandy hervor, als die beiden Männer aus der Küche verschwunden waren.

»Viel zu alt für dich«, murmelte ich und wartete auf ihren Widerspruch.

»Ich weiß«, fauchte sie.

Zumindest hatte ich sehr schöne zehn Minuten mit ihr verbringen können, bevor sie sich wieder in die Teenager-Hexe verwandelt hatte.

»Glaubst du, er hat einen jüngeren Bruder? Caleb ist heiß, aber Holden spielt auf einer ganz anderen Ebene«, schwärmte sie.

»Ich weiß es nicht. Frag ihn.«

»Bist du verrückt? Ich frage ihn ganz bestimmt nicht.« Sie lachte.

Ich lächelte meine Schwester an und wandte mich dann wieder der Vorbereitung des Abendessens zu. Vielleicht, nur vielleicht, würden wir es schaffen.

KAPITEL VIERUNDZWANZIG

»Er benimmt sich wie eine Hauskatze«, erzählte Holden Chasin, Weston und Jameson.

Nixon lehnte mit übereinandergeschlagenen Knöcheln an der Wand und hörte mit gesenktem Kopf zu, wie sein Freund ihn vor seinen Freunden wegen McKenna auslachte.

Das Abendessen war großartig gewesen. Zack hatte sich ruhig verhalten, und obwohl der Junge ausgesehen hatte, als wollte er Holden mit Fragen löchern, hatte er es nicht getan. Er hatte hauptsächlich über sein Geländemotorrad gesprochen und wie er den Vergaser mit Nix' Hilfe ausgetauscht hatte.

Mandy war freundlich und so offen gewesen, wie Nix sie noch nie erlebt hatte. Sie hatte ihn total geschockt, als sie ihn gefragt hatte, ob er noch ein Geländemotorrad hätte, sodass auch sie lernen könnte, eins zu fahren. Nixon hatte zwar keins, aber er würde eins besorgen, wenn das bedeutete, dass Mandy ihr Telefon aus der Hand legte und aus dem Haus herauskäme.

Und dann war da noch McKenna gewesen. So verdammt süß und gastfreundlich. Sie kochte großartig, sah gut aus, war anregend und hatte über die Geschichten gelacht, die Holden ihr erzählt hatte. Am Ende des Abends hatte sie Holden so weit, ihr aus der Hand zu fressen. Nix wusste nicht, was er davon halten sollte, aber sie war während des ganzen Abends an seiner Seite geblieben und hatte zu ihm auf gelächelt. Da war eine große Ruhe über ihn gekommen.

McKenna war, wie sie war: klug, lustig, fröhlich, hinreißend, und all das gehörte ihm. Er kannte sie, so wie er all die Teile seiner Waffe kannte. Er konnte sein Gewehr mit verbundenen Augen auseinandernehmen und wieder zusammensetzen. Nix nahm an, er bräuchte seine Augen auch nicht, um sich an McKennas süßem Körper zurechtzufinden. Er musste nur seinem Instinkt folgen, als wäre sie für ihn geschaffen.

Die Verbindung hätte ihn erschrecken müssen, besonders nach seiner gescheiterten Ehe und der katastrophalen Scheidung. Aber Nix wusste, warum es mit Alison und ihm nicht funktioniert hatte, niemals hätte funktionieren können, auch wenn einer von beiden daran gearbeitet hätte. Er war nicht für Alison bestimmt. Er hatte das vor der Hochzeit gewusst, hatte sich aber verpflichtet gefühlt. Das war bitter, aber die Wahrheit. Er hätte auf McKenna warten sollen.

»Ernsthaft?«, lachte Weston.

»Domestiziert«, bestätigte Holden.

Jameson und Chasin gaben jetzt auch Bemerkungen von sich, was Nixon ignorierte. Es kümmerte ihn nicht, wenn er das Ziel ihrer gutmütigen Witze war. Nicht wenn er McKenna in all ihrer Süße kannte.

»Ich werde mich jetzt zurückziehen und euch Dumpfbacken allein lassen«, kündigte Nix an. »Morgen, nach unserer Besprechung, werden wir für bessere Schlafmöglichkeiten sorgen.«

»Das wars? Du wirst dich nicht verteidigen?«, fragte Jameson.

»Nein.«

»Du willst nicht einmal leugnen, dass du dich in eine kuschelige Hauskatze verwandelt hast?«, versuchte Chasin es.

»Nein.« Er lächelte.

»Mein Gott, es stimmt. Nixon ist ein Weichei geworden«, warf Weston ein.

»Bruder, McKenna macht mich mit Sicherheit nicht zu einem Weichei. Ihr Arschlöcher könnt mich nennen, wie ihr wollt. Verbringt mal fünf Minuten mit ihr, dann werdet ihr mich verstehen.«

Mit einer Handbewegung ließ Nixon seine lachenden

Freunde im Wohnzimmer zurück und stieg die Treppe hinauf. Schnell entkleidete er sich, schlüpfte ins Bett und nahm sein Handy vom Nachttisch.

Er rief seine Nachrichten-App auf und schickte McKenna eine Nachricht: *Danke für den heutigen Abend.*

Sofort kam die Antwort: *Ich hoffe, es war okay, deinen Freund zum Essen einzuladen, ohne dich vorher zu fragen. Du bist jederzeit willkommen. Abendessen. Mittagessen. Eine mittägliche Exkursion, um den Appetit anzuregen. Vielleicht schaffen wir es eines Tages sogar bis zum Frühstück.*

Nixon starrte ganze zwei Minuten auf sein Handy und las ihre Nachricht immer wieder von Neuem. Dann lächelte er und beschloss, es ihr zu erklären. *Ich möchte, dass du meine Freunde kennenlernst. Ich möchte nur nicht, dass sie dich ausnutzen. Was sie tun werden. Ich hoffe, du weißt, dass du damit rechnen kannst, dass Holden dir noch ein weiteres hausgemachtes Mahl abschwatzen wird. In den letzten Jahren hatten wir nicht viele davon.*

Er drückte auf Senden und begann, eine zweite Nachricht zu tippen, von der er hoffte, nicht wie ein besitzergreifendes Arschloch zu klingen. *Der einzige Grund, warum wir es noch nicht bis zum Frühstück geschafft haben, ist der, dass ich versuche, ein Vorbild für die beiden Teenager in deinem Haus zu sein. Aber ich muss dich warnen. Ich wäre gern in deinem Bett. Eher früher als später. Wir werden bald mit Zack und Amanda reden müssen, dass sie mich morgens im Haus vorfinden werden.*

Nix schickte die Nachricht ab, legte sich das Handy auf die Brust und wartete. McKennas Antwort kam nicht so schnell wie ihre erste. Und er begann, sich zu fragen, ob er einen Fehler gemacht hatte. Er hatte ihr die Wahrheit gesagt, der einzige Grund, warum er nicht mehr Zeit bei ihr im Haus – und im Bett – verbrachte, waren Mandy und Zack.

Er wollte, dass Zack wusste, dass Nix nicht nur McKenna respektierte, sondern auch ihn und Mandy. Er wollte auch, dass der Teenager lernte, dass man sich alles, was man besitzen wollte, erst verdienen musste. Daher war Nix bereit, geduldig vorzugehen, bis Zack die beiden Dinge verstanden hatte.

Mandy, die junge Frau, musste etwas anderes lernen. Dass ein Mann nicht *nahm*. Er nahm einer Frau nicht die Zeit, die sie ihm schenkte, ohne ihr seine im Gegenzug zu schenken. Ein Mann nahm nichts an, was die Frau ihm schenkte, ohne zu wissen, dass er ihr mehr zurückgeben konnte. Und er nahm niemals das Herz einer Frau, ohne willens zu sein, ihr das seinige zu überreichen.

Und Nixon war willens.

Er hielt nichts vorsichtig zurück. Er wollte McKenna, und das bedeutete, dass er frohen Herzens die Pflicht übernommen hatte, ihr mit den beiden Teenagern zu helfen. Er wusste nichts darüber, wie man Teenager anleitete oder zu Erwachsenen erzog, aber er würde es lernen, wenn er damit seiner Frau eine Last abnehmen konnte.

Als das Handy auf Nixons Brust vibrierte, nahm er es zur Hand und las ihre Nachricht. *Ich habe mir Sorgen gemacht, anmaßend gewesen zu sein, als ich Holden eingeladen habe. Wir haben noch nicht darüber gesprochen, wohin dies führt, und nun, ich war nervös und hatte Angst, ich könnte einen Fehler begangen und missverstanden haben, wo wir stehen. Ich bin nicht gut darin, Situationen zu interpretieren, sollte ich also von falschen Voraussetzungen ausgehen, dann sag es mir bitte.*

Nixon blickte stirnrunzelnd auf sein Telefon.

Missverstanden, wo sie standen?

Was zum Teufel?

Er tippte auf ihre Nummer und hielt das Telefon an sein Ohr.

Es klingelte ein paarmal, ehe McKenna das Gespräch annahm. Sie klang, als wäre sie außer Atem.

»Hey.«

»Wo bist du?«

»Ich habe vergessen, die Enten zu füttern«, seufzte sie.

»Bist du draußen?«, fragte er.

»Ja, hinter der Scheune. Du weißt, wo ich sie unterbringe.«

Nixon schalt sich im Stillen, ein solches Arschloch zu

sein. Er hätte sie fragen müssen, ob noch etwas erledigt werden musste, bevor er gegangen war. Jetzt war seine Frau draußen und fütterte um elf Uhr nachts die verdammten Enten.

»Bist du fertig?«

»Was ist los?«, fragte sie, anstatt zu antworten.

»Ich bin sauer auf mich, dass ich mich nicht vergewissert habe, ob noch etwas zu tun war, bevor ich ging.«

»Ich musste doch nur etwas Futter über den Zaun werfen. Ist keine große Sache.«

»Babe, das ist es sehr wohl. Nächstes Mal werde ich fragen, bevor ich gehe«, versprach er.

»Nixon –«

»Geradeheraus, McKenna, ich möchte nicht, dass du so spät noch draußen bist und dir den Hintern abfrierst. Ich hätte es tun sollen. Das nächste Mal mache ich es. Ich rufe an wegen dem, was du geschrieben hast.«

»Äh, was ist damit?«

»Du weißt nicht, wohin das mit uns führt?«, wollte er wissen.

Er wartete, und als sie nicht antwortete, fragte er: »Babe?«

»Ich weiß, wo ich möchte, dass es hinführt«, flüsterte sie.

»Wir haben darüber gesprochen«, erinnerte Nixon sie.

»Nicht wirklich. Ich meine, wir haben angefangen,

darüber zu reden, aber wir wurden unterbrochen.« McKenna hatte recht, es war so gewesen, aber Nix hatte angenommen, es wäre genug gesagt worden, um zu wissen, dass sie sich geradewegs auf dem Weg zu einer echten Beziehung befanden.

Nixon entspannte sich in seinem Bett, starrte an die Decke und dachte, er hätte dieses Gespräch lieber von Angesicht zu Angesicht geführt anstatt am Telefon wie irgendein Teenager.

»Ganz ehrlich, es gefällt mir, wo wir stehen, und es gefällt mir, worauf wir zustreben. Ich möchte in dieser Richtung weitermachen, aber dies ist ein Gespräch, das ich mit dir führen möchte, wenn ich dich sehen kann.«

»Mir gefällt es auch, Nix.«

»Okay, Babe, dann mache ich jetzt Schluss. Hast du die Tür verschlossen?«

»Habe ich«, seufzte sie.

»Gut. Wir unterhalten uns später.«

»Gute Nacht, Nix.«

»Gute Nacht, Baby.«

Nix brach die Verbindung ab, warf sein Handy auf den Nachttisch und schaltete das Licht aus. Dabei dachte er, dass er seine Absichten klar formulieren musste. Er musste auch mit Zack reden, dass er die Nacht bei ihnen verbringen würde, und herausbekommen, ob er und Mandy bereit waren, einen Übernachtungsgast zu akzeptieren.

Denn Nixon war mehr als bereit.

ALEC WAR um Punkt acht Uhr morgens aufgetaucht, mit einem Karton voller Informationen unter dem Arm. Gute alte Papierakten. Nixon war wohlvertraut mit den Sicherheitsvorkehrungen für Operationen und der Notwendigkeit, manche Akten und Berichte nicht im Netz zu speichern, aber es überraschte ihn, dass das MIS eine Gruppe, von der niemand etwas wusste, mit solcher Sorgfalt behandelte.

Nachdem Hände geschüttelt und Freundlichkeiten ausgetauscht waren, hatte Alec nicht gezögert, Geheimhaltungserklärungen auszuteilen. Sobald er alle Unterschriften beisammen hatte, erlaubte er dem Team, die Informationen durchzusehen.

»Das sind Leute, die sich auf den Weltuntergang vorbereiten, sogenannte Prepper«, spottete Holden. »Ist das ernst gemeint?«

»Das waren sie, aber ihre Botschaft hat sich geändert. Lies weiter«, forderte Alec ihn auf.

Schweigend ging das Team akribisch jedes Dokument durch, das Alec vorgelegt hatte, was nicht viel war. Oberflächlich betrachtet sahen sie aus wie eine Bande Prepper, zumindest war es das, was die Webseite vermittelte. Aber auf der Homepage gab es außerdem ein Nachrichten-

Board. Und dort änderte sich das Auftreten der Organisation. Die Mitglieder ermutigten ihre Anhänger, Waffen und Munition zu horten. Es war die Rede davon, nationale Wahrzeichen rund um die Innenstadt von Philadelphia zu zerstören.

»Du brauchst ein Büro oder wenigstens einen Küchentisch und ein paar Stühle. Mein Rücken bringt mich noch um«, beschwerte sich Chasin.

Er saß vornübergebeugt auf Nix' Couch und schaute auf eine Karte, die vor ihm auf dem Boden lag. Auch hatte er eine Stunde lang auf die Karte von Philadelphia gestarrt.

»Hätte ich auch, wenn ich mehr als achtundvierzig Stunden Zeit gehabt hätte, um diesen Mist auf die Reihe zu kriegen«, antwortete Nix.

Er stand in seiner Küche und las den Vertrag durch, den Alec ihm angeboten hatte. Die mehr als fünfzig Seiten juristischen Fachjargons bereiteten ihm Kopfschmerzen.

»Da ist eine Botschaft, die in einer Art Code geschrieben zu sein scheint«, bemerkte Jameson.

»Ich habe versucht, ihn zu knacken, aber ohne Erfolg«, gab Alec zu.

»Kannst du mir bitte erklären, warum du in der heutigen Zeit und mithilfe der besten Codeknacker, die dir zur Verfügung stehen, nicht in der Lage warst, diese Nachricht zu entschlüsseln?« fragte Jameson Alec.

»Unser Kryptologe hatte keinen Erfolg«, verteidigte sich Alec.

»Nur einer? Ihr habt nur einen Kryptologen darauf angesetzt?«

»Wir sind nicht gut besetzt«, erklärte Alec.

»Ich hasse es, das Offensichtliche auszusprechen, aber wenn dein Kryptologe den Code nicht knacken konnte, dann werden wir es auch nicht können«, bemerkte Weston.

Nix schob den Vertrag beiseite. Er wühlte in den Papieren, bis er die codierte Nachricht fand. Es war ein Durcheinander von Buchstaben und Symbolen, einigen Wörtern und Abfolgen von Zahlen. Es gab insgesamt sieben Wörter auf der Seite, die er verstand. Und diese sieben Wörter ergaben keinen zusammenhängenden Satz, egal wie er sie anordnete.

»Und ihr habt das durch den Computer laufen lassen?«, erkundigte sich Nix, der nicht verstand, warum das MIS und dessen Hightech-Programme die Botschaft nicht entschlüsseln konnten.

»Sie —«

Alec beendete seinen Satz nicht. Seine Hand fuhr an die Hüfte. Nixon, Chasin, Weston, Jameson und Holden folgten blitzschnell seinem Beispiel. Sechs Pistolen waren aus ihren Holstern gerissen und auf Nixons hintere Veranda gerichtet.

Mit weit aufgerissenen Augen stand eine Frau auf der

anderen Seite der geschlossenen Glasschiebetür. Sie war geschockt.

»Mist!«, schrie Nixon auf. »Waffen runter.«

Verdammt.

McKenna.

KAPITEL FÜNFUNDZWANZIG

Mein Herz raste. Oder hatte es aufgehört zu schlagen? Ich war mir nicht sicher, denn ich glaubte nicht, dass ich atmete. Noch niemals hatte ich vor der Mündung einer Waffe gestanden und jetzt waren vier davon auf mich gerichtet. Nein, fünf, vielleicht auch sechs. Verdammt, wenn es fünfzehn gewesen wären, hätte es auch keinen Unterschied gemacht.

Die Glasschiebtür öffnete sich mit solcher Wucht, dass der Rahmen erbebte. Und das jagte mir noch mehr Angst ein.

»Mein Gott, McKenna.«

»T-t-tut mir leid«, stotterte ich.

»Mist. Bist du okay?«

War ich okay? Ich war nicht von Kugeln durchlöchert, also musste ich okay sein. Obwohl ich mir nicht sicher war, ob mein Herz schon einen anständigen Rhythmus gefunden hatte. Aber Nixon sah bereits so sauer aus, ich meine wirklich sauer, dass ich es ihm lieber nicht erzählte.

»Hat jemand auf mich geschossen?« Ich stammelte immer noch.

»Um Gottes willen«, stieß er hervor. »Nein, Baby, niemand hat auf dich geschossen.«

»Dann, ja, dann bin ich okay.« Plötzlich zog Nixon mich an sich und ich kollidierte mit seinem harten Brustkorb. »Es tut mir leid, Nixon, ich wollte mich nicht anschleichen. Ich hatte dir eine SMS geschickt, dass ich auf dem Weg bin, eure Bestellungen fürs Mittagessen einzuholen.«

»Fünf verdammte Waffen waren auf sie gerichtet und was macht sie? Sie entschuldigt sich«, schimpfte Nixon und zog mich noch enger an sich. »Ich habe die SMS nicht gelesen. Es tut mir verdammt leid, dass wir dir solche Angst eingejagt haben.«

Wir standen eine Weile so da, Nixon hielt mich fest umschlungen und ich genoss es, während ich mich beruhigte.

»Verflucht, du hattest recht«, hörte ich eine männliche Stimme sagen.

»Ich habe es dir gesagt.« Das war Holden.

»Mein Gott«, murmelte Nixon und zog sich von mir zurück. »Lass mich dich vorstellen.«

Er beugte sich vor und gab mir einen Kuss auf die Stirn, dann ergriff er meine Hand und verschränkte unsere

Finger miteinander. Nixon führte mich ins Haus. Drei Männer starrten mich unverblümt an.

Da habe ich ja einen großartigen ersten Eindruck gemacht.

»McKenna, dies ist mein Team. Chasin.« Er deutete auf den kleinsten Mann in der Gruppe. »Und das ist Jameson.« Nix zeigte auf einen Mann mit rabenschwarzem Haar und faszinierenden grünen Augen.

Heilige Mutter Gottes.

Er beendete die Vorstellung bei einem blonden Mann, der eher wie ein Surfer aus Südkalifornien aussah als wie ein waffenbewehrter ehemaliger SEAL. »Das ist Weston.«

»Hi. Es tut mir leid, dass ich so hereingeplatzt bin. Alec, Holden, nett, euch wiederzusehen.«

»Süße, du hast einen höllisch guten Auftritt hingelegt.« Weston lachte leise vor sich hin.

Mein Gesicht wurde flammend rot. Die anderen beiden Männer begrüßten mich.

»Also, ich will in die Stadt fahren und dachte, ich könnte euch allen etwas zum Mittagessen mitbringen. Als ich das letzte Mal einen Blick in Nix' Kühlschrank geworfen habe, war da nur ein Paket Schweinekoteletts und ein Sechserpack Bier. Und ihr seht aus ... äh ... als bräuchtet ihr mehr in den Magen als ein paar Koteletts.«

Verdammt, könnte ich dümmer klingen?

Nixon drückte meine Hand und ich lenkte den Blick von den jetzt unbewaffneten Männern zu Nixon. Sein

Lächeln war so breit, dass er Fältchen in den Augenwinkeln hatte, und er wirkte äußerst amüsiert.

»Wo fährst du hin?«, wollte Nixon wissen.

»Nur in die Stadt. Ich brauche Enten- und Hundefutter«, erklärte ich.

»Lass es. Ich werde es später für dich holen.«

»Ich soll es lassen?«

»Ja, Babe, lass es. Ich muss ohnehin später in die Stadt fahren und ein paar Besorgungen fürs Haus machen. Ich werde deine Sachen mitbringen.«

»Das ist Unsinn, Nix. Ich kann selbst zum Tierfutterladen fahren.«

»Du kannst, aber du wirst nicht.«

Ich sah ihn mit schmalen Augen an. Sein Lächeln wurde noch breiter. Was mich irgendwie sauer machte.

»Ich kann mir selbst mein Hundefutter holen«, sagte ich schnippisch.

»Daran kann ich mich erinnern. Ich erinnere mich auch daran, dass dein Pick-up bis obenhin mit Futtersäcken vollgestopft war. Wenn Zack aus der Schule zurück ist, werde ich ihn abholen. Er kann mit mir fahren, um deine Sachen zu kaufen, und mir helfen, ein paar Tische aufzuladen.«

»Tische?«

»Babe?« Er sah sich im Zimmer um und ich folgte seinem Blick.

Auf dem Fußboden war eine Karte ausgerollt. Jemand

hatte Garten-Klappstühle hereingebracht, die sich über das zum größten Teil leere Wohnzimmer verteilten.

»Warum geht ihr nicht rüber in mein Haus und benutzt mein Esszimmer? Ich habe dort einen großen Tisch und werde ein paar Stunden weg sein«, bot ich an.

»Ich weiß das Angebot zu schätzen, aber du wirst keine Stunden weg sein.«

»Das werden wir ja sehen«, murmelte ich.

»Ich schwöre bei Gott, McKenna, wenn du losgehst und ganz allein hundert Kilo Futter auflädst, werde ich dir den Hintern versohlen, wenn du nach Hause kommst.«

Ich drückte den Rücken durch und entzog ihm meine Hand.

»Versuch es, Nixon, und ich werde dir niemals wieder Schokoladensplitterkekse backen.«

»Ja, wir werden sehen.« Er lachte.

Es war wirklich bitter, dass er so verdammt heiß aussah, wenn er lachte. Sein Lachen nahm mir den Wind aus den Segeln. Ich wusste sein Angebot zu schätzen, aber was glaubte er, wer er war, mir Ärger anzudrohen, wenn ich in die Stadt fuhr und mir mein verdammtes Tierfutter holte?

»Wie dem auch sei. Schreibt einfach auf, was ihr zum Mittagessen haben wollt.« Als ich mich im Zimmer umblickte, sah ich fünf lächelnde Gesichter. Verflucht.

Mist.

»Ich verstehe vollkommen«, warf Jameson ein. »Verdammt, Süße, du kannst mir jederzeit Schokoladensplitterkekse backen.«

»Keine Chance, Arschloch«, knurrte Nixon.

Ich lächelte ihn mit hochgezogenen Brauen an. Wahrscheinlich war es nicht gerade klug, den ohnehin bereits zornigen Bären zu reizen, aber als brüllendes Gelächter ausbrach, war es mir das wert.

Nixon schnappte sich einen Zettel von der Küchenarbeitsplatte. Mein Blick fiel auf eine handgeschriebene codierte Botschaft auf einem Stück unliniertem Papier.

Ich überflog das Dokument und erkannte sofort eine Zeichensequenz. Je länger ich auf die Geheimschrift starrte, desto mehr verstand ich, wie der Urheber sie codiert hatte.

»Mist«, murmelte ich und wandte hastig den Blick von der Botschaft, die ich nicht hätte lesen dürfen.

Ich äugte zu Nix, dann zu Alec hinüber, und beider Mienen bestätigten mir, dass ich nicht hätte sehen sollen, was ich gesehen hatte.

»Es tut mir leid. Mist. Es tut mir wirklich leid. Ich war nicht neugierig. Ich habe nur zufällig darauf geblickt.« Ich schüttelte den Kopf und trat von der Arbeitsplatte weg, während ich weitere Entschuldigungen stammelte.

»Kannst du das lesen?«, erkundigte sich Alec und trat auf mich zu.

Oh nein, er sah wütend aus, wirklich wütend.

Ich riss in einer verteidigenden Geste die Hände hoch,

um ihn abzuwehren. Ich antwortete ehrlich: »Einiges davon. Ich wusste nicht, was es ist. Ich habe zufällig einen Blick darauf geworfen. Ich schwöre, ich werde niemandem erzählen, was ich gesehen habe. Du musst dir keine Sorgen machen.«

Großartig, jetzt redete ich unzusammenhängendes Zeug daher. Aber es kam schließlich nicht jeden Tag vor, dass ich las, dass jemand die Carpenters' Hall in die Luft sprengen wollte.

»Was sagt die Botschaft?«, fragte Alec und klang immer noch zornig, allerdings etwas weniger.

Holden und Nixon traten näher. Beide starrten mich neugierig an.

»Was?«, fragte ich verwirrt.

War das ein Test? Wollte Alec wissen, wie viel ich gelesen hatte? Hilfesuchend blickte ich Nixon an, der mir jetzt mit einem gepressten Lächeln ermunternd zunickte.

»Äh, also«, begann ich. »Es –«

»McKenna, wir sind dir nicht böse. Niemand war in der Lage, den Code zu knacken«, erklärte Alec mir. »Ich möchte einfach wissen, was darin gesagt wird. Aber mehr als das interessiert mich, wie du innerhalb von Sekunden den Code knacken konntest.«

»Ich habe etwas mehr als nur Sekunden gebraucht«, widersprach ich dümmlich.

»Ich habe dich beobachtet, McKenna. Ich habe auch bemerkt, dass du deine Augen aufgerissen und den

Rücken durchgedrückt hast, und das nach nur fünf Sekunden des Hinblickens«, fuhr Alec fort.

»Also, nun, ich habe den Code sofort erkannt. Ich benutze einen Ähnlichen, wenn ich ein Programm codiere —«

»Du hast ihn geknackt, während ein Computer und ein Kryptologe es nicht geschafft haben?«, fragte Holden äußerst skeptisch.

»Dass ein Computer es nicht geschafft hat, ihn zu knacken, überrascht mich nicht, denn aus diesem Grund benutze ich einen Teil dieses Codes. Es ist beinahe so, als wäre er zu einfach. Der Computer geht Billionen von Möglichkeiten durch bei dem Versuch, den Code zu dechiffrieren, obwohl man nur ein Zeichen entfernen müsste, um das Programm weiterlaufen zu lassen. Der Computer bemerkt nicht, dass das Symbol oder der Buchstabe keine Bedeutung hat. Und die Kryptographen suchen oft nach Bergen, während sie nach einer kleinen Erhebung suchen sollten.« Ich blickte auf die Botschaft hinunter und fuhr fort: »Auf den ersten Blick würde ich sagen, es werden hier drei verschiedene Typen der Codierung benutzt. Das Leichteste, was man herausfinden kann, ist die Umgruppierung. Der Computer hat den Code übersehen, weil der Autor bedeutungslose Zeichen zwischen den umgruppierten Buchstaben eingefügt hat.«

Jameson, Weston und Chasin hatten sich nun zu den anderen gesellt und starrten auf das Papier.

»Ja, aber ich kann es trotzdem nicht sehen«, bemerkte Weston.

»Hier.« Ich deutete auf eine Zeile: nae#oprsterc lahl erv@mobtb. »Nimm die Zahl heraus und das Grawlix –«

»Graw-was?«, fragte Chasin.

»Grawlix. Also, das sind typographische Symbole, die man als Platzhalter für Schimpfwörter einsetzt. Ich benutze diesen Ausdruck immer für meinen Code. In diesem Fall die Raute und das at-Symbol«, erklärte ich. »Wenn du sie entfernst, bleiben Buchstaben über, die umgestellt wurden. In richtiger Reihenfolge heißt es dann: carpenters hall verbombt.«

»Mein Gott. So einfach ist das. Weiß der Computer nicht, dass er –«

»Nein«, schnitt ich Jameson das Wort ab. »Der Computer sucht nach einem ausgefeilten Code. Unter anderem aus diesem Grund benutze ich diese Methode, wenn ich etwas verschlüssele. Das erste und letzte Wort enthält willkürliche Zeichen, aber das mittlere nicht. In der nächsten Zeile heißt es: *Sprengstoff bereit zur Detonation.* Die zusätzlichen Zeichen sind Zahlen, keine Symbole, im zweiten und dritten Wort mit einer unnötigen Freistelle im Wort *Detonation.* Der Computer konnte das Muster nicht finden«, erklärte ich.

»Mein Gott«, stammelte Alec.

Ich musste nicht aufblicken, um zu wissen, dass Nixon mich anstarrte. Ich konnte seinen Blick auf mir spüren.

»McKenna?«, stieß er hervor.

»Ja?«, erwiderte ich, blickte aber nicht auf, denn ich hatte zu viel Angst vor dem, was ich sehen würde.

Ich war mir immer noch nicht sicher, ob er mir böse war, dass ich herumgeschnüffelt hatte. Ich hatte es zwar nicht vorgehabt, aber der Job war wichtig. Top-geheim, wenn ich recht verstanden hatte. Ich wollte ihn keiner Peinlichkeit aussetzen, und eine neugierige Nachbarin, die hereinplatzte und störte, war total peinlich.

»Babe, sieh mich an«, bat er.

Ich hob den Blick. Er lächelte.

»Ich habe dir doch gesagt, du bist einsame Spitze.« Verdammt, das tat gut. »Was sagt der Text noch aus?«

»Nun, ich bräuchte Zeit, um den größten Teil zu dechiffrieren. Es sieht so aus, als wäre ein einziges festes Schlüsselalphabet zur Verschlüsselung benutzt worden, was ziemlich einfach ist, sobald ich weiß, wofür das E steht. Der dritte Code ist vielleicht unmöglich zu knacken ohne den Codierschlüssel. Wer auch immer dies geschrieben oder das System erfunden hat, ist ziemlich klug. Er wusste, was er tun musste, um den Computer zu überlisten.«

»Was kannst du im Augenblick lesen?«, wollte Alec wissen.

»Was ich bereits gesagt habe: Carpenters' Hall verbombt. Sprengstoff bereit zur Detonation.« Schnell überflog ich den weiteren Text und fand noch eine lesbare

Zeile. »Betsy Ross House.« Ich hielt inne und studierte das Dokument als Ganzes. Die Codierung war raffiniert. Sie kombinierte verschiedene Methoden, was eine Entzifferung schwierig machte, aber es gab ausgefeiltere Wege, um Codes übereinanderzulegen.

»Was geht dir im Kopf herum?«, fragte Jameson.

»Ich weiß nicht. Wie gesagt, wer immer das geschrieben hat, ist klug. Es ist beinahe zu einfach. Und ich glaube, das ist der Punkt. Halte es einfach und dumm und ein Computer kann es nicht entschlüsseln. Aber irgendetwas fühlt sich falsch an. Wie ich schon sagte, es ist *zu* einfach.«

»Geh es mit uns durch«, wies Nixon mich an. Ich blickte ihm in die Augen und dachte darüber nach, wie ich mein Missbehagen in Worte fassen konnte, aber mir fiel nichts ein. »Was fühlt sich daran falsch an?«

»Wenn ich die Sicherheit eines Netzwerks teste, beginne ich stets mit der Frage: Wie würde ich das System entwerfen? Von dieser Frage ausgehend arbeite ich mich rückwärts, um mich einzuhacken. Bei dem Versuch, diese Botschaft zu entziffern, habe ich mir dieselbe Frage gestellt. Die Antwort lautet, nicht so, außer ich würde Schwachstellen überprüfen.«

»Was bedeutet?«, drängte Alec.

»Einschätzen, was ich leicht knacken konnte.« Ich zuckte mit den Schultern und fuhr fort: »Als Erstes würde ich das System herausfordern. Sobald ich eine Schwachstelle gefunden habe, kann ich die Stelle flicken und mich weiter vorarbeiten. Als Zweites würde ich einen anderen Weg einschlagen oder Fehlinformationen geben. Es geht stets um Überprüfung und Gleichgewicht. Wenn ich einen Benutzer zurückverfolgen kann, der versucht, in ein System einzudringen, kann ich seine Spur aufspüren und herausfinden, wie er es getan hat, und dann auch diese Schwachstelle flicken.«

»Verdammt. Jemand testet die Loyalität der Forum-Teilnehmer oder leitet sie fehl?«, wollte Alec wissen.

»Das ist die Millionen-Dollar Frage«, bemerkte Holden.

Ich hatte keine Ahnung, worüber sie sprachen, und ich glaubte nicht, es wissen zu wollen.

Nixons warmer Blick war wieder auf mir gelandet und er lächelte. »Also, um es auf den Punkt zu bringen, die Botschaft hat den Zweck herauszufinden, ob es ein schwaches Glied in ihrer Kette gibt. Wenn also an den angegebenen Orten irgendwelche Beamte auftauchen, wissen sie, irgendjemand von ihnen ist ein Verräter. Aber warum benutzen sie eine Codierung?«

»Sie können es nicht zu einfach machen.« Ich zuckte mit den Schultern. »Vielleicht wollen sie ihr Kommunikationssystem testen. Wenn es einen Maulwurf in ihrer Organisation gäbe und die Botschaft weitergegeben würde, würden sie wissen, dass jemand ihren Code knacken kann. So würde ich es machen«, bestätigte ich.

»Ich hatte es bereits verstanden, aber jetzt verstehe ich es noch besser«, murmelte Holden. »Verdammt brillant.«

Ich hatte Nixon nicht aus den Augen gelassen und als sein Lächeln breiter wurde, hatte ich das Gefühl, etwas Großes war geschehen. Es machte mich irgendwie verrückt, wie glücklich er aussah.

»Nixon, ist es für dich in Ordnung, wenn wir deine Frau in die Operation einbeziehen?«, erkundigte Alec sich. Nixon wandte den Blick blitzschnell von mir ab und schaute Alec an. Auch sein Lächeln war verschwunden.

»Was meinst du mit *einbeziehen*?«, fragte er scharf.

»Nur geistige Arbeit. Wir brauchen Augen und sie hat in Sekundenschnelle herausgefunden, was der Kryptologe vom MIS nach tagelanger Arbeit nicht geschafft hat.«

»Auf keinen Fall«, knurrte Nixon und mir wurde das Herz schwer.

KAPITEL SECHSUNDZWANZIG

Nixon sah, dass McKenna zusammenzuckte, als er den Vorschlag so vehement ablehnte. Es stand außer Frage, McKenna war brillant, aber er würde nicht zulassen, dass sie in Gefahr geriet.

»Denk doch mal darüber nach, Nix –«

»Es kommt nicht infrage, dass meine Frau sich auf diese Weise einbringt«, schnitt Nix Alec das Wort ab.

»Sie wäre nicht an vorderster Front. Niemand außer uns sechs wüsste davon.« Alec fuhr fort, Argumente für seinen Vorschlag anzubringen.

»Schwachsinn, das MIS würde es wissen, was bedeutet, sie wäre in Gefahr, sollte es je eine Schwachstelle geben. Sie hat zwei Geschwister, für die sie sorgt. Auf keinen Fall darf einer von ihnen in diese Sache hineingezogen werden.«

McKennas Augen weiteten sich und er hoffte, sie

würde einsehen, dass seine Haltung nichts damit zu tun hatte, dass er ihr den Job nicht zutraute, sondern dass es ihm einzig und allein um ihre Sicherheit ging.

»Glaubst du, ich würde deine Frau einer Gefahr aussetzen?«, stieß Alec in offensichtlichem Zorn hervor. »Dem Einzigen aus dem MIS, dem du vertrauen musst, bin ich. Wenn ich dir versichere, dass sie nicht in den Akten auftauchen wird, dann wird sie es auch nicht. Ich würde sie in deinen Vertrag einbetten.«

»Es hat nichts mit meinem Vertrauen zu dir zu tun, aber ich weiß, wie dieser Scheiß funktioniert«, ereiferte er sich.

»Ich hasse es zu sagen, Nix, aber Alec hat recht, wir könnten sie gebrauchen. Da uns nur ein paar Wochen bleiben, um ...« Holden verstummte, denn er erkannte im letzten Augenblick, dass er mehr nicht sagen durfte.

Nixon hasste es, dass sein Freund recht hatte. Es blieben ihnen weniger als zwei Wochen, falls Alec mit seiner Annahme richtiglag, dass der Tag des Marathons den zeitlichen Rahmen festlegte, um zu stoppen, was immer die Gruppe auch planen mochte. Mit Sicherheit standen sie unter Zeitdruck, aber das bedeutete nicht, dass er bereit war, McKenna einer Gefahr auszusetzen.

»Ist es so gefährlich?«

Fünf Männer antworteten gleichzeitig: »Ja.«

Alec beschönigte es, indem er hinzufügte: »Es *kann* gefährlich sein.«

Es gab kein *Kann* in diesem Zusammenhang. Sie jagten eine Organisation, die aus bis jetzt unbekannten Gründen amerikanische Bürger töten wollte. Die Gruppe würde nicht erfreut sein, wenn Nixon und sein Team verhinderten, was auch immer sie vorhaben mochten. McKenna wäre zwar sicherer als die Männer, die die Operation ausführen würden, aber die Möglichkeit, einer Gefahr ausgesetzt zu sein, bestand trotzdem.

»Würdest du für meine Sicherheit sorgen?«, fragte sie unvermittelt.

Nixon ließ den Blick zu ihr hinüberschnellen. Sie wirkte niedergedrückt, doch ihr Gesicht zeigte eiserne Entschlossenheit.

»Ich meine, wenn ich helfen würde, die Information zu entschlüsseln, würde ich doch nur im Hintergrund arbeiten. Niemand würde es wissen. Aber wenn jemand es doch herausfinden würde, würdest du mich beschützen.«

Nixons Körper spannte sich an. Das war keine Frage. McKenna vertraute ihm einfach, dass er sie beschützte. Er spürte, wie sein Puls sich beschleunigte, als das Wissen sich in ihm festsetzte. Ihr Vertrauen in ihn war überwältigend; es heizte seine Haut auf und erfüllte ihn mit Befriedigung.

»Da hast du verdammt recht, das würde ich«, bestätigte er.

»Also dann, wenn es euch hilft, dann werde ich es tun. Zeit habe ich.«

»Nein –«

»Nixon, sei doch vernünftig. Wenn du mich nicht kennen würdest, wäre meine Teilnahme keine Frage. Außer du magst einfach nicht, wenn ich mich in deine Angelegenheiten einmische – was ich verstehen könnte –, aber ich kann bei der Recherche einen wertvollen Beitrag leisten, wie du weißt.«

»Aber ich kenne dich nun einmal. Das kann ich nicht so einfach vergessen. Ich will dich nicht in Gefahr sehen.«

»Dann sorg für meine Sicherheit.«

Sie zuckte mit den Schultern, als wäre es so einfach, dabei war es das ganz und gar nicht.

»McKenna«, knurrte er, »du hast keine Ahnung, worauf du dich einlässt.«

»Du hast recht. Das habe ich nicht. Aber wenn ich von dem Weinigen ausgehe, das ich der Botschaft entnehmen konnte, und der Tatsache, dass ein geheimes Team aufgestellt wurde, und in Betracht ziehe, dass ich ziemlich klug bin, glaube ich nicht, dass du auf die Jagd nach einer Pfadfinder-Mädchengruppe gehen wirst, die vergessen hat, ihr Kostgeld zu bezahlen. Trau mir doch etwas zu.«

Jameson hielt sich den Bauch vor Lachen über McKennas Ausbruch. Holden, Weston, Chasin und Alec zeigten ihre Amüsiertheit weniger dramatisch, aber sie alle lachten.

Alle, außer Nixon.

Er fand das gar nicht lustig.

Er war aber auch der einzige Mann im Raum, der ihr Liebhaber war. Und wenn etwas geschehen würde …

»Wir wissen, wir können uns auf dich verlassen, Nix«, meinte Weston, der sich als Erster erholte. »Was bedeutet, dass wir uns auch auf sie verlassen können.«

»Wir können dafür sorgen, dass sie nicht auffällt. Es ist total leicht, ihr Gehalt zu verstecken. Zur Hölle, ich würde die Steuern übernehmen, mehr Geld verlangen und sie dann von meinem Scheck bezahlen«, bot Holden an.

»Ich mache mir keine Sorgen, wie sie bezahlt wird. Ich mache mir Sorgen darum, irgendein Scheißkerl könnte hinter ihr her sein. Die Chance, dass jemand zurückschlägt, besteht immer«, erklärte Nixon.

»Ich hasse es, das hier zu erwähnen, aber allein dadurch, dass sie deine Frau ist, ist sie angreifbar. Das wissen wir doch. Die Möglichkeit, dass jemand zurückschlägt, besteht somit sowieso.« Jeder Muskel in Nixons Körper spannte sich an, als ihm bewusst wurde, dass Chasin recht hatte. Allein weil sie mit ihm zusammen war, war McKenna einem Risiko ausgesetzt. »Zumindest würde sie dann die Akteure kennen und wissen, was abgeht, und das allein wird für ihre Wachsamkeit und Sicherheit sorgen.«

»Ich will nicht, dass sie die Akteure kennt. Und ich will schon gar nicht, dass sie den Scheiß sieht, den wir sehen. Verdammt. Ihr kennt doch alle den Tribut, den es von uns fordert. Glaubt ihr, ich möchte meine Frau darin verwickelt sehen? Ich weiß doch, was für Arschlöcher da draußen herumlaufen. Was sie vorhaben. Wir wissen nichts über die Gruppe und was die Mitglieder planen. Was, wenn sie Frauen oder –«

»Nixon?« McKenna trat auf ihn zu und legte ihm ihre kleine Hand auf die Brust. »Ich verstehe dich. Wenn du nicht willst, dass ich einbezogen werde, dann lasse ich es.«

Ihre Blicke trafen sich und obwohl er immer noch die Entschlossenheit in ihren Augen sah, hatte sich auch eine gewisse Besorgnis dort eingeschlichen.

»Was?«

»Wenn es dich stresst, wenn ich teilnehme, werde ich es nicht tun. Nicht weil ich etwa nicht glaube, dass ich einen guten Job machen würde. Nicht weil ich mich darüber sorge, was ich sehen oder wissen würde. Aber wenn du dir um mich Sorgen machst, bedeutet das, dass du dich nicht um dich selbst sorgen wirst. Und ich möchte, dass du in Hochform bist. Und dein Team ist auch darauf angewiesen. Das Einzige, was mir wichtig ist, ist deine Sicherheit. Ich werde mir den Rest der Botschaft ansehen und versuchen, mehr herauszufinden, dann werde ich mich zurückziehen und so tun, als hätte ich sie nie gesehen.«

»Mein Gott«, murmelte Chasin. »Wenn du dich nicht beeilst und sie in Besitz nimmst, werde ich es versuchen. Dies ist eine faire Warnung.«

»Versuch es nur. Ich werde dir den Hintern wegschießen«, gab Nixon zurück.

»Das mag es wert sein«, scherzte Chasin.

»Das ist es auf jeden Fall wert, wenn du mich fragst«, murmelte Jameson.

»Ich werde es mir noch mal überlegen, ob ich mit diesem Team arbeiten soll«, sagte Nixon zu McKenna. »Ich wette, ich könnte bis heute Abend Ersatz finden.«

Ihr strahlendes Lächeln haute ihn beinahe um. Gott, wie wunderschön sie war! »Da bin ich mir sicher, aber ich glaube nicht, dass du ein besseres finden kannst.«

Sie hatte recht, Nixon konnte keine bessere Gruppe Männer finden, die ihm den Rücken deckten – oder ihr.

»Hast du eine Sicherheitsfreigabe?«, erkundigte Nixon sich.

»Ja, aber sie ist auf unterem Niveau und begrenzt«, antwortete sie.

»Ist das genug?«, fragte Nixon Alec.

»Das wird genügen müssen, weil ich sie nicht offiziell führen werde. Wenn ich das täte, müsste ich erklären, warum und aufgrund welcher Fähigkeiten sie in der ... wie nennst du deine Truppe übrigens?«, fragte Alec.

»Gemini-Gruppe«, erwiderte Nixon.

»Gut.« Alec lachte leise vor sich hin. »Wenn wir sie inoffiziell beschäftigen, muss ich ihr einfach vertrauen.«

Alec vertraute McKenna eigentlich nicht, noch nicht. Er vertraute Nixon. Und wenn Nixon McKenna bezüglich der Informationsgeheimhaltung vertraute, dann würde Alec es auch tun.

»Jetzt, da wir alles festgelegt haben, fährt jemand los, um uns einen Imbiss zu holen?«, wollte Weston wissen.

»Und was ist mit dem Abendessen?«, fügte Jameson hinzu. »Wollen wir ausgehen? Gibt es in dieser Stadt überhaupt ein Lokal, in dem man sich hinsetzen und eine Mahlzeit einnehmen kann? Und noch wichtiger, in diesem County ist Alkohol doch nicht verboten, oder?«

»Idiot, wir haben doch im Vorbeifahren ungefähr drei Alkoholverkaufsstellen gesehen«, erinnerte Weston ihn.

»Bist du dir sicher, dass du es täglich mit diesen Schwachköpfen aufnehmen willst, oder zumindest so lange, bis der Auftrag erledigt ist?«, flüsterte Nixon McKenna zu.

»Ich glaube, ich werde mit ihnen fertig.«

»Du hast keine Ahnung, worauf du dich einlässt.«

»Solange du bei mir bist, kann ich mit allem fertigwerden.«

Nixon stand da und starrte auf McKenna hinab. Er konnte nicht glauben, was er gerade gehört hatte. Er wusste, er verliebte sich in seine schöne Nachbarin. Er hatte keine Wahl gehabt, sich aber auch nicht dagegen gewehrt. Er hatte es schon in der Sekunde gewusst, in der er gesehen hatte, wie sie mit dem Hundefuttersack kämpfte. Und dann hatte das Schicksal eingegriffen und Sally und Goat auf seine Weide geschickt. Schon bei der ersten Berührung hatte er die besondere Verbindung gespürt. Obwohl er das alles bereits wusste, war er immer noch verblüfft.

Dort in seiner Küche, in einem Raum voller Schaulustiger, hörte Nixon auf, sich zu verlieben.

Es war bereits geschehen.

Vielleicht hätte er jetzt den Drang nach einer Verschnaufpause verspüren müssen. Doch das war nicht der Fall. Es ging um McKenna. Es war einfach vorherbestimmt.

Das wusste er bis tief in seine Seele.

KAPITEL SIEBENUNDZWANZIG

Vielleicht hätten wir zu Hause bleiben sollen.

Es wäre in meinem Esszimmer mit fünf, sechs großen Männern, mir selbst und zwei Teenagern zwar ein bisschen eng gewesen, aber zumindest hätten wir in Ruhe essen können.

Alec hatte die Einladung zum Abendessen abgeschlagen und war nach D. C. zurückgefahren. Nun saßen wir also im rückwärtigen Teil der beliebtesten Pizzeria in Kent County und nicht weniger als zehn Frauen waren zu uns gekommen, um Nixon Hallo zu sagen und ihn zu Hause willkommen zu heißen.

Ihn zu Hause willkommen heißen?

Das war lächerlich – er war schon seit Monaten zu Hause. Jede hatte einen anderen Grund, warum sie ihn bis jetzt noch nicht kontaktiert hatte. Sie hatte ihn in der Stadt nicht getroffen; sie hatte keine Zeit gehabt, zur Swagger-

Farm hinauszufahren, um Hallo zu sagen; sie hatte ihm Zeit lassen wollen, sich einzugewöhnen. Es waren noch mehr gewesen, aber irgendwann hatte ich ihnen keine Aufmerksamkeit mehr geschenkt, wenn sie sich dafür entschuldigten, uns beim Abendessen zu stören.

Als es nur zu offensichtlich wurde, dass er sie abwies, hatten sich die Frauen am Tisch umgesehen und waren in Ohnmacht gefallen. Ehrlich, bei Gott, sie fielen in Ohnmacht. Sie hatten gelächelt, geflirtet, ihr Haar zurück-geworfen und mit den Wimpern geklimpert. Es war lächerlich und offensichtlich.

Jedes Mal wenn eine neue Frau eingetroffen war, hatte Mandy mich unter dem Tisch angestoßen und die Augen verdreht, bevor sie kicherte. Ich nehme an, dass war das einzig Gute an der Brechreiz erregenden Zurschaustellung von Aufmerksamkeit. Mandy hatte ihren Spaß dabei. Sie war offen und scherzte mit den Männern. Und sie hatte mir heimlich zugelächelt. Es war wie in alten Zeiten, auch wenn es nur für kurze Zeit war, aber ich hatte meine Schwester zurück.

Die Unterhaltung bei Tisch war locker und drehte sich hauptsächlich darum, was Nixon und Zack auf der Farm getan hatten, und um Nix' Zukunftspläne für das Land. Niemand hatte das Thema aufgebracht, warum Mandy und Zack bei mir lebten, was nur den einen Grund haben konnte, dass Nixon seine Freunde aufgeklärt hatte, was ich sehr schätzte.

Zwischen den Bissen der besten Pizza, die die Menschheit je gesehen hatte, bezogen Chasin, Jameson, Weston und Holden Zack ins Gespräch mit ein und stellten ihm Fragen über sein Geländemotorrad und Sport. Gelegentlich wandten sie die Aufmerksamkeit Mandy zu und fragten sie nach der Schule, was sie zu ihrem Spaß in diesem *Kuhdorf* unternähme und wie ihre Pläne für die Zeit nach ihrem Abschluss aussähen. Und sie antwortete ohne jeglichen Teenager-Trotz.

Mehrere Male spürte ich, wie Nixon mit der Hand mein Knie drückte, während er zu mir hinüber lächelte. Er wusste, was es mir bedeutete, Mandy so glücklich zu sehen. Aber das war es nicht allein, nein, ihn selbst freute es auch, sie so zu sehen. Die Erkenntnis traf mich so heftig, dass ich kaum atmen konnte. Gestern Abend hatte er erklärt, dass es ihm gefiele, wo wir standen und in welche Richtung unsere Beziehung lief. Nach dem Drama am Nachmittag war er in die Stadt gefahren, um seinen und meinen *Scheiß* zu holen, und so war uns kein Augenblick für uns allein geblieben. Ich hätte lügen müssen, zu behaupten, ich wäre nicht neugierig gewesen, worüber er wohl mit mir unter vier Augen reden wollte.

Normalerweise würde mich jedes Gespräch über den Status einer Beziehung zum Ausflippen bringen und ich würde das Thema vermeiden, aber in diesem Fall mussten wir unbedingt darüber reden. Ich befürchtete, mir zu viel eingebildet zu haben. Nur weil ihm gefiel, wo wir standen, hieß das nicht, dass wir das Gleiche empfanden. Und als er sagte, ihm gefiele, in welche Richtung wir uns bewegten, hieß das nicht, dass wir dasselbe Ziel vor Augen hatten. Ich stellte mir uns natürlich zusammen in meinem Haus vor, wie er mir einen weißen Lattenzaum um mein Grundstück baute, und eine Menge Kinder, die um uns herumtobten.

Ich wusste weder, ob Nix Kinder haben wollte, noch wie lange er über den Augenblick hinaus hierbleiben wollte. Ich hatte gewusst, dass ich das Risiko einging, mit gebrochenem Herzen zu enden, aber ich hatte nicht damit gerechnet, dass ich mich Hals über Kopf in ihn verlieben würde. Ich hatte geglaubt, es würde eine gute Weile dauern, bis ich ihm mein Herz schenkte. Weit gefehlt! Er besaß es nicht nur schon längst, ich wollte es nicht einmal zurückhaben. Und falls er es versuchte, würde ich zerbrechen. Mehr als das – ich wäre am Boden zerstört.

»Ich gebe zu«, begann Chasin, »ich dachte, du machtest Witze, als du behauptet hast, dieses Lokal hätte die beste Pizza überhaupt.«

»Ich habe es dir doch gesagt«, erwiderte Nix, der sich gerade das letzte Stückchen Kruste in den Mund schob. Er kaute, schluckte und dann fuhr er fort: »Procs ist der erste Ort, an dem du anhältst und eine Pizza isst, wenn du eine Weile fort gewesen bist. Es spielt keine Rolle, ob es eine Woche, Monate oder ein paar Jahre gewesen sind. Du kommst herein, siehst, wer hinter dem Tresen steht, riechst die Pizza im Ofen und weißt, du bist zu Hause. Eines der Dinge, die ich vom Kent County am meisten vermisst habe, als ich fort war.«

Ich war noch nie so lange aus Kent County fort gewesen wie Nixon, aber er hatte recht. Procs war der erste Ort, an dem ich anhielt, wenn ich vom Besuch bei meinem Dad und meiner Stiefmutter in Kalifornien zurückkehrte. Irgendetwas hatten die verbrannten roten Wände, die Öfen hinter dem Tresen und der Klang der Stimme des Inhabers, wenn er dich begrüßte, an sich, das dir das Gefühl gab, wertgeschätzt zu werden.

»Hast du den Mietvertrag unterschrieben?«, fragte Holden, der nicht aufsah, während er seine Pizza mit Paprika würzte.

Ich blickte mich am Tisch um und wartete darauf, dass jemand antwortete. Ich wusste nicht, an wen sich seine Frage richtete, ja nicht einmal, wovon er überhaupt sprach.

»Ja, ich habe den Preis heruntergehandelt, mich aber für fünf Jahre verpflichtet. Die Räume waren lange nicht vermietet und der Makler war froh, jemanden zu finden, der sie haben will«, erklärte Nixon.

Fünf Jahre?

»Miete?«, hakte ich nach.

»Ja, ich kann kein Geschäft aus meinem Wohnzimmer heraus führen«, erwiderte er im Plauderton.

Fünf Jahre! Ich nahm an, das bedeutete, dass er blieb.

»Oh.«

»Babe? Stimmt etwas nicht?«

»Nein. Ich glaube, ich habe nicht viel weiter gedacht als diesen ... weißt du ... äh ...« Ich wusste weder, wie ich seinen derzeitigen Job nennen sollte, noch, ob ich ihn vor Mandy und Zack erwähnen durfte.

»Auftrag«, half Nix mir auf die Sprünge, dann fuhr er fort, meine Welt auf den Kopf zu stellen. »Wenn dieser Job erledigt ist, werden wir alles überdenken. Falls die Operation so verläuft, dass wir alle damit zufrieden sind, werden wir weitermachen und mehr Arbeit annehmen. Falls es uns missfällt, haben wir andere Möglichkeiten. Eine davon ist andere Aufträge von anderen Behörden. Eine zweite ist, wir konzentrieren uns einzig und allein auf die Recherche. Chasin ist lizensierter Kopfgeldjäger – flüchtige Straftäter einzufangen bringt immer Geld. Holden hat als Ermittlungsagent gearbeitet, und an digitaler Ermittlungsarbeit herrscht kein Mangel. Ich lasse mich nieder. Wenn das hier funktioniert, werden die Jungs das ebenfalls tun. Aber du musst wissen, auch wenn es nicht funktioniert und das Geschäft scheitert, werde ich dich nicht verlassen.«

Nun, das beantwortete eine meiner Fragen. Er ließ sich nieder und hatte vor, eine Weile zu bleiben. In meinem Bauch flatterten Schmetterlinge herum und mein Herz hüpfte vor Freude. Nixon Swagger blieb.

»Nachdem wir das besprochen hatten, brauchten wir einen Büroraum. Nachdem du heute Nachmittag gegangen warst, habe ich einen Immobilienmakler angerufen. Ich hatte nicht damit gerechnet, dass er so schnell etwas für uns findet. Als er mir anbot, die Miete zu senken, konnte ich die Gelegenheit nicht ausschlagen«, beendete Nixon seinen Bericht.

»Du musst es sehen, McKenna. Es ist eine Katastrophe«, erzählte mein Bruder mir. »Es ist im Zentrum, direkt gegenüber vom Fountain Park, ganz oben über der Brennerei. Schwer zu parken, weil, weißt du, man muss auf der Straße parken, aber zumindest hat die Stadt die Parkuhren entfernt, denn sonst wäre es teuer geworden, den ganzen Tag dort zu stehen. Es ist total altmodisch. Abgelaufene Hartholzfußböden, die Wand zur Straße hin besteht aus Ziegelsteinen. Das Badezimmer ist furchtbar klein und die Rohre liegen über Putz. Und die Decke hat diese großen Blechquadrate mit Mustern darauf. Irgendwie cool auf eine veraltete, abgenutzte Art. Was für die Männer natürlich toll ist, weil es kein bisschen mädchenhaft ist. Es sieht so aus, als gehörte eine Frau nicht dahin.«

Ich war eifersüchtig, dass Zack Nixon begleitet hatte, um einzukaufen und scheinbar den Immobilienmakler zu treffen.

»Klingt cool«, erwiderte ich.

»Der Mann hatte nur jeweils zwei Schlüssel für die Haus- und Bürotür. Er lässt jeweils noch sechs nachmachen. Sie sollten morgen fertig sein«, fuhr Nix fort.

Schnell rechnete ich im Kopf nach: acht Schlüssel. Es waren nur fünf Männer.

»Hast du vor, deine Schlüssel zu verlieren, oder was? Jeweils drei Ersatzschlüssel sind ein bisschen viel«, scherzte ich.

Ich schob meinen Teller von mir weg, unfähig, noch einen Bissen zu mir zu nehmen. Ich war vollgestopft, denn zwei Stücke Pizza bei Procs waren wie vier reguläre ganze Pizzen von irgendwo anders. Als wir hereingekommen waren und die Männer vier große Pizzen bestellt hatten, hielt ich sie für verrückt, aber verdammt, sie hatten sich darauf gestürzt wie eine Bande Aasgeier und alle vier verschlungen.

»Du wirst ein Paar brauchen und ich dachte mir, wir lassen ein weiteres bei dir zu Hause, für den Fall, dass Amanda oder Zack sie brauchen. Das letzte Paar werde ich bei mir zu Hause aufbewahren.«

Ich würde ein Paar brauchen? Und ein Paar für meine Geschwister? Mir wurde warm und meine Augen begannen zu brennen. Er gewährte mir Zugang zu seinem Büro. Und das Gleiche galt für Mandy und Zack. Das war ein großes Ding. Ein riesiges Ding. Sein Vertrauen war überwältigend.

Ich wusste nicht, was ich sagen sollte. Jameson, Chasin, Holden, Weston und Zack waren zu sehr damit beschäftigt, sich die Reste ihres Abendessens in den Mund zu stopfen, und schenkten mir keine Beachtung. Aber Mandy blickte mich eindringlich an. Sie wusste Bescheid. Sie verstand den Wert dessen, was Nixon uns gab.

»Babe?«, fragte Nixon.

»Ja?«

»Ist alles okay?«

»Aber sicher. Ich ... äh ... dachte nur gerade über etwas nach. Ich kann nicht glauben, dass ihr alle Pizzen gegessen habt. Ich dachte, es bleiben Reste übrig für eine Woche. Ich meine, vier große von Procs sind wie sieben große aus irgendeiner anderen Pizzeria. Das ist eine Menge.« Ich plapperte weiter wie eine Idiotin, aber ich konnte mir nicht helfen. Meine Gedanken kreisten nur darum, dass er mir einen Schlüssel geben wollte.

»So ist es.« Er lächelte wissend.

Er legte einen Arm um meine Schulter und lehnte sich zurück. Glücklicherweise sagte er nichts mehr.

»Verdammt, das war gut. Ich werde noch eine bestellen und sie nach Hause mitnehmen«, stellte Jameson fest. Sein Stuhl schabte über den gefliesten Boden, als er sich erhob. »Braucht irgendjemand noch irgendetwas?«

»Noch einen Krug Bier«, bat Chasin und trank die letzten Reste aus seinem Glas.

Während der nächsten Stunde flutete das Gespräch um mich herum, aber ich schenkte ihm keine große Aufmerksamkeit, nicht einmal Mandys Lachen. Nie zuvor in meinem Leben hatte ich mich zufriedener gefühlt. Mein Magen war voll, meine Familie lächelte und lachte, Männer, die ich gerade erst kennengelernt hatte, die sich aber als gute Kerle erwiesen hatten, scherzten, und der

Mann, dessen Existenz ich mir nicht in meinen kühnsten Träumen hätte vorstellen können, hielt mich an sich gedrückt. Ab und zu beugte er sich zu mir und gab mir einen Kuss auf die Schläfe, was mir jedes Mal einen Schauer über den Rücken jagte.

Wer hätte gedacht, Nixon Swagger wäre offen für öffentliche Zuneigungsbekundungen? Es war aufregend. Nein, mehr als das, es war wie in einer anderen Welt.

Wir räumten unseren Abfall und die Teller vom Tisch, denn das machte man so bei Procs, denn auch wenn wir uns im hinteren Teil und nicht vorn in den Sitznischen befanden, musste man seinen Tisch sauber hinterlassen. Es war nirgendwo niedergeschrieben, noch wurde man vom Personal darum gebeten, aber die Einheimischen wussten es. Wenn man mit dem Essen fertig war, brachte man sein Geschirr nach vorn und stellte es in die Plastikwannen am Ende des langen Tresens, an dem man seine Bestellung aufgab. Wir waren also gerade dabei, unsere Unordnung zu beseitigen, als Mandy sich plötzlich dicht an meine Seite stellte. Sie sagte nichts, sondern stand einfach dicht neben mir.

Ich wünschte, ich hätte dem mehr Aufmerksamkeit geschenkt. Stattdessen neckte ich Jameson mit der zusätzlichen Pizza, die er mit nach Hause nahm. Jeder von uns hatte Teller in der Hand, als wir in den vorderen Teil der Pizzeria gingen. Ich warf einen Blick auf Mandy und bemerkte, dass ihr Lächeln verschwunden war und von einem bösen Gesichtsausdruck ersetzt wurde. Angesichts der Veränderung meiner Schwester sank meine Laune sofort auf den Tiefpunkt. Für einen Abend, nein für gute fünf Tage war sie glücklich gewesen und hatte gelächelt. Jetzt zog sie sich wieder in sich zurück, und ich hasste es.

Ich hob den Blick und ließ ihn durch den Raum schweifen. Dann sah ich es. Was sie so verändert hatte. Deputy Schweinehund und sein Dad Sheriff Mistkerl. Beide starrten uns offen an.

»Geht weiter«, murmelte Nix, der plötzlich an meiner Seite war. Er hatte Mandy hinter mich geschoben. Ich hoffte, die anderen Jungs waren in der Nähe.

Vorn im Restaurant drängten sich die Gäste. Leute wuselten herum, die auf ihre Pizza zum Mitnehmen warteten, andere saßen in den Sitznischen und ließen sich ihre Mahlzeit schmecken. Das bedeutete, wir mussten geradewegs an dem Sheriff und seinem Sohn vorbeigehen. Ich hielt den älteren Mann für ein Arschloch, aber es war der jüngere, dem ich zu gern an die Kehle gegangen wäre. Danach würde ich ihm die Augen auskratzen.

»Mandy«, hörte ich ihn murmeln. »Ist lange her —«

Mein Blut gefror zu Eis und ich schwang den Kopf in Richtung der Stimme.

»Wagen Sie es ja nicht«, drohte ich.

Deputy Dillingers Augen flackerten auf und sein Gesicht verzog sich zu einer hässlichen Grimasse, bevor er sich in den Griff bekam und sagte: »Ma'am.« Er tippte sich an den Kopf. »Ich glaube, wir haben uns noch nicht kennengelernt.«

»Haben wir nicht«, bestätigte ich. »Ich bin McKenna Wilson.«

»Ich habe nicht gesagt, ich wüsste nicht, wer Sie sind. Ich sagte, wir hätten uns noch nicht kennengelernt.«

Blöder Schwanzlutscher.

»Da wir einander niemals offiziell vorgestellt wurden, bedeutet das, Sie kennen mich *tatsächlich* nicht. Denn wenn Sie mich kennen würden, wüssten Sie, dass Sie sich nicht trauen sollten, meine Familie zu belästigen.«

»Belästigen? Ma'am –«

»Wagen Sie es nicht, mich zu verarschen«, schnitt ich ihm das Wort ab und senkte die Stimme. »Falls ich je hören sollte, dass Sie sich meiner Schwester noch einmal genähert haben, werden Sie ein neues Verständnis von *unbehaglich* bekommen.«

»Babe.« Nixon schlang seine Hand um meinen Oberarm und zog leicht daran.

Deputy Schweinehund machte ein finsteres Gesicht. »Ich weiß nicht, welche Lügen –«

»Ich würde den Mund halten«, warnte Nixon ihn.

»Würdest du das? Du würdest den Mund halten, Nixon?«, knurrte der Deputy. »Nun, das ist gut für dich. Ich weiß nicht, was das kleine Mädchen euch erzählt hat, aber was auch immer es war, sie lügt.«

Mandy wimmerte. Zack knurrte. Nixon brummte. Es

klang wie schlechte Filmmusik für eine *Animal Planet* Episode über wilde Dschungelkatzen.

»Ich hoffe, dieses Arschloch redet nicht von unserem Mädchen«, vernahm ich Jameson von irgendwo hinter mir.

Deputy Dillingers Blick fiel über meine Schulter und wieder weiteten sich seine Augen. Doch diesmal konnte er seine Furcht nicht verbergen.

»Du ziehst besser weiter, Swagger. Und es wäre besser, wenn ich mit keinem von denen Probleme bekäme.« Der Sheriff hob sein Kinn und fuhr fort: »Falls doch, mache ich dich persönlich verantwortlich. Und mit *weiterziehen* meine ich nicht nur, du sollst aus dieser Pizzeria verschwinden, sondern auch aus meinem County.«

»So wie ich dich persönlich dafür verantwortlich mache, dass dein Sohn ein Arschloch ist?«

Nixon wartete nicht auf die Antwort von Sheriff Hirnlos, sondern schob mich vorwärts. Ein schneller Blick über die Schulter zeigte mir, dass die anderen vier Männer und mein Teenager-Bruder einen Kreis um Mandy gezogen hatten.

Meine kleine Schwester war geschützt.

Vollkommen eingekreist von einer Gruppe Männer, die jede Gefahr von ihr fernhalten würden.

Wir stellten das Geschirr ab. Dann hielt Nixon die Tür für uns auf, während er über mich weg zu meiner Schwester blickte und auch die beiden Arschlöcher nicht aus den Augen ließ.

Als wir alle draußen waren, stieß ich endlich den Atem aus und sackte zusammen. Ungeachtet dessen, dass meine Schwester böse werden könnte, schlang ich den Arm um ihre Taille und zog sie an mich.

»Bist du okay?«, flüsterte ich.

Sie nickte, dann sprach sie: »Es tut mir leid.«

»Was zum Teufel war das?«, wollte Holden wissen.

»Nichts«, erwiderte Nix knapp. »Wir fahren nach Hause.«

Sein Befehl unterband weitere Fragen und wir alle gingen über den Parkplatz zu Nixons Pick-up und Westons Geländewagen.

»Ich werde sie absetzen, dann komme ich nach Hause«, erklärte Nixon seinen Freunden. Sein Tonfall war immer noch zornig und sein Blick verriet Alarmbereitschaft; er hatte nicht aufgehört, die Umgebung zu beobachten.

Dann ging er zu Zack, neigte den Kopf und sagte etwas zu meinem Bruder, das ich nicht hören konnte. Meine Sicht auf die beiden wurde behindert, als Jameson sich vor mich stellte und Mandy und mich gleichzeitig in seine Arme zog.

Dann kamen Chasin und dann Weston kurz nacheinander. Sie verabschiedeten sich beide mit einer festen Umarmung.

Als Holden zu uns kam, schaute er mit hartem Blick und wachsam auf mich hinab. »Was immer da drin auch vor sich gegangen ist, ich hoffe, du weißt, dass wir hinter dir stehen.« Dann glitt sein Blick zu meiner Schwester. »Wenn du Schwierigkeiten hast, Mandy, sag nur ein Wort und wir werden uns für dich darum kümmern.«

Gütiger Himmel. Holden machte keine Scherze. Er war böse. Sehr böse.

»Das hat Nixon schon getan«, flüsterte Mandy.

»Gut. Das ist wirklich gut. Ich weiß, deine Schwester hat sich um alles selbst gekümmert. Ihr alle. Für dich und deinen Bruder ist diese Zeit jetzt vorbei. Falls ihr Hilfe braucht und McKenna oder Nixon nicht erreicht, ruft ihr einen von uns. Euer Kreis ist um vier Personen angewachsen.« Dann blickte Holden mich an. »Ich nehme an, du kommst allein klar. Angesicht dessen, was ich gesehen habe, muss ich sagen, du bist mit all dem mehr als gut umgegangen. Ich weiß nicht, was da drin abgelaufen ist, aber das muss ich auch nicht wissen, um zu erkennen, was für ein Scheißkerl dieser Typ ist. Du hast dir gerade einen Feind gemacht, McKenna. Ein Mann wie er wird eine kleine heiße Nummer, wie du sie ihm geliefert hast, nicht gerade freundlich aufnehmen. Du hast ihm einiges ins Gesicht geschleudert und ihn bedroht. Nixon wird dir das Gleiche sagen. Außer dass ich es netter formuliere, weil du nicht meine Frau bist. Sei auf der Hut und tu das nie wieder, verdammt.«

Wow. Alles, was er gesagt hatte, fühlte sich gut an. Beinahe so gut wie wenn Nixon eines seiner Gespräche mit Zack führte und sein Blick weich wurde und er meinem Bruder zeigte, dass er ihm wichtig war. Also schön, alles, was Holden gesagt hatte, war gut, bis auf den letzten Teil.

»Ich werde es wieder tun, Holden. Ich werde es jedes Mal tun, wenn ich die Dumpfbacke sehe. Ich werde ihm die Wahrheit ins Gesicht schleudern, ich werde ihn bedrohen und wenn ich ihn allein erwischen sollte, werde ich ihm in die Eier treten. Du hast recht, du weißt nicht, was da abging, aber wenn Nixon nach Hause zurückkehrt und euch aufklärt, wirst du sicher verstehen, warum ich getan habe, was ich getan habe. Und noch eins musst du wissen – das war keine Drohung, das war ein Versprechen. *Niemand* schikaniert meine Familie. Ich werde Mandy immer zur Seite stehen, egal was geschehen mag.«

Nixon schloss sich unserer Umarmung an. Er schlang einen Arm um Mandys Schultern und zog sie an sich. Mit seiner anderen Hand ergriff er meine und drückte sie.

»Bereit?«

»Ja, Nix«, erwiderte Mandy.

»Ich verstehe«, warf Holden ein, der mich immer noch anblickte. »Diese ganze Domestizierung steht dir gut, Bruder.«

Dann ging er davon und ich fragte mich, warum sie alle ständig zu Nixon sagten, sie verständen es. *Ich* verstand es nicht.

»Was bedeutet das? Was *verstehen* sie alle?«, fragte ich, als er uns zu seinem Pick-up führte.

Nixon antwortete nicht, nicht solange er Mandy half, hinten einzusteigen. Erst nachdem er die Tür zugeschlagen hatte, drehte er sich zu mir, beugte sich vor und flüsterte: »Sie sind alle neidisch. Sie wissen, was ich habe. Sie necken mich alle, denn das tun Männer nun einmal, aber am Ende wissen sie alle, dass sie die Neckereien lächelnd hinnehmen würden, wenn sie hätten, was ich habe. Aber sie irren sich alle, denn sie verstehen es *nicht*. Sie glauben, es zu verstehen, aber sie können es nicht verstehen.«

»Warum nicht?«, flüsterte ich, fasziniert von seinen Worten.

»Weil sie niemals wissen werden, wie verdammt gut es sich anfühlt zu wissen, dass du mir gehörst.«

KAPITEL ACHTUNDZWANZIG

Nixon erwachte noch vor der Morgendämmerung. Er warf sich hin und her, drehte sich herum und schlug einige Male auf sein Kissen ein, bevor er es aufgab und aufstand. Er warf die Beine über die Bettkante, starrte mit vornübergeneigtem Kopf auf die Bodendielen im dunklen Zimmer und machte sich die Angst bewusst, die er am Vorabend verspürt hatte. Er brauchte einen Lauf und ein langes, hartes Training. Etwas, das die Angst und die Angespanntheit aus seinem Körper vertrieb.

Es hatte mit einem Knoten im Magen begonnen, doch als er seinen Freunden die Situation erklärt hatte, war dieser Knoten gewachsen und hatte ihn überwältigt. Nixon wusste, Deputy Dick Dillinger würde McKennas Drohung nicht einfach so hinnehmen. Gleichgültig, wie schwach sie auch gewesen sein mochte. Er würde beweisen müssen, dass er mehr Macht hatte, und das würde er tun, indem er McKenna, Mandy und Zack drangsalierte.

Das wusste Nixon so sicher, wie er wusste, dass er Sauerstoff zum Atmen brauchte. Er wusste auch, dass er Dick nicht in die Nähe seiner Frau und der Teenager kommen lassen würde. Was bedeutete, Nix würde einschreiten müssen. Das tat er gern, er riskierte gern seinen Hintern für die drei. Aber er wusste, Dick und der Sheriff würden ein schmutziges Spiel spielen, und das bedeutete Gefahr. Wenn sie einen Grund finden würden, Nixon zu verhaften, wären McKenna und die beiden Teenager ohne Schutz, und das schmutzige Spiel konnte beginnen.

Gestern Abend, als er seinen Freunden die lange Vorgeschichte erzählt hatte, die ihn mit dem Dillinger-Duo verband, endend mit den jüngsten Vorkommnissen und was zwischen Mandy und Dick gelaufen war, waren die Männer wütend geworden. Sie alle hatten versprochen, ihm und der Familie Wilson den Rücken zu decken. Nix hatte versucht, es ihnen auszureden, weil er nicht wollte, dass auch nur einer von ihnen im Knast landete, aber es hatte nichts genützt. Keiner von ihnen würde kneifen.

Das war auf jeden Fall zumindest etwas. Aber wenn Nixon von der Bildfläche verschwände, wäre das übel, weil keiner der Jungs etwas von den Intrigen einer Kleinstadt verstand. Die guten alten Kumpel, die Dillinger in der Tasche hatte, würden auf den Plan treten, McKenna das Leben zur Hölle machen und sich mit Jameson, Chasin, Holden und Weston anlegen. Aber mit diesen Männern war nicht zu spaßen. Im Kent County wäre die Hölle los und sie würden jeden kaltmachen, der versuchen würde, McKenna oder ihrer Familie zu schaden.

Kurz gesagt, das wäre sehr schlecht.

Nixon schleppte seinen müden Hintern aus dem Bett, schlüpfte in seine Trainingsklamotten und machte sich leise auf den Weg durch sein Haus.

Er betete, er möge sich irren, hoffte, er reagierte übertrieben, und zum ersten Mal wünschte er sich, sein Bauchgefühl möge ihn täuschen. Als die Tür sich hinter ihm mit einem sanften Klicken schloss, lief er los und joggte über seinen Rasen. Er wusste, er hatte recht. Es kamen stürmische Zeiten auf sie zu.

Nixon und die anderen Jungs hatten die Informationen durchgesehen, die Alec ihnen dagelassen hatte, aber es war nichts Neues dabei herausgekommen. Sie hatten stundenlang verschiedenste Szenarien durchgespielt, aber ohne ein eindeutiges Angriffsziel der Organisation *Wir, das Volk* konnte das Team nicht viel planen.

»Die örtliche Polizei wurde von der Drohung in Kenntnis gesetzt«, stellte Jameson fest, der auf sein Handy blickte. »Die Beamten haben zugestimmt, behutsam vorzugehen, und sie werden die Bombenentschärfungstruppe die Gebäude an der Marathonstrecke durchkämmen lassen.« Er blickte von der Nachricht auf, dann fuhr er fort: »Das sollte den Maulwurf im MIS nicht alarmieren. McKenna war in der Lage, einen Teil der Botschaft zu knacken; die Sicherheitsvorkehrungen für den Boston-Marathon waren ohnehin schon sehr hoch. Es war bereits geplant, übermorgen den Trupp loszuschicken.«

»Großartig. Und hat Alec gesagt, ob die Polizeibeamten vor Ort dir und Weston erlauben werden zu assistieren?«, wollte Nixon wissen.

»Er arbeitet daran. Bis jetzt haben sie keine Angehörigen anderer Behörden zugelassen und Alec will sie nicht zu früh zu hart bedrängen«, antwortete Jameson.

Das machte Sinn, so sehr es auch nervte und das Team in seiner Arbeit einschränkte. Je weniger Leute wussten, wer hinter der Drohung steckte, desto besser.

»Also oberflächlich betrachtet wirken diese Schwachköpfe wie ein Haufen Weltuntergangs-Freaks. Die Webseite ist diffus.« Holden begann, auf und ab zu schreiten, und fasste zusammen, was sie wussten. »Sie reden davon, Lager mit Lebensmitteln und Versorgungsgütern anzulegen, Antibiotika zu horten, wie man seine eigene

Nahrung anbaut und konserviert und über die Wichtigkeit von geheimen unterirdischen Bunkern. Aber wenn man tiefer gräbt und auf das Forum stößt, geht es dort hauptsächlich darum, eine Miliz aufzubauen. Sie rekrutieren Männer im kampffähigen Alter für ihre Sache, aber es ist unklar, was diese Sache ist. Und noch etwas anderes macht mich verrückt. Die Webseite ist fast fünf Jahre alt. Keine Aktualisierungen in den letzten drei Jahren. Das Gleiche gilt für das Forum. Und dann, vor zwei Monaten, trifft auf dem Nachrichten-Board, also auf dem Teil der Webseite, wo die Nutzer miteinander kommunizieren können, eine Flut von Botschaften ein, aber die Webseite selbst wird nicht aktualisiert. Außerdem hat sich der Tonfall geändert. Früher ging es nur ums Preppen, also die Vorsorge für den Weltuntergang, jetzt ist der Ton politischer Natur. Warum waren sie so schweigsam? Und was geschah vor zwei Monaten, das sie dazu trieb, wieder aktiv zu werden?«

Das hatte Nixon tatsächlich auch beschäftigt. Warum hatte sich *Wir, das Volk* zurückgezogen?

»Vielleicht sind sie in den Untergrund gegangen?«, schlug Chasin vor.

»Ja, aber keine einzige Regierung hatte sie auf dem Schirm. Sie hatten keinen Grund, unterzutauchen und im Geheimen zu agieren. Und der Inhaber der Webseite ist ein alter Mann, der sich in Idaho etwas mehr als einen Hektar Land gekauft hat und dort jetzt in der Einsamkeit lebt. Es ist zweifelhaft, ob er überhaupt Zugang zum Internet hat«, erklärte Holden den anderen.

»Du sagtest, er lebe *jetzt* dort – wann hat er das Land gekauft?«, hakte Holden nach.

Jameson tippte auf die Tastatur seines Laptops, dann sagte er: »Vor zwei Jahren.« Jameson blickte mit finsterer Miene auf. »Zur selben Zeit, als seine Webseite stagnierte. Und bevor du fragst, ich überprüfe, wer all die Jahre für den Namen der Webseite und deren Unterhalt gezahlt hat.«

»Welche Informationen haben wir über den alten Mann?«, fragte Nixon, während er einen Stapel Papiere durchblätterte.

»Olan Peters, zweiundsiebzig Jahre, verwitwet, keine Kinder. Kein Zahlungsrückstand, Nebenkosten werden durch Daueraufträge bezahlt. Kein Handyvertrag, aber das hat nichts zu bedeuten. Das MIS ist einen Schritt weiter gegangen und konnte keinerlei Handysignale von dem Ort auffangen. Es gibt auch kein Kabel. Scheinbar lebt er so unauffällig, wie es nur geht, aber trotzdem komfortabel. Nichts an dem Mann lässt auf einen Extremisten schließen«, berichtete Weston.

Es gab so vieles, was Nixon an der Organisation nicht verstand. Holden hatte recht. Auf der Webseite ging es nur um das Überleben nach einem Zusammenbruch der Infrastruktur. Nichts über Gewalt und Militia – zur Hölle, in dem Forum war bis vor ein paar Monaten nicht einmal über Waffen und Munition geredet worden.

Und jetzt wurde das Forum überschwemmt mit Äußerungen über das Ansammeln von Waffen und Munition, das Herstellen von Sprengstoff und den Aufrufen, sich zu vereinigen, um gegen *Den Mann* zu kämpfen. Sie waren halb politisch, ergriffen aber keine Partei; sie waren weder rechts noch links, sie waren einfach nur extrem. Keine religiöse Zugehörigkeit; alle Konfessionen und Theologien waren willkommen. Die Rassenzugehörigkeit spielte auch keine Rolle.

Nichts an der Organisation war rechts. Sie waren für jeden, der gegen eine unbekannte Macht kämpfen wollte, zugänglich. Das war es, was das Team zu klären hatte. Gegen wen, zum Teufel, wollte *Wir, das Volk* kämpfen und warum? Nixon und sein Team konnten sie nicht stoppen, bevor sie das nicht wussten. Und Nixon wurde die Zeit knapp.

Er zog sein Handy aus der Tasche und rief McKenna an. Es klingelte zweimal, bis ihre süße Stimme den Raum erfüllte.

»Hey.«

»Ich habe den Lautsprecher eingeschaltet«, informierte er sie schnell. »Ich habe ein paar Fragen, antworte nur mit ja oder nein, okay?«

»Okay.« Sie klang unsicher und er hasste es, dass er ihr

nicht erklären konnte, dass die Telefonverbindung nicht sicher war und sie keine Fragen stellen durfte.

»Wenn eine Webseite, sagen wir ... brachliegt, wie schwierig wäre es für jemanden, der nicht der legitime Inhaber ist, diese Webseite zu übernehmen?«

»Ich habe eine Antwort, aber die lautet weder ja noch nein«, erwiderte sie.

Nixon lächelte und schüttelte den Kopf. »Wäre es einfach?«

»Ja.«

»Könntest du es tun?«

»Ja.«

»Könnte es jemand tun, der nur wenig Fähigkeiten darin besitzt?«

»Ja.«

»Würdest du mich heiraten?«, schrie Holden quer durchs Zimmer.

»Nein.«

Nixon zeigte seinem Freund den Mittelfinger und grinste.

»Du kann es einem Mann nicht übel nehmen, dass er es wenigstens versucht«, gab Holden zurück, dann blickte er wieder auf die Karte vor sich.

»Und bei einem der PHP-Foren, die man mit freier Software selbst aufbauen kann? Wäre das auch einfach?«, fuhr Nixon fort.

»Oh, ja, noch leichter. Ups, tut mir leid. Ja.«

»Danke, Babe, ich rufe dich später an.«

»Okay.«

Nixon brach die Verbindung ab, aber noch bevor er seine Gedanken formulieren konnte, kam Chasin ihm zuvor. »Du glaubst, das Forum wurde gehackt. Wir haben es gar nicht mit der ursprünglichen Gruppe *Wir, das Volk* zu tun.«

»Ich halte das für möglich. Das würde den extremen Wandel der Botschaft erklären. Noch etwas irritiert mich maßlos – sie sind nachlässig. Wie viele Terroristen, die du kennst, würden ein offenes Forum benutzen, zu dem jeder Zugang hat, und mit Schlüsselwörtern wie Waffen, Bomben und Munition um sich werfen? Niemand ist heutzutage so dumm. Er würde in kürzester Zeit auffallen. Und genau so war es ja auch. Das Innere hat innerhalb von vierundzwanzig Stunden Wind von ihnen bekommen und eine Überprüfung in die Wege geleitet.

Alec sagt, diese Gruppe würde so ernst genommen, weil sie zurückverfolgen konnten, dass ein Mitglied des Forums über große Mengen an Waffen und Munition verfügt. Das für sich genommen ist nicht gegen das Gesetz, aber wenn bei vielen Mitgliedern die Munitionskäufe ansteigen, wird das MIS aufmerksam. Im Forum wird Philadelphia erwähnt. Es wird auch der Marathon erwähnt, aber es taucht kein Plan auf. Kein Aufruf zur Aktion. Das Forum ist Blödsinn.«

Als Nixon geendet hatte, schaute er sich im Raum um.

Alle nickten zustimmend. Jameson begann, wieder auf seine Tastatur einzuhämmern, und Weston blätterte Papiere durch. Jeder Einzelne dachte nach.

»Hat McKenna gesagt, wie lange sie ihrer Einschätzung nach braucht, um die Botschaft zu entschlüsseln?«, erkundigte Chasin sich.

»Sie beendet gerade ein Projekt für einen Kunden. Später wird sie herkommen. Sie meinte, es würde nicht lange dauern«, antwortete Nixon.

Nixons Blick fiel auf Holden. Er schritt auf und ab und fuhr sich mit der Hand durchs Haar. »Was geht dir durch den Kopf, Holden?«

»Ich komme immer wieder darauf zurück, dass wir die Gruppe für gut organisiert halten. Wenn wir annehmen, dass das Forum vor zwei Monaten tatsächlich gehackt wurde und wir es nicht mit den Preppern, sondern mit einer vollkommen anderen Organisation zu tun haben, einer, die über ein Netzwerk verfügt ... wären die Mitglieder dann absichtlich nachlässig? Alec erwähnte, sie könnten vielleicht die Loyalität ihrer Anhänger testen, aber ich habe das Gefühl, es geht um mehr.«

»Ablenkung«, warf Jameson ein.

»Genau«, stimmte Holden zu. »Es ist so, als würden sie alles tun, was möglich ist – sie schwenken ein rotes Tuch und lenken die Aufmerksamkeit auf Sprengstoff in Philadelphia. Sie benutzen eine Veranstaltung, die Massen anziehen wird, versetzen die Behörden in höchste Alarmbereitschaft und bieten einen Zeitpunkt an, zu dem sie gestoppt werden können. Etwas ganz Großes, um von dem abzulenken, was sie wirklich planen. Ich meine, das ist clever. Zum Teufel, das haben wir doch selbst schon so gemacht. Wir versetzen eine ganze Stadt in Aufruhr und wenn die Bombe hochgeht, können wir ungesehen davonschleichen. Die Taktik funktioniert.«

Gott, ja, das hatten sie getan. Mehr als einmal hatten sie, wenn ihr Fluchtweg zu heiß geworden war, irgendwo anders ein Chaos kreiert. Und wenn die Aufmerksamkeit aller auf das gerichtet gewesen war, was auch immer sie inszeniert hatten, und niemand mehr auf sie achtete, hatten sie entkommen können.

»Verdammt. Die Frage ist, werden sie tatsächlich in Philadelphia etwas hochgehen lassen oder wollen sie nur, dass wir ihnen glauben und dort auf die Jagd nach ihnen gehen?«, sagte Jameson.

»Ich nehme an, das werden wir wissen, sobald das Bombenentschärfungsteam in Aktion tritt. Ein Marathon bietet viele Ziele in seiner Umgebung, aber mit all den zusätzlichen Sicherheitsvorkehrungen ist es nicht mehr so leicht, wie es einmal war«, stellte Nixon fest.

Die fünf Männer verfielen in Schweigen, jeder in seine eigenen Gedanken versunken. Stunden später waren sie den Antworten immer noch nicht näher gekommen – sie hatten nur noch mehr Fragen aufgeworfen.

Und Nixon war immer noch nervös wegen McKenna.

Den ganzen Tag hatte er das Bedürfnis unterdrückt, sie zu bitten, in sein Haus zu kommen und hier an ihrem Projekt zu arbeiten. Hätte er einen anständigen Arbeitsplatz oder bereits sein Büro in der Stadt gehabt, so hätte er es getan.

Er hatte das Gefühl, auf einem Seil zu balancieren. Ein Fehltritt, und er war aufgeschmissen.

KAPITEL NEUNUNDZWANZIG

»Hey, Micky«, rief Mandy. Sie stand vor meiner Schlafzimmertür.

»Komm herein«, schrie ich aus meinem Schrank heraus.

Die Tür wurde langsam aufgedrückt und Mandy steckte den Kopf ins Zimmer. »Wir fahren los. Ich habe Sally und Goat rausgelassen und die Enten gefüttert. Und alle haben Wasser.«

Ich zuckte zusammen und drehte mich herum, um sie anzublicken.

»Was?«

»Wir fahren zur Schule. Zack sitzt bereits im Wagen.«

»Okay.«

»Ist alles in Ordnung?« Sie zog besorgt ihre perfekt gezupften Augenbrauen hoch.

»Ja. Danke, dass du dich heute Morgen um alles gekümmert hast. Viel Spaß in der Schule.«

»Kein großes Ding.«

Meine Schwester verließ mein Zimmer und lief die Treppe hinunter. Ich gab die Suche nach einem Paar Schuhe auf, ging zu meinem Bett und setzte mich auf die Kante, bevor ich mich vornüberfallen ließ.

Mandy hatte Sally und Goat auf die Weide gebracht.

Sie hatte die Enten gefüttert.

Das war großartig. Sie hatte morgens noch niemals geholfen. Zack half mir und wenn er keine Zeit hatte, übernahm ich die Pflichten. Niemals Mandy. Kein einziges Mal. Nicht bis heute. Und sie widersprach mir nicht. Kein Trotz, kein Teenager-Gehabe.

Ich schloss die Augen und ließ das Gefühl der Hoffnung auf mich wirken. Vielleicht hatten wir den Gipfel überwunden. Vielleicht waren wir auf dem richtigen Weg.

Es tat gut, meine Schwester zurückzuhaben.

Nixon Swagger bekam also fünf Dutzend Schokoladensplitterkekse und was immer ihm sonst noch gefiel, bis in alle Ewigkeit.

<hr>

Ich fand einen Parkplatz direkt am Fountain Park und gab Zack recht – in der kleinen Innenstadt zu parken war nervig. Die Einheimischen nannten es *Innenstadt*, aber es kam kaum dem nahe, was man sich unter dieser Bezeichnung vorstellte.

Eine einzige Hauptstraße mit einem grünen Platz, der einen großen Springbrunnen beherbergte, daher der Name Fountain Park. Im Frühling und im Sommer wurde der Bauernmarkt im Park abgehalten und an den Wochenenden versammelten sich die Leute hier, um Livemusik zu hören. Gegenüber lag der Memorial Park. Auch dies war kein richtiger Park, sondern ein schlichter offener Platz.

Die Straße war von historischen Gebäuden gesäumt, die auf die Kolonialzeit zurückgingen, und auffällige Schilder wiesen darauf hin, dass George Washington hier zu Besuch gewesen war. Die Straße endete blind an dem Anleger der Stadt, wo Besucher Gänse füttern konnten, die einen entlang der Straße zurückjagten, wenn sie kein Bedürfnis auf Gesellschaft verspürten. Ja, mir war das bereits passiert und ich hatte gelernt, dass man niemals in Flipflops dem Wasser nahe kam, wenn man in ihnen nicht schnell laufen konnte.

Die Stadt hatte eine reiche Geschichte, die Ziegelgebäude waren bewundernswert, aber das Parken war ein Albtraum. Daran dachte ich gerade, als ich die Straße überquerte, den mit Ziegelsteinen gepflasterten Bürgersteig erreichte und beinahe gestolpert wäre. Die Stadt mochte auf eine reiche Geschichte zurückblicken und fordern, dass jedes kleine Detail für immer im achtzehnten

Jahrhundert eingefroren blieb, aber man betrat die unebenen Bürgersteige auf eigenes Risiko.

Ich fand die Tür zu Nixons Büro eingequetscht zwischen der Brennerei und einem Bekleidungsgeschäft, das so weit über mein Preisniveau hinausging, dass ich fünfundvierzig Minuten fahren musste, um meine Einkäufe zu tätigen. Allerdings hätte ich auch nichts von dem, was der Laden anzubieten hatte, jemals getragen. Ich trug keine Kleidungsstücke, auf die Krabben oder andere Meerestiere gestickt waren. Da Cliff City am Chester River lag und daher stolz auf seine frischen Meeresfrüchte war, schien niemand aus der Gemeinde meine Abneigung zu teilen.

Ich öffnete die Tür mit dem Schlüssel, den Nixon mir am Vortag gegeben hatte, stieg die enge Treppe hinauf und befand mich dann auf einem schmalen Treppenabsatz mit einer Tür. Ich versuchte es mit der Türklinke. Die Tür war unverschlossen, aber ich rüttelte trotzdem daran, um mein Kommen anzukündigen. Ich mochte ihnen zwar helfen, eine Botschaft zu entziffern, aber ich wollte weder eine private Unterhaltung stören noch versehentlich etwas hören, was nicht für meine Ohren gedacht war.

»Hey«, begrüßte Chasin mich als Erster, als ich eintrat.

»Guten Morgen«, erwiderte ich und ließ den Raum auf mich einwirken.

Wieder einmal hatte mein Bruder recht gehabt – die Innenausstattung war mehr als cool. Das Erste, was meine

Aufmerksamkeit fesselte, waren fünf gewölbte Fenster, die in die Ziegelsteinwand eingelassen waren, die sich der Straße zuwandten. Ich wusste, wenn ich hinausschauen würde, sähe ich den Park und dahinter das Gerichtsgebäude des Countys, das an der nächsten Straße lag und einen halben Häuserblock in Anspruch nahm. Die Wände waren weiß gestrichen – blendend weiß –, was gut war, um den Raum offener wirken zu lassen, aber den Augen wehtat. Und die gestempelte Blechdecke war einfach prachtvoll und nicht von dieser Welt.

Ich liebte es. Alles. Außer die hässlichen Klapptische, die den Raum verunzierten. Die passenden Klappstühle aus Plastik waren sogar noch schlimmer. Nixon brauchte Möbel. Große, schwere, männliche Mahagonimöbel, die gut in dieses Büro passten. Obwohl ich nicht glaubte, dass die Schreibtische und Tische, die mir vorschwebten, durch das enge Treppenhaus transportiert werden konnten. Absolut schade, denn der Müll aus dem Baumarkt, den sie in den Hauptraum geschafft hatten, musste weg. Schnellstens.

»Und? Was denkst du?«, fragte Nixon.

»Es ist wunderbar, viel größer, als ich es mir vorgestellt hatte«, erklärte ich und sah mich weiter um.

»Soll ich dich herumführen?«

»Ja, gern.« Ich legte meine Handtasche und den Laptop auf einen der Tische und ging zu Nix hinüber.

Ich blieb vor ihm stehen und wunderte mich, warum

er sich nicht bewegte. Die Antwort ließ nicht lange auf sich warten. Er neigte den Kopf und drückte mir einen schnellen, harten Kuss auf die Lippen. Als er sich zurückzog, lächelte er.

»Morgen«, ächzte er.

»Morgen«, echote ich.

Mein Gott, wie gut er aussah! In der Tat so gut, dass ich hoffte, eine der Türen, die ich gesehen hatte, würde uns zu einem Büroraum führen, in dem wir ungestört wären und ich ihn so küssen könnte, wie ich es wollte, und mich nicht mit einem freundlichen Küsschen begnügen müsste.

»Komm, ich führe dich herum.«

Er ergriff meine Hand, verschränkte unsere Finger und führte mich zu der am weitesten entfernten Tür. Wir gelangten in einen kleinen Flur. Die erste Tür rechts führte zu einem kleinen Lagerraum. Er war groß genug für einen Schreibtisch und einen Aktenschrank, aber es gab keine Fenster.

»Das Lager«, erklärte er mir unnötigerweise, dann drehte er sich zur Gegenseite herum und stieß eine Tür auf. »Büro Nummer eins.«

Es war recht groß. Ein Fenster an der Straßenseite, der gleiche abgelaufene Holzfußboden und weiße Wände. Sie hätten die Wände in einem matten Antikweiß oder cremefarben streichen sollen. Die Hochglanzfarbe offenbarte jeden Fehler im Putz.

Nixon ging ein paar Schritte zu einer anderen Tür und öffnete sie. Büro Nummer zwei war die genaue Kopie von Nummer eins. Am Ende des Flurs sah ich eine Treppe und ich befürchtete, wir würden durch die Stufen brechen, wenn wir gleichzeitig hinaufgehen würden. Das Treppenhaus war auch sehr dunkel und wurde nur von dem offenen Gewölbe darüber erhellt.

»Falls jemand hier bei Nacht heraufsteigen sollte, wird er sicher auf die Schnauze fallen«, bemerkte ich.

Er entgegnete nichts, aber er lachte leise vor sich hin, während er mich die steile Treppe hinaufführte.

Das Zimmer im zweiten Stock war gigantisch. Ein einziger, großer Raum, der den gleichen Platz wie das Geschoss darunter einnahm.

»Wow«, murmelte ich.

»Totale Platzverschwendung. Wir werden ihn in vier oder fünf Büros unterteilen. Die Wand zwischen den beiden Räumen unten werden wir vielleicht herausnehmen und einen Besprechungsraum daraus machen.«

»Im Hauptraum gab es zwei weitere Türen. Wohin führen die?«

»Zum Badezimmer und einem Schrank«, erklärte er.

»Das ist großartig, Nix. Aber es wird verdammt schwer sein, Möbel die beiden Treppen hinaufzubringen«, gab ich zu bedenken.

»Das ist der einzige Nachteil«, stimmte er mir zu. »Ich brauchte ganz schnell etwas und als der Inhaber die Miete beinahe um die Hälfte verringerte, konnte ich das Angebot nicht ausschlagen.«

Es verblüffte mich immer noch, dass er überhaupt so schnell etwas gefunden hatte. Nicht dass Cliff City eine florierende Metropole gewesen wäre, aber normalerweise dauerte es trotzdem mehr als ein paar Stunden, eine Immobilie zu finden, die Miete auszuhandeln und den Vertrag zu unterzeichnen.

»Also, mir gefällt es. Zack hatte mit allem recht. Total cool und krass für einen Haufen ... nun ... krasser Männer.«

Er schüttelte den Kopf über meinen dummen Spruch und fragte: »Was ist mit dir? Kannst du dir vorstellen, hier zu arbeiten?«

»Ich?«

Der Gedanke, mit Nixon zu arbeiten, ließ die Schmetterlinge in meinem Bauch aktiv werden. Ich half ihm in diesem speziellen Fall aus, aber es gab einen festgelegten Tag, an dem unsere Zusammenarbeit ein Ende haben würde. Uns blieben weniger als zehn Tage, bis das geschehen würde, was auch immer die bösen Jungs planten. Was mich daran erinnerte, dass ich einen Berg Arbeit vor mir hatte, mit dem ich beginnen musste.

»Den Raum hier können wir leicht in sechs Büros aufteilen, oder ich könnte mein Büro mit dir teilen, oder wir reißen die Wand unten nicht heraus. Auf jeden Fall ist genügend Platz vorhanden.«

Ich wusste nicht, was ich sagen sollte. Wollte ich in diesem wunderbaren Büro arbeiten und Nixon jeden Tag sehen? Zur Hölle, ja. Aber der Gedanke jagte mir Angst ein. Ich war bereits auf verschiedenste Art an ihn gebunden – jetzt auch noch meinen Beruf damit zu verknüpfen konnte chaotisch werden.

»Worüber denkst du so angestrengt nach, McKenna?«

»Du möchtest, dass ich ein Büro bekomme?«

Oh Gott, wie dumm das klingt!

Nixon sagte nichts, er wartete, dass ich fortfuhr.

»Was, wenn ... ich meine ... du willst, dass ich hier arbeite? Jeden Tag?«

»Ich habe mit den Jungs geredet. Die Gemini-Gruppe gehört nicht nur mir allein. Das Unternehmen gehört uns fünf zusammen. Mir mag der größte Teil gehören, aber wir sind ein Team und als solches treffen wir alle Entscheidungen zusammen. Wir brauchen einen Computerexperten. Wir verfügen alle über gewisse Fähigkeiten, aber keiner von uns ist ein Experte. Auch müssen wir demjenigen vertrauen können – hundertprozentig. Und wir waren alle der Meinung, du wärst die perfekte Wahl.«

Er sagte, sie bräuchten jemanden, dem sie vertrauen könnten. *Hundertprozentig* vertrauen. Und sie waren alle der Meinung, ich wäre die perfekte Wahl. Außer dem Vertrauen, das mein Dad und meine Stiefmutter mir entgegengebracht hatten, indem sie mir die Fürsorge für ihre geliebten Kinder zutrauten, hatte niemand je so viel

Vertrauen in mich gehabt. Sicher, ich arbeitete in Jobs, die als sensibel betrachtet wurden und einer gewissen Geheimhaltung unterlagen, aber das war nicht zu vergleichen.

»Du hältst mich für eine Expertin?«

»Babe.« Mehr sagte Nixon nicht, als wäre das eine Antwort.

»Es könnte kompliziert werden, wenn wir zusammenarbeiten und gleichzeitig privat miteinander verbunden sind.«

»Kompliziert ist doch nicht schlecht.«

»Logischerweise wird es schwierig, wenn es kompliziert wird.«

»Du könntest auch sagen: komplex, verschlungen, verstrickt, verwickelt. Aber all das ist *nicht* schlecht. Wir sind miteinander verbunden und ich möchte, dass es so weitergeht. Ich möchte, dass wir auf alle möglichen Arten miteinander verstrickt sind. Ich möchte, dass unsere Leben sich vermischen. Ich möchte morgens aufstehen, mit dir frühstücken und dann zusammen ins Büro fahren.«

Die in meinem Bauch ausgeschwärmten Schmetterlinge fühlten sich jetzt wie trampelnde Elefanten an.

»Das würde mir gefallen.« Ich machte eine Pause und lächelte zu ihm auf. »Aber darf ich dich bitten, deinem morgendlichen Ritual noch etwas hinzuzufügen?«

»Und was soll das sein?«

»Bevor wir aufstehen und zum Frühstück hinuntergehen ...« Plötzlich schämte ich mich, meine Bitte auszusprechen. Es war mir nicht nur peinlich, sondern ich wusste nicht, wie ich meine Bitte richtig formulieren sollte. Ihn zu bitten, mich zuerst zu *ficken*, klang, als wäre ich nur an seinem Schwanz interessiert. *Liebe zu machen* würde klingen, als glaubte ich, wir liebten uns. Ich jedenfalls liebte ihn, obwohl es superschnell gegangen und ein bisschen verrückt war. Und die einzige andere Formulierung, die mir noch einfiel, war *bumsen*, und ich war schließlich keine zwanzig mehr und würde Nixon Swagger auf keinen Fall bitten, mich zu bumsen.

Nix trat näher und legte mir beide Hände um den Hals, bevor er sie an meinen Wangen hochgleiten ließ und dann in meine Haare. Er zog meine Lippen knapp an seine und flüsterte: »Das ist doch selbstverständlich, Baby. Glaubst du, ich ließe dich aus dem Bett, ohne dir zuerst etwas Gutes zu schenken, damit du den Tag fröhlich beginnen kannst?«

Ich konnte keine Antwort geben, weil er seinen Mund auf meinen presste und mir den Kuss schenkte, von dem ich unten im Büro geträumt hatte.

KAPITEL DREISSIG

FÜNF MÄNNER UND EINE FRAU SAßEN UM EINEN DER
Klapptische aus Plastik herum, um die zu erwerben
Holden und Chasin bis nach Delaware gefahren waren.
Sie hatten über die jeweils eine dreiviertel Stunde
dauernde Fahrt gemeckert und Nixon damit aufgezogen,
dass er mitten im Nirgendwo lebte, als sie mit Tischen und
Stühlen zurückgekehrt waren.

Nixon wusste, woran es im Kent County mangelte,
aber er wusste auch, was es zu bieten hatte. Nachdem er
nun bereits seit Monaten wieder zu Hause war, war er
wieder in die langsame, leichte Art des Lebens abgeglitten.
Das eifrige Gewusel einer Stadt vermisste er nicht, weder
den Verkehr noch die Eile der Leute.

Er mochte sich zwar über die neugierigen Wichtigtuer
beklagen, die den Klatsch so sehr liebten, aber die waren
ihm immer noch lieber als die Leute in der Stadt, die

Intrigen spannen und einen betrogen und wann immer sie konnten über den Tisch zogen.

McKenna hatte mit überraschender Schnelligkeit und Kenntnis ein Netzwerk aufgestellt. Ihre Talente überraschten ihn weniger, obwohl er den Grad ihres Fachwissens noch nicht vollkommen erfasst hatte. Es war die Geschwindigkeit, mit der sie das Netzwerk auf die Beine gestellt hatte, die ihn verblüffte.

»Das Netzwerk ist nicht vollkommen sicher«, erinnerte sie das Team. »Ich habe Firewalls eingebaut und wir benutzen verschiedene private Netzwerke. Aber ich werde ein paar Tage brauchen, um uns vollkommen abzusichern. Was auch immer ihr tut, öffnet keine Anhänge, ladet nichts herunter und verschickt keine wichtigen Daten übers Internet.«

Alle fünf Männer stimmten zu, wie bereits die zwei Male zuvor, als sie diese Warnung ausgesprochen hatte.

»Auf dem Nachrichten-Board hat sich den ganzen Morgen nichts getan«, teilte Holden den anderen mit.

»Bist du bis zum Backend vorgedrungen?«, erkundigte sich McKenna.

Holden versuchte seit dem Vorabend, ins Nachrichten-Board einzudringen und die Liste der Mitglieder anzusehen, bis jetzt ohne Erfolg.

»Nein«, knurrte er verärgert.

»Macht es dir etwas aus, wenn ich es versuche?«, fragte McKenna vorsichtig.

»Ich dachte schon, du fragst nie. Ich überlasse es dir gern.« Holden erhob sich, froh, nicht mehr vor einem Computer sitzen zu müssen. Immer war er derjenige in ihrem Team gewesen, der bei einer Besprechung auf und ab geschritten war, was ihren Oberbefehlshaber maßlos aufgeregt hatte.

McKenna machte sich an die Arbeit und ließ die Finger in einem Tempo über die Tastatur fliegen, von der Nixon sich nicht sicher war, ob sie Genauigkeit garantieren konnte, aber er hielt sich da raus. Stattdessen konzentrierte er sich darauf, eine Mission zu planen, die sie in weniger als drei Tagen ausführen mussten und über die er immer noch nichts Genaues wusste.

Im Moment konnte er nichts weiter tun, als die Ein- und Ausstiegspunkte festzulegen. Er würde außerdem einen Plan B haben und verschiedene Ausweichstandorte. Besser man hatte einen Ersatzplan, falls die Operation danebenging, als mit nichts in den Händen dumm herumzustehen.

»Ich bin drin«, stellte McKenna fest.

»Verdammt, Frau«, schimpfte Holden. »Hättest du nicht wenigstens zehn Minuten warten können, um uns zu verkünden, dass du mich geschlagen hast?«

»Tut mir leid, mein Freund, hierin bin ich gut. Also, wonach suchen wir?«

»Gibt es ein Administrator-Protokoll?«, wollte Chasin wissen.

»Ja. Ich werde es aufrufen und ausdrucken. Was noch?«

»Die IP-Adresse der Person, die sich als Moderator einloggt, und die IP-Adressen der Mitglieder.«

»Ja und ja. Aber denkt daran, jeder Idiot kann ein privates Netzwerk nutzen, um seine IP zu maskieren. Und wenn ich mich da durchkämpfen muss, brauche ich Tage.« McKenna blickte vom Bildschirm auf und biss sich auf die Lippe. »Darf ich eine Frage stellen? Aber falls ihr mir keine Antwort geben könnt, habe ich Verständnis dafür.«

»Du darfst alles fragen«, sagte Nixon, der ihr mit Absicht nicht versprochen hatte, er würde antworten, weil es Dinge gab, über die er nicht reden durfte.

»Warum haben die Mitarbeiter des MIS die Webseite und das Forum nicht gehackt? Sie hätten weniger Zeit gebraucht als ich und ich habe nur Minuten benötigt. Man braucht keine besonderen Fähigkeiten – tut mir leid, Holden –, um bis ans Backend dieser blöden Seite vorzu-dringen.« Dann fügte sie für Holdens Ego freundlich hinzu: »Falls man weiß, was man tut.«

Nixon dachte noch darüber nach, wie er seine Antwort formulieren sollte, als Jameson ihm zuvorkam.

»Weil das, was du gerade gemacht hast, eine Anfrage, eine genaue Beschreibung des Umfangs des Hacks, die Angabe eines Grundes und eine Besprechung erfordert hätte. Und wenn sie dann endlich drin gewesen wären, hätte eine weitere Besprechung darüber stattgefunden, wer die Informationen einsehen darf und ob sie erst protokolliert werden müssen, bevor sie analysiert werden. Beim MIS geht nichts schnell. Und wenn jemand dort keine Lust hat, so tief zu graben und tatsächlich zu arbeiten, schiebt er den Job jemand anderem zu, der dann den ganzen Mist von vorn durcharbeiten muss. Alec weiß das alles, er weiß, dass wir unter Zeitdruck stehen, und hat beschlossen, es wäre das Beste, den Job nach außen zu vergeben.«

Jameson hatte nicht unrecht. Die Regierung musste Regeln befolgen, aber so schlimm, wie er es beschrieben hatte, war es nicht. Projekte von höchster Priorität wurden und konnten schnell bearbeitet werden. Was Nixon zu der Frage brachte: Betrachtete das MIS die Bedrohung als höchste Priorität? Oder folgte Alec seinem Bauchgefühl, das ihm sagte, die Bedrohung wäre größer als das MIS willens war zuzugeben?

»Aber sie standen nicht unter Zeitdruck. Sie wissen seit Monaten von dem Forum und der wachsenden Bedrohung«, erklärte Nixon den anderen. »Warum haben sie nicht beschlossen, die Sache intern zu bearbeiten?«

»Keine Ahnung. Du bist derjenige, der mit Alec geredet hat«, erinnerte Holden ihn unnötigerweise.

»Er hat nur etwas von Bürokratie und Politik gefaselt. Aber da steckt mehr dahinter. Er verheimlicht uns etwas.«

»Das sehe ich auch so«, meinte Weston. »Wirst du ihn anrufen und ihn hierherbitten, oder soll ich es tun?«

»Ruf du ihn an«, entgegnete Nixon. Dann wandte er sich an die anderen: »Wir müssen herausfinden, wo die Aktualisierungen des Forums ihren Ursprung haben.«

»Nun, ich kann euch sagen, dass sie das WLAN einer Pizzeria benutzen, um sich ins Forum einzuloggen«, erklärte McKenna ihnen.

»Ist das dein Ernst?«, hakte Nixon nach.

»Ja, jede Änderung des Protokolls wurde über das WLAN dieser Pizzeria vorgenommen. Ich kann euch die genauen Zeitpunkte nennen. Seit Jahren hat sich kein Administrator eingeloggt, aber dann plötzlich fast täglich. Außerdem lebte der alte Administrator in Arizona.«

»In Tempe, Arizona«, stellte Weston fest.

»Ja«, bestätigte McKenna, obwohl das keine Frage gewesen war.

»Dort lebte Olan Peters, bevor er nach Idaho gezogen ist«, fuhr Weston fort.

McKenna beschäftigte sich kurz mit dem Computer, dann blickte sie wieder auf. »Die Registrierung der Domain läuft in ein paar Monaten ab. Aber so wie ich es sehe, gab es nur geringfügige Aktualisierungen der momentanen Webseite. Im Grunde haben sie nur die Kontaktinformation entfernt und den Link zum Nachrichten-Board ins Zentrum der ersten Seite gesetzt, kombiniert mit der Einladung, dem Forum beizutreten.«

»Und das Nachrichten-Board? Wann läuft das ab?«, fragte Nixon.

»Es läuft nicht ab. Boards, die mit freier Software erstellt wurden, haben kein Ablaufdatum, weil sie gratis sind«, erklärte sie. »Ich habe übrigens die Informationen, die ihr haben wolltet, an den Drucker geschickt.«

»Wir haben uns also nicht geirrt. Wir haben es nicht mit den Preppern zu tun«, stellte Weston fest. Dann nahm er sein Handy und ging in einen anderen Raum, um ungestört zu telefonieren.

»Ich werde jetzt an der verschlüsselten Botschaft arbeiten«, erklärte McKenna dem Team.

»Hey«, rief Nixon.

»Ja?«

»Gute Arbeit, Babe.«

»Danke.«

Nixon sah McKennas Lächeln und dachte, er könnte sich daran gewöhnen, sie jeden Tag im Büro um sich zu haben. Er teilte ihre Sorge nicht, es könnte kompliziert werden, und er hatte es ehrlich gemeint – er wollte, dass sich ihrer beider Leben so tief wie möglich ineinander verstrickten.

KAPITEL EINUNDDREISSIG

Ich hatte gerade den letzten Teil der Botschaft dechiffriert, als ich spürte, dass mir jemand auf die Schulter tippte. Ich zuckte zusammen. Als ich sah, dass Jameson neben mir stand, nahm ich die Kopfhörer ab.

»Tut mir leid, ich wollte dich nicht erschrecken. Dein Telefon hat geklingelt«, erklärte er.

»Danke.« Ich nahm das Telefon zur Hand und sah, dass Mandy mich angerufen hatte.

Ich tippte auf *Verpasster Anruf* und wartete, dass sie das Gespräch annahm.

»Hey, wo bist du?«, fragte sie sofort.

»In Nixons Büro. Ist alles in Ordnung?«

»Ja. Wir sind gerade von der Schule zurückgekehrt und du warst nicht zu Hause. Hast du Duke bei dir?«

Mist. Ich hatte vergessen, eine Nachricht zu hinterlassen. Ich war mittags nach Hause gefahren, um den Hund rauszulassen, und er hatte mir leid getan, weil er so trübsinnig war, denn er war es nicht gewohnt, den ganzen Tag allein zu Hause gelassen zu werden. Also hatte ich ihn mit ins Büro genommen.

»Ja. Ich hätte es einem von euch beiden sagen sollen. Tut mir leid. Wie war es in der Schule?«

»Gut. Was gibt es zum Abendessen? Bringst du etwas mit oder möchtest du, dass ich koche?«

Ob ich will, dass sie kocht?

Was zum Teufel?

»Ich kann etwas mitbringen«, sagte ich zu ihr.

»Okay. Dann mache ich jetzt Schluss.«

»Hey, danke noch mal für deine Hilfe heute Morgen. Ich weiß deine Unterstützung wirklich zu schätzen.«

»Wir sehen uns, wenn du nach Hause kommst«, sagte sie, mein Lob ignorierend, und beendete das Gespräch.

»Ich bin fertig mit der Dechiffrierung«, teilte ich den Jungs eilig mit.

»Mein Gott, was steht drin?«, fragte Jameson, der immer noch neben mir stand.

Ich reichte ihm das Papier und er las es. »Alle Orte sind vorbereitet. Carpenter Hall verbombt. Der Rest des Sprengstoffs bereit zur Detonation. Vorsicht beim Betsy Ross House, Franklin Court und Quaker Meeting House. Parkaufseher machen alle sechs Stunden die Runde. Alternativer Standort gefunden und sicher. Unser Mann ist bereit, in Bewegung gesetzt zu werden.«

»Unser Mann ist bereit, in Bewegung gesetzt zu werden«, wiederholte Nixon.

»Was denkst du?«, fragte Weston.

»Bist du sicher, dass es heißt *bereit, in Bewegung gesetzt zu werden*? Und nicht *bereit, sich zu bewegen*?«, fragte Nixon mich.

Ich blickte auf die codierte Botschaft, die ich methodisch wieder und wieder überprüft hatte, und erwiderte: »Positiv. Es heißt *bereit, in Bewegung gesetzt zu werden.*«

Westons Telefon klingelte. Er zog es aus der Tasche, dann verkündete er: »Alec steht vor der Tür.« Dann machte er sich in Richtung der Tür davon.

Ich blickte Nixon an und er mich, aber sein Blick war nicht auf mich konzentriert, er war damit beschäftigt, den Sinn der Botschaft zu enträtseln. »Ich glaube, wir haben recht. Sie planen ein Ablenkungsmanöver.«

»Das glaube ich auch«, stimmte Jameson zu.

Da betraten Weston und Alec das Büro. Duke hob kurz den Kopf und blickte in ihre Richtung, machte aber keine Anstalten aufzustehen. *Was für ein toller Wachhund!*

»Wes sagt, ihr habt den Code geknackt?«, fragte Alec, blickte aber nicht mich an, sondern Nixon.

»Sie hat ihn geknackt«, erwiderte Jameson und reichte ihm das Blatt Papier.

Alec nahm sich einen Augenblick Zeit und überflog den kurzen Text, bevor er die gleiche Frage stellte wie

Nixon zuvor. »*In Bewegung gesetzt zu werden* oder *sich zu bewegen?*«

»In Bewegung gesetzt zu werden. Ja, da bin ich mir sicher.«

»Warum hast du uns wirklich auf diese Sache angesetzt?«, fragte Nixon.

Ich blickte schnell zu ihm hinüber und war überrascht zu sehen, dass er seine Beine schulterweit gespreizt und die Arme vor der Brust verschränkt hatte – was mich dazu veranlasst hätte, seine riesigen Oberarmmuskeln zu bewundern, wenn wir uns nicht in einem Raum voller Männer befunden hätten. Sein Gesicht war zu Granit erstarrt.

»Ich habe dir den Grund genannt.«

»Schwachsinn.« Nix zog das Wort in die Länge. »Du hast mir die übliche Antwort gegeben, Bürokratie.«

Alec antwortete nicht, aber er hielt Nixons Blick stand.

»Weißt du, was ich denke? Du verheimlichst uns etwas. Du weißt mehr, als du uns sagst, oder du hast eine Theorie. Warum hat das MIS zugestimmt, die Sache außerhalb ihrer Reihen zu bearbeiten?«

Alle Männer hatten sich erhoben. Die Feindseligkeit hing so schwer im Raum, dass ich Angst hatte, mich zu bewegen. Ich verstand nicht, was vor sich ging und warum Nix so böse war.

Alec seufzte und betrachtete seine Füße. Nach einem Moment des Nachdenkens blickte er sich im Raum um und sagte: »Was ich jetzt sage, verlässt diesen Raum nicht.«

»Jetzt machst du mich aber richtig wütend«, stieß Nix hervor.

»Alles ist so, wie ich gesagt habe. *Wir, das Volk* wurde auffällig, als im Forum plötzlich über Sprengstoff geredet wurde und wie man Bomben baut. Die Gruppe wurde ernst genommen und das MIS reagierte schnell. Es war einfach, Olan Peters in Idaho zu finden. Wir überprüften ihn und es war klar, er war sauber. Vollkommen abgeschnitten vom Rest der Welt kommuniziert der Mann mit niemandem. Ein Analytiker untersuchte die Informationen, wir hatten eine Besprechung und die Gruppe wurde auf die Beobachtungsliste gesetzt.«

Niemand sagte ein Wort. Nixon und sein Team starrten Alec einfach weiter an. Die Stimmung war unbehaglich und ich fragte mich, ob es jemanden stören würde, sollte ich aus dem Raum schlüpfen. Ich musste nichts von alledem wissen.

»Ihr müsst wissen, beim MIS, FBI – oder, verdammt, der CIA – laufen täglich Tausende von Drohungen durch die Filter. Wir haben sehr wenig Zeit, um abzuschätzen, was glaubhaft und was Schwachsinn ist. Als ich zu dir kam, hatte das MIS die Gruppe als Scherz abgestempelt. Der Kryptograph hatte gesagt, die Botschaft sei gefälscht. Das MIS entschied, wenn der Computer den Code nicht knacken konnte, war die Botschaft reiner Unfug. Eine weitere Gruppe verrückter Weltuntergangspropheten, die versuchten, die Regierung zu verarschen. *Wir, das Volk* wurde zur Nicht-Bedrohung herabgestuft.«

»Aber du stimmst damit nicht überein«, riet Weston.

»Was glaubst du denn?«, fragte Alec mit hochgezogener Braue. »Etwas ist im Busch. Ich weiß es.«

»Wirst du uns erklären, warum du das glaubst? Und ich muss sagen, ich bin sauer, dass du uns etwas vorenthältst. So funktioniert das nicht. Wir können unseren Job nicht erledigen und eine Operation planen, um eine Terroristengruppe davon abzuhalten, Philadelphia in die Luft zu jagen, falls es das ist, was sie vorhaben, wenn wir nur halbgare Informationen bekommen. Und das weißt du ganz genau.« Nixons Zorn war noch gewachsen.

»Ich habe euch auf diesen Fall angesetzt, weil ich euer Urteilsvermögen schätze. Vielleicht irre ich mich. Ich werde euch noch eine Sache erzählen und die darf niemals weitergegeben werden. Es gibt eine Person in meinem Team, die unbedingt wollte, dass der Fall zu den Akten gelegt wird. Er drängte heftig darauf. Von Anfang an hat er die Recherche unterminiert und jede kleinste Information, die wir fanden, heruntergespielt. Ich gebe zu, es waren nicht viele. Aber je mehr er drängte, desto mehr wuchs mein Drang zu wissen, warum er das tat. Zur Hölle, er versuchte bereits während der allerersten wöchentlichen Besprechung, das Thema unter den Tisch zu kehren. Wer macht so etwas? Warum sollte jemand so etwas tun? Ich habe euch nicht gesagt, was ich denke, weil ich eure Meinung nicht beeinflussen wollte.«

»Was hat der Bombenentschärfungstrupp in Philadelphia gefunden?«, wechselte Chasin das Thema.

»Ich habe den Anruf auf dem Weg hierher erhalten. Sie haben die Marathon-Route durchgekämmt und Plastiksprengstoff im Betsy Ross House, Quaker Meeting House und im Franklin Court gefunden, aber es gab weder Zeitschaltuhren noch Zündvorrichtungen. Nur den Semtex-Sprengstoff. Sie waren leicht zu finden. Aber in Carpenters' Hall war nichts.«

»Wie zum Teufel ist das möglich? Man kann doch in Philadelphia nicht einfach eine Straße entlanggehen, ohne von einer Kamera aufgenommen zu werden. Wie kann jemand Zugang zu unseren historischen Nationaldenkmälern bekommen, ohne erwischt zu werden?« Die Skepsis in Jamesons Stimme war schwer zu überhören.

»Wie hast du die Zustimmung zu unserem Auftrag bekommen?«, wollte Chasin wissen.

»Wir haben einen gemeinsamen Freund, der in der Befehlskette des MIS einigen Einfluss besitzt. Ich wandte mich an ihn, erklärte ihm mein Missbehagen und er stimmte zu.«

»Da ist noch mehr«, sagte Nixon misstrauisch zu Alec.

»Er hat auch nach einem Weg gesucht, dich und sie«, er wies mit dem Kopf auf Jameson, Chasin, Weston und

Holden, »ins Spiel zu bringen. Er will in kürzester Zeit dein Team vor Ort und die Operation ausgeführt sehen.«

»Wirst du uns verraten, wer dieser gemeinsame Freund ist?«, fragte Holden.

»Nein. Er forderte, anonym zu bleiben. Aber er sieht ein, wie klug es ist, ein Team zur Verfügung zu haben, und er bat insbesondere um euch fünf.«

»Also all dieser Schwachsinn war was? Ein Test? Um zu sehen, ob wir deinen Mist entlarven und wie schnell?« Falls ich zuvor geglaubt hatte, Nix wäre zornig, so hatte ich mich geirrt. Nein, *jetzt* war er zornig.

»Du kennst mich doch besser, Nix. Ich muss euch nicht testen. Und wenn ich das gewollt hätte, wäre mir etwas Schwierigeres eingefallen als dieser Kleinkram.«

»Und was ist mit dem Mann in deinem Team, der die Untersuchung abwenden wollte?«, fragte ich Alec.

»Was soll mit ihm sein?«

»Nun, habt ihr ihn überprüft? Seine Finanzen? Seine Telefonliste? Seine E-Mails? Irgendetwas?«

»Nein.«

»Und warum nicht? Du hast dich genötigt gefühlt, Nixon und die anderen Jungs zu beauftragen, nachdem dieser Mann wiederholt die Sache heruntergespielt hat, als du deine Besorgnis ausgedrückt hast. Warum solltest du ihn nicht überprüfen und herausfinden, ob er irgendeine Verbindung zu den Akteuren unterhält?«

Nixon lächelte mir zu, was mich überraschte, wie auch

das leise Lachen, das ich von den anderen vier Männern erntete.

»Weil er mein Boss ist. Das ist der springende Punkt. Wenn ich mich irre und er findet heraus, dass ich ihn ausspioniert habe, werde ich meinen Job los. Und den mag ich irgendwie. Ich brauche mehr als eine Ahnung und ein Gefühl, um ein hochrangiges Mitglied des Ministeriums zu beschuldigen, in ein Terroristenkomplott verstrickt zu sein.«

»Nun, ich brauche das nicht«, begann ich. »Die Botschaft ist offensichtlich real. Die drei Sprengstoffladungen wurden an den Orten gefunden, die in dem Text erwähnt werden. Dort wird sogar betont, das Vorsicht angebracht sei. Ich wette, auch in der Carpenters' Hall ist eine Bombe und der Suchtrupp hat sie übersehen. Ich kann deinen Boss überprüfen, während ihr Jungs versucht, die letzte Bombe zu finden.«

»Was geht dir noch im Kopf rum, McKenna?«, fragte Holden und seine Lippen zuckten.

Anstatt beschämt zu sein, dass ich vielleicht eine Grenze überschritten hatte, zeigte ich ihm den Mittelfinger.

»Nein, ich frage dich ganz ernsthaft. Wir sind ein Team. Wir sprechen alles durch. Wir äußern unsere Meinungen und Theorien und arbeiten zusammen. Du bist Teil des Teams. Demzufolge frage ich dich: Geht dir noch etwas anderes im Kopf rum?«

Verdammt, das tat gut.

»Ich glaube nicht, dass dies irgendetwas mit einheimischen Extremisten zu tun hat, die nationale Denkmäler in die Luft sprengen und die Regierung verarschen wollen. Ich halte das alles für ein Täuschungsmanöver.«

»Warum glaubst du das?«, fragte Nixon immer noch lächelnd.

Und verdammt, auch das tat gut. Er sah aus, als wäre er stolz auf mich, dass ich mich zu Wort gemeldet hatte.

»Da das Forum so leicht zu knacken ist, finde ich es offensichtlich. Sogar ich, wenn ich vorhätte, Gebäude in die Luft zu jagen und ein Blutbad anzurichten, würde meine Pläne nicht in ein öffentliches Forum stellen. Ich würde nicht ins Internet gehen und darüber reden, wie man Bomben baut. Verdammt, ich würde es noch nicht einmal googeln. Okay, das würde ich tun, weil ich Wege kenne, meine elektronischen Fußspuren zu verwischen. Aber kurz gesagt, ich glaube, diese Idioten wedeln mit der linken Hand durch die Luft, während sie mit der rechten im Untergrund aktiv sind. Ich würde auf die rechte achten, dort ist die Bombe.«

»Das ist auch meine Meinung«, sagte Nixon. »Hast du herausgefunden, wo die IP-Adresse angesiedelt ist, die der Administrator benutzt?«

»Ja. Vinny's Pizzeria in der South Third Street. Altstadt-Bezirk«, erwiderte ich.

»Sieht aus, als sollten wir uns auf den Weg zu Vinny's

machen«, stellte Nixon fest. »McKenna, kannst du dich in den Computer einhacken, der das Forum aktualisiert?«

»Aber sicher. Sobald sich einer von denen in das öffentliche WLAN der Pizzeria einloggt, bin ich drin.«

»Und wenn es ein Handy oder ein Tablet ist?«

»Es ist sogar noch besser, wenn sie ein Handy benutzen. Das werde ich dann als Tracking-Gerät benutzen. Ich kann es nachverfolgen.«

»Du arbeitest daran und überprüfst Alecs Boss. Ich glaube, ich muss dir nicht erklären, dass das, worum ich dich bitte, illegal ist und nicht im Rahmen des Vertrags mit der Regierung stattfindet, also sei vorsichtig.«

»Das werde ich sein.«

»Alec? Noch irgendetwas, was du hinzufügen möchtest?«

»Mein Boss heißt Don Miller.«

»Don Miller? Der stellvertretende Minister für Cybertechnologie und Sicherheit des MIS? *Dieser* Don Miller?«, keuchte Nixon.

»Genau der.«

»Verdammt, Bruder, das ist kein Kinderspiel, das ist ein Riesenschlamassel.« Nixon wandte sich an mich. »Babe, nimm es mir nicht übel, aber wie gut bist du?«

Ich nahm es ihm nicht übel – Nixon versuchte, mich zu beschützen. Ich wusste, wer Don Miller war. Ich hatte ihn oft genug im Fernsehen gesehen, direkt neben dem Minister für Innere Sicherheit.

»Ich bin verdammt gut, Nixon. Er wird niemals erfahren, dass ich drin gewesen bin.«

Nix starrte mich einen Augenblick an, dann hob er das Kinn. »Gut. Grab so tief, wie du kannst.«

Das fühlte sich nicht nur gut an – es fühlte sich verdammt großartig an. Er vertraute mir. Ich schenkte ihm ein Lächeln, das, wie ich hoffte, meine Freude ausdrückte, und begann, meinen Laptop herunterzufahren. Die Arbeit, die ich vor mir hatte, konnte ich nicht an diesem Computer ausführen. Ich brauchte einen meiner anderen Rechner, um die Überprüfung durchzuführen.

Außerdem musste ich im Supermarkt vorbeifahren und dann nach Hause zu Zack und Mandy.

»Ich werde jetzt gehen, am Laden vorbeifahren und die Recherche von zu Hause beginnen«, erklärte ich den Jungs. »Alec, bleibst du zum Abendessen?«

»Nein danke. Ich muss nach D. C. zurückfahren. Aber danke für die Einladung.«

»Irgendwelche Wünsche?« Ich blickte mich im Raum um.

Niemand antwortete. Stattdessen blickten mich alle mit breitem Lächeln an. Was zum Teufel?

»Du glücklicher Hurensohn«, sagte Jameson und blickte zu Nixon.

»Ja.« Nixons Lächeln wurde noch breiter. »Was du auch machst, es wird uns schmecken, Babe.«

»Dann werde ich Hamburger machen.« Sein Lächeln

blieb gleich, aber der Ausdruck seiner Augen veränderte sich. Sie wirkten wärmer und sanfter. »Aber um euch alle zu warnen, ich kaufe mein Rindfleisch im Supermarkt. Ich möchte immer sicher sein, dass die Kuh, die ich verspeise, von woanders kommt. Ich mag es nicht, etwas zu essen, an dem ich hundertmal vorbeigefahren bin. Im Unterschied zu Nixon, der gern Kühe aus der Gegend verspeist. Wie ich ihn kenne, geht er wahrscheinlich sogar selbst zur Farm und sucht sich die aus, die er essen will.«

Nixon lachte, genau wie von mir beabsichtigt. Sein Lachen klang mittlerweile nicht mehr wie eingerostet, es erfüllte den Raum und sandte mir ein Kribbeln die Wirbelsäule hinunter.

KAPITEL ZWEIUNDDREISSIG

Nixon hatte McKenna zu ihrem Wagen gebracht und ihr angeboten, Duke im Büro bei ihm zu lassen, damit er nicht im Wagen sitzen musste, während sie ihre Einkäufe erledigte. Nach einem allzu kurzen Kuss hatte er beobachtet, wie sie davonfuhr, und auf Duke gewartet, bis dieser im Fountain Park herumgeschnüffelt und sein Geschäft erledigt hatte.

Jetzt stieg er die enge Treppe hinauf, die zu seinem Büro führte, und dachte darüber nach, dass McKenna recht hatte – gute Möbel diese Treppe hinaufzubefördern würde schwierig werden. Vielleicht hatte er die Räume doch zu übereilt gemietet. Er öffnete die Tür zu seinem Büro, ließ Duke voran tapsen und musste feststellen, dass Alec noch nicht gegangen war. Er war immer noch da, zusammen mit dem Rest seines Teams.

»Ich wollte noch mit dir reden, bevor ich fahre«, erklärte Alec.

Nix war immer noch verärgert, dass sein Freund ihm Informationen vorenthalten und seine Motive verschleiert hatte. Andererseits verstand er ihn.

»Tu das niemals wieder, Alec. Ich schwöre bei Gott, ich werde gehen. Ich verstehe, dass du die Sache aus einem frischen Blickwinkel heraus beurteilt haben wolltest und dachtest, das könntest du nur erreichen, indem du uns nicht alles verrätst. Aber du hast dich geirrt. Dies funktioniert nur, wenn du uns restlos alle Informationen gibst. Wir haben Tage verloren – Tage, die wir nicht haben. Und Don Miller? So ein Scheiß, wir hätten gleich bei ihm anfangen sollen.«

»Du hast ja recht. Ich hätte euch alles sagen sollen. Es wird nicht wieder vorkommen, das wollte ich dir sagen. Ich wollte dir auch noch einmal versichern, dass McKenna ein unbeschriebenes Blatt bleibt. Ich führe sie nicht in den Akten und sie steht nicht im Vertrag.«

Nixon verstand, was Alec ihm sagen wollte. Falls McKenna erwischt würde, wäre sie aufgeschmissen. Das war etwas, mit dem Nixon zu kämpfen hatte. Er hatte sie gebeten, etwas Illegales zu tun. Aber er wusste auch, dass er die Verantwortung übernehmen und behaupten würde, er wäre derjenige, der Miller ausspioniert hätte. Auf keinen Fall würde er zulassen, dass man seine Frau festnahm. Weder wegen dieser Sache noch irgendeiner anderen.

»Ich verstehe, was du sagen willst. Ich vertraue ihr. Wenn sie sagt, sie kann uns die Informationen beschaffen, die wir brauchen, ohne erwischt zu werden, dann kann sie das wirklich.«

»Bist du dir sicher?«

»Wenn sie sagt, sie kann es, dann kann sie es.«

»Nix, du hast nicht –«

»Ich vertraue meiner Frau, Alec.« Nixons Tonfall ließ keinen Widerspruch zu.

»Na gut.« Alec hob die Brauen. »Ich vertraue dir und deinem Urteil. Wir werden morgen nach Philadelphia aufbrechen. Ich habe uns einige Zimmer gebucht. Wird McKenna uns begleiten?«

»Auf keinen Fall. Ich will nicht, dass sie dieser Stadt auch nur nahe kommt.«

»Aber –«

»Sie hat auch zwei Teenager, für die sie verantwortlich ist. Sie kann sie nicht allein lassen.«

Diese Aussage entsprach der Wahrheit. Er wusste allerdings, dass ihre Freundin Becky sich gern um Amanda und Zack kümmern würde, wenn McKenna arbeiten müsste. Aber das wollte Nixon Alec nicht erzählen. Er hatte keinerlei Bedenken, ihre Geschwister als Entschuldigung zu benutzen.

Nix hatte einen Job zu erledigen und wenn McKenna

dabei sein würde, wäre ihm ihre Sicherheit wichtiger als die von einem Angriff bedrohte Stadt.

Alec verabschiedete sich und ging. Nixon und sein Team blieben allein zurück.

»Ich denke, McKenna ist auf dem richtigen Weg«, begann Holden. »Wir müssen nach rechts schauen, wenn sie unsere Aufmerksamkeit nach links wenden wollen. Und sie hat recht, wir müssen finden, was in Carpenters' Hall installiert wurde.«

»Ich glaube auch, dass sie den richtigen Riecher hat. Daraus folgt, dass wir uns genau darauf konzentrieren müssen. Wir überlassen es der Bombenentschärfungseinheit, sich um Carpenters' Hall zu kümmern.«

»Glaubst du, die Jungs schaffen das? Bei der ersten Durchsuchung haben sie nichts gefunden«, erinnerte Jameson Nixon.

Jameson hatte recht, sie konnten das Risiko nicht eingehen. Falls dort wirklich Sprengstoff versteckt war und er übersehen wurde, konnten Hunderte von Menschen verletzt werden, wenn nicht noch Schlimmeres. Und damit würde Nixon nicht leben können.

»Wir werden uns dort umschauen, während McKenna Miller überprüft. Und hoffentlich wird sich jemand ins Forum einloggen, sodass sie sich in den Computer einhacken kann.«

»Vor Alec wollte ich nichts sagen, aber die Geschichte stinkt zum Himmel«, bemerkte Jameson. »Entweder haben wir es mit den unfähigsten Wichsern überhaupt zu tun oder Miller hat Dreck am Stecken. Eigentlich sollte man doch glauben, das MIS stellt bessere Männer und Frauen ein.«

»Bruder, genau meine Meinung.« Holden schüttelte angewidert den Kopf.

Nixon setzte sich wieder an den schäbigen Plastiktisch und sah noch einmal durch, was sie hatten. Jameson hatte nicht unrecht, es war, als hätten sie es mit einer Reservemannschaft zu tun. Je mehr er an all die Informationen dachte, die sie *nicht* hatten, desto mehr begann der Mist zu stinken. Und wenn Mist faul war, war er genau das – faul. Es war an der Zeit, dass Nixon die Kontrolle übernahm – über sein Team und diese Operation.

»Verdammt, wie ich es bereue, diesen Job angenommen zu haben«, brüllte er. »Verdammter Mist. All dieser Scheiß muss verschwinden, damit wir von vorn beginnen können. Morgen ist es unsere oberste Priorität, draußen vor der Pizzeria eine Überwachungsstation einzurichten. McKenna kann das Forum beobachten und dann werden wir wissen, wann unsere Zielperson sich im Gebäude aufhält. Da aber jeder heutzutage an seinem verdammten Handy klebt, mag es schwierig werden zu bestimmen, wer sich ins Forum einloggt, aber zumindest werden wir etwas haben, das wir durch die Gesichtserkennung laufen lassen können. Bis morgen will ich ein

Gesicht und einen Namen haben. Die Zeit läuft uns davon.

Die Tatsache, dass wir noch nicht einmal diese Information haben, ist mehr als amateurhaft. Wir fahren diese Operation wie jede andere in der Vergangenheit, und das ohne den Mist, den das MI5 uns geschickt hat. Ich habe das böse Gefühl, dass Alec nur das gegeben wurde, was wir haben sollen. Was bedeutet, irgendjemand aus den höchsten Rängen will nicht, dass Alec viele Infos hat. Und ich hasse wirklich, das zu sagen, aber wir müssen auf Alec aufpassen. Falls jemand in seiner Abteilung unseren Job sabotieren will, wird er nicht glücklich darüber sein, dass er immer noch an der Sache dran ist. Ich bezweifle, dass Miller selbst etwas Unsauberes ausführen würde, aber das bedeutet nicht, dass es nicht jemand anderes für ihn tut.«

»Halten wir Alec auf dem Laufenden oder machen wir es im Alleingang?«, wollte Chasin wissen.

»Er muss wissen, was wir tun und wie weit wir mit den Nachforschungen sind, wenn auch nur aus dem Grund, dass er für seine Sicherheit sorgen kann. Und er wird wissen, dass er nichts weitergeben sollte von dem, was wir herausbekommen haben.«

»Okay«, murmelte Chasin.

»Jameson. Weston. Geht die Forum-Mitglieder durch und findet heraus, ob einer von der Liste das Semtex besorgt hat. Immerhin bleibt die Tatsache bestehen, dass in allen drei Gebäuden C4 gefunden wurde. Auch wenn keine Zündvorrichtung angebracht wurde, müssen wir trotzdem wissen, woher der Sprengstoff stammt.«

Die beiden Männer schoben Papiere herum, bis sie die Liste fanden, die McKenna ausgedruckt hatte. Dann machten sie sich an die Arbeit. Und Nixon las sich noch ein letztes Mal den Bericht des MIS durch. Er war sich nicht einmal sicher, ob er dem traute, was ihnen geschickt wurde, aber einen letzten Blick war es wert.

NIXON FUHR MCKENNAS ZUFAHRTSSTRASSE ENTLANG. Ihr Hund saß neben ihm und streckte den Kopf zum Fenster hinaus, wie er es bereits während der ganzen Fahrt aus der Stadt heraus getan hatte. Mit heraushängender Zunge und wedelndem Schwanz schien er im siebenten Hundehimmel zu schweben. Der Hund war groß und sah einschüchternd aus, war aber für Nixons Geschmack viel zu freundlich. Duke war eher geneigt, einen Eindringling abzuschlecken, als ihn anzugreifen. Da Nixon in Kürze die Stadt verlassen musste, wünschte er sich, der Hund hätte aggressivere Beschützerinstinkte.

Er hielt an und musterte den Hof. Seine Mundwinkel verzogen sich nach oben, eine Bewegung, die ihm immer vertrauter wurde, jetzt, da er McKenna in seinem Leben hatte.

Zack säuberte gerade das Kinder-Plastikplanschbecken, das die Wilsons als Ententeich nutzten. Nie hätte Nixon gedacht, dass er eines Tages fünfzehn voll ausgewachsene Stockenten in einem blauen Planschbecken mit aufgedruckten Haien herumschwimmen sehen würde.

Er ließ den Blick von Zack zum Haus wandern. Er konnte McKenna und Mandy hinter dem Küchenfenster sehen. Mandy bewegte die Lippen und McKenna lächelte.

Er blieb in seinem Pick-up sitzen, Duke wurde bereits ungeduldig, aber Nix rührte sich nicht.

Nixon fühlte etwas, das er lange nicht gefühlt hatte – er war glücklich.

Seine Frau war glücklich.

Mandy öffnete sich endlich.

Zack hatte ihn akzeptiert.

Zur Hölle, ja, Nixon war wirklich ein glücklicher Kerl.

KAPITEL DREIUNDDREISSIG

Ich stellte meine Einkäufe in der Küche ab und ging los, um Mandy und Zack zu suchen.

Zuerst lugte ich ins Wohnzimmer, nichts. Ich wandte mich gerade zum Gehen, als ich zu Tode erstarrte.

Zu Tode. So tot, dass ich nicht mehr atmete.

Der Platz war so lange leer gewesen. Aber jetzt, an der Wand, wo immer noch der Nagel eingeschlagen und ein rechteckiger, hellerer Fleck zu sehen war, hing unser Familienbild. Das Bild, das Mandy abgenommen hatte, nachdem wir uns so heftig gestritten hatten.

Seitdem hatte ich das Foto nicht mehr gesehen. Ich hatte nicht gewusst, was sie damit angestellt hatte, und auch niemals danach gefragt.

Und jetzt war es wieder da. Nicht zu übersehen.

Ich vergaß die Suche nach meinen Geschwistern und lief wie von der Tarantel gestochen in mein Schlafzimmer.

Dort zog ich die Tür hinter mir zu und schloss mich sicherheitshalber in meinem Badezimmer ein. Dann saß ich auf dem Toilettensitz und weinte.

Ich muss mich verbessern, ich heulte mir die Augen aus dem Kopf. Ich hatte meine Familie zurück. Mandy hatte sie mir wiedergegeben. Sie hatte sich wiedergefunden, endlich. Ich wusste weder, wie ich damit umgehen sollte, noch, ob ich überhaupt reagieren sollte. Ich befürchtete, sie würde sich wieder in sich zurückziehen, wenn ich eine große Sache daraus machen würde. Aber sie musste wissen, wie dankbar ich ihr war.

Ich brauchte lange, um meine Fassung wiederzuerlangen. Dann wusch ich mir das Gesicht und verließ mein Zimmer. Als ich unten angekommen war, sah ich Mandy in der Küche und im anderen Zimmer hörte ich den Fernseher laufen.

»Hey, Micky, wo ist ...« Mandy hörte auf zu sprechen, als sie mein Gesicht sah. »Ist alles in Ordnung?«

»Oh ja, du weißt doch, wie im Frühling plötzlich meine Allergien verrücktspielen.«

Das war eine lahme Entschuldigung für meine geschwollenen Augen und meine rote Nase, aber eine bessere war mir nicht eingefallen.

»Hamburger?«, fragte sie und hielt das große Paket mit dem Rinderhackfleisch in die Höhe.

»Ja. Willst du mir helfen?«, fragte ich sie.

»Ja, sicher.« Mir war nicht bewusst, dass ich den Atem

angehalten hatte, während ich auf ihre Antwort wartete. Und als sie mir lächelnd antwortete, spürte ich, wie meine Augen wieder zu brennen begannen.

Schnell wandte ich ihr den Rücken zu und angelte die Brötchen aus der Tüte, denn ich brauchte ein paar Sekunden, um mich zu sammeln.

»Hey, wo ist Duke?«

»Nixon wird ihn nach Hause zurückbringen«, erklärte ich.

»Cool. Wie war die Arbeit? Ich weiß, ihr habt mir erklärt, dass ihr nicht darüber reden dürft, aber ganz allgemein, wie läuft es?«

Gütiger Himmel, meine Schwester erkundigte sich tatsächlich nach meinem Tag. Das war vollkommen neu.

»Er war gut. Ich habe gerade erst das Netzwerk aufgebaut«, erzählte ich ihr, während ich einen Topf Wasser auf den Herd stellte.

»Ich wette, er war beeindruckt.« Sie kicherte.

»Ich weiß nicht, ob er beeindruckt war. Aber ich denke, er war ein wenig überrascht, dass ich so schnell fertig war.«

»Dad war immer beeindruckt«, bemerkte sie, wobei sie nicht mich, sondern die Schüssel mit dem Rindfleisch anblickte. »Er hat bei seinen Freunden immer mit dir angegeben. Besonders, nachdem du ihm diese App gemacht hast, damit er seine Flugstunden und die vorgesehenen Wartungsarbeiten nachvollziehen konnte.«

Bei der Erinnerung an meinen Dad hielt ich inne. Mandy hatte das Thema so lange gemieden, dass es schon schmerzte, wenn sie nur seinen Namen aussprach. Ich hatte nicht gewusst, dass mein Dad mit mir angegeben hatte. Ich wusste, er war stolz auf mich. Mit Lob ging er großzügig um. Aber ich hatte nicht gewusst, dass er seinen Freunden von mir erzählt hatte. Das Wissen darum wärmte mein Herz.

»Du weißt doch, dass er auf dich auch stolz war«, sagte ich zu ihr und zwang mich mit Mühe, mich zu bewegen. »Ständig hat er mir Fotos von deinen Bildern geschickt. Und erinnerst du dich daran, als du den schulübergreifenden Wettbewerb gewonnen hast? Dad schickte mir eine E-Mail mit einem Video von dir, wie du den Preis in Empfang nimmst. Und ungefähr tausend Fotos von jenem Abend. Er liebte es, dir beim Malen zuzusehen.«

»Wirklich?« Ihre Stimme war schwer vor Trauer und mit mehr Konzentration als nötig knetete sie die Gewürze in das Fleisch.

»Oh ja. Ständig. Ich habe die Nachrichten und die E-Mails immer noch, wenn du sie gern sehen möchtest. Ich habe auch noch einige von deiner Mom. Weißt du, dass sie jeden Sonntag E-Mails geschickt oder mit der Hand Briefe geschrieben hat? Ohne Ausnahme habe ich jeden Sonntag eine E-Mail bekommen, in der sie mir erzählte, was ihr, du und Zack, und sogar Dad während der Woche gemacht hattet.«

Das war eins der vielen, vielen Dinge, die ich an meiner Stiefmutter so geliebt hatte. Sogar nachdem ich ausgezogen und auf der anderen Seite des Landes die Uni besucht hatte, hatte sie dafür gesorgt, dass ich mich immer noch mit meiner Familie verbunden fühlte. Manchmal waren ihre Nachrichten kurz gewesen, nur ein oder zwei Sätze. Manchmal waren sie lang und sie schickte Bilder mit. Aber immer waren sie voller Liebe und Stolz auf ihre Familie. Und sie endeten stets auf die gleiche Weise: »Und wie geht es dir, mein Liebling?«

»Das hatte ich vergessen.«

»Auch die habe ich alle noch. Ich kann sie dir ausdrucken, wenn du sie haben möchtest.«

»Oh ja.«

»Gut. Das mache ich sofort, wenn ich den Nudelsalat fertig habe. Könntest du die Zutaten für die Burger klein schneiden? Alle Jungs werden herkommen.«

Ich kippte zwei Tüten dreifarbiger Spiralnudeln in das kochende Wasser. Dabei versuchte ich verzweifelt, nicht in Tränen auszubrechen. Ich wusste nicht, was die Veränderung in meiner Schwester angestoßen hatte, und ich wusste auch nicht, warum heute der Tag war, an dem sie bereit war, sich zu öffnen, aber ich war dankbar.

Es war Zeit, höchste Zeit.

Hier und jetzt, als wir endlich offen miteinander redeten, wollte ich eigentlich nichts tun, was Mandys Stimmung gedrückt hätte, aber ich musste es tun. Da wir bereits über Dad und Carla redeten, war der richtige Zeitpunkt gekommen, auch wenn ich nur ungern fragte.

»Möchtest du gern nach Kalifornien fahren, zu einem Besuch …« Mist. Warum war dies so viel schwerer, als ich gedacht hatte? Mandy starrte mich jetzt an, und das machte es mir noch schwerer. »Um Dads und Carlas –«

»Nein«, schnitt sie mir das Wort ab.

»Aber ich dachte –«

»Ich habe über das nachgedacht, was Nixon gesagt hat. Er hat recht. Ich kann an jedem beliebigen Ort zu ihnen reden.« Ich blickte meiner Schwester in die Augen, um herauszufinden, ob sie die Wahrheit sagte oder ob sie versuchte, ihre Trauer zu unterdrücken. »Ehrlich, Micky, ich will nicht dorthin fahren.«

»Aber falls du deine Meinung änderst, möchte ich, dass du es mir sagst.«

»Hat Dad dich jemals mitgenommen, um deine Mom zu besuchen?«

Ein scharfer Schmerz fuhr mir in die Brust. Eine Mischung aus Sehnsucht und Schuldgefühl. Sie war nun schon so lange fort und Carla war länger in meinem Leben gewesen als Mom. Ich konnte nicht ausmachen, was mich mehr schmerzte – Carla verloren zu haben oder meine Mom. Natürlich war das kein Wettstreit, aber im Hinterkopf und in meinem Herzen spürte ich einen Hauch Reue, dass ich Carla mehr vermisste.

»Nach der Beerdigung meiner Mom bin ich niemals

mehr auf den Friedhof zurückgekehrt. Dad erklärte mir, sie wäre immer in meinem Herzen und wir müssten nicht auf den Friedhof gehen, um zu ihr zu sprechen. Es tut mir leid, dass ich nicht schon früher mit dir darüber geredet habe. Das hätte ich tun sollen. Ich hätte wissen müssen, dass ich es dir und Zack hätte anbieten müssen.«

»Nein, es gibt nichts, für das du dich entschuldigen müsstest. Ich entschuldige mich. Ich war eine Nervensäge, und ich weiß es. Ich habe Richie übrigens auf meinem Handy blockiert. Es war ... wirklich dumm von mir, mich überhaupt mit ihm einzulassen.«

Verdammter Richie. Ich hätte sie gern verbessert und ihn Deputy Schweinehund genannt, aber ich widerstand dem Drang.

»Weißt du, das Leben ist kein großes Geheimnis. Es ist einfach. Nicht immer leicht – aber wenn man es auf den Punkt bringt, ist es nichts weiter, als dass du ständig eine Wahl treffen musst. Ob richtig oder falsch, du musst damit leben. Dann musst du dich entscheiden, wie du mit den Folgen umgehst. Daraus lernen? Daran wachsen? Dich daran freuen? Was hat deine Entscheidung dir eingebracht? Welchen Wert? Du hast einen Fehler begangen. Wir alle machen Fehler. Und du wirst noch mehr machen, kleine Schwester. Gott sei Dank ist diese Lektion nicht so hart ausgefallen, wie sie hätte sein können.«

»Danke, dass du so cool damit umgehst«, murmelte sie.

Jetzt, da der schwere Job getan war, wechselte ich das Thema. »Und ... äh .. wie geht es Caleb?«, fragte ich.

»Er hat mich zum Abschlussball eingeladen.«

»Er hat was?« Ich drehte mich herum und gaffte Mandy an. Der Abschlussball war eine große Sache und sollte bald stattfinden. Wir mussten ihr ein Kleid und neue Schuhe kaufen, und Schmuck, und wir mussten einen Termin beim Friseur vereinbaren. »Was hast du gesagt?«

»Ich habe Nein gesagt.«

»Du hast was? Warum? Ich dachte, du magst ihn.«

»Das tue ich auch. Er ist lustig und nicht wie die anderen Jungs. Er kann den Clown spielen, aber er hat ernste Pläne für die Zukunft und arbeitet hart in der Schule. Die anderen Jungs hänseln ihn und nennen ihn einen Streber, aber ihm ist das egal. Er hat die Zulassung für die Universität von Maryland bekommen, er ist also wirklich clever.«

»Warum hast du dann Nein gesagt?«

»Weil er mich per SMS gefragt hat. Per SMS! Ich brauche keine großartige Geste, wie man es auf Pinterest sieht, wo Jungs aus der Highschool so etwas wie Heiratsanträge posten, aber per SMS? Du meine Güte, nein! Ich sagte ihm, er solle mich noch einmal persönlich fragen, dann hätte er vielleicht eine bessere Chance, ein Ja von mir zu bekommen.«

Ich konnte weder das Lachen unterdrücken, das in meiner Kehle aufstieg, noch das anschließende Lächeln.

»So ist es richtig, Schwester. Lass ihn etwas dafür tun!«

Mandy erwiderte mein Lächeln, das erste echte Lächeln, das ich seit einer gefühlten Ewigkeit an ihr sah.

Sie erzählte weiter, von einem Kleid, das sie online gesehen hatte und in einem Secondhandladen kaufen könne. Ich sog auch weiterhin all das Gute in mich auf, das Mandy mir schenkte, während ich versuchte, den Nudelsalat endlich fertig zuzubereiten. Mandy formte derweil die Hamburger und plauderte weiter.

Darauf habe ich gewartet. Dass meine lustige, lebensfrohe, kluge, talentierte Schwester zurückkehrt.

Wir hatten zu Abend gegessen und Mandy hatte sich nach oben in ihr Zimmer verzogen, um die E-Mails ihrer Mom zu lesen, die ich ausgedruckt hatte. Es wurde bereits dunkel und Zack und Holden jagten Sally und versuchten, sie für die Nacht in den Stall zu bringen. Da Holden nicht Nix' Händchen besaß, trabte Sally in Kreisen um die beiden Jungs herum, die mit den Zungen schnalzten und sie bei ihrem Namen riefen.

Nixon fand das höchst amüsant. Er saß mit einem Bier in der Hand neben mir auf der Veranda, und wahrscheinlich ebenfalls mit einem vollen Magen, nach den Mengen zu urteilen, die er verschlungen hatte.

»Ich wette, Holden hat deine Technik nicht drauf«, murmelte ich.

»Was meinst du damit?« Nixon wandte den Blick von der Pferdekoppel ab und mir zu.

»Du weißt schon, Selbstkontrolle. Langsame, berechnende Bewegungen. Eine sanfte Hand und eine feste Stimme.«

Nixon lachte leise vor sich hin und wie immer breitete sich ein warmes, zärtliches Gefühl in mir aus.

»Holden weiß nicht, was sanft ist«, erklärte Jameson.

»Ich frage mich, was er tun wird, wenn er sie endlich am Strick hat«, scherzte ich.

Nixon zwinkerte und drückte meine Schulter. Er verstand meine Anspielung. Unser kleiner Insider-Witz, nur für uns beide. In meinem Bauch tanzten die Schmetterlinge bei dem Gedanken, nur für *uns* beide. Es gefiel mir.

»So weit wird er wahrscheinlich nicht kommen. Er sieht aus, als hätte er bereits die Geduld verloren.« Jameson wies mit dem Kopf in Richtung der Scheune und natürlich, Holden hatte die Hände in die Hüften gestützt und sah sauer aus.

»Er muss nicht helfen. Zack kann das allein.« Ich stupste Nixon an.

»Er ist nur nervös wegen unseres Jobs«, erwiderte Nix.

»Das erinnert mich an etwas«, begann ich. »Ich habe mit der Suche begonnen. Hoffentlich taucht bis morgen früh etwas Brauchbares auf. Also, bis jetzt hat sich noch niemand ins Forum eingeloggt, aber ich habe ein Signal auf mein Handy umgeleitet. Wenn sich also jemand einloggt, werde ich es wissen. Wann werdet ihr losfahren?«

»Was ist mit der Gesichtserkennung?«, fragte Weston.

»Was soll damit sein?« Ich wandte mich ihm zu.

»Wenn wir dir ein Foto geben, wie schnell kannst du es durchlaufen lassen?«

»Schnell.«

»Holden wird die Pizzeria observieren. Sobald du ihm sagst, dass jemand sich eingeloggt hat, wird er dir Fotos schicken. Aber zweifellos werden es eine Menge sein, die du überprüfen musst«, informierte Nixon mich.

»Ich werde sie als höchste Priorität einstufen«, versicherte ich ihm. »Ich werde sehen, was ich über Miller herausfinden kann, das Netzwerk endgültig sichern und für etwaige Fotos bereit sein.«

»Ich kann dir nicht sagen, wie sehr wir deine Hilfe schätzen.«

Ich wusste nicht, was ich Nixon antworten sollte, also lächelte ich, und das brachte mir ein weiteres Schulterdrücken ein.

Ich war bereits im Bett, als mein Telefon mit einem Piepsen eine SMS ankündigte.

Ich rollte mich an die Bettkante und schnappte mir mein Handy vom Nachttisch, tippte auf das Nachrichten-Symbol und sah Nixons Namen.

Nixon Swagger: *Ich wünschte, ich hätte heute Abend mehr Zeit mit dir allein gehabt.*

Gott, das wünschte ich mir auch.

Die Jungs waren gegangen, kurz nachdem Holden und Zack Sally in der Scheune eingesperrt hatten. Kurz danach hatte Nixon mich nach oben in mein Schlafzimmer gebracht, um mir unter vier Augen eine gute Nacht zu wünschen, was natürlich eine Menge Herumfummeln und Knutschen auf meinem Bett beinhaltete. Leider ging es übers Küssen und bekleidetes Begrapschen nicht hinaus, da er nach Hause zurückkehren musste, um seine Ausrüstung zusammenzupacken. Außerdem liefen Mandy und Zack im Haus herum. Daher verlief unser Zusammentreffen eher unschuldig. Leider.

Schnell tippte ich eine Antwort: *Ich auch. Hast du alles fertig?*

Die nächste Nachricht kam sofort: *Ja. Alles fertig. Hast du Lust, dich wegzuschleichen?*

Mein Bauch zog sich zusammen und ich schickte ihm die einzig mögliche Antwort: *Verdammt, ja.*

KAPITEL VIERUNDDREISSIG

Nixon hatte während der zweistündigen Fahrt nach Philadelphia fast nur geschlafen, denn er hatte sich erst gegen drei Uhr morgens nach Hause geschleppt. Aber die gestohlenen Stunden, die er mit McKenna verbracht hatte, waren es wert gewesen. Er hatte sie abgeholt und sie über Coopers Lane und Drayton Manor bis hinter Kinnairds Point gefahren. Die Gegend hatte sich sehr verändert seit seiner Teenager-Zeit. Große, schöne Villen nahmen nun den Platz dessen ein, was früher als die perfekten Stellen fürs Herumknutschen gegolten hatten.

Glücklicherweise erinnerte er sich an den alten Feldweg, der ans Ufer des Still Pond Creek führte. Dort hatte er eine Decke ausgebreitet und sie hatten stundenlang nichts weiter getan, als miteinander zu reden. Ja, es lohnte sich, die Müdigkeit als Preis dafür zu zahlen.

Jetzt stand er draußen vor Vinny's Pizzeria, wo Holden

Stellung beziehen würde, während der Rest des Teams, einschließlich Alec, nach Carpenters' Hall aufbrechen würde.

»Seid ihr bereit?«, fragte Alec. »Die Bombenentschärfungseinheit ist auf dem Weg.«

»Ja. Ruf uns an, wenn du mit McKenna gesprochen hast«, wies Nix Holden an.

»Gebongt.« Holden machte sich davon und nicht lange darauf hatte er sich unter die Menge gemischt, die sich auf dem Bürgersteig drängte.

Da Carpenters' Hall sich nur etwas mehr als einen Kilometer die South Fourth Street und Chestnut hinunter befand, beschloss das Team, zu Fuß zu gehen. Es gab dreiundzwanzig für einen Anschlag interessante Sehenswürdigkeiten im historischen Stadtkern, wenn man dem sogenannten *Official Trail of Philadelphia* folgte. Zehn davon in der direkten Umgebung der Carpenters' Hall – logischerweise war es ein Albtraum, dieses Gebiet abzusichern.

Der Marathon würde die Läufer die Chestnut hinunter führen, vorbei am Science History Institute, National Liberty Museum und Carpenters' Hall, alle im selben Block gelegen. Es gab winzige Durchgänge und riesige Gebäude in einem einzigen Mischmasch, was es unmöglich machte, die Route lückenlos abzusichern.

»Dieses Viertel ist ein verdammtes unübersehbares Kuddelmuddel«, murmelte Jameson, als sie an den handgefertigten Stufen und Säulen der First Bank of the United States vorbeikamen. »Ich habe mindestens ein Dutzend Stellen ausfindig gemacht, an die sich ein Scharfschütze legen und warten könnte. Hat die Bombenentschärfungseinheit alles an der Route durchgekämmt?«

Als sie auf die Chestnut einbogen, um zum Eingang zu gelangen, sahen sie Straßenarbeiter, die Schächte abdeckten, und ein kurzer Blick rundum verriet Nixon, dass alle tragbaren Mülltonnen aus dem Bereich entfernt worden waren. *Das ist doch zumindest etwas.*

»Ich habe heute Morgen herausgefunden, dass die Carpenters' Hall heute Abend für eine Gala vermietet wurde.«

»Mein Gott«, stieß Nixon hervor. »Das soll doch wohl ein Witz sein.«

»Nein. Eine Spendenveranstaltung für das Kunstinstitut. Das Gebäude schließt um sechzehn Uhr und die Vorbereitungen beginnen um sechzehn Uhr dreißig.«

Nixon warf einen Blick auf seine Armbanduhr. Es war beinahe Mittag und sie waren wirklich spät dran. Da vibrierte sein Handy in der Hosentasche. Er holte es hervor und überflog die Nachricht.

»McKenna hat angerufen, jemand hat sich eingeloggt«, informierte er die anderen. »Holden schickt ihr Fotos der Verdächtigen. Leider gibt es sehr viele Leute dort, die ihre Handys benutzen. Es ist Mittagszeit und die Pizzeria bietet kostenloses WLAN an.«

»Alec, Bruder, hier sieht es nicht gut aus«, bemerkte Weston. »Da gehen Leute ein und aus, nicht überprüfte Lieferanten und Catering-Teams. Ganz zu schweigen von den Gästen. Gibt es eine Chance, die Gala abzusagen?«

»Negativ. Ich habe es bereits versucht. Die Jungs vom Bombenentschärfungsteam haben Carpenters' Hall durchsucht und nichts gefunden. Sie tun es lediglich ein zweites Mal, um mir einen Gefallen zu tun. Der Captain war nicht gerade glücklich darüber, sie noch einmal loszuschicken. Er hat nur begrenzte Ressourcen und zweiundvierzig Komma zwei Kilometer zu durchkämmen.«

»Ich hoffe wirklich, deine Frau kann ein Wunder wirken, Nix. Das könnten wir jetzt gebrauchen.« Weston schüttelte den Kopf, dann ließ er die Hände sinken und neigte resigniert den Kopf.

Nixon hoffte verzweifelt, McKenna könnte dieses Wunder bewerkstelligen, denn Weston hatte recht. Sie hatten einen Haufen Nichts. Die Uhr tickte schnell, aber es war bereits fünf vor zwölf. Tausende Menschen waren möglicherweise in Gefahr. Das war einfach unakzeptabel.

Zwei Stunden später entschuldigte Nixon sich und entfernte sich von der Gruppe Männer, die sich in der ersten Etage der Carpenters' Hall versammelt hatte. Holdens Anruf war keinen Augenblick zu früh gekommen

– Nix war bereit, auf den Entschärfungstrupp aus Philadelphia zu scheißen.

Sie hatten in größter Eile das Untergeschoss durchsucht, und zwar unter wiederholtem Meckern, dass sie es bereits einmal getan hätten und es unnötig sei.

Und doch *war* es nötig gewesen. Eine schlecht gemachte Rohrbombe war in einer Kiste versteckt worden. Eine Kiste mit so vielen Mottenkugeln, dass jedes Insekt in der weiteren Umgebung geflohen war, um nach frischer Luft zu suchen.

Nixon war sauer. Mehr als sauer.

Die Bombe war ein Witz von einem Sprengkörper. Das verdammte Ding war aus PVC gemacht, nicht aus Metall. Ganz zu schweigen davon, dass das Loch in der Haube zu groß ausgebohrt worden war, sodass die Zündschnur herausgefallen und die Bombe somit wirkungslos geworden war, als der Bombenexperte sie aus der Kiste geholt hatte.

Absoluter Schwachsinn.

Sie hatten es mit einer Organisation zu tun, die einen Scheißdreck über improvisierte Sprengkörper wusste. Die Bombe hätte keine größere Wirkung gehabt als ein verdammter Feuerwerkskörper, wenn sie hochgegangen wäre.

Doch die Tatsache blieb, es gab eine Bombe und es konnten noch mehr versteckt sein.

Nixon trat nach draußen. Er fand eine abgeschirmte Ecke und rief Holden zurück.

»Ich werde McKenna dazuschalten«, sagte Holden sofort.

Ein paar Sekunden später meldete sie sich. »Hey. Ich habe etwas herausgefunden. Können wir frei übers Telefon sprechen?«

Verdammt, sie war entzückend.

»Ja, Babe, was hast du herausgefunden?«

»Erstens denke ich, Alec hatte recht. Ich fand ein Bankkonto, das auf den Namen von Millers verstorbener Mutter läuft. Darauf hatte sich seit deren Tod vor ein paar Jahren nichts getan. Es waren ungefähr zweihundert auf dem Konto und ein paar Cents, die sich an Zinsen ansammelten. Aber dann, vor zwei Monaten, wurde eine Einzahlung von achttausend Dollar vorgenommen. Das hat sich seitdem jeden Tag, also zweiundsechzig Tage lang wiederholt, jeden Tag wurden achttausend eingezahlt. Heute gab es nur eine Einzahlung von viertausend Dollar.«

Gütiger Himmel. Das war eine halbe Million Dollar innerhalb von zwei Monaten.

»Verdammt«, fluchte Holden.

»Ich habe auch die Fotos durch den Computer laufen lassen, die Holden mir geschickt hat. Ich habe noch fünf zu bearbeiten, aber ich denke, ich habe gefunden, wen wir suchen. James Shea –«

»Warum er?«, schnitt Nix ihr das Wort ab.

»Sobald ich die Namen zu den Gesichtern hatte, habe ich sie im Hintergrund mit dem Strafregister abgleichen lassen. James Shea hat eine lange kriminelle Vorgeschichte. Hauptsächlich, weil er zur irischen Mafia gehört. Er gehört der Connolly Bande an. Die hat auch Anhänger in Philadelphia, aber ihre Hochburg ist in South Boston.«

»Verdammt«, brüllte Nixon, dann blickte er sich schnell um, ob auch keine Familien oder kleinen Kinder in der Nähe waren. »Okay. Hast du die Namen mit den Namen der Mitglieder des Nachrichten-Boards abgeglichen?«

»Ja, aber nur mit den Forumsmitgliedern, deren echte Namen ich herausfinden konnte. Ich habe keine Übereinstimmungen gefunden. Übrigens hatte keiner, den ich überprüft habe, irgendeine kriminelle Vorgeschichte. Ich könnte ihre Kreditkartenabrechnungen einsehen, aber das dauert eine Weile. Die letzten fünf Namen, die ich habe, sind Frauen. Ich überprüfe sie gerade.«

Nixon überdachte die Informationen, die er von McKenna bekommen hatte. Shea machte am meisten Sinn, aber sie brauchten mehr.

»Wir werden ausgetrickst«, warf Holden ein. »Irgendetwas in Carpenters' Hall?«

»Ja, eine Scherzbombe, die höchstens einen Knall verursacht hätte, falls sie überhaupt explodiert wäre. Sie befindet sich jetzt bei der örtlichen Polizei und wird auf Fingerabdrücke untersucht.«

»Was meinst du mit, *falls* sie überhaupt explodiert wäre?«

Nixon berichtete kurz von der stümperhaft hergestellten Bombe und endete mit dem Satz: »Wer auch immer sie gemacht hat, hat die Anleitung aus dem Internet. Ohne Zweifel. Niemand mit etwas Fachwissen hätte sie jemals so gebaut, und schon gar nicht mit PVC.«

»Was jetzt?«, wollte Holden wissen.

»McKenna, grab noch tiefer in Bezug auf Shea. Ist es dir gelungen, dich in seinen Computer einzuhacken, als er sich ins öffentliche WLAN eingeloggt hat?«

»Es war ein Handy. Und ja. Ich bin drin, mit vollem Zugang. Wenn er die Pizzeria verlässt, kann ich seine Aufenthaltsorte verfolgen.«

Verdammt, sie war gut.

»Gute Arbeit, McKenna. Holden, du bleibst an Shea dran. Wir arbeiten ab jetzt unter der Annahme, dass er unser Mann ist. Wir haben nichts anderes und keine Zeit mehr. Übrigens, heute Abend findet eine Gala in der Carpenters' Hall statt. Hunderte von Gästen, die nicht durchsucht wurden, werden ein und aus gehen, ganz zu schweigen von den Lieferanten.«

»Was zum Teufel? Hat Alec das nicht für wichtig gehalten?«

»Er wusste es nicht«, erklärte Nixon.

»Hey, was ist A-N-C?«, fragte McKenna. Sie buchstabierte die Abkürzung.

»Wiederhole das bitte«, sagte Nixon, während eisige Kälte an seiner Wirbelsäule hochkroch.

»Shea hat eine Nachricht versendet: A-N-C platziert. Was ist das?«

»Babe, scheiß auf alles andere. Höchste Priorität hat jetzt, dass du herausfindest, wem Shea das geschickt hat. Und alle anderen Informationen, die sie über das ANC rausgeben.«

»Okay«, bestätigte sie. »Was ist mit Miller?«

»Scheiß auf Miller. Shea ist unser Mann. Holden, verlier ihn nicht aus den Augen.«

»Verstanden. McKenna, ich habe die App aktiviert, die du mir geschickt hast. Kannst du meinen Aufenthaltsort sehen?«

»Ja, Holden. Nix, ich schicke dir die App auch. Bitte lade sie auf dein Handy herunter und aktiviere sie. Dann bin ich in der Lage, dich von hier aus zu verfolgen.«

Verdammt, wie klug diese Frau war!

»Verstanden, McKenna. Bitte schicke die App an die Handys aller meiner Männer. Ich muss mich beeilen und das Team zusammentrommeln. Wir machen uns auf den Weg zurück ins Hotel. Halt mich auf dem Laufenden.«

Nixon beendete das Gespräch und joggte zum Eingang der Carpenters' Hall. Sie waren höchstwahrscheinlich ausgetrickst worden. Das Team war auf der falschen Spur und folgte einem Täuschungsmanöver. Abhängig davon, wie viel ANC Shea hatte, konnte er einen ganzen Häuserblock dem Erdboden gleichmachen. Der Industrie-Sprengstoff war einfach eine Mischung aus granuliertem Ammoniumnitrat und Heizöl. Die Kombination war so tödlich, dass die Zerstörung, die es verursachen konnte, katastrophal sein konnte, falls das Team den Sprengsatz nicht fand.

Er lief die Treppe hinauf, fand sein Team, verbannte alle Emotionen aus seinem Gesicht und befahl: »Los gehts.«

Seine Teamkameraden, als die Profis, die sie nun einmal waren, stellten keine Fragen. Sie verabschiedeten sich einfach und folgten ihm.

KAPITEL FÜNFUNDDREISSIG

»Was hast du noch herausgefunden?«, hallte Nixons Stimme durch das leere Büro.

»Ich habe mir die Bergbauunternehmen in der Gegend angeschaut, wie du mich gebeten hast. Everett's Stone Quarry in Allentown, Pennsylvania hat einen Einbruch gemeldet. Der Bericht ist einen Monat alt und recht schwammig. Also habe ich etwas mehr herumgestochert und ich fand eine interne Notiz des Geschäftsführers von Everett's an seine Sekretärin. Er erinnerte sie daran, eine Anfrage an die Versicherung zu stellen bezüglich der Erstattung von fünfundzwanzig Kilo ANC. In der Notiz ist auch die Rede davon, dass auch eine kleine Menge Zyklonit gestohlen wurde.«

»Großer Gott«, hörte ich Alec im Hintergrund hervorstoßen.

Nixon hatte mich auf Lautsprecher gestellt. Das Team war in sein Hotelzimmer zurückgekehrt, alle außer Holden, der ein Gebäude in der Innenstadt von Philadelphia beobachtete, das James Shea vor zwei Stunden betreten und bisher nicht wieder verlassen hatte.

»Wird in der Notiz irgendwo C4 oder Komposition 4 erwähnt?«, wollte Weston wissen.

»Nein.«

»Wir wissen also, woher die Iren das ANC haben und dass sie RDX zur Verfügung haben, um Zündhütchen herzustellen«, fuhr Weston fort.

»RDX?«

»Zyklonit ist auch als RDX bekannt. Es wird benutzt, um das Bauteil herzustellen, das die Detonation der Sprengladung auslöst. ANC explodiert nicht von allein, man braucht etwas, um es zur Explosion zu bringen«, erklärte Weston.

Gütiger Himmel. Langsam brauchte ich einen Spickzettel für Abkürzungen.

»Haben noch irgendwelche anderen Bergbauunternehmen Diebstähle gemeldet?«, fragte Nixon.

»Nein.«

»Nehmen wir also an, sie haben nur diese fünfundzwanzig Kilo, geschickt platziert und gezündet, dann haben sie einen effektiven Radius von hundert Quadratmetern. Das könnte —«

»Auf Sheas Handy tut sich etwas. Unmengen an SMS gehen rein und raus«, unterbrach ich Nixon. »Sie werden von einem Wegwerfhandy gesendet, das ich gerade zu verfolgen versuche. Sie reden über Verkehr, die Marathon-Route, welche Straßen gesperrt werden und Alternativen, um die Stadt zu verlassen.«

»Schick mir die Nachrichten«, brüllte er seinen Befehl.

Unter normalen Umständen hätte ich ihn daran erinnert, dass es in der englischen Sprache dieses kleine Wort gab, das man für gewöhnlich benutzte, wenn man jemanden um etwas bat. In diesem Fall jedoch glaubte ich nicht, dass er mein Beharren auf Höflichkeit amüsant gefunden hätte.

Schnell tat ich, was er verlangte, und wartete auf weitere Anweisungen.

»Ist es möglich, dass die Iren versuchen, ein Territorium ihrer Feinde zu übernehmen?«, fragte ich lahm, da ich an das dachte, was ich im Fernsehen über die Mafia gesehen hatte.

»Chasin, überprüfe die Berichte aus Boston, New York, Chicago, Philadelphia und Los Angeles auf irgendwelche Festnahmen im Zusammenhang mit der Mafia und finde auch heraus, wer ausgebrochen ist. Wenn all das etwas mit Territorialkämpfen zu tun hat, dann muss es eine Veränderung gegeben haben. Wir sind nicht mehr in den Zwanzigerjahren. Klare Grenzen haben sich etabliert – zwei feindliche Gruppen würden sich nicht bekriegen wegen eines Stück Landes, außer es gäbe einen Grund«, erklärte Nixon.

»McKenna?«, fragte Alec. »Kannst du etwas für mich tun?«

»Aber sicher.«

»Ich werde dir eine E-Mail-Adresse und ein Passwort geben. Kannst du dich bitte bei dem Konto anmelden und eine E-Mail im Ordner *Entwürfe* abspeichern mit allen Informationen, die du über Miller gefunden hast? Schick die E-Mail nicht ab, lass sie einfach im Entwurf-Ordner. Dann sieh später noch einmal nach, ob eine neue E-Mail in diesem Ordner abgelegt wurde.«

»Okay.«

»Danke. Und keine Namen. Setz deinen Namen nicht darunter. Nur die Informationen.«

Verdammt brillant. Sie kommunizierten über E-Mail, ohne tatsächlich welche abzusenden.

»Verstanden. Noch etwas?«

»Fahre mit der Recherche über Shea fort und beobachte sein Handy. Bitte schick alles an uns weiter, was du siehst«, sagte Nixon und ich lächelte, als er das Wort *bitte* benutzte.

»Verstanden, Boss. Ich rufe dich zurück.«

»Gute Arbeit, McKenna«, sagte er mit leisem Lachen. Dann brach die Verbindung ab.

Verdammt, es tat immer noch jedes Mal gut, wenn Nixon meine Arbeit lobte. Ich hatte meinen Job immer geliebt, manches davon mehr als anderes. Netzwerksicherheit war immer mein spezieller Liebling gewesen, die Herausforderung, in ein System einzubrechen, die Schlupflöcher zu finden und sie dann zu flicken. Apps zu entwerfen und Codierungen zu schreiben machte Spaß, war aber weniger schwierig. Die Arbeit, die Nixon mir übertrug, war bedeutungsvoll und komplex.

Ich hatte meinen Job in der Vergangenheit also immer geliebt, aber jetzt wusste ich, dass ich all die Jahre etwas vermisst hatte. Obwohl die Firmen, denen ich meine Dienste zur Verfügung stellte, von den zusätzlichen Protokollen, die ich installierte, profitierten, hatte meine Arbeit keinen bedeutsamen Einfluss. Die Informationen jedoch, die ich jetzt ausgrub, konnten helfen, Leben zu retten. Es war wichtig und ein Versagen hatte schwerwiegende Konsequenzen. Ich schöpfte mein Wissen bis ins Letzte aus und genoss jede Minute davon.

Ich schickte Alec die Informationen, um die er mich gebeten hatte, dann packte ich meine Sachen zusammen. Zack und Mandy waren bereits aus der Schule zurückgekehrt und was ich noch zu tun hatte, würde ich von zu Hause erledigen.

ICH WARF einen Blick auf meine Geschwindigkeitsanzeige und sah, dass ich nur mit knapp neunzig Stundenkilometern fuhr. Mein Puls begann jedoch zu rasen, als ich in den Rückspiegel blickte und die blinkenden Lichter nun direkt hinter mir sah. Ich fuhr an den Rand, wobei ich darauf achtete, nicht im Straßengraben zu enden, aber doch weit genug von der betriebsamen Straße entfernt zu bleiben, um nicht angefahren zu werden.

Sheriff Dumpfbacke stieg aus dem wohlvertrauten Geländewagen und näherte sich.

»Wissen Sie, warum ich Sie angehalten habe?«, begann er.

Ich wusste es zwar nicht, aber ich nahm an, er wollte mich schikanieren.

»Nein, Sheriff, das weiß ich nicht.« Ich bemühte mich, mein Temperament im Zaum zu halten, aber der bloße Anblick genügte, um meinen Ärger zu entfachen.

»Ich weiß zwar nicht, warum diese Dreckskarre überhaupt für die Straße zugelassen wurde, aber eins Ihrer Rücklichter funktioniert nicht.«

»Okay«, erwiderte ich ungehalten, da ich mich nicht beherrschen konnte. »Ich werde mich darum kümmern.«

»Tun Sie das. Ich habe eine Nachricht für –«

»Nein. Wenn Sie Nixon etwas zu sagen haben, dann suchen Sie ihn auf und sagen es ihm persönlich«, schnitt ich ihm das Wort ab.

»Ich rede nicht von Swagger. Sagen Sie Ihrer Schwester, sie soll besser den Mund halten und aufhören, Lügen über meinen Sohn zu verbreiten.«

»Lügen? Ihr Sohn, als der erwachsene Mann, der er ist, hat meine Schwester gegen seinen Wagen gepresst. Er hat sie belästigt. Zuvor hatte er ihr SMS geschickt und sie angerufen. Noch einmal, er ist ein erwachsener Mann. Wie wäre es, wenn Sie und Ihr Sohn sich von meiner Familie fernhalten? Besonders Ihr Sohn sollte sich von meiner Schwester fernhalten, dann zeige ich ihn auch nicht an.«

»Da gibt es nichts anzuzeigen«, fauchte er.

»Wir werden sehen.«

»Ist das eine Drohung, Ma'am?«

»Ma'am? Verarschen Sie mich? Sie halten mich an, um mich zu schikanieren, und jetzt fragen Sie mich, ob ich Ihnen drohe? Sie sind unglaublich. Ich habe keine Ahnung, wie Sie mit dem Mist, den Sie sich in dieser Stadt erlauben, durchkommen, aber aus jeder anderen Stadt würden Sie rausgeschmissen und Ihr Dreckskerl von einem Sohn wäre hinter Gittern. Ich bedrohe Sie nicht, Sheriff, ich warne Sie. Falls Deputy Richard Dillinger meine Schwester noch einmal kontaktiert, werde ich einen solchen Wirbel veranstalten, dass die Leute keine andere Wahl haben, als mir zuzuhören. Und falls Sie mich noch einmal anhalten oder einen Ihrer Männer dazu anstiften, mit der alleinigen Absicht, mich einzuschüchtern, werde ich auch das verbreiten. Ich werde es hinausschreien. Ich werde eine Anzeige in der Zeitung von Kent City schalten und Sie zur Rede stellen. Ich werde jedermann in diesem County daran erinnern, was für ein schlechter Sheriff Sie sind.«

Ich war so in Fahrt, ihm die Meinung zu geigen, dass ich es übersah. Die Veränderung, die mit Sheriff Dillinger vor sich ging. Ich hätte seinem Gesicht mehr Aufmerksamkeit schenken müssen, das knallrot angelaufen war. Er verlor die Beherrschung. Aber ich war zu beschäftigt mit Schwafeln, um zu merken, wie er näher kam und sich mit seinem halben Körper durch mein geöffnetes Fenster schob. Ich war so geschockt, dass ich mich nicht bewegte. Keinen einzigen Muskel.

»Du glaubst, nur weil du Swagger gehörst, bist du unberührbar. Das bist du nicht. Du bist am Arsch.«

Er zog seinen übergewichtigen Körper aus meinem Fenster und schlenderte zu seinem Geländewagen zurück. Er fuhr davon, ich nicht. Ich blieb lange im Wagen sitzen, am Rand der Schnellstraße 213, und versuchte, meine Atmung unter Kontrolle zu bekommen.

Mist.

Ich war zu weit gegangen.

Ich hätte den Mund halten sollen.

Auf der Fahrt nach Hause sagte ich mir das immer wieder und wünschte mir, Nixon wäre zu Hause. Er hätte gewusst, was zu tun war. Aber er war nicht da. Er arbeitete. Und sein Job war wichtig. Wichtiger als irgendein blöder Sheriff in einer Stadt mitten im Nirgendwo, der mich aus allen möglichen Gründen ab jetzt bis in alle Ewigkeit schikanieren würde.

Verdammt.

KAPITEL SECHSUNDDREISSIG

Er hörte es sofort, als sie sich auf ihrem Handy meldete. Irgendetwas stimmte nicht.

»Bist du okay?«, fragte er McKenna.

»Ja. Mir geht es gut. Was geht bei euch ab?«, fragte sie mit vorgetäuschter Fröhlichkeit.

Ganz sicher. Da stimmte etwas nicht.

»Babe, mute ich dir zu viel zu? Du musst es mir sagen. Ich bin daran gewöhnt, dass –«

»Was? Nein. Alles in bester Ordnung. Ich bin zu Hause, Zack und Mandy ebenfalls. Alles ist gut. Hast du die letzte SMS erhalten, die ich dir geschickt habe?«

»Ja, mehr Fluchtwege. Wir haben auf der Karte alle Möglichkeiten eingetragen, die sie in ihren Nachrichten angeben. Das Problem ist, sie verteilen sich über die ganze Karte.«

Nixon warf einen Blick auf die Karte, die auf dem

Tisch in seinem Hotelzimmer ausgebreitet war. Ein Chaos von roten Linien, die die Fluchtwege kennzeichneten, die McKenna an sie weitergeleitet hatte. Das Team konnte nicht einmal einen Häuserblock eingrenzen. Einige Wege begannen an der South 7th Street, andere einige Häuserblocks die South 12th hinunter. Ihnen allen war lediglich gemeinsam, dass sie auf die Market Street zuliefen.

»Alle möglichen Fluchtwege beginnen an der Market Street«, begann Nixon.

»Ich habe es gefunden«, warf McKenna ein. »Schau dir die erwähnten Straßen an. Sie haben die Einbahnstraßen ausgelassen, die nach Süden führen. Alle Routen beginnen an der Market Street und verlaufen nordwärts.«

»Verdammt brillant«, ließ Weston neben Nixon vernehmen. »Wir brauchen einen Stadtplan, auf dem die Verkehrsrichtungen angegeben sind.«

Nixon rief Google Maps auf seinem Laptop auf und schalt sich selbst im Stillen, so nachlässig gewesen zu sein. Das Team hätte die Einbahnstraßen in Betracht ziehen sollen. Stattdessen hatten sie mehr auf die Straßensperren für den Marathon geachtet.

»Ronan McCabe«, rief Chasin dazwischen. »Festgenommen in South Boston vor vier Monaten. Er ist ein Captain in der Connolly Bande. Verstöße: Erpressung, Glücksspiel und Steuerhinterziehung.«

»Und Sheas Zugehörigkeit zur Bande?«, fragte Jameson.

»Straßenkämpfer. Haltet euch fest«, erwiderte McKenna. »James Shea ist auch ein Southie, er kommt auch aus South Boston. Ist vor rund zehn Jahren nach Philadelphia gezogen.«

»Mist, Mist, Mist.« Alec begann, auf und ab zu schreiten. »Kannst du Miller noch mal durchlaufen lassen?«

»Wonach soll ich suchen?«, fragte McKenna.

»Wo ist er geboren?«, antwortete er McKenna, dann drehte er sich zu den anderen herum und sagte: »Ganz am Anfang, als ich beim MIS anfing und begann, unter Miller zu arbeiten, erwähnte er, als Kind in Dorchester Heights gelebt und den Unabhängigkeitstag gefeiert zu haben.«

»Don Miller wurde im Krankenhaus in South Boston geboren. Er machte seinen Abschluss auf der Winfield Scott Jungenschule in Dorchester Heights. Danach besuchte er das Dartmouth College in New Hampshire.«

»Das ist die Verbindung«, stellte Weston fest. »Er ist bestechlich.«

»Jungs.«

»Scheiße. Ronan McCabe befindet sich in Schutzhaft des MIS«, sagte Alec zu Nixon.

Unser Man ist bereit, bewegt zu werden. Mist. »Wo ist er untergebracht?«

»Wenn ich das wüsste. Ich gehöre der Abteilung Cybertechnologie und Sicherheit an. Das Ministerium für Innere Sicherheit und die Einwanderungsbehörde befassen sich mit der organisierten Kriminalität und dem grenzüberschreitenden Menschenhandel. Nach der Festnahme wird der Inhaftierte an einem sicheren Ort untergebracht, während die Ermittlungen laufen. Das sind —«

»Jungs!«, unterbrach McKenna sie erneut.

»Liegen irgendwelche dieser Örtlichkeiten in Philadelphia?«

»Abhängig vom Fall und dem erforderlichen Sicherheitsgrad werden die Gefangenen an unbekannten abgelegenen Standorten verwahrt. Und die ändern sich regelmäßig. Nur die Ermittler und die Mitglieder der direkten Befehlskette kennen sie.«

»Jungs!«

»Was?«, fauchte Nixon. Dann bemerkte er seinen Fehler und verbesserte sich schnell. »Tut mir leid, McKenna, hast du etwas zu sagen?«

»Wir haben ein Problem. Shea hat gerade eine SMS erhalten. Ich zitiere: *Bereit loszulegen.* Shea antwortete, ich zitiere wieder: *Wir machen uns auf den Weg.* Ich habe Holden bereits angewiesen, sich bereit zu halten«, erklärte McKenna.

»Verdammte Hurensöhne«, explodierte Nixon.

Er blickte sich im Raum nach seinen Männern um. Alle zeigten die gleichen finsteren Mienen. Das roch nach Versagen. Ein Geruch, dem sich keiner von ihnen gern ergab. Sie waren nahe dran, kamen jede Minute näher. Ohne jedoch weder den geheimen Ort zu kennen, an dem Ronan McCabe festgehalten wurde, noch den Ort, wo die

Connolly Bande die Bombe platziert hatte, waren ihnen die Hände gebunden.

»McKenna, bleib dran an den SMS und Sheas Aufenthaltsort«, befahl Nixon.

»Austesten und ablenken«, begann Jameson. »Die Bomben, die wir gefunden haben, waren Blindgänger, nur ausgebracht, um die Bombenentschärfungseinheit zu beschäftigen. Das ANC werden sie zur Ablenkung benutzen. Es wird nicht in der Nähe des Ortes detonieren, wo McCabe gefangen gehalten wird.«

»Sie werden das ANC an einem wichtigen Standort irgendwo in der Stadt platziert haben«, fügte Weston hinzu.

Nixon stellte sich die Stadt als Ganzes vor – Nationaldenkmäler, Museen, öffentliche Transportmittel, Anleger, die großen Schnellstraßen, die Benjamin Franklin Brücke …

»Die Brücke«, platzte es aus ihm heraus. »Sie wollen die Ben Franklin Brücke sprengen. Seht euch die Karte an.« Nixon wies auf die Roten Linien, die sie eingezeichnet hatten. »Alle Fluchtwege liegen westlich der South 7th Street, alle führen nach Norden. Die Brücke führt nach Osten. Wenn sie nach einem wichtigen Ziel suchen, einem, das alle Ersthelfer von ihrem angepeilten Standort wegführt, dann ist es die Brücke.«

»Shea bewegt sich auf der South 9th Street nach

Norden«, informierte McKenna das Team. »Holden ist ihm auf den Fersen.«

»Wer hat das ANC und wer wird Ronan McCabe aus der Sicherheitsverwahrung holen?«, fragte Weston. »Und wen werden wir verfolgen?«

Genau das war das Dilemma.

Nixon drehte sich zu Alec herum und bat ihn wortlos mit hochgezogener Braue um eine Antwort, als McKenna das Wort ergriff.

»Shea hat eine weitere SMS erhalten. Sie besagt: *Stau auf der 626. Verspätung um zwanzig Minuten.*«

»Shea befreit McCabe«, schlussfolgerte Nixon. »Alec, ruf das Bombenentschärfungsteam an und mach ihnen Beine. Sie haben zwanzig Minuten, um den Verkehr auf der Ben Franklin Brücke zu kontrollieren und die Brücke zu sichern.«

Er hielt inne und blickte seine Männer an. »Schnappt euch eure Ausrüstung.«

Alec, der sich sein Handy ans Ohr hielt, nahm es kurz weg, um sich seine kugelsichere Weste über den Kopf zu ziehen. Weston, Jameson, Chasin und Nixon folgten auf dem Fuß, sie legten ihre Schutzwesten an und überprüften ihre Hüftholster. Alec war immer noch an seinem Handy, als Nixon seinen Gewehrkoffer ergriff und zur Tür ging.

»Los gehts.«

MCKENNA HATTE das Team zur Ecke South 7th Street/Market Street geleitet. Shea hatte auf der untersten Ebene eines Parkhauses gegenüber des US-Gerichtsgebäudes geparkt. Dank der vielen Brücken in Philadelphia waren Nixon und sein Team kaum am Parkhaus eingetroffen, als Shea eine weitere Nachricht erhielt. Sie hatten eine Frist von drei Minuten.

»Kannst du Shea schon sehen?«, fragte Nixon Holden über Funk.

Jetzt, auf kurze Distanz, konnten sie ihre Funkgeräte benutzen.

»Positiv. Ich habe ihn entdeckt, als er die Market Street überquerte. Er steht jetzt vor dem Declaration House«, erwiderte Holden.

Nixon fummelte an seinem durchgeknöpften Flanellhemd herum, um die Schutzweste und das Hüftholster zu verbergen. Sie mussten wie Touristen oder Einheimische wirken, die durch die Straßen schlenderten. Es war beinahe Abendessenszeit und in der Stadt drängten sich die Menschen.

Eine Detonation auf der Ben Franklin Brücke würde man hören, dann würde Rauch aufsteigen und jeder auf der Straße würde es sehen. In der heutigen Welt würde die Neuigkeit blitzschnell durch die sozialen Medien wandern und das Chaos wäre perfekt. Was genau das war, was Shea und die Connolly Bande bezweckten.

»Ist er allein?«, fragte Weston.

»Ja.«

»Wie viele Beamte werden McCabe bewachen?«, fragte Weston Alec.

»Mindestens zwei.«

»Dann ist er nicht allein. Er wird Rückendeckung haben. Zwei, vielleicht drei aus seiner Truppe. Sie sind hier, wir sehen sie nur nicht«, vermutete Nixon.

»Das Bombenentschärfungsteam sagte, sie sind auf der Brücke ausgeschwärmt und halten nach jedem Fahrzeug Ausschau, das stoppt«, informierte Alec das Team.

»Shea hat eine neue Nachricht erhalten. *Eine Minute*«, erklärte McKenna ihm.

»Holden, sechzig Sekunden«, wiederholte er ins Funkgerät, dann an McKenna gewandt: »Ich muss Schluss machen, Babe.«

»Nixon ... sei vorsichtig.«

»Na klar. Gute Arbeit.«

Nixon brach die Verbindung ab und zog den Bluetooth-Ohrhörer aus seinem linken Ohr, während er den rechten, der ihn mit dem Funkgerät verband, an Ort und Stelle ließ, und schob sein Handy in die Hosentasche.

Mit seinem Kopfnicken begann die Gruppe, im Laufschritt über die Straße zum Eingang des Declaration House zu eilen. Vor dem verschlossenen Tor blieben sie stehen und Jameson knackte es gekonnt und schnell auf. Dann öffnete er das Tor, bedeutete Nixon voranzugehen und wartete, während er das schmiedeeiserne Tor hinter sich schloss. Jameson übernahm die Nachhut.

Sie drückten sich eng an die Mauer der Außenwand aus Ziegelsteinen, passierten das Schild, das darauf hinwies, dass Thomas Jefferson hier im Haus die Unabhängigkeitserklärung geschrieben hatte, und blieben vorm Eingang stehen. Nixon zählte und wartete. Sechzig Sekunden waren vergangen und nichts war geschehen.

»Worauf wartet er?«, flüsterte Weston.

»Er ist drin«, ertönte Holdens Stimme über das Funkgerät.

»Bleib, wo du bist, und geh in Deckung«, wies Nixon ihn an und trat beiseite, damit Jameson am Türriegel arbeiten konnte.

»Verstanden«, erwiderte Holden.

Nixon hörte das Klicken des Riegels und Jameson trat einen Schritt zurück. Mit dem Rücken zu dem Ziegelsteingebäude zog er seine Waffe, bereit, Nixon zu decken, während sie das Gebäude betraten. Mit einem letzten Blick zu seinem Team drehte Nixon mit der linken Hand den Türknauf und schob vorsichtig die Tür auf, seine Waffe im Anschlag.

Das Team schwärmte aus und sicherte leise das Erdgeschoss. Die Männer verständigten sich lediglich mit Handbewegungen und arbeiteten perfekt aufeinander eingespielt, so wie schon Hunderte Male zuvor.

Es wirkte wie ein gut einstudierter Tanz – sie hatten ihn zu so vielen Gelegenheiten aufgeführt, dass sie weder Worte noch Handbewegungen brauchten, um Rhythmus und Tempo zu halten. Nachdem sie das Erdgeschoss durchkämmt hatten, trafen sie sich im Salon. Weston und Chasin trennten sich von der Gruppe und gingen auf die Treppe zu, die weiter nach oben führte, während Nixon, Jameson und Alec sich zu einer offenen Tür begaben, die in den Keller führte.

Nixons Fuß hatte kaum die zweite Treppenstufe berührt, als das unmissverständliche Geräusch von unterdrücktem Gewehrfeuer erklang. Das gewundene Treppenhaus war der letzte Ort, an dem er in der Falle sitzen wollte. Nixon beschloss, weiter hinabzusteigen. Er verzichtete auf Lautlosigkeit und sprang jeweils zwei auf einmal die Stufen hinunter.

Er schaffte es bis zum Fuß der Treppe. Als er aus der Deckung des Treppenhauses trat, hob er den Arm auf die Höhe seines Waffenholsters. Er musterte den Raum. Der abgestandene, moschusartige Geruch des jahrhundertealten Kellers umwehte Nixon, als er die rissigen cremefarbenen Wände und Holzkisten in Augenschein nahm.

James Shea umrundete einen Stapel Kisten. Der Schock stand ihm ins Gesicht geschrieben. Er schwang seine Waffe in Nixons Richtung und, ohne zu zögern, betätigte Nix den Abzug seiner Waffe.

Shea fiel auf den alten, zerbröselten Betonboden und sofort sammelte sich Blut um den Kopf des toten Mannes.

Nixon wollte gerade mit der Durchsuchung fortfahren, als eine Tür aufflog und zwei Männer hindurchtraten.

Bevor Nixon reagieren konnte, schrie Alec: »Du Hurensohn!«

»Verdammt«, stieß Don Miller hervor.

Es schien, als hätten sie Sheas Rückendeckung gefunden – zwei Staatsbeamte. Das war nicht gut. Schlimmer als nicht gut. Buchstäblich eine Katastrophe.

Sie würden nicht so leicht einen Weg finden, diese Pattsituation zu lösen. Der stellvertretende Minister würde nicht einfach so vornüberkippen und zu Boden gehen. Und ein Blick auf den Scheißkerl, der neben ihm stand, sagte Nix, dass das Gleiche auch für diesen galt.

»Die Brücke ist abgesichert«, drang Holdens Stimme aus dem Ohrknopf in Nixons Ohr.

Nixon antwortete nicht. Irgendwann würde Nixon die Erleichterung spüren, dass die Benjamin Franklin Brücke noch intakt war und Hunderte von Leben gerettet waren – aber jetzt war nicht der richtige Zeitpunkt. Nicht, solange er vor den Mündungen zweier Waffen stand.

Höchste Zeit, dem ein Ende zu bereiten.

»Wirst du die Waffe fallen lassen und dich ergeben, Miller?«, fragte Nixon.

»Nixon Swagger«, erwiderte Miller. »Ich wusste, dass das MIS auf dich zurückgreifen würde. Ich habe ein paar Nachforschungen angestellt. Du bist auf die Farm zurückgekehrt, die dein Vater hat verkommen lassen. Ich hörte auch, dass du eine nette, junge Frau gefunden hast.« Kalte Wut kroch an seiner Wirbelsäule hoch, als Miller McKenna erwähnte. »Ich hörte, sie hat ein paar Schwierigkeiten mit ihrer ...«

Nixon atmete tief aus und beruhigte so sein berühmtes Temperament. Er schob alle Gedanken an McKenna beiseite. Er brauchte ruhige Präzision, um aus dieser Situation herauszukommen. Er blendete Miller aus und konzentrierte den Blick auf den Finger des Mannes am Abzug seiner Waffe, während er auf das leiseste Zucken wartete. Er brauchte nicht mehr als den kleinsten Hinweis, dass der Mann seine Waffe abfeuern würde.

Da war er.

Mit einer winzigen Bewegung glitt Millers Finger am Abzug hinunter. Mit einer einzigen gleitenden Bewegung zog Nixon als Erster an seinem.

Das 9mm Geschoss mit der 115er Körnung jagte mit einer Geschwindigkeit von dreihundertzwanzig Metern pro Sekunde aus dem Lauf und schlug in ihr Ziel ein.

Wie Shea hatte auch Miller keine Zeit zu reagieren. Der perfekt platzierte Schuss in seine Stirn blies ihm sofort das Licht aus. Der zweite Schuss fiel und der andere Beamte fiel zu Boden.

»Mist«, stieß Alec hervor.

Es folgte eine Reihe buntgemischter Flüche, während Alec den kleinen, unscheinbaren Raum betrat, aus dem Miller gekommen war. Weiße Wände, ein Doppelbett, ein

Schreibtisch. Auf dem Boden lag ein Mann im Anzug und Ronan McCabe saß mit Handschellen an einen Stuhl gebunden.

Nixon zog sein Handy aus der Tasche und trat aus dem Raum. Er rief die gewünschte Nummer auf und tippte auf *Anruf*.

»Alles in Ordnung?«, stieß sie hervor.

»Alles gut«, erwiderte Nix.

»Alles? Niemand wurde verletzt? Die Brücke?«

»Die Brücke steht.«

»Jemand verletzt?«

»Nur die bösen Jungs, Babe.«

»Gott sei Dank.« Nixon spürte die Freude über ihre Erleichterung zuerst in seinen Eingeweiden, dann in seinem Herz.

McKenna hatte sich Sorgen um sie gemacht. Um *ihn*. Und verdammt, das fühlte sich gut an.

»Tu mir einen Gefallen, ja?«

»Was immer du willst.«

»Schließt euch zu Hause ein und fahr nicht ins Büro, bevor ich zurück bin.«

»Okay.« Seine Angst war deutlich zu merken und McKenna stimmte bereitwillig zu.

»Okay. Ich werde mich beeilen.«

»Fahr vorsichtig.«

»Immer.« Nixon beendete das Gespräch. Er fühlte sich besser, nachdem er ihre Stimme gehört hatte. Aber an ihm nagte eine unbestimmte Ahnung, dass es noch nicht vorbei war. Es gefiel ihm nicht, dass Miller über McKenna Bescheid gewusst hatte. Und nicht zum ersten Mal wünschte er sich, ihr großer, trotteliger Hund wäre nicht so freundlich.

Ja, ihr Abend war echt wie ein schlechter Film verlaufen. Aber McCabe war immer noch in Gewahrsam und die Benjamin Franklin Brücke intakt. Nicht schlecht für einen Tag Arbeit.

KAPITEL SIEBENUNDDREISSIG

Als ich die Treppe hinaufstapfte, fragte ich mich, ob ich über Nacht neue Falten bekäme, wenn ich auf meine tägliche Peeling- und Feuchtigkeits-Behandlung verzichtete. Dann fragte ich mich, ob mir das wirklich wichtig war. Ich war zu müde, um noch etwas anderes zu tun, als mir die Zähne zu putzen und ins Bett zu fallen.

Es war ein langer Tag gewesen und ich vermisste Nixon. Er hatte mich noch einmal angerufen, um mir zu sagen, dass sie wahrscheinlich noch eine Weile in Philadelphia bleiben mussten. Sie mussten eine Menge Dreck beseitigen – seine Worte. Er hatte sich nicht weiter darüber ausgelassen, um was für einen *Dreck* es sich handelte.

Die ganze Operation hatte weniger als eine Stunde gedauert, ausgehend von seinem Anruf, in dem er angekündigt hatte, es gehe los. Dann waren sie ins Declaration House eingedrungen, hatten die bösen Jungs herausgeholt und er hatte mich wieder angerufen. Aber ich hätte auf einen ganzen Stapel von Bibeln schwören können, dass es mir wie Tage vorgekommen war. In jenen Minuten, in denen ich darauf gewartet hatte, wieder etwas von ihm zu hören, hatte mich eine furchtbare Angst gequält.

Ich hatte an nichts anderes mehr denken können als an all die Dinge, die ich ihm hatte sagen wollen, aber nie gesagt hatte. Ich hatte all die Zeit, die ich mit ihm verbracht hatte, erneut vor meinem geistigen Auge abspielen lassen. Sein Lächeln. Wie er immer öfter lachte. Wie er mit Zack und Mandy umging. Wie er mit *mir* umging. Seine Berührungen, seine Lippen. Wie süß er auf seine eigene, herrische Alpha-Art sein konnte.

Seit dem Tod meines Vaters hatte sich eine Menge in meinem Leben verändert. Mehr Verantwortung, als ich glaubte übernehmen zu können, war mir in den Schoß gefallen, und ich hatte keine andere Wahl gehabt, als sie zu übernehmen, noch bevor ich Zeit gehabt hatte, den Verlust meines Dads und meiner Steifmutter zu betrauern. Und anstatt das, was noch von meiner Familie übrig war, in gemeinsamer Trauer zusammenzubringen, hatte die Tragödie uns beinahe auseinandergerissen.

Mandy, Zack und ich waren ganz allein auf dieser Welt. Drei Waisen. Aber für die beiden hätte ich es mit der ganzen Welt aufgenommen. Ich durfte sie nicht im Stich lassen und würde es auch nicht tun. Trotz alledem überforderte es mich an manchen Tagen.

Dann platzte Nix herein und nahm mir etwas von dem Druck. Und das bedeutete mir sehr, sehr viel. Er hatte sich nach und nach immer mehr um meine Geschwister, meine Tiere und mich gekümmert. Je mehr er sich aufbürdete, desto mehr fragte ich mich, ob ich seine Freundlichkeit ausnutzte und ob er mich eines Tages als Last empfinden würde.

Das war ein erdrückender Gedanke.

Ich putzte mir die Zähne, machte mir aber nicht die Mühe, mir das Gesicht zu waschen, und zog die Decke beiseite. Dann schlüpfte ich allein in mein kühles Bett und dachte über das Gespräch nach, das ich mit Mandy und Zack führen musste, wenn Nix bei mir übernachten wollte. Ich hatte das Thema heute Abend beim Essen anschneiden wollen, aber Mandy hatte mir so begeistert von dem Lacrosse-Spiel und dem neuen Jungen, mit dem sie sich abgab, erzählt, dass ich sie nicht unterbrechen wollte.

Dann, nach dem Abendessen, war Mandy nach oben gegangen, um Hausaufgaben zu machen, was im Klartext hieß, sie wollte mit Caleb in Ruhe SMS austauschen. Zack half mir, aufzuräumen und Sally und Goat zu füttern. Die ganze Zeit löcherte er mich mit Fragen bezüglich Sommerjobs und ob ich ihn für Fahrstunden anmelden würde. Da ich einfach nicht wusste, wie ich das Übernachtungs- und Frühstücks-Thema anschneiden sollte, ließ ich es bleiben.

Inzwischen lag ich schon Stunden schlaflos im Bett. Mein Geist kam einfach nicht zur Ruhe, obwohl ich so erschöpft war. Ich dachte über die letzten Monate nach und die Veränderungen, die mit meinem Bruder und meiner Schwester vor sich gegangen waren. Etwas, für das ich Nixon immer dankbar sein würde. Er hatte mein Herz auf eine Art geöffnet, die ich niemals für möglich gehalten hätte.

Plötzlich kündigte mein Handy piepsend den Eingang einer Nachricht an. Ich ergriff es, tippte auf das entsprechende Symbol und sah Nixons Namen und die Worte: *Ich komme rüber. Bin in fünf Minuten bei dir.*

Ich warf einen Blick auf die Uhr. Es war beinahe vier Uhr morgens.

Plötzlich war ich überhaupt nicht mehr so müde. Ich beäugte meine Schlafanzughose aus Flanell und das zerschlissene, alte T-Shirt, das ich zum Schlafen angezogen hatte, und sprang aus dem Bett. Auf keinen Fall sollte Nixon mich in meinen schäbigen, gar nicht sexy Schlafklamotten sehen. Nicht dass ich überhaupt sexy Kleidung besessen hätte, aber etwas Besseres als diese hässlichen Flanellsachen hatte ich allemal. Ich wühlte meinen Schrank durch und fand eine Jogginghose mit Kordelzug, die sich um meine Hüften schmiegte und meinen Hintern besser aussehen ließ, als er war, und zog mir ein eng anliegendes Oberteil über den Kopf.

Meine alten Sachen warf ich in den Wäschekorb, obwohl sie sauber waren, denn mir blieb keine Zeit, sie zu falten und wegzuräumen. Dann warf ich einen Blick in den Spiegel – den Wettbewerb für Miss Kent County auf dem jährlichen Stadtfest würde ich zwar nicht gewinnen, aber ich sah zumindest gesellschaftsfähig aus.

Ich lief die Treppe hinunter, weiter zur Hintertür, und da sah ich auch schon die Spiegelung der Rücklichter an der Rückwand der Scheune. Ich wartete, denn immerhin lebte ich als Frau allein mit zwei Teenagern. Bis ich Nixon die Auffahrt hinaufkommen sah, würde ich die Tür nicht öffnen. Als es so weit war, legte ich den Riegel um und betätigte das nutzlose Schloss, das standardmäßig mit allen Türknäufen geliefert wurde, öffnete die Tür aber noch nicht. Ich wartete darauf, dass Nixon die Veranda betrat.

Dann öffnete die Tür sich knarrend, Nixons Blick fiel auf mich und seine Mundwinkel bogen sich nach oben.

»Mein Gott«, flüsterte ich.

Sein Lächeln vertiefte sich und die Linien um seine Augen herum ebenfalls.

Er sah gut aus, sogar nach diesem langen Tag. Ein Tag, an dem er gearbeitet hatte, um unter allerhöchstem Druck eine Terroristengruppe davon abzuhalten, eine Brücke in die Luft zu jagen. Und trotzdem sah er gut aus. Er trug eine Cargohose, die ich noch niemals an ihm gesehen hatte, und ein abgetragenes, kariertes, durchgeknöpftes Hemd. Es sah weich und getragen aus, als besäße er es schon eine Weile und hätte es hundertmal gewaschen. Dazu trug er seine coolen Stiefel, die ebenfalls aussahen, als hätten sie schon einiges miterlebt. Er sah unverschämt gut aus, aber was wichtiger war, er war unverletzt. Es spielte keine Rolle, was für Kleidung er trug, ich war einfach glücklich, ihn zu sehen.

Obwohl ich mir vorstellte, wie diese Stiefel wohl auf meinem Schlafzimmerfußboden neben meinen Kleidern aussähen, nachdem er mir diese vom Leib gezerrt hätte.

»Verdammt, es gefällt mir, wenn deine Augen diesen Ausdruck annehmen«, stieß er hervor.

»Was für einen Ausdruck?«

Er antwortete nicht gleich. Stattdessen drehte er sich herum und verschloss die Tür. Dann tat er ein paar Schritte und zog mich in seine Arme. Schließlich, mit den Lippen an meinem Ohr, flüsterte er: »Lass uns zu Bett gehen, McKenna.«

Unwillkürlich begann mein Körper zu zittern, als ich hörte, wie er meinen Namen betonte. Es war keine Frage. Oh nein, Nixon fragte kaum einmal, er befahl. Manchmal war es ein sanfter Befehl, manchmal ein nicht so sanfter. Aber wenn seine Stimme rau und rasselnd klang und er gnadenlos etwas von mir verlangte, gehorchte mein Körper.

Als ich nickte, ergriff er meine Hand und führte mich durch den Flur zur Treppe. Auf halbem Weg nach oben bemerkte ich meinen Bruder, der auf dem obersten Treppenabsatz stand und auf uns hinabblickte.

»Ich dachte, ich hätte etwas gehört«, sagte er.

»Tut mir leid. Ich habe versucht, euch nicht aufzuwecken«, entschuldigte ich mich und wusste nicht, warum mich plötzlich das Gefühl beschlich, ich wäre der Teenager und er wäre das missbilligende Elternteil.

»Hey, Nix«, grüßte Zack. »Cool, dass du wieder zu Hause bist.«

»Zack.«

»Bin wirklich froh, dass du zurück bist. Gute Nacht. Dann sehen wir uns morgen früh.« Zack drehte sich herum, schlurfte die kurze Strecke bis zu seinem Zimmer, verschwand darin und schloss die Tür hinter sich.

»Hast du mit ihnen geredet?«, wollte Nixon wissen.

»Äh, nein. Ich wusste nicht, wie ich das Thema anschneiden sollte«, gab ich zu.

»Ich glaube nicht, dass ein Gespräch nötig ist. Aber ich werde mich später mit ihm austauschen und mich überzeugen, dass er keine Probleme damit hat.«

Ich hatte das Gefühl, Nixon lag richtig. Zack hatte nicht so ausgesehen, als wäre er überrascht, Nixon so spät noch in unserem Haus vorzufinden. Er war nur beunruhigt gewesen, weil er etwas gehört hatte. Und Mandy mochte Nixon. Sie war alt genug, um zu verstehen, was zwischen uns abging.

Wir betraten mein Zimmer und Nixon schloss behutsam die Tür hinter uns. Dann drehte er den Schlüssel herum.

Er zog sich die Stiefel aus, knöpfte sein Hemd auf und ließ es offen stehen, sodass ich nur einen kleinen Teil seiner Brust und seiner Bauchmuskeln sehen konnte. Ich starrte ihn offen an, genau wie am ersten Tag, als ich ihn ohne Hemd gesehen hatte, als ich ihn mit Sandwiches überrascht hatte. Es machte mir nicht das Geringste aus.

»Babe?«

»Ja?«, erwiderte ich, fuhr aber mit der Musterung fort, wobei ich den Höhen und Tälern seiner Bauchmuskeln besondere Beachtung schenkte.

»Zieh dich aus!«

Definitiv ein Befehl.

Ich schob mir die Jogginghose über die Hüften nach unten und befreite mit unkoordinierten Bewegungen erst mein erstes und dann mein zweites Bein. Ich war vollkommen benommen und wenn ich nicht bereits einen Blick auf seine nackte Haut geworfen hätte, hätte ich mir vielleicht ein Herz gefasst und einen erotischen Strip hingelegt. Aber ich hatte nichts anderes im Sinn, als mich so schnell wie möglich aus meinen Kleidern zu schälen.

Als ich mein Oberteil und meine Hose neben seinen Stiefeln auf dem Boden liegen sah, registrierte ich, dass der Anblick mir gefiel.

Meine und seine Sachen durcheinander auf meinem Schlafzimmerfußboden. Ich blickte immer noch darauf hinab, als seine Cargohose und seine Socken den Stapel vergrößerten. Ich blickte nicht auf, bis sein Hemd ebenfalls auf dem Berg landete.

Ich hob den Blick und ließ seine kräftigen Schenkel auf mich wirken, dann ließ ich ihn höher wandern zu seinem dicken Schwanz, der bereits auf Halbmast stand, weiter über seinen Bauch, seine Brust, den sehnigen Hals und schließlich zu seinen Augen, aus denen mir die Lust entgegensprang.

»Mein Gott«, stöhnte er und trat zu mir. Dann hob er mich in die Höhe, bis meine Beine um seine Taille geschlungen waren. Er senkte seine Lippen auf meine hinab und endlich küsste er mich. Ein echter, tiefer, nasser Kuss. Einer, der mir das Herz bis zum Hals klopfen ließ und meine Haut erhitzte.

Er riss seine Lippen von meinen los und lächelte. »Verdammt, du kannst küssen. Ich habe die Stunden gezählt.«

»Bis?«, fragte ich keuchend.

»Bis ich dein hübsches Gesicht sehen würde. Dein Lächeln. Bis ich dich in die Arme schließen könnte. Bis ich dich schmecken könnte.«

Ich hatte Glück, dass er nicht auf eine Antwort

wartete, denn er hatte mir die Fähigkeit zu denken geraubt. Er bewegte sich zum Bett und mit meinen Beinen immer noch fest um seine Mitte geschlungen platzierte er ein Knie auf der Matratze und hievte uns aufs Bett, bis mein Rücken die Decke berührte.

Nixon blickte auf mich hinab, wobei er sich seitlich auf einen Ellbogen stützte, um nicht mit seinem vollen Gewicht auf mir zu liegen.

»Nimm die Beine runter.«

Ich schüttelte den Kopf und lächelte.

»Babe, ich kann dich nicht lecken, solange du deine Hacken in meinen Rücken gräbst.«

»Ich will dich nur eine Minute lang anschauen.«

Ich sah ihn an, ich war ihm so nahe, so nahe, dass es mir nicht entgehen konnte. Zuerst sah ich es. Seine Gesichtszüge wurden weich und seine Augen weiteten sich, bevor sie einen ebenso weichen Ausdruck annahmen. Dann spürte ich es. Jeder Muskel in seinem Körper entspannte sich. Alle, bis auf einen. Ein extrem steifer, der zwischen uns zuckte.

»Verdammt«, flüsterte er. »Immer wenn ich glaube, es kann nicht mehr besser werden und ich könnte mich nicht noch mehr verlieben, sagst du etwas Süßes und mir wird bewusst, dass es immer so weitergehen wird. Und ich kann nicht behaupten, dass es schlecht ist, wenn ich mich den Rest meines Lebens jeden Tag mehr in die Frau verliebe, die ich liebe.«

Das gurgelnde Geräusch, das meiner Kehle entwich, war weder schön noch damenhaft, aber ich konnte es nicht unterdrücken.

Hat er gerade gesagt, er liebt mich?

»Was?«

Er rieb mit dem Daumen die Tränen fort, die aus meinen Augen flossen, und murmelte: »Kleine Plan-änderung.«

Er zog sich ein wenig zurück, zog seine Hand von meinem Gesicht und schob sie zwischen uns. Ich spürte die Spitze seines Schaftes an meinem Eingang. Dann glitt sie hinein. Er bewegte sich nicht.

»Hätte es dir früher sagen sollen, aber ich fand nie den richtigen Zeitpunkt.« Er drang ein Stückchen weiter in mich ein. Sein Rücken begann, sich zu wölben. »Ich kann dir nicht genau sagen, wann es geschehen ist. Vielleicht an jenem ersten Tag, als ich gesehen habe, wie du mit einem Sack Hundefutter gekämpft hast.« Als er mir mehr von seinem Schwanz schenkte, begannen meine Beine zu beben. Falls er noch etwas Wichtiges zu sagen hatte, sollte er es besser ausspucken, weil es mir immer schwerer fiel, mich zu konzentrieren. »Ich sah dich, als du aus dem Laden kamst. Ich beobachtete, wie du deinen hübschen Hintern über den Parkplatz bewegtest und die Säcke hinten auf deinen verrosteten Pick-up hievtest. Ich dachte bei mir, das ist die perfekte Frau. Stark, tüchtig, unabhängig und dabei so verdammt sexy. Sie zeigt der Welt, wie stark sie ist.«

Nixon machte mich wahninnig. Seine schnellen, leichten Stöße zusammen mit seinen Worten entzündeten ein Inferno. »Ich stieg aus meinem Pick-up und ging in deine Richtung, wobei ich dachte, wenn ich jemals eine Frau fände, die ich mir als Partnerin wünsche, müsstest du es sein. Rückblickend kann ich also sagen, dass es vielleicht dieser Moment gewesen ist, in dem ich begonnen habe, mich in dich zu verlieben. Und seitdem habe ich mich jeden Tag, auch als du mir aus dem Weg gegangen bist, mehr in dich verliebt. Wenn ich dir also sage, ich liebe dich, Babe, meine ich damit, dass meine Gefühle für dich nicht nur tief sind, sondern dass ich mich jedes Mal, wenn du mich anschaust, heftiger in dich verliebe.«

»Nixon«, flüsterte ich.

Ich kam nicht dazu, meinen Gedanken zu beenden, weil er hart in mich hineinstieß. Meine Hüften drängten sich ihm entgegen und meine Welt verschwamm im Nebel. Es dauerte lange, bis ich wieder zu Atem kam, nachdem er uns auf ganz neue Ebenen der Ekstase getragen hatte. Und noch länger, bis er uns in meinem Bett zurechtrückte und mich an seine Seite zog. Nachdem er mich dort hatte, wo es ihm gefiel, und ich einen Arm über seine muskulöse Brust und ein Bein über seinen Oberschenkel gelegt hatte, war ich endlich fähig, meine Gedanken zu formulieren.

»Ich liebe dich auch, Nixon.«

Er schwieg und drückte mich an sich.

»Wünschst du dir etwas Besonderes zum Frühstück?«

Nixon schüttelte sich in stillem Gelächter und ich schloss fest die Augen und genoss den Moment. Es war beinahe besser, sein Lachen zu spüren, als es zu hören.

KAPITEL ACHTUNDDREISSIG

WÄHREND DER NÄCHSTEN TAGE versuchte NIXON, das unangenehme Gefühl einer bösen Vorahnung zu unterdrücken. Es gelang ihm nicht. Es brannte wie Säure in seinen Eingeweiden und als die Tage vergingen, versuchte er, sich daran zu erinnern, dass Miller tot war und McKenna oder ihren Geschwistern nichts antun konnte.

Jeden Tag hatten sie Seite an Seite in seinem Büro gearbeitet und jede Nacht hatte er in ihrem Bett geschlafen. Nichts half.

Das düstere Gefühl gewann die Oberhand. Das Universum versuchte, ihm etwas mitzuteilen. Er wusste nur nicht was.

»Ich denke, wir können anfangen zu streichen.«

Er warf einen Blick über die Schulter und wischte sich den Schweiß von der Stirn. Der Frühling war ausgebrochen; tagsüber wurde es beinahe sechsundzwanzig Grad und die Feuchtigkeit hing schwer in der Luft. Diese Jahreszeit hatte Nixon stets am liebsten gemocht. Der Duft frisch gepflügter Erde stieg einem in die Nase und die Stadt war damit beschäftigt, die Ernte für den Sommer zu säen. Die Bäume waren grün und überall um ihn herum sprießte neues Leben.

Mandy stand erwartungsvoll da; sie wartete auf neue Anweisungen von Nixon.

Das Mädchen hatte sich im Laufe der letzten Monate so stark verändert; es war überraschend und schön. Verschwunden war der mürrische, trotzige Teenager und an dessen Stelle war eine lächelnde, lustige, junge Frau getreten.

Auch das Familienfoto an der Wohnzimmerwand war seiner Aufmerksamkeit nicht entgangen. Als er das Thema McKenna gegenüber erwähnte, waren ihr Tränen in die wunderschönen Augen getreten und sie hatte ihm erzählt, Mandy hätte es ohne Kommentar wieder an seinen Platz gehängt.

Nixon hielt eine Erklärung für unnötig. Mandy war auf einem guten Weg. Ihre Wunden heilten und sie gab ihr Bestes.

»Ihr habt bereits die ganze alte Farbe vom Hühnerhaus gekratzt?«

»Ja.«

Nixon war beeindruckt. Mandy und McKenna waren an diesem Morgen mit Zack bei ihm aufgetaucht und hatten verkündet, sie wären zum Arbeiten gekommen. Dankbar für die zusätzlichen Hände hatte er sie mit großen, flachen Spachteln ausgestattet und sie hatten sich darangemacht, die alte, bereits abblätternde Farbe abzukratzen. Er hatte damit gerechnet, dass der Job den ganzen Tag in Anspruch nehmen würde, aber die Frauen hatten sich als harte Arbeiterinnen erwiesen und waren schneller fertig geworden, als er es gewesen wäre.

»Farbe und Pinsel sind im Metallschuppen«, erklärte Nix.

»Danke.« Mandy wandte sich zum Gehen, blieb aber stehen und blickte zu Nixon zurück.

Nach ein paar Sekunden der Stille wrang sie die Hände. Nixon wartete geduldig darauf, dass das Mädchen seine Gedanken sammelte.

»Glaubst du, du könntest mir helfen, die alte Sattelkammer in unserer Scheune sauber zu machen?«, fragte sie schließlich.

»Aber sicher.«

Wieder wartete er. Sie wirkte, als hätte sie noch mehr auf dem Herzen.

»Sie ist ... äh ... schmutzig und ich möchte sie gern als

Atelier benutzen. Dann könnte ich dort malen. Die Fenster lassen sich auch nicht öffnen. Vielleicht können wir auch den Fußboden reparieren. Ich bräuchte auch Regale, um meine Utensilien unterzubringen. Könntest du mir dabei auch helfen?«

»Aber sicher.«

Mandys strahlendes Lächeln raubte ihm den Atem. Genauso hübsch wie das ihrer Schwester. »Danke, Nix.«

»Gern geschehen.«

Sie nickte und schickte sich an zu gehen, als Nixon rief: »Hey, Amanda?«

»Ja?«

»Du weißt, dass ich es genauso meine, oder? Ich tue das gern. Für dich bin ich niemals zu beschäftigt.«

»Ja, ich weiß.«

Ihr Lächeln war verschwunden. Aber an dessen Stelle war etwas Besseres getreten. Verständnis. Nixon ließ den Blick über Mandy hinweg zu McKenna gleiten. Seine hinreißende Frau stand neben seinem schäbigen Hühnerhaus, dem die Hälfte seiner Farbe fehlte. Sie trug eine zerrissene Jeans, die sich eng an ihre Kurven schmiegte und ihrem perfekten Hintern schmeichelte. Und sie lächelte. Verdammt, wie er sie liebte!

EIN PAAR STUNDEN später war das Hühnerhaus wieder angestrichen und erstrahlte in seiner alten Pracht. Es prächtig zu nennen mochte vielleicht übertrieben sein, denn es war nur ein altes Gebäude, aber verdammt, es sah großartig aus. Genauso wie damals in seiner Kindheit. Zack und Jameson hatten ihm geholfen, ein paar Stücke verrosteten Blechs auf einer der Scheunen zu ersetzen, und Zack schleppte gerade die alten Stücke auf den Müllberg.

Chasin saß immer noch auf dem Rasenmäher und obwohl er die letzten paar Stunden darauf verbracht hatte, hatte er noch mehr vor sich. Holden und Weston schnitten die Äste der alten Apfelbäume zurück, die seinen Rasen säumten. Auch fällten sie diejenigen, die tot waren und ersetzt werden mussten.

Nixon blickte sich um. Es begeisterte ihn, wie viel sie geschafft hatten. Bei seiner Rückkehr nach Kent County hatte er keinen Plan gehabt. Nix hatte sich gedacht, er käme nach Hause, brächte seinen Besitz einigermaßen in Ordnung, vermietete vielleicht das Farmhaus und ginge seines Weges.

Und jetzt konnte er sich nicht mehr vorstellen, irgendwo anders zu leben. Er hatte sein Zuhause als junger Mann mit Feuer im Bauch verlassen und es nicht für möglich gehalten, jemals wieder an den Ort zurückzukehren, dem er geglaubt hatte, entwachsen zu sein.

Aber er hatte sich geirrt.

Das Zuhause seiner Kindheit, das Land, die Erinnerungen, die Lektionen, die er gelernt hatte, all das rief nach ihm. Beruhigte ihn. Denn hier war auch McKenna. Sie war hier und er konnte nirgendwo anders als an ihrer Seite sein.

Nun war also die Frage, was er mit dem Haus tun sollte. Würde sie hierherziehen und mit ihm in seinem Haus leben wollen? Oder wollte sie Mandy und Zack nicht entwurzeln und zog es vor, wenn er zu ihr zog? Sein Haus war größer, er besaß mehr Land und mehr Platz für ihre Tiere. Auch hatte er einen Teich und sie müsste ihre Enten nicht mehr in einem Pferch halten, mit einem dummen Kinder-Plastikplanschbecken als Wasserquelle.

»Ich werde schnell nach Hause laufen und etwas zum Mittagessen zubereiten«, sagte McKenna, was ihn aus seinen Gedanken riss.

Nix warf einen Blick auf die Uhr und war überrascht, dass es bereits beinahe drei Uhr nachmittags war.

»Nimm den Traktor oder das Vierrad«, bot er ihr an, während er dachte, dass er wirklich beginnen musste, seinen Kühlschrank besser auszustatten, damit sie nicht ständig den von McKenna plünderten.

»Okay«, stimmte sie zu, rührte sich jedoch nicht.

»Hast du nicht etwas vergessen?«, neckte er sie.

»Nein. Aber du.«

Nix' Lippen zuckten und er lachte leise. »Komm her.«

Sie schüttelte den Kopf und lächelte. »Mmh, komm du her.«

Er machte die paar Schritte bis zu ihr und fasste sie um die Taille. Dann zog er sie eng an seine Brust. Er senkte den Kopf und im selben Moment, in dem er ihre Lippen mit seinen berührte, öffnete sie ihre.

Perfekt.

Der allzu kurze Kuss brach ab, als er flüsterte: »Ich liebe dich, McKenna.«

»Ich liebe dich auch, Nix.«

CHASIN SCHALTETE den Motor des Rasenmähers aus und wischte sich mit dem Saum seines schweißgetränkten T-Shirts übers Gesicht.

»Verdammt, wie heiß es ist. Und ich habe einen Mordshunger. Kochen wir hier oder bei Micky?«, fragte er dann.

Nixon wusste nicht, warum die Jungs begonnen hatten, McKenna bei ihrem Spitznamen zu nennen, aber es brachte sie zum Lächeln, daher hatte er sie nicht verbessert. Wenn er hätte raten sollen, so war es ihre Art, McKenna einzubeziehen und ihr das Gefühl zu geben, zum Team zu gehören. Was sie definitiv tat. Sie war ein wertvolles Mitglied, das ihnen den Arsch gerettet hatte.

Nixon warf einen Ast auf den Brennholzstapel und

warf einen Blick auf die Uhr. »Hey, Zack, hat deine Schwester dich angerufen?«

»Nein.«

Plötzlich richteten sich seine Nackenhaare auf und die böse Vorahnung war wieder da – um ein Zehnfaches gewachsen. Hastig zog er sein Handy aus der Tasche und rief ihren Namen auf.

Anrufbeantworter.

»Ich fahre zu McKenna«, informierte er seine Freunde, wobei er bereits zu seinem Vierrad spurtete.

»Was ist los?«, rief Chasin.

»Sie ist vor mehr als einer Stunde rübergefahren, um das Mittagessen zuzubereiten.«

»Und?«

»Sie geht nicht ans Telefon.«

»Ich komme mit.« Bevor Nixon protestieren konnte, saß er hinten auf dem Quad.

Nix stieß einen scharfen Pfiff aus, um Zacks Aufmerksamkeit zu erregen. »Bin gleich zurück. Falls McKenna auftaucht, ruf mich an.«

»Alles in Ordnung?«

»Ja. Ich will nur nachsehen, ob sie Hilfe braucht. Du bleibst hier bei Mandy. Und ruf Duke. Ich will nicht, dass er mir folgt.«

Wenn der Hund ihm folgte, würde ihn das zwingen, langsamer zu fahren. Das verdammte Tier liebte es, neben ihm herzulaufen, wann immer er losfuhr.

»Sicher.« Die Skepsis in Zacks Stimme war nicht zu überhören, aber Nixon hatte keine Zeit, den Jungen zu beruhigen.

»Bleib hier.« Das war das Einzige, was Nix dem Jungen noch zurief, bevor er aus dem Hof schoss, als wären die Höllenhunde ihm auf den Fersen.

Nix kümmerte es nicht, dass er die kleinen Pflänzchen niedermachte, die Mr. Adams gepflanzt hatte, und pflügte durch das Feld. Je mehr sie sich McKennas Haus näherten, desto mehr verhärtete sich der Knoten in seinem Magen.

Als sie auf McKennas Hof eintrafen, bemerkte Nixon als Erstes, dass die Verandatür schief in ihren Angeln hing.

»Verdammt!« Er schwang sein Bein über den Lenker und sprintete zu der aufgebrochenen Tür.

Die Küchentür stand weit auf und gab Nixon den Blick frei auf umgeworfene Stühle.

»Verdammt!«, brüllte er. Er musste das Haus nicht durchsuchen. Er wusste es. Seine schlimmsten Ängste waren wahr geworden.

McKenna war verschwunden.

KAPITEL NEUNUNDDREISSIG

»Ich sagte doch, du bist am Arsch«, stieß Sheriff Dillinger wütend hervor und wieder explodierte der Schmerz auf meiner Wange und strahlte von dort aus in meinen Nacken, als mein Kopf von der Wucht seines Schlags zur Seite schnappte.

Ich konnte nur noch wimmern. In meinem Haus hatte ich mich heftig gewehrt, aber für den übergewichtigen Mann war ich kein Gegner. Sein vorstehender Bauch hatte ihn nicht eingeschränkt – im Gegenteil, er hatte ihm geholfen, mich zu überwältigen. Das und der Schock.

Als er durch die Tür gekommen war, hatte ich nicht damit gerechnet, dass er mich schlägt. Sobald die Überraschung des ersten Hiebs verflogen war, war ich zum Angriff übergegangen. Aber als er mich mit dem Gesicht gegen den Gefrierschrank schubste und mich dann auf den Esszimmertisch schleuderte, war ich wenig mehr als eine willenlose Puppe. Ich war hilflos.

Mein Kopf schmerzte und mein Sichtfeld verschwamm. Und als er einen der Stühle ergriff und ihn mit voller Wucht auf meinen zerschlagenen Körper niedersausen ließ, verlor ich die Besinnung.

Als ich aufwachte, lag ich hinten in Dicks Geländewagen und er zerrte mich an einem Fuß vom Rücksitz. Ich war noch nicht wieder so weit zur Besinnung gekommen, um den Kampf aufzunehmen, als seine Faust mich wieder im Gesicht traf und alles um mich herum schwarz wurde.

Nun wurde ich an den Haaren durch den Wald geschleift. Ich taumelte. Mit einem Auge, das zugeschwollen war, sah ich nichts. Und ich konnte mich immer noch nicht orientieren. Jedes Mal wenn ich begann, mir meiner gewahr zu werden, versetzte er mir wieder einen Hieb und mein Bewusstsein vernebelte sich erneut.

Ich musste einen Weg finden, mich zu verteidigen, bevor es zu spät war. Wenn das nicht bereits der Fall war. Ich hatte weder eine Ahnung, wo wir uns befanden, noch wo er mich hinbringen wollte, aber allein die Tatsache, dass wir tief in den Wald hineingingen, war kein gutes Zeichen.

Er blieb vor einer baufälligen Hütte stehen, falls man sie als solche bezeichnen konnte. Sie sah mehr wie ein Fort aus, wie Kinder es bauen, wenn sie denn über gewisse

Fähigkeiten verfügen. Dick stieß die Tür auf und bevor ich reagieren konnte, fiel sie gegen meine bereits verletzte Schulter.

Ich hatte keine Zeit, mich zu erholen. Er schubste mich durch die Türöffnung und ich landete hart auf Händen und Knien.

»Steh verdammt noch mal auf!« Ein Tritt in meinen Bauch unterstrich Dicks Befehl.

Er hatte mir jeglichen Widerstandswillen aus dem Körper geschlagen. Ich rollte mich auf die Seite und versuchte verzweifelt, mein Gesicht zu schützen. Ich konnte nicht noch mehr Schläge am Kopf riskieren. Ich musste wach und aufmerksam sein und bereit zu kämpfen, wenn die Gelegenheit sich ergab.

Er würde mich nicht mehr lange mit dieser Intensität schlagen können. Seine Wut und die Anstrengung raubten ihm bereits den Atem. Dick hatte schwer schuften müssen, um mich durch das dichte Unterholz des Waldes zu zerren. Langsam musste er müde werden.

Ich wusste nicht, ob das gut war oder nicht. Falls er beschloss, er hätte seinen Spaß mit mir gehabt, bevor entweder ich genügend Kräfte gesammelt hätte, um mich zu wehren, oder Nixon mich finden würde, wäre ich noch mehr angeschissen, als ich es bereits war.

»Endlich werde ich das Arschloch in den Käfig einsperren, in den er gehört.« Dick stand über mir und kalte Angst überwältigte mich. »Ich habe jahrelang darauf gewartet, ihn fertigzumachen. Und jetzt ist es fast zu einfach. Der Navy SEAL, der aus dem Krieg zurückkehrt und überschnappt. Und sein armes kleines Frauchen tötet.«

»Das wird nicht funktionieren«, krächzte ich. »Niemand wird glauben, dass er mir das angetan hat.«

»Jeder wird es glauben. Zur Hölle, die Hälfte der Leute in der Stadt geht davon aus, dass er irgendwann durchdreht. Sie warten geradezu darauf. Bereits in der Highschool war er ein Hitzkopf, dem schnell die Sicherung durchbrannte. Sie werden es schlucken. Ein Kriegsheld mit einer posttraumatischen Belastungsstörung, nur ein weiterer trauriger Irrer, der seinen gewalttätigen Neigungen erlegen ist. Und wenn man dich tot in der berühmten Swagger-Fick-Hütte findet, ist das das Pünktchen auf dem ohnehin glasklaren i.«

Swagger-Fick-Hütte?

Mit meinem unverletzten Auge blickte ich mich in der Hütte um. Es gab einen Tisch, der schon bessere Tage gesehen hatte. Zwei Stühle, die in die gleiche Kategorie gehörten. Zwei staubbedeckte Schlafsäcke. Und in der Ecke türmte sich Schutt.

Der Schuppen roch nicht nach Ficken – eher nach dem Versteck eines Serienmörders.

»Swagger hat damals viel in dieser Dreckshütte herumgefickt. Das weiß jeder. Jede Frau, die jemals an diesem

Ort war, wird sich an den Tag erinnern, an dem sie unter Swagger gelegen hat, und ihrem Schicksal danken, dass sie heil hier herausgekommen ist. Sie wird sich ständig fragen, ob er damals, als er sie gefickt hat, daran gedacht hat, auch sie zu schlagen und zu töten. Und schließlich wird er bekommen, was er verdient hat. All die Jahre, in denen er meinen Sohn schikaniert hat, werden zehnfach auf ihn zurückfallen, wenn er im Knast zu leiden hat. Und ich werde mich zurücklehnen mit dem wohltuenden Wissen, dass ich ihn dort hineingebracht habe. Zur Hölle, vielleicht überlasse ich es sogar Rich, ihn in Handschellen abzuführen und seinen Hintern einzubuchten. Nixon würde es hassen.«

Ich blieb auf dem schmutzigen Boden liegen und starrte ungläubig an die eingefallene Decke. Sheriff Dillinger würde mich töten und es Nix anhängen. Er hatte nicht ganz unrecht – in einer kleinen Stadt wie Cliff City konnte man irgendeine Geschichte erfinden und sie verbreitete sich wie ein Lauffeuer. Es würde nicht schwer sein, die Leute dazu zu bringen, den Lügen zu glauben. Doch Mandy und Zack würden diese Lügen niemals schlucken. Auch wenn sie nicht bei Nixon gewesen wären, als der Sheriff mich entführte. Sie kannten Nixon. Wussten, wie sehr er uns liebte und was für eine Art Mann er war. Sie würden zu ihm stehen.

Auch Alec, Chasin, Weston und Jameson würden kämpfen. Sie waren in diesem Augenblick alle bei ihm.

Nixon hatte ein Alibi, etwas, das der Sheriff entweder nicht wusste oder nicht in Betracht gezogen hatte.

Ich musste Dick am Reden halten. Ich brauchte noch etwas Zeit, um einen klaren Kopf zu bekommen. Dann würde ich in Aktion treten.

KAPITEL VIERZIG

»Wo ist sie?«, brüllte Nixon und zog Deputy Schweinehunds Krawatte noch ein wenig enger um dessen Hals zusammen.

Er hatte Dick Dillinger in eine Ecke gedrängt. Nixon hatte sich nicht darum geschert, dass ein unerlaubtes Eindringen und der Einbruch in das Haus eines Beamten bestraft wurden, und hatte, ohne zu zögern, Richs Eingangstür eingetreten.

»Ich weiß nicht, wovon du redest«, stammelte der Deputy.

»McKenna«, knurrte Nixon, der die Beherrschung verlor.

»Ich weiß es nicht.« Furcht blitzte in den Augen des Mannes auf und Nixon begann, ihm zu glauben.

»Verdammt!« Er schubste Rich zur Seite. Der Deputy taumelte zurück, dann fand er sein Gleichgewicht wieder.

»Nixon, ich schwöre, ich weiß es nicht.«

Verflucht. Mit einem leichten Kopfnicken folgte Chasin Nixon zur Tür. Er schwang sich auf den Fahrersitz von McKennas altem blauen Pick-up und wartete, bis sein Freund die Tür geschlossen hatte, bevor er so schnell aus Richs Einfahrt raste, dass Steine zur Seite spritzten und Staub aufwirbelte.

»Glaubst du ihm?«, fragte Chasin.

»Leider ja. Er ist ein dummer Trottel, aber ein Feigling. Er hat nicht die Eier, um meine Frau zu entführen.«

Nixon angelte sein Handy aus der Tasche und rief Alec an.

»Ja, Swagger?«, meldete sich dieser.

»Was für eine Art Netzwerk hatte Miller aufgestellt?«

»Was meinst du damit?« Alecs Tonfall war vorsichtig geworden.

»Rache. Hatte er Ersatzleute aufgestellt? Gibt es irgendjemanden beim MIS, der sich rächen könnte? Er erwähnte McKenna, als wir in diesem Keller waren.«

»Nein. Alles, was wir ausgegraben haben, bestätigt, dass er allein arbeitete. Zur Hölle, McKenna hat ihn überprüft und hat nur diesen einen Hinweis auf Bestechung gefunden. Was ist los?«

»McKenna ist verschwunden.«

»Sag das noch mal.«

Nixon hörte einen lauten Knall und dann ein Knistern am anderen Ende der Leitung.

»Verschwunden. Wir waren alle bei mir auf dem Hof und sie fuhr zu ihrem Haus, um das Mittagessen zuzubereiten. Sie brauchte ungewöhnlich lange und Chasin und ich fuhren zu ihr. Die Verandatür war aus den Angeln gehoben, die Eingangstür stand weit auf und ihre Küche ist ein einziges Chaos.«

Nachdem Nixons anfängliche Raserei sich etwas beruhigt hatte, hatten Chasin und er das Haus betreten, wobei sie darauf achteten, nichts zu berühren oder zu verrücken. Mehrere Male hatte Nix sich erinnern müssen, seine Wut zu zügeln, doch als sie neben dem Küchentisch verspritztes Blut auf dem Fußboden gefunden hatten, war er an seine Grenzen gelangt und kurz vor einem Zusammenbruch gewesen. Gott sei Dank war Chasin bei ihm und zog ihn aus dem Haus, bevor er etwas so Dummes tun konnte, wie in einem Zornausbruch die Küche zu zerlegen.

»Ich bin auf dem Weg«, informierte er Nixon. »Wir werden sie finden. Ich bin in spätestens zwei Stunden bei euch.«

Die Verbindung brach ab und Nixon warf das Handy auf den Sitz neben ihm.

»Wir müssen zu deinem Haus zurückfahren, mit den Jungs reden und einen Plan entwerfen. Ziellos herumzufahren hilft uns nicht«, meinte Chasin.

Sein Freund hatte recht. Sie waren in McKennas Pickup gesprungen und direkt zu Richs Haus gefahren. Er musste nach Hause zurückkehren und mit Mandy und

Zack reden. Er hoffte zu Gott, dass Zack auf ihn gehört hatte und dort geblieben war. Den Zustand ihrer Küche musste Zack nun wirklich nicht sehen.

Er nickte zustimmend, plötzlich unfähig, etwas zu sagen. Die Angst schnürte ihm die Kehle zu. *Wer* hatte das getan? Und *warum*?

Es gab nur einen Mann, der dumm genug war, sich mit Nixon Swagger anzulegen. *Sheriff Dick Dillinger.* Das beantwortete das *Wer*. Und das *Warum* war offensichtlich – Rache. Genugtuung für all die Jahre, die Nixon seinem Sohn das Leben zur Hölle gemacht hatte.

Eiskalter Zorn bemächtigte sich jeder einzelnen Zelle von Nix' Körper, als er sich vorstellte, wie der Hurensohn seine Frau anfasste.

»Der Sheriff hat sie«, erklärte Nixon Chasin, während er mit quietschenden Reifen in seine Auffahrt einbog. Der Wagen begann zu eiern, doch Nixon bekam ihn wieder unter Kontrolle und raste die Einfahrt entlang.

»Er hasst dich so sehr, dass er seinen Job und seinen Ruf riskiert?«

»Verdammt, ja. In der Highschool machte ich es mir zur Aufgabe, so oft wie möglich seinen Sohn zu verprügeln. Und wenn ich einmal nicht in der Nähe war, folgten andere meinem Beispiel und sorgten dafür, dass der Perversling wusste, dass sie ihn im Auge hatten. Er hasst mich nicht nur, er hat auf den Tag gewartet, mich zerstören zu können. Er hat einen Weg gefunden, mich in die Knie zu zwingen.«

»Und wie zum Teufel kann so ein Arschloch Sheriff sein?«

»Bei der Wahl tritt niemand gegen ihn an. Diese Stadt wird von dem Klub der *Good Ole Boys* regiert. Jeder weiß, dass er ein Arschloch ist, aber niemand wird sich gegen ihn wenden. Denn wenn jemand das wagt und verliert, wird Dillinger ihn fertigmachen. Oder seine Kumpane erledigen das für ihn. Bruder, ich liebe diese Stadt, aber hier geht so viel Übles ab, dass man es kaum glauben kann.«

Nixon kam vor seinem Haus zum Stehen und sowohl Mandy als auch Zack liefen ihm im Hof entgegen.

»Was ist los? Wo ist Micky?«, fragte Mandy.

Mist. Nixon hatte nicht darüber nachgedacht, was er den Teenagern sagen würde.

Verdammt, verdammt, verdammt.

»Nixon«, drängte Zack.

»Amanda, kennst du Beckys und Robs Telefonnummer?«, fragte er.

»Ja, sie ist in meinem Handy gespeichert.« Mandy zog ihr Telefon hervor und reichte es Nix mit zitternder Hand.

»Wo ist McKenna?«, fragte Zack.

»Sie war nicht da, als wir dort eintrafen –«

»Was soll das heißen, sie war nicht da? Wo ist sie hingegangen?«, fuhr Zack fort.

»Ich weiß es nicht. Es sieht so aus, als wäre jemand eingebrochen. Es gab einen Kampf –«

Bevor Nix seinen Bericht beenden konnte, sprintete Zack mit aller Kraft auf den Wald zu.

»Jameson! Bring ihn zurück.«

Mandy wimmerte und Nixon griff sich das Mädchen und schlang seine Arme um sie.

»Ich werde deine Schwester finden, Amanda«, schwor Nixon.

»Sie ist alles, was wir haben.« Mandys Tränen brachten das Fass zum Überlaufen.

Etwas tief in Nixons Innerem zerriss. Er würde Sheriff Dillinger eigenhändig erwürgen. Er wollte spüren, wie das Leben aus dem Mann wich, während er um seine letzten Atemzüge rang.

»Das weiß ich. Ich werde sie finden, ich verspreche es.«

»Nein! Wir. Lieben. Sie. Du musst sie zurückbringen. Versprich es, Nixon. Schwöre es. Wir brauchen sie.«

Mandy schluchzte in seinen Armen und als Jameson den wütenden Zack zurückbrachte, zog Nix den Jungen an sich und legte ihm einen Arm um die Schulter. Jetzt hielt er beide Teenager in seinen Armen.

»Ich werde sie nach Hause zurückbringen. Ich verspreche es. Ich schwöre es bei meinem Leben. Ich werde sie finden und zu uns nach Hause zurückbringen. Aber ich muss euch beide hier in Sicherheit wissen, während ich das tue. Zack, kannst du das für mich tun? Hier bei Amanda bleiben und dich um sie kümmern, während ich McKenna suche?«

»Nein«, knurrte er. »Ich will mitgehen.«

»Das weiß ich. Ich weiß, du möchtest helfen, aber Zack, ich brauche deine Hilfe hier, indem du dich um Amanda kümmerst. So kannst du mir am besten helfen. Ich muss dort draußen jemanden jagen, was ich nicht tun kann, wenn ich um euch Angst haben muss. Ich muss mich ganz auf McKenna konzentrieren können. Ich brauche dich hier.«

»Gut«, sagte er beleidigt und wollte sich zurückziehen.

Nixon hielt ihn fest und erlaubte ihm nicht, sich zu bewegen.

»Zack, wenn man ein Mann ist, gehört es dazu, seine Stärken und seine Grenzen zu kennen. Man muss einen Weg finden, diese Gegebenheiten zu seinem Vorteil zu gestalten. Manchmal muss man lernen, dass man darauf verzichten muss, das zu tun, was man tun will, um das zu tun, was man für seine Lieben tun muss. Amanda braucht dich. Das ist wichtiger als dein Wunsch, McKenna zu suchen.«

»Ich sagte, gut. Du hast versprochen, sie nach Hause zu bringen. Also geh und tu es.«

Nixon verstand den Zorn des Jungen, hatte ihn aufgefangen und in sich verschlossen. Das Gleiche hatte er mit Amandas Tränen getan. Nixon erlaubte den Gefühlen der beiden Kinder, bis in sein innerstes Mark einzudringen und sich mit seiner eigenen Wut zu vermischen. Das Ergebnis war ein weiß glühender Zorn solchen Ausmaßes, wie er ihn noch niemals zuvor gefühlt hatte. Nicht auf dem Schlachtfeld, nirgendwo und niemals.

Nixon Swagger befand sich auf dem Kriegspfad und wenn er seine Frau gefunden hätte, würde er höllische Rache nehmen. Er würde den Zorn Gottes auf den Hurensohn herabbeschwören, der es gewagt hatte, McKenna anzurühren.

Mit eiskalter Distanziertheit wechselte Nixon in seinen Arbeitsmodus. »Holden, du bleibst hier bei Mandy und Zack. Weston, fahr rüber zu McKenna und durchsuch das Haus. Vielleicht haben wir etwas übersehen. Jameson, ruf meinen Kumpel beim Militär an und quetsche alles aus ihm heraus, was er über Sheriff Dillinger weiß. Alles. Chasin, du begleitest mich.«

»Der Sheriff?«, flüsterte Mandy. »Ich hörte, wie Micky am Telefon zu Becky sagte, der Sheriff hätte sie angehalten, als du in Philadelphia warst. Er hat sie bedroht. Micky machte sich Sorgen, weil sie ihm frech geantwortet hatte. Er war wirklich böse. Hat ihr gesagt, sie wäre am Arsch.«

Mein Gott. Warum hatte McKenna ihm das nicht erzählt?

Nixon hatte keine Zeit, lange zu grübeln. Sechs Gewehrschüsse ertönten in rascher Abfolge. Sechs Schüsse, ganz nahe.

Fünf Männer und zwei Teenager standen wie erstarrt. Nixon ließ den Blick zum Wald schweifen und eine furchtbare Angst überkam ihn.

Zwei weitere Schüsse folgten und Nix sprintete mit tödlicher Geschwindigkeit los.

Gleichzeitig tat er etwas, was er sehr lange nicht getan hatte – er betete.

KAPITEL EINUNDVIERZIG

MEINE RIPPEN FÜHLTEN SICH AN, ALS STÄNDEN SIE IN Flammen. Ein mir unbekannter unerträglicher Schmerz breitete sich in meinem ganzen Körper aus. Nur mein Überlebenswille besaß mehr Macht über mich als die Folter.

Adrenalin ist eine seltsame Sache. Wenn man glaubt, sein letztes Stündlein hätte geschlagen, und der drohende Tod über einem schwebt und man erkennt, dass man nichts mehr zu verlieren hat, kehrt der Kampfgeist zurück – in zwanzigfacher Stärke. Eine Stärke, von der ich nicht gewusst hatte, dass ich sie besaß, sickerte in meine Seele. Und als die richtige Zeit gekommen war und Schweinhund Dillinger mich unterschätzte und sich über mich beugte, um mich noch mehr zu verhöhnen, und mir anschaulich erzählte, wie Nixon im Knast verrotten würde, dass Zack und Mandy in einem Kinderheim landen würden und dass alles nur Nixons Schuld sei, trat ich in Aktion.

Ich rammte ihm die Faust in den Unterleib und er stürzte auf den dreckigen Boden neben mir. Ich trat um mich, boxte, kratzte und schlug ihm ins Gesicht. Ich legte so viel Energie in meine Verteidigung wie möglich. Wenn ich ohnehin sterben musste – und das hatte Dick mir unmissverständlich klargemacht –, würde ich im Kampf sterben. Ich würde kein Jammerlappen sein, der sich in seiner Angst wälzte und ihm erlaubte, mir das Leben zu nehmen.

Ich hatte jedoch nicht damit gerechnet, dass Dick eine Waffe zog. Er hatte mir gedroht, mich zu erwürgen. Er hatte ausdrücklich gesagt, er würde mich erwürgen. Ich hätte wissen müssen, dass ein Sheriff eine Waffe trug.

Ich wünschte, ich hätte eher daran gedacht.

Jetzt rollten wir uns auf dem Boden herum. Ich hatte eine Hand um seine geschlungen und versuchte, die Mündung seiner Waffe von mir wegzubringen. Ich hatte es geschafft, einen meiner Finger über seinen auf den Abzug zu legen, und wir feuerten wie wild auf die Wände und die Decke.

Ich wusste weder, wie viele Kugeln noch übrig waren, noch hatte ich gezählt, wie viele abgeschossen worden waren.

»Du dumme Schlampe.« Speichel tropfte mir ins Gesicht, als Dick sich mit seinem massigen Körper auf mich rollte.

Dies würde kein gutes Ende für mich nehmen. Er war zu groß und mit meiner eingeschränkten Sehfähigkeit und Gott weiß wie vielen gebrochenen Rippen würde ich ihn nie von mir herunter bekommen. Ich zog mit aller Kraft ein Knie in die Höhe und traf einen Körperteil – unglücklicherweise nicht den, auf den ich es abgesehen hatte. Da ich nun ein Bein frei hatte, prügelte ich wiederholt mit dem Absatz auf die Rückseite seines Oberschenkels ein.

»Dumme, dumme Schlampe.«

Meine Kraft schwand dahin. Mein Arm zitterte vor Erschöpfung, während ich versuchte, ihn davon abzuhalten, die Mündung der Waffe auf meinen Kopf zu senken, was mir leider nicht gelang.

Dick holte weit aus und ich ließ seine Hand fahren. Er schlug mir die Pistole quer übers Gesicht, sodass mein Kopf zur Seite flog. Wieder sammelte sich Blut in meinem Mund. Keuchend bemühte ich mich, es auszuspucken.

Das wars – mein Widerstand war fast am Ende.

Seltsamerweise hatte ich keine Angst. Ich wusste von ganzem Herzen, Nixon würde sich um Zack und Amanda kümmern. Er würde sie durchbringen. Nixon Swagger war der Typ Mann, der niemals aufgab – er würde niemals zulassen, dass sie scheiterten. Er würde für sie sorgen, so wie er während der letzten Monate für uns alle gesorgt hatte.

Mit einem letzten Atemzug schrie ich wie verrückt und kämpfte.

Ich würde sterben, aber ich kämpfte immer noch.

Dann war Dick Dillinger plötzlich verschwunden.

Puff.

Er lag nicht länger auf mir, sondern auf der anderen Seite des Raumes. An seine Stelle war der Teufel selbst getreten. Sein Gesicht lag im Schatten, das Licht, das durch die geöffnete Tür fiel, beleuchtete ihn von hinten und erzeugte eine Aura von gleißendem Licht um ihn herum.

Nixon Swagger.

Er hatte mich gefunden.

Da eins meiner Augen zugeschwollen war und ich das andere nur einen kleinen Spalt öffnen konnte, sah ich den Mann nicht, den ich liebte. Diesen kalten, berechnenden, wilden Krieger kannte ich nicht. Er sagte kein Wort. Er drehte sich herum und war blitzschnell verschwunden.

»Ich habe dich, Micky.« Sanfte Hände hoben mich in die Höhe und ich schrie vor Schmerz auf. »Mist, Mädchen, es tut mir leid.«

Das Geräusch von Fäusten, die auf Fleisch trafen, war unmissverständlich. Angestrengtes Atmen und Stöhnen erfüllte den Raum.

»Halt dich fest, Mädchen, wir bringen dich hier raus.«

Holz splitterte, dann war alles still.

Ich versuchte, mich auf den Mann zu konzentrieren, der mich auf seinen Armen hielt, aber durch den Nebel konnte ich nicht erkennen, ob es Chasin oder Holden war. Aber das kümmerte mich auch nicht.

»Ich werde sie nehmen.«

Ich wurde an Nixons Arme übergeben und konnte das Schluchzen nicht unterdrücken, das aus meiner Kehle drang. Alles schmerzte. Jeder einzelne Muskel. Jeder einzelne Knochen. Jedes einzelne Haar auf meinem Kopf.

»Ich hab dich, McKenna. Ich verspreche es, Baby, du bist in Sicherheit.«

Ich riss mit aller Gewalt das eine Auge auf und starrte in Nixons Gesicht hinauf.

»Danke«, flüsterte ich.

Der Zorn verschwand und seine braunen Augen füllten sich mit Wärme.

»Verdammt.« Ihm brach die Stimme. Er räusperte sich. »Ich werde mich so vorsichtig bewegen wie möglich.«

»Sie dürfen mich nicht so sehen. Bitte, Nix, sie dürfen das nicht sehen.«

»Natürlich nicht, Babe.«

Die zwanzig Minuten, die Nixon brauchte, um mich langsam durch den Wald zu tragen, waren ebenso schmerzhaft wie die vergangenen Stunden. Jeder Schritt, den er tat, fühlte sich so an, als würde man meinen Körper mit einem Vorschlaghammer bearbeiten.

Das Einzige, was mich davon abhielt, mich der gnädigen Bewusstlosigkeit zu überlassen, war Nixons Stimme. Er hörte nicht auf zu sprechen. Hörte nicht auf, mir zu sagen, wie sehr er mich liebte.

Nixon Swagger, mein schwarzer Ritter.

KAPITEL ZWEIUNDVIERZIG

Nixon saß wachend an McKennas Krankenhausbett. Sie hatte Glück gehabt. Dick Dillinger hatte sie beinahe zu Tode geprügelt, aber er hatte sie nicht gebrochen. Seine Brust schwellte vor Stolz. Seine Frau war wild. Als er an der Hütte angelangt war und ihren Kampfschrei gehört hatte, hatte er gewusst, sie hatte nicht aufgegeben.

Sie war eine Kriegerin.

Eine Kämpferin.

Ganz sein.

Nixon betrachtete ihr zerschlagenes Gesicht und verspürte kein bisschen Reue, dass er Dillingers Leben ein Ende bereitet hatte.

Das Terrorregiment des Sheriffs war vorbei.

McKennas Wunden würden heilen und Nixon würde dafür sorgen, dass sie ihr Leben weiterführte. Als er sie durch den Wald getragen hatte, hatte er ihr versprochen, sie würde gesunden. Und Nixon Swagger brach niemals ein Versprechen.

Eine Woche später

NIXON STAND mit Deputy Spencer vor dem Gerichtsgebäude in Kent County. Am selben Tag hatte ein Geschworenengericht entschieden, Nixon Swagger nicht zu verurteilen, denn sie hielten seine Handlungsweise für gerechtfertigt. Außerdem wurde die Anstellung von Deputy Richard Dillinger als Hilfssheriff beendet. Seit dem Tod des Sheriffs war eine Flut von Beschwerden eingereicht worden. Die Dillingers waren erledigt, Jahrzehnte des Machtmissbrauchs und der Machtausübung über die Bürger durch Verbreitung von Angst waren vorüber.

Endlich.

»Wie gefällt dir der Interims-Sheriff?«, wollte Nixon von Jonny wissen.

»Untersheriff Baker ist ein guter Mann. Er arbeitet seit gut fünfzehn Jahren in dieser Abteilung. Er hat es sich zur Aufgabe gemacht, aufzuräumen und diejenigen aus dem

Amt zu jagen, die sich an Dillingers üblen Machenschaften beteiligt haben.«

»Ich habe gehört, dass du auch befördert wurdest. Leiter der Ermittlungsabteilung. Gratulation.«

»Hier bleibt auch nichts verborgen. Die offizielle Bekanntgabe hat noch nicht einmal stattgefunden und trotzdem macht es bereits die Runde in der Stadt.«

»Du wirst die kleine Stadt noch lieben lernen.«

Nixon reichte dem Mann die Hand und nach einem kräftigen Schütteln ging jeder seiner Wege. Nix schwang sich in seinen Pick-up und fuhr lächelnd nach Hause, wo McKenna auf ihn wartete.

DREI WOCHEN *später*

»SETZ DICH BITTE HIN, McKenna.« Nixon blieb an der inzwischen reparierten Verandatür stehen, als er Zack mit McKenna reden hörte.

»Mir geht es gut«, erwiderte sie.

»Du musst dich hinsetzen. Ich kümmere mich ums Abendessen, nicht du.«

»Wirklich, Zack, es geht mir gut.«

»Nun, solange du stehst, während du dich ausruhen sollst,

geht es *mir* nicht gut. Im Ernst, wenn du dich nicht endlich setzt, werde ich Nix holen. Du weißt, er wird dich direkt in dein Zimmer hinauftragen. Wo du übrigens auch sein solltest. Du solltest nicht hier unten um uns herumwuseln.«

»Wag es nicht, Nixon zu holen. Übrigens, ich wusele nicht herum, ich helfe.«

Nixon blickte zu Mandy hinüber. Sie schüttelte lächelnd den Kopf.

»Sie ist stur«, flüsterte Mandy.

Nixon erwiderte Mandys Lächeln und wartete. Er war neugierig, wie Zack mit seiner hartnäckigen Schwester umgehen würde. Während der letzten Wochen war Zack über sich hinausgewachsen. Nixon hatte sich die meiste Zeit um McKenna gekümmert, während Zack für alles andere gesorgt hatte.

Auch Amanda war eingesprungen. Sie und Zack hatten alle Lebensmittel eingekauft und gekocht, wobei sie sich niemals über die große Verantwortung beklagten, die sie trugen. Nixon hatte sie nicht anweisen müssen. Beide hatten einfach die täglichen Pflichten übernommen.

Aber jetzt, da McKenna sich besser fühlte, aufstehen und sich bewegen wollte, hatte sich eine Art Kampf entwickelt. Zack wollte, dass McKenna im Bett blieb und sich ausruhte, während McKenna in die Normalität zurückkehren wollte. Nur bei diesem Thema hatte Nixon einschreiten müssen. Er hatte seine Frau tatsächlich die

Treppe hochgetragen und ins Bett gelegt, aber nur, weil sie versucht hatte, zu viel zu tun.

»McKenna«, begann Zach und Nixon griff nach dem Türknauf. »Bitte, tu es für mich, setz dich hin. Ich weiß, es geht dir besser. Aber mir nicht. Ich möchte helfen, für dich zu sorgen. Jedes Mal wenn ich sehe ...«

Die Stimme des Jungen versagte und Nixon blieb wie erstarrt stehen.

»Jedes Mal wenn du was siehst?« McKennas Stimme wurde weicher.

»Erinnere ich mich daran, wie viel Angst wir hatten. Ich selbst und Mandy und Nix. Ich erinnere mich an jede Sekunde. Für Nixon war es wichtig, dass ich bei ihm zu Hause blieb. Mandy brauchte mich. Ich musste bei ihr bleiben. Aber du brauchtest mich auch. Manchmal muss man auf das verzichten, was man selbst will, damit man das tun kann, was man für die tun muss, die man liebt. Du willst vielleicht hier herumlaufen, aber für mich ist es wichtig, dass du dich ausruhst. Bitte, Micky.«

Nixons Kiefer spannte sich an und hinter seinen Augen begann es, merkwürdig zu brennen. Genau das hatte er zu Zack gesagt, und jetzt wiederholte Zack es seiner Schwester gegenüber.

»Okay, Zack. Ich werde mich ausruhen. Danke, dass ihr euch um das Abendessen kümmert.«

Etwas in McKennas Stimme trieb Nixon vorwärts. Er öffnete die Tür und sah, dass McKenna zögernd ins Wohnzimmer ging. Aber als sie ihn hereinkommen hörte, blieb sie stehen und blickte über die Schulter.

»Hey. Habt ihr das Atelier fertig?«, fragte sie.

»Ja. Wir haben die Regale aufgehängt und Nix hat die Fenster eingesetzt, damit ich mich während des Sommers nicht zu Tode schwitzen muss. Es sieht großartig aus.«

McKenna blickte von Mandy zu ihm und als sie lächelte, so wie am ersten Tag, als er sie gesehen hatte, war Nixon betroffen von ihrer Schönheit.

Es gab nichts Großartigeres in seiner Welt. Sein Herz schlug heftig und Nixon Swagger wusste, er war endlich zu Hause.

AM NÄCHSTEN TAG

McKenna

»DU SIEHST WUNDERSCHÖN AUS.«

»Wirklich?«

Meine Schwester wandte sich vom Spiegel ab und drehte sich herum, um mir ins Gesicht zu blicken. Es raubte mir den Atem. Sie hatte ihr langes braunes Haar offen gelassen, ihre ohnehin welligen Haare jedoch in

Locken gelegt. Ihre grünen Augen hatte sie meisterhaft mit Lidschatten und Eyeliner geschminkt, was sie irgendwie noch hinreißender aussehen ließ, als sie es ohnehin waren.

Das schieferblaue Maxikleid war schlicht und elegant. So schlicht, dass es schon wieder erotisch wirkte. Ich konnte nicht glauben, dass meine kleine Schwester so erwachsen wirkte.

»Allerdings.«

»Und die silberfarbenen Sandalen sind okay? Ich habe —«

»Sie sind perfekt. Hast du daran gedacht, dir flache Schuhe einzustecken?«

»Mist. Das habe ich vergessen.«

Mandy stürmte zu ihrem Schrank, um die neuen, glitzernden Flipflops zu suchen, die wir ihr gekauft hatten. Nach meiner Einschätzung würde sie es mit ihren hohen Absätzen bis zum Abendessen des Abschlussballs und den Fotos schaffen, bevor sie sie gegen etwas Bequemeres eintauschen würde. *Ich jedenfalls würde das tun.*

»Hab sie gefunden«, verkündete sie.

»Brauche ich —«

»Nein.« Ich erhob mich von meinem Bett, auf dem ich gesessen hatte, und ging zu ihr. Ich ergriff ihre Hände und hielt sie fest. »Du brauchst sonst nichts mehr. Deine Frisur ist perfekt. Dein Make-up ist mehr als schön. Dein Kleid wird Nixon umhauen, wenn er den offenen Rücken sieht. Und Zack wird knurren, wenn er den versteckten Schlitz sieht, der über das Vorderteil nach oben verläuft, wenn du die Treppe hinuntergehst. Caleb wird wissen, dass er sich glücklich schätzen darf, dich beim Abschlussball an seinem Arm zu führen. Alles ist perfekt. Du musst nichts weiter tun, als den Abend zu genießen.«

»Danke«, flüsterte sie.

»Ich habe nichts anderes getan, als hier zu sitzen und dir zuzusehen, wie du dich fertig machst.«

»Nein. Für alles.«

»Mandy ...«, warnte ich sie. Ich wollte nicht weinen. Nicht heute Abend. Ich wollte, dass meine Schwester den allerschönsten Abschlussball überhaupt erlebte. Und wenn ich jetzt in Schluchzen ausbräche, würde ihr das nicht gerade einen schönen Abend bescheren.

»Du musst wissen, ich habe es jetzt verstanden. Ich weiß, was du aufgegeben hast, um Zack und mich aufzunehmen. Ich weiß, du setzt uns an die erste und dich an die zweite Stelle. Ich verstehe jetzt, was du uns zu geben versuchst, und ich weiß es zu schätzen. Du hattest recht, wir sind eine Familie und wir müssen zusammenhalten. Ich danke dir, dass du mich nicht aufgegeben hast.«

»Ich hätte dich niemals ...« Ich musste innehalten, um mich zu räuspern. »Aufgegeben. Ich liebe dich, kleine Schwester.«

»Ich liebe dich auch, große Schwester.«

Ich scheiterte. *Kläglich.* Als Mandy die Worte aussprach, die ich beinahe ein Jahr nicht mehr gehört hatte, brach der Damm. Ich ließ eine ihrer Hände los und wedelte dann mit meiner vor meinem Gesicht herum, als glaubte ich, die Tränen irgendwie verscheuchen zu können. Wieder scheiterte ich. Sie flossen weiter.

»Wir gehen besser hinunter, bevor Caleb auftaucht und Nix und Zack die Grundregeln verlauten lassen«, sagte ich und versuchte, mich zusammenzunehmen.

Wir stiegen die Treppe hinunter und genau, wie ich es vorausgesagt hatte, zog Zack ein finsteres Gesicht, als der Schlitz in Mandys Kleid eins ihrer Beine zeigte. Doch erst als Caleb erschienen war, um meine Schwester abzuholen, und Mandy mit ihrem Verehrer zur Tür hinausstolzierte, sah Nix schließlich den Rücken ihres Kleides.

»Mein Gott«, knurrte er.

Ich lächelte.

Ehrlich, was hätte ich sonst tun können? Nixon Swagger besaß ausgeprägte Beschützerinstinkte. Und ich hätte es mir nicht anders gewünscht.

JAMESON GRANT

»Eine Aufführung über den Bürgerkrieg?«, lachte Jameson.

»Mein Gott, hörst du mir überhaupt zu?«, schimpfte

Nix. »Nicht über den Bürgerkrieg, es geht um die *Tea Party*. Den Aufstand der amerikanischen Kolonialisten gegen die britischen Zölle. Sie haben damals in Boston kistenweise den Tee ins Hafenbecken geworfen.«

»Und die Leute kommen von überall her, um sich das anzusehen?«, fragte er.

»Ich mache keine Witze. Schau es nach. Es ist ein großes Ding. Ein Gedenk-Wochenende, jedes Jahr. Cliff City kehrt in die Kolonialzeit zurück. Es ist ein wildes Fest.«

In Jamesons Ohren klang das nicht nach wild, es klang eher wie eine Folter. Zack hatte pausenlos von den Imbissständen geschwärmt und erzählt, dass die *Tea Party* der beste Ort war, um Gugelhupf zu essen. Offensichtlich liebten die Leute in dieser Gegend den Kuchen, denn sogar Micky war gierig darauf, einen zu ergattern.

Mandy hatte ihm erzählt, dass die Zuschauer in Scharen kommen würden, und wenn sie einen guten Platz erwischen wollten, um zuzusehen, wie Kisten voller Tee vom Dock in den Chester River geworfen wurden, müssten sie eine Stunde vor der Aufführung dort sein.

Es waren aber nicht die fettigen Speisen, die Jameson Magenschmerzen bereiteten – es waren die Menschen.

Er hätte nicht behauptet, unter einer Art posttraumatischer Belastungsstörung zu leiden. Er hatte auch keine Albträume oder Panikattacken in bestimmten Situationen. Es waren einfach die Menschen.

Er hatte gesehen, wozu Männer und Frauen fähig waren. Alte ebenso wie junge. Die Menschen waren Arschlöcher. Und wenn sich die passenden Gelegenheiten ergaben, benahmen sie sich wie wilde Tiere, die ihrer Mutter die Kehle aufschlitzen würden, um zu bekommen, was sie haben wollten.

Es gab eine Handvoll Menschen, die Jameson Grant gernhatte. Seit Kurzem war diese Zahl um drei angewachsen. Aber er hatte keinerlei Interesse, den Kreis noch zu erweitern.

Und wenn ihn das zu einem Arschloch abstempelte, so war ihm das auch recht. Er wollte nur seinen Frieden haben und in Ruhe gelassen werden, verdammt noch mal. Glücklicherweise waren seine Größe und sein finsteres Gesicht nicht gerade hilfreich, sich Freunde zu machen. Die meisten Leute warfen einen Blick auf ihn und nahmen die Beine in die Hand.

Nicht so Micky. Sie war eine Ausnahme. Mandy und Zack ebenfalls. Er war froh, sie in seinem Leben zu haben. Und er war froh, dass Nixon alle drei von ganzem Herzen liebte.

»Habt ihr euch eigentlich alle gut eingerichtet?«, wechselte Nixon das Thema.

»Später fahren Mandy und ich nach Middletown, falls ihr etwas braucht, können wir es euch mitbringen«, meldete McKenna sich vom Rücksitz.

Jameson drehte sich zu McKenna herum, dankbar,

dass er sich nicht mehr jedes Mal, wenn sein Blick auf ihr Gesicht fiel, zusammennehmen musste. Sechs Wochen hatten wahre Wunder gewirkt. Die Schwellungen waren beinahe verschwunden und was übrig war, verdeckte sie meisterhaft mit Make-up. Nach einer weiteren Woche würde niemand mehr erahnen, dass die Frau beinahe zu Tode geprügelt worden war.

Wie gesagt, die Leute sind Arschlöcher.

Ein weiterer Nagel im Sarg der Menschheit.

»Wir haben uns alle gut eingerichtet. Die Räume sind verteilt, Betten und Möbel wurden geliefert. Man kann tatsächlich in Nixons altem Haus leben«, scherzte Jameson.

»Und Holden lebt tatsächlich in seinem Airstream, dem Wohnwagen?«, wollte Micky wissen.

»Ja.«

Letzte Woche war Nixon offiziell bei Micky eingezogen und die Teenager und der Rest seines Teams hatten sein Haus übernommen. Alle außer Holden. Er war nach Virginia Beach zurückgefahren, um seinen alten restaurierten Airstream nach Maryland zu holen. Er war verdammt stolz auf das Ding. Die Restaurierung hatte ihn eine Stange Geld gekostet. Er war glücklich, ihn neben der Scheune parken und darin leben zu können.

»Das ist verrückt.« Sie kicherte.

Jameson äugte zu seinem Freund hinüber und obwohl

er ihn nur im Profil sah, erkannte er, dass Nixon beim Klang von McKennas Kichern lächelte.

Verdammt. Sein Freund war bis über beide Ohren verliebt. Jameson hätte nie gedacht, so etwas zu sehen.

»Nicht verrückt. Klug«, erwiderte Jameson.

Zwei Stunden später und nach mindestens acht Kilometern, die sie im Kreis gelaufen waren, hatte Jameson die Nase voll. In der Straße drängten sich die Menschen Schulter an Schulter. Er konnte nicht behaupten, dass irgendeiner grob gewesen wäre, aber er hatte es satt, angestoßen und geschubst zu werden und die Luft der anderen Menschen einzuatmen. Er brauchte eine Pause.

Er hob kurz das Kinn und signalisierte so seinem Freund genau das. Er würde sich davonmachen, um einen Platz zu finden, wo er allein wäre.

Er ging um eine Vielzahl von Verkaufsständen herum. Die Kunsthandwerker in den Ständen trugen Gewänder aus der Kolonialzeit, was bei dem hohen Feuchtigkeitsgehalt in der Luft eine Qual sein musste. Schließlich fand er einen Durchgang zwischen den Zelten eines Kerzenmachers und eines Holzschnitzers.

Er war einen Block weit eine enge, von Bäumen und Wohnhäusern gesäumte Straße hinuntergewandert, um dann in eine andere einzubiegen. Je weiter er sich von dem Straßenfest entfernte, desto ruhiger wurde es.

Bis er Geschrei hörte.

»Ich sagte Nein. Letzten Monat sagte ich Nein. Letzte

Woche sagte ich Nein. Und heute ist es immer noch ein Nein und auch morgen wird es ein Nein sein.«

Jameson blieb wie angewurzelt stehen, als er den Klang der schönsten, wohlklingendsten Stimme, die er je gehört hatte, vernahm. Sogar noch in ihrem Ärger berührte ihn die Intonation und er wartete darauf, sie noch einmal zu hören – nein, er musste sie unbedingt noch einmal hören.

»Es wird geschehen, Kennedy. Auf die eine oder andere Art«, sagte ein Mann.

»Nur. Über. Meine. Leiche.« Die Frau betonte jedes Wort.

Bei dieser Aussage löste sich Jamesons Starre und er ging auf die Stimmen zu. Sobald er unter einem großen Ahornbaum hervortrat, sah er sie.

Eine Frau mit so hellem Haar, dass die Strähnen in der Sonne leuchteten. Lange Beine, üppige Hüften, volle Brüste, verdammt sexy Schultern und ein Gesicht, das einen Mann in die Knie zwingen konnte. Aber da war noch mehr – die blonde Schönheit hatte etwas an sich, das Jamesons verhärtete Seele berührte.

Die Frau blickte in seine Richtung. Ihre Augen weiteten sich. Er war an diese Reaktion gewöhnt. Bei seinen mehr als ein Meter neunzig war es kein Wunder, dass sich Köpfe zu ihm herumdrehten. Aber es jagte den Menschen auch eine Höllenangst ein. Woran er aber nicht gewöhnt war, war die Erleichterung, die er jetzt sah.

Der Mann drehte sich herum und blickte über die Schulter. Jameson schaute ihm fest in die Augen mit seinem, wie Nixon ihn nannte, *Blick, der dich in die Hose pissen lässt*. Und wie immer funktionierte es. Der Mann drehte sich wieder zu der Frau herum, sagte etwas zu ihr, das Jameson nicht hören konnte, und nahm die Beine in die Hand.

Jameson blieb auf dem Bürgersteig stehen und wartete. Jetzt, da sie allein waren, wollte er sie nicht verängstigen. Sie brauchte einen Moment, doch dann trat sie von der Veranda hinunter, auf der sie gestanden hatte, überquerte den Rasen und blieb näher vor ihm stehen, als er erwartet hatte.

»Danke, dass Sie stehen geblieben sind«, sagte sie. Ihre melodiöse Stimme klang sogar noch besser, wenn sie nicht sauer war. »Ich bin Kennedy Lane.«

Mein Gott.

»Jameson Grant.«

Sie streckte ihm ihre kleine Hand entgegen und sagte: »Nett, Sie kennenzulernen, Jameson. Kann ich Ihnen einen Eistee oder ein Bier anbieten? Das Mindeste, was ich tun kann, nach allem, was Sie für mich getan haben.«

Verdammt, verdammt, verdammt.

Sie brachte ihn um. Je mehr sie redete, desto enger woben sich die Worte um sein Herz.

Er ergriff ihre Hand, schüttelte sie, und so schnell wie er konnte, ohne unhöflich zu wirken, ließ er sie wieder los.

»Ich bin mir nicht sicher, was ich getan habe, aber es ist in jedem Fall gern geschehen. Ich weiß Ihr Angebot zu schätzen, aber ich muss wieder los.«

»Nun gut. Nochmals danke.«

Gütiger Himmel.

Nie hätte er sich für einen solchen Feigling gehalten. Aber Jameson Grant drehte sich herum und machte sich mit einer Geschwindigkeit davon, die man schon als sprinten bezeichnen konnte.

Kennedy Lane.

Gütiger Himmel.

Wunderschön.

Wenn er ein anderer Mann gewesen wäre, hätte er ihr Angebot angenommen. Dann hätte er einen Weg gefunden, sie flachzulegen. Aber er gehörte nicht zu dieser Sorte Mann. Er gehörte zu der Sorte, die man am besten allein ließ in ihrer Burg der Einsamkeit.

BÜCHER VON RILEY EDWARDS

Aus der Reihe »Die Gemini-Gruppe«:
Nixons Versprechen (Buch Eins)
Jamesons Errettung (Buch Zwei)
Westons Schatz (Buch Drei)
Alecs Traum (Buch Vier)

DANKSAGUNG

An Sie alle – meine Leserinnen und Leser. Danke, dass Sie dieses Buch gelesen und mir einige Stunden Ihrer Zeit geschenkt haben. Ob dies nun das erste Buch ist, das Sie von mir lesen, oder ob Sie schon von Anfang an dabei sind, danke für Ihre Unterstützung. Ihretwegen habe ich den tollsten Job der Welt.

BIOGRAFIE

Riley Edwards ist eine USA Today und Wall Street Journal Bestsellerautorin, Ehefrau und Armee-Mom. Geboren und aufgewachsen ist sie in Los Angeles, lebt inzwischen jedoch mit ihrem fantastischen Ehemann und ihren Kindern an der Ostküste.

Riley schreibt herzerwärmende Liebesgeschichten mit sexy Alphahelden und noch stärkeren Heldinnen. Rileys Lieblingsgenres sind spannende Liebesromane und Militärromanzen.

Besuchen Sie Riley im Netz!
www.rileyedwardsromance.com
facebook.com/Novelist.Riley.Edwards
instagram.com/rileyedwardsromance

youtube.com/channel
tiktok.com/@rileyedwardsromance
twitter.com/rileyedwardsrom
E-Mail: riley@rileysrebels.com